如山魔嗤笑之物

YAMANMA NO GOTOKI WARAUMONO

［日］三津田信三　著

邢利颉　译

南方传媒

花城出版社

中国·广州

图书在版编目（CIP）数据

如山魔嗤笑之物 /（日）三津田信三著；邢利颉译 . --
广州：花城出版社，2024.9
ISBN 978-7-5749-0029-5

Ⅰ . ①如… Ⅱ . ①三… ②邢… Ⅲ . ①长篇小说－日
本－现代 Ⅳ . ① I313.45

中国国家版本馆 CIP 数据核字 (2023) 第 201637 号

合同版权登记号：图字 19-2022-150 号
原著名：《山魔の如き嗤うもの》，著者：三津田信三
Original Japanese title: YAMANMA NO GOTOKI WARAU MONO

Original Japanese paperback edition published by Kodansha Ltd.
Simplifiedl Chinese translation rights arranged with Hara-Shobo Co., Ltd.
through The English Agency (Japan) Ltd. and AMANN CO., LTD., Taipei

出 版 人：张 懿
责任编辑：欧阳佳子
特约编辑：张录宁
责任校对：李道学
技术编辑：林佳莹
装帧设计：李宗男
封面插绘：村田修

书　　名　如山魔嗤笑之物
　　　　　RU SHANMO CHIXIAO ZHI WU
出版发行　花城出版社
　　　　　（广州市环市东路水荫路 11 号）
经　　销　全国新华书店
印　　刷　北京盛通印刷股份有限公司
　　　　　（北京市大兴区亦庄经济技术开发区经海三路 18 号）
开　　本　880 毫米 ×1230 毫米　32 开
印　　张　14.25
字　　数　340,000 字
版　　次　2024 年 9 月第 1 版　2024 年 9 月第 1 次印刷
定　　价　68.00 元

◇前言 PREFACE

文库，原本是指收纳书物的仓库和书库，也指收纳书与记事簿，以及不常用物品的小箱子。以前者为例，京浜急行线的“金泽文库站”就是以前镰仓时代北条氏用来收藏汉书用的，“金泽文库”名字的由来便是如此。东京都的世田谷区也存在着收集着珍贵汉书的“静嘉堂文库”。后者则更多地被称为“手文库”。

江户时代以来，可以放入袖袂的小开本书籍逐渐流行起来，被称为“袖珍本”。明治三十六年（1903 年），富山房发行了小开本的丛书，起名“袖珍名著文库”。随后，明治四十四年（1911 年），讲述战国时代的猿飞佐助和雾隐才藏系列故事的讲谈社“立川文库”发行出版。讲谈是日本民间艺术，以口语化的方式讲述历史故事。而“立川文库”则是将讲谈收录成册集中出版的丛书，据统计，当时刊行量为 200 册左右。从那时起，文库就脱离了原本的释意，逐渐演变成了现在的类书集丛。

文库说法借鉴了日本出版业界的传统说法。而千本樱源自日本奈良县吉野山樱花盛开的奇景，世人皆称“一目千本樱”，形容樱花美景。千本樱文库的纳入作品皆为日系作品，题材包括推理、悬疑、幻想、青春、文化等类型，正如千本樱满山盛开的绝景。

现代日本，以“文库”命名刊行的丛书系列有 200 种以上，所谓“文库本”只不过是统称而已。日本传统的“文库本”常用的是A6尺寸的148mm×105mm，也叫“A6判”。千本樱文库的所有书籍将在“文库本”的基础上提升，达到148mm×210mm的开本标准。在追求还原的前提下，力图带给读者更清晰的阅读体验。

从20世纪70年代以来，日系推理小说逐步进入中国读者的视野。随着时代更替，涌现出了各种不同风格的作家。日系推理能够长久不衰的原因之一在于设立的各种新人奖，这些新人奖能为日本文坛输送新鲜血液，不断地发现优秀作品。但是，新人出道的条件并非只有获奖这一条途径。多样的文学新人奖具备相当完善的审查机制，即便是没能获奖的作家，也有机会出道。比如，东京创元社的“鲇川哲也奖”，有不少作家在当届没能获得大奖，只是止步候选阶段，后来却都成了人气作家。另外，不急于出道的作家也是有的。1994年，东京创元社创立了“创元推理短篇奖”，第一届的赛事中收到了123篇投稿作品，其中名为《子喰鬼缘起》的作品晋级到了最终候选阶段。同年，由光文社公募投稿作品进行出版，鲇川哲也主编的《本格推理3迷宫的杀人者们》中也收录了一篇名为《雾之馆》的作品。而这两部投稿作品都出自一人之手——三津田信三。

早在20世纪90年代，三津田信三的投稿作品就已经被刊登在出版物上，也可以被视为出道作品。但被普遍认为是其出道的标志作品，还要等上七年。2001年，讲谈社出版了三津田信三的第一本书，他的作家人生正式起步。他的出道作即为“作家三部曲”的第一作《恐怖小说作家栖息的家》，该系列被归为怪奇小说，作者的独特风格已经初见端倪。“作家系列”完结之后，三津田信三便打破常规，创作出了怪异谭式的推理小说“刀城言耶系列”。该作是以作家刀城言耶为主角，解决各种不可思议的犯罪事件的故事。作者巧妙地将乡土民俗学，本格推理写作技巧，以及惊悚恐怖氛围相乘组合，辅以二战前后的独特时代背景加以呈现，创造出了前所未有、无与伦比的文学魅力。

“刀城言耶系列”在日本是由原书房和讲谈社两家出版社出版发行，因此引进整个系列的过程也并非一帆风顺。今后，千本樱文库将陆续出版整个系列的全部作品，还请各位读者尽情感受“刀城言耶”的怪异之谜。

千本樱文库编辑部

◇三津田信三

刀城言耶系列

◇《如厌魅附体之物》
◇《如凶鸟忌讳之物》
◇《如首无作祟之物》
◇《如山魔嗤笑之物》
◇《如密室自闭之物》
◇《如水魑沉没之物》
◇《如生灵双身之物》
◇《如幽女怨怼之物》
◇《如碆灵供祭之物》
◇《如魔偶招致之物》

作家系列

◇《忌馆·恐怖作家的居所》
◇《作者不详·推理小说家的读本》
◇《蛇棺葬》
◇《百蛇堂》

SA行系列

◇《避难所·杀人告终》
◇《废园杀人事件》

非系列

◇《赫眼》

家系列

◇《祸家》
◇《灾园》

物理波矢多系列

◇《黑面之狐》
◇《白魔之塔》

幽灵屋敷系列

◇《家中是否有可怕的事情》
◇《特意在忌讳之家居住》
◇《被邀请到不存在之家》

其他长篇

◇《七人捉迷藏》
◇《窥视之眼》

山魔の如き嗤うもの

『刀城言耶』系列 04

目　录
CONTENTS

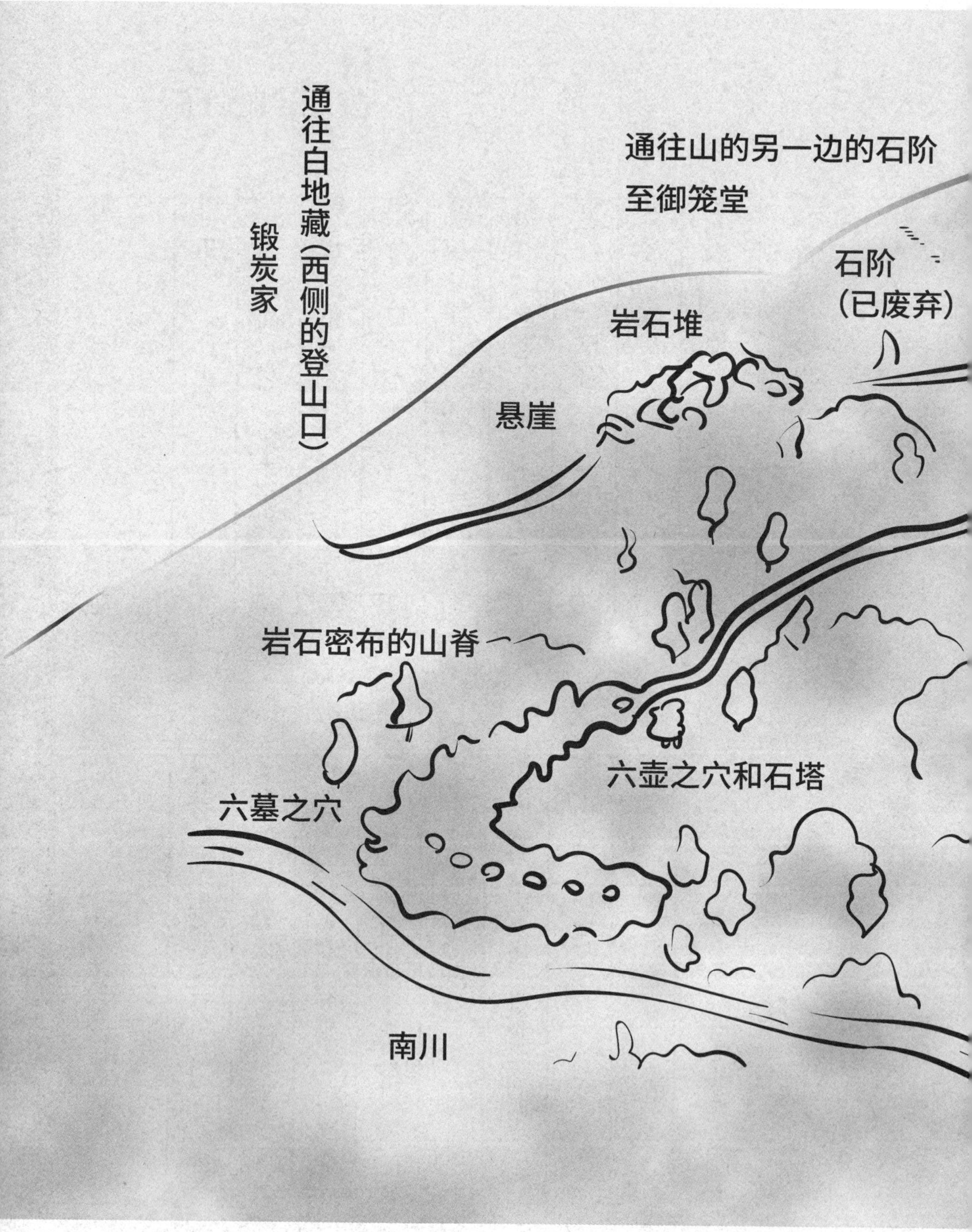

通往白地藏(西侧的登山口)
锻炭家
通往山的另一边的石阶
至御笼堂
石阶
(已废弃)
岩石堆
悬崖
岩石密布的山脊
六壶之穴和石塔
六墓之穴
南川

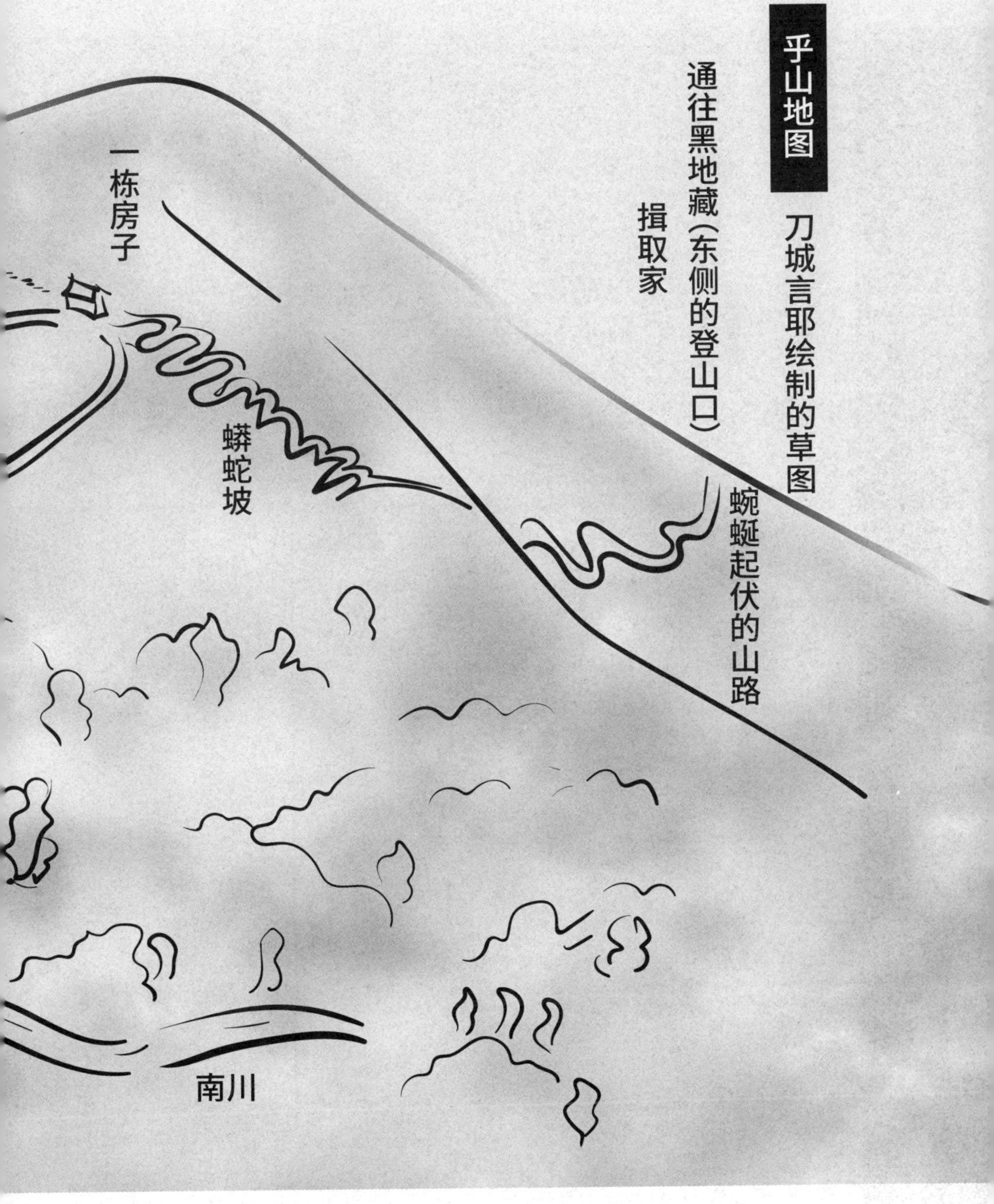
平山地图
刀城言耶绘制的草图
通往黑地藏（东侧的登山口）
揖取家
一栋房子
蟒蛇坡
蜿蜒起伏的山路
南川

初户村的村民们

乡木家　初户村的山林主

靖美　乡木家的第四个儿子，家中老幺

虎男　靖美的父亲

虎之助　靖美的祖父

梅子　靖美的祖母

高志　靖美的堂哥

日下部园子　靖美的青梅竹马

大庭　初户村的在驻警察

其余人员

吉良内立志　找矿人，二十年前来到奥户村

惠庆　暂住在御笼堂的修行者

胆武　暂住在御笼堂的修行者

鬼无濑　终下市市级警署的刑警，级别为警部

柴崎　刑警，鬼无濑的部下

谷藤　刑警，鬼无濑的部下

刀城言耶　作家，以『东城雅哉』的笔名创作怪奇幻想类作品

祖父江偲　出版社怪想社的编辑

主要登场人物

奥户村的村民们

揖取家　奥户村的山林主
力枚　揖取家的户主
成子　力枚的妻子
将夫　揖取家的入赘女婿，力枚长女（花子）的丈夫
月子　力枚的第四个女儿，家中老幺

锻炭家　奥户村烧炭户的领头人家
立治　锻炭家的户主
志摩子　立治的续弦
广治　立治的第三个儿子（和志摩子所生）
春菊　立治的小妾
立春　立治的庶子（和春菊所生）
团伍郎　立治的父亲（已隐居）
立一　立治的哥哥（年轻时便离家出走，失去音讯）
阿芹　立一的续弦
平人　立一的长子（和原配妻子所生）
百合　立一的长女（和阿芹所生）
阿幸　阿芹的母亲
立造　立治的弟弟（于二十年前失踪）
熊谷　奥户村的在驻警察

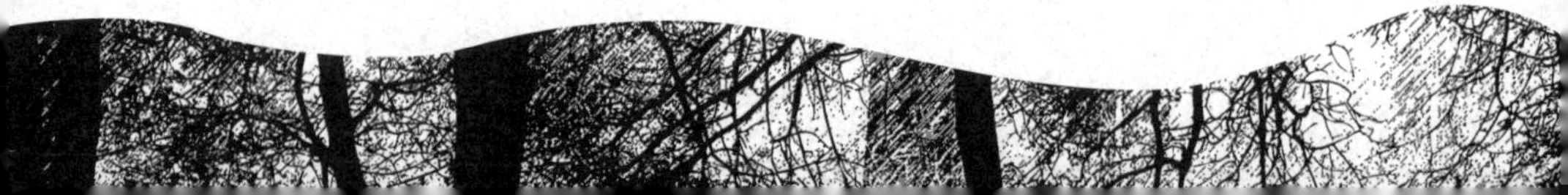

开篇

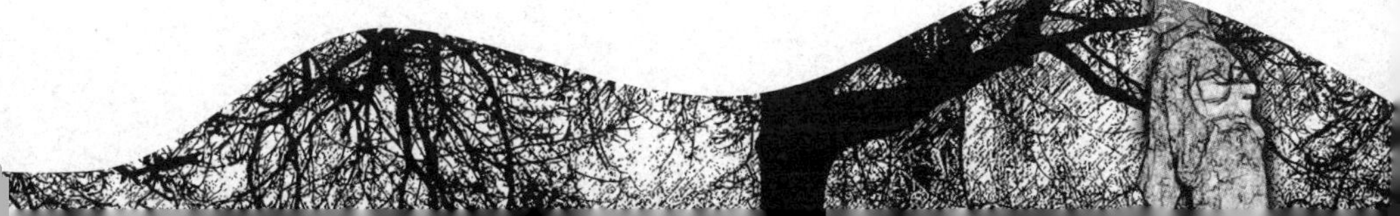

神户[1]有个村落，名叫“奥户村”，那里曾发生了一桩连环杀人案。事后，当我在梳理并记叙该案件的来龙去脉时，再一次深切地感受到了它的特殊性。

锻炭家的人是这一连串命案的核心，包括长子立一一家、次子立治一家，以及三子立造。尽管我几乎不认识他们中的任何一人，却仍被卷入了案件之中。

事已至此，我无意为自己开脱，但作为一个致力于为案子画上句号的“业余侦探”，“与被害人互不相识”这一点，无疑是致命性的不利因素。我始终觉得，本案之所以会愈演愈烈，甚至一路恶化成为连环杀人案，原因之一就是相关人士实在太多，而我没能直接接触他们全员。

此外，这份记录会由乡木靖美先生的原稿拉开序幕。毕竟是他误闯“凶山”在先（尽管事出无奈），这才引发了之后那一桩接一桩的祸事。

1　神户（Kobe）是日本兵库县（Hyogo Ken）的重要城市，也是一个国际贸易港口城市，工业和贸易行业发达，但本作中的“神户”不是指神户市，而是同名的地名。——译者注

顺便一提，靖美先生的原稿里还写到了初户村最大的地主——乡木家的人们（即靖美的祖母梅子、父亲虎男、大哥阿猛、二哥阿刚、三哥阿豪，堂哥高志等人），不过我可以提前声明，他们之中没有出现被害人或凶手，单纯是由于整份记录中的登场人物过多，我担心各位在阅读过程中感到不耐烦，才特地做了上述的补充说明。僭越之处，敬请见谅。

最后，我衷心祈祷各位读者们生活幸福，永远不要遇到如山魔嗤笑之物……

昭和[1]某年师走[2]月

东城雅哉　即刀城言耶　手记

1　昭和（Showa）是日本年号之一，即日本裕仁天皇在位的时期，在大正（Taisho）时代之后、平成（Heisei）时代之前，具体为1926年—1989年，是日本年号中持续时间最长的。——译者注

2　师走（shiwasu）是日本对于阴历十二月的别称。——译者注

民间传说讲述着遥远的过往，而其中最常提到的，便是“山母”。

“山母”其实指“山姥[1]”，接下来，就请看几个关于“山姥”的故事。

摘自《远野物语》（柳田国男[2] 著）

1　山姥（yamauba、yamanba）是日本民间传说中栖息在深山的妖怪，又称山母、鬼婆、山女郎等，外形是老婆婆，能知道他人心中所想，有时也会化作美丽的妇女。相传，和善的山姥会赐人财富，邪恶的山姥则吃人。——译者注

2　柳田国男（Yanagita Kunio），生于1875年7月31日，逝于1962年8月8日，日本民俗学创立者、诗人、思想家，于1951年荣获日本文化勋章，代表作有《远野物语》《关于先祖》等；文中引用内容摘自《远野物语》第108话《山母　其一》。——译者注

《『凶山』的一夜》

乡木靖美

一

我出生于神户的初户村，那里有三座相连的大山，被村民们称为“三山”。

去年初秋，我老家的御山神社照例举行了秋日大祭；次日，我便因参加村里自古相传的“成人礼”而爬上了三山。

有一条名叫“媛首川”的河流，流经奥多摩[1]。它源自神户的高地，那里由海拔不到一千米的群山所构成，可以说是低山地带，然而山势却复杂奇怪至极，大大小小的山峰此起彼伏，连绵不绝，仿佛被暴风雨掀起的惊涛骇浪，又像是盘根错节的巨树之根。山谷在群峰之间错落交织，复杂一如迷宫，令外人难以轻易闯入。

然而，以我们乡木家的祖先为首，富有开拓精神的人们还是迁入并扎根在了这片高地，历经艰辛，建成了初户村；乡木家也一跃成为了村里最有地位的人家以及神户一带最大的地主，至今掌管着地方上的林业。

我是乡木家的第四个儿子。尽管我的出身如此，却对村子的历史和自家的产业不抱任何兴趣，甚至想说自己和家里没有半点瓜葛……

1　奥多摩（Okutama）是位于日本东京最西边的一处地带，著名景点为奥多摩湖。——译者注我有三个哥哥，分别叫阿猛、阿刚、阿豪。他们人如其名，天生拥有一副好体格，从没得过大病，顺利地长成了强壮的年轻人，如今一起继承了家业。父亲给我的三哥阿豪起名时，原本是取了“豪猪”之意，但从字面上看不出这一层意思，只会觉得很是威风。再多说一句，我的父亲叫“虎男”，祖父叫“虎之助”，可见乡木家历代都爱给男丁起一个勇猛的名字。

哥哥们从小便是出色的继承人，令父亲深感骄傲。他们成天在外面玩耍，精力异常充沛，又淘气又胡闹，唯独我和他们不一样。我生来体弱多病，性格内向，整个童年时代都埋首于书本中。

直到现在，接生婆还会私下传闲话，说乡木家认定了第四胎是个女儿，还起了“靖美”那么阴柔的名字，才会把我生得像个姑娘似的柔弱。

其实我很清楚，她说这话肯定是出于记恨。因为我出生时，乡木家没有找她接生，而是让母亲去了终下市的医院生产，可村里人估计或多或少听信了她的谬论。

当时父亲已经有了三个健康的儿子，得知母亲又怀孕，便一反常态想要个女儿，所以在取名时融入了自己的心愿。没想到最后生下的是个瘦弱的男孩，他大失所望，把我的名字“靖美”解释为“平安、俊美”，就这样将男女名字间的巨大差异给糊弄过去了。

后来，我开始记事了。在我的记忆中，哥哥们只会把我当傻瓜，欺负我、捉弄我。尤其是三哥阿豪，经常打我。他们三个感情很好，但也会打架。大哥阿猛最强，二哥和三哥根本打不过他，于是二哥阿刚会把恶气撒在我和阿豪身上，而阿豪泄愤的对象自然只剩我一个。

因此，我总是被三个哥哥轮流痛揍。不过，他们直接施加在我身上的暴力都不算什么，父亲才是真正伤透我心的人。他总说，哥哥们对我的欺凌只是兄弟间的打闹，可这对我而言，明明就是地狱般的日子……

母亲可怜我这个病弱的小儿子，很疼爱我，但她害怕大男子主义的父亲，于是故意和我保持距离。毕竟她没能生下丈夫想要的女儿，却生了个软弱得不像乡木家后代的儿子，这使得她对夫家抱有强烈的愧意。她的母爱大概也输给了这份内疚吧。

结果，只有祖母能让我敞开心扉，尽情撒娇。当我到了入学的年龄时，还会和祖母睡一个被窝，磨着她说古老的故事给我听。拜此所赐，我自然早早地领悟到了读书的乐趣，在学校取得了良好的成绩。再加上祖母和堂哥帮忙劝说父亲，我终于上了大学，如今才有幸在东京当老师。真是塞翁失马，焉知非福。

说到我去东京上大学一事，我的堂哥高志或许比祖母发挥了更大的作用。

高志自小就被誉为乡木家“最聪明的一员”，受尽了整个家族的夸奖。他是我父亲二弟的第三个儿子，我父亲一直很喜欢他。实际上，我们的姑姑有两个儿子，高志自己又有两个亲哥哥，而我父亲在生下我之前也已经有了三个儿子。在这么多的兄弟之中，他偏偏只与我有许多共同点——比如我们同样肤色苍白、瘦不拉几的；比如我们的运动能力都相当差劲，却擅长念书。尽管他在私立高中上学时，我还在念私立初中，彼此间差了几岁，但我们长大后也都成为了英语老师。只不过，我们对教师一职的想法差距颇大。尤其是当他看到我自费购买了昂贵的英语教材，发奋用功时，还笑着说不如拿这笔“巨款”去潇洒玩乐。看来，远离父母、自由自在的大学生活极大地改变了他的性格。可即使如此，我父亲还是只认可高志，却不肯接纳我……

不，我还是别再抱怨了。反正我现在多少也能理解父亲的心态了——我是他的亲生儿子，而高志不是，所以他才会对我抱着复杂的感情。

还好去东京上大学后，随着我俩的频繁往来，我对高志的自卑感彻底消失了。因为他在大学里耽于玩乐，连普修学分都拿不到，还是我一次次代他点名，确保了他的听课率，再把笔记借给他，才让他侥幸毕业。由此，我总算是卸下了多年来的某些思想包袱——先不论我对父亲的心态，至少我不该对这位靠我帮忙拿文凭的堂哥抱有自卑心理。与此同时，我也渐渐地脱离了神户，脱离了初户村，脱离了乡木家，总算独立了出来。

不出意外的话，我今后或许就将作为一名普通的中学教师，度过平凡的一生。

但是，去年初夏时分，我收到了一封信，是我祖母从初户村寄来的。信上说，我父亲又开始唠唠叨叨，叫我回去参加“成人礼”，之后乡木家就会承认我也是大人了。当然，她本人并不认为我非得硬着头皮照办。

所谓“成人礼”是初户村的传统。说白了，它就是村子里的成人纪念活动，古时候是在男孩十五岁时举行的，看样子应该和“元服礼[1]”差不多。而现在规定，凡是出生在村子里的男孩，都要在二十岁那年的盂兰盆节[2]独自爬上三山，从“里宫”出发，一路参拜到“奥宫”，完成这项仪式。

我以在大学参加暑期课程为由，拒绝返乡参礼。尽管“暑期课程”听上去很严肃，本质上只是个借口。那年夏天，我的母校恰好开办了一场活动，旨在培养符合《图书馆法》要求的图书管理人员和候补人员。反正我父亲也好，别人也罢，都察觉不到我撒了谎，我很安心。岂料我在乡木家乃至整个村里的处境却变得更糟了。听说村民们议论纷纷，说只要我有心参加“成人礼”，哪怕不强求盂兰盆节也行，延迟到明年也行，重点还是本人的态度。而我的态度明显太消极了，一点都不重视村里的传统规矩。

没错，我压根就觉得那是种陋习……不，是压根就没把它放在心上。大学期间，我终于摆脱了父兄的影响，独自过着自由的日子。对当时的我来说，初户村只是个遥远的地方，除非有大事发生，否则我都不打算回去。

1　元服礼是冠礼的别称，源自我国。日本古代行元服礼时，受礼者的年龄多在11~17岁之间，仪式内容是改变发型和服饰，加戴头冠，不再使用乳名，改起正式的名字，表示该男子已成年。——译者注

2　盂兰盆节是日本重要的民间节日，每年的8月13日—8月15日举行，本意为缅怀先祖，日本民众会在此期间开办祭典，返乡省亲。该节日起源于我国，相当于我国的“中元节”。——译者注

同时，东京处在战后复兴阶段，又恰逢“朝鲜特需[1]经济”大盛的时期，社会发展相当迅速、蓬勃。据说韩国的李承晚总统发言称：“十六个国家的年轻人都参加了联合国军[2]，投身于战争，用自己的鲜血守护了‘自由阵营[3]’，可日本的年轻人做了什么？只知道看电影、打‘小钢珠[4]’，沉迷于脱衣舞！”

说真的，我也不知道他是否说过这种话，但就算是事实，我这一代人也不会为此感到羞耻。那时候的我，仅仅是个普通的日本青年，忙着讴歌自己的青春。当然了，我和其他同龄人的不同之处即在于，我下意识地逃离了自己的故乡和原生家庭，逃离了自己的父亲……

正是因此，当我得知父亲大发雷霆之后，更不想回去了。其实，我非常担心他一怒之下断了我的生活费和学费，不过最后还是决定硬扛。然而，我从没正经工作过，要是家里真的不再提供经济支持，我势必会因为拖欠学费而被大学扫地出门，流落街头……虽然很没出息，但这就是现实。所幸父亲可能也不想做得这么绝，我直到毕业都不缺钱花，生活得比很多同龄人滋润。

---

1 朝鲜特需是朝鲜战争的三年期间，由于美国的军工需求，日本接到了大量的订单，外汇储备翻了五倍，摇摇欲坠的工业生产迅速恢复，产能和劳动力得到了释放，实现了经济的重大复苏。——译者注

2 联合国军（United Nations Command）是冷战时期的产物，名不副实，不具合法性，充斥着军事对抗色彩。——译者注

3 “自由阵营”指1947—1991年的冷战时期，以美英为首的资本主义阵营。——译者注

4 小钢珠是一种带有赌博色彩的游戏，使用一种名为“柏青哥（pachinko）”的弹珠游戏机。——译者注

三年过去了，就在我完全淡忘了“成人礼”的当口，又收到了祖母的信。我很惊讶，也很不安，因为我意识到——父亲琢磨着我今年春天就要毕业当老师，是时候回去完成仪式了。

换作平时，我应该会无视这封信，可祖母依然在信中叮嘱我，叫我不必勉强自己……她那么为我着想，反而令我的良心备受折磨。我父亲确实是她生的，但我的祖父在我出生前就去世了，我父亲才是乡木家的当家人。在乡下农家，“老来从子”简直是天经地义的，她却要插手儿子和孙子之间的事，真是操碎了心。我很清楚这有多不容易，更替她感到难过。

于是，我把她的信拿给堂哥高志看了，找他商量。他劝我道：

“你以后就算和老家保持距离，要彻底断绝关系也是不可能的，所以尽量别和家里人落下心结啊。”

他已经当上高中老师了，尽管平日里仍像大学时代那样贪玩、喜欢恶作剧，还常干蠢事，这次却一反常态，一脸认真地给我提了建议。轻浮的人偶尔严肃时，意外地很有说服力，结果我老老实实地答应了，决定参加“成人礼”。

就这样，我再次回到了暌违四年的初户村。

二

去年第二学期过半时，我在某个周日的早上踏上了回乡之路。由于我任教的学校每周六只有半天课，要是课后直接出发，当天深夜即能抵达初户村，周日一早便可以进行“成人礼”。问题是，御山神社也要在那天举办秋季大祭，村里的人都会集合在一起，我绝对不想在那种日子搞什么成人仪式。于是请了带薪假，腾出了周一，盘算着若是清早进山，当晚就回得了东京。总而言之，我抱着美好的计划，故意慢吞吞地出发，以免太早到家，还得不情不愿地跟父亲和哥哥们相处。

三山便是“成人礼”的舞台。顾名思义，初户村将三座相连的大山视作一体，取名“三山”，并尊其为“神山”，祖先们也在山脚下修建了名为“里宫”的祠堂。按由近及远的顺序来看，第一座山的海拔不到五百米，顶上建有“第一中宫”；第二座在七百米左右，顶上建有“第二中宫”，第三座则不到一千米，顶上建有“奥宫”。被村民们称为“参道[1]”的山路从“里宫”起，一路延伸下去，途经“第一中宫”和“第二中宫”，最终通向“奥宫”。“成人礼”的内容便是沿着“参道”翻过这三座山，走到终点。整条路虽不好走，但对成年男子来说，也不算是太难的任务。

上述“内幕”都是高志提前告诉我的，情报的来源是他的母亲（即我的婶婶）。向父亲或哥哥们打听无疑更方便，可我这么做会给祖母添麻烦，就只好拜托堂哥了。

周日晚上，我抵达了乡木家，家里只有祖母和母亲出来迎接我，而母亲也很快被父亲叫走了，就剩祖母给我准备了一顿迟到的晚餐。然而，单独用餐的我并不觉得孤寂，反倒因不用问候父亲和哥哥们而松了一口气。

1　参道即参拜时走的道路。——译者注

我自幼挑食，不像哥哥们吃什么都香。但尽管我不爱吃蔬菜，却喜欢祖母做的凉拌菠菜；尽管不爱吃醋饭，却喜欢祖母做的稻荷寿司；尽管不爱吃腌菜，却喜欢祖母腌制的酸梅干……我能摄取各种营养，平安长大，怎么想都是托了她老人家的福。[1]

那晚，祖母端上来的都是我爱吃的菜。我的胃口依旧很小，祖母看着我，一边叫我吃这吃那，一边安慰着我：

“等你明天完成‘成人礼’，你父亲和哥哥们还要给你开庆功宴呢。到时候，你也是公认的男子汉啦……不对，你都当上老师了，多了不起啊，早就是成熟的大人了……可是老家也有老家的规矩呀……”

恐怕她自己也很矛盾吧。一方面，我决心参加仪式令她感到安心，而另一方面，她又忍不住同情我的遭遇，觉得我是被逼的……

不过，她也只在刚开始时和我聊了一点“成人礼”的事，随后就说起了各种家长里短，比如说，祖父曾出于兴趣盖了一个小剧场，可梅雨季刚结束时，那里就被一个奇奇怪怪的戏班子给“霸占”了，那个戏班子名叫“太平一座”，平时在各地巡回演出；比如说，盂兰盆节之前，奥户村锻炭家的长子居然回来了，他明明离家出走几十年了；比如说，神户最近出现了专门打劫修行者和巡礼僧的强盗；

1　凉拌菠菜是一道日式家常小菜，用开水将菠菜烫熟后，加入酱油、高汤等凉拌即可；醋饭是制作寿司时常用的辅料，在蒸熟的米饭中加入透明的寿司醋拌匀，风味清爽、微酸，很是开胃；稻荷寿司是一种日本传统寿司，将醋饭加入煮熟切开的油豆腐皮中制成，也可按喜好再添加其他食材；酸梅干是日本传统腌菜之一，梅子腌制过后缩小、起皱，色泽偏红，带有很重的酸味与咸味，非常下饭。——译者注

又比如说，明天有一场婚礼，送嫁的队伍会从初户村出发，前往奥户村……

所谓“奥户村”，是翻过三山之后再往北走的一个村落，位置比初户村更靠里，祖母的娘家就在那里。她虽已出嫁好几十年，但人或许总对故乡抱着关切之情。即使我并未认真倾听，她却仍旧兴致高涨，不停地讲着锻炭家的家务事。然而回头想想，那些话指不定是在拖延时间，帮我躲过家里的男人们。

吃完晚餐后，我正准备回自己的房间，祖母则摆出一副若无其事的样子，拿出了一封信。

“这是什么？”我问道。

“是今天收到的，我先帮你保管了一会儿。”她回答说。

我接过信，发现信封上没有地址和邮票，只写了“乡木靖美 敬启”几个字，可见是直接交到祖母手里的。我又看向信封背面，寄信人的署名是“日下部园子”。

我一下子愣住了。

“好啦，你今晚就早点去睡吧。”

祖母见我呆立在原地，提醒我好好休息，随后便静静地离开了。

我硬是忍住了直接撕开信封的冲动，回到阔别四年的房间，打开书桌上的台灯，这才开始读信。

信的内容大致分成三部分。第一部分提到了我独自在东京生活一事，园子既是关心，又是羡慕；接着，她祝我能成为一名优秀的教师；而在第三部分中，她说自己要嫁去奥户村的灶石家了。

即是说，刚才祖母提到的送嫁队伍，其实就是送园子出嫁的。

日下部家掌管着初户村的樵夫和伐木工人，历代都为乡木家工作，所以园子和我既是青梅竹马，又是同学，在青春期还彼此抱有好感……不，肯定只是我的单相思……我们之间最亲密的接触，也仅仅是我在某个夏夜的庙会上，拼上所有勇气，趁着天黑拉了拉她的手……

园子要嫁人了，而且是嫁去灶石家……

我一整夜都未合眼，第二天趁着太阳还没出来就起了床，去浴场洒水净身[1]，以求摒除杂念。那时的我，也逐渐开始将“成人礼”当成了一种仪式，希望通过它来挥别过去的种种，成为真正意义上的大人。

我麻利地擦干身子，换上一件白色的棉质行衣[2]，又戴上手背护套，扎上绑腿，穿上草鞋。这些都是祖母为我准备的衣物。接着，她又在我的脖子上围了一条白布。

“您这是给我系围巾呢？”我半开玩笑地问道。

“不，山里的‘坏东西’会趁着‘成人礼’，从脖子上的穴位钻到人的身体里。这条白布可以保护你。”

祖母的语气很严肃。

等我穿戴妥当之后，她递给我一只可以背在肩上的布挎包，我朝里一看，包里放着我的早饭和午饭（是饭团和茶水）、给沿途四个祠堂准备的供品（是灌满了好酒的竹筒和装着大米的小袋子），甚至还有一只用布缝制的钱包。

1　一些传统规定，在进行祈神等重要的仪式之前，需要先用水淋遍全身，起到净化身体和精神的效果。——译者注

2　行衣是行脚人常穿的白衣。——译者注

“深山里还用得着钱包？”

我真心觉得祖母是在逗我，但她再次严肃地否定了：“里面当然没有放钱，只用日本纸包了一些树果，像是栗子之类的，算是‘买路钱’。”

“‘买路钱’？干吗要准备‘买路钱’？”

“万一你在山里遇到了什么……不管那到底是什么，你就把‘买路钱’递上去。”

祖母都这么说了，我却没能开口问她，自己到底会遇到“什么”……

按过去的习惯，得在山中住上一晚，因此我得再背一个柳条包，里面装了白色的棉质浴衣[1]和漂过的白布。这些装备都不算重，可加在一起还是让我感到吃力。我以当天来回为由，提出不带柳条包，祖母却坚称这是“老规矩”，不肯让步，而且还“没收”了我的小型收音机和手表，不许我带着现代文明的产物。总之，她的意思是——既然要参加“成人礼”，就该好好按照规定来办。

由于“成人礼”禁止送行，我在家中向祖母道别，而后一个人静静地上了路。我的父母和哥哥们始终没有露过脸，可我完全不介意，反倒觉得很轻松。但在我感受到清晨的寒气时，那份安心感就立即消失了，我不禁浑身哆嗦。

我从乡木家的玄关口出来，绕道宅子后面，只见那三座隆起的大山在晨雾中若隐若现。按高度来看，山路应该不会太陡，不过强大的

1　浴衣是一种日本传统服饰，原本是贵族浴后穿着的轻薄型简易和服，在江户时代于民间开始流行，成为夏日庙会活动或者温泉洗浴中心常见的着装。——译者注

压迫感还是扑面而来。

（这三座山原本就这么庄严肃穆吗？）

我突然陷入了迷思。它们是那样地陌生，令我不得不盯着多看了一会儿。当时的我，就仿佛是第一次与它们对峙，就仿佛回到了童年。

然而，我不能一直傻站着不动。于是，我慢条斯理地走向第一座山的山脚，去“参道”入口旁的“里宫”进行第一场参拜。进入“里宫”后，我往供神的小酒杯里倒上好酒，又献上装了大米的小袋子，开始祈祷。不可思议的是，我心中自然而然地滋生出了一份虔诚感，好像重新意识到了这里是生我养我的土地。我的精神也随之振奋，向着“参道”迈出了第一步。

只不过，这股精神头并没有持续很久。走着走着，我便担忧了起来，觉得自己似乎闯入了一个不得了的地方，而前路更是神秘难测，令人恐惧……

仔细想想，村里没人知道这三座山上到底供奉着哪路神仙，只是自古流传着“山神大人”的说法。据古代文献记载，三山在古时候叫作“巳[1]山”或者“眉山”。按“巳山”的名称推测，这里的“山神”应该是“蛇神”，而按“眉山”的名称推测，“山神”的真面目则当属“祖先的灵魂”。毕竟“眉”有“晚年”“长寿”“老人”等意思，再结合神户一带“弃老[2]”的传说，“眉山”亦可以解释为

1　巳是十二地支中的第六支，也可表示十二生肖中的“蛇”。——译者注

2　日本古代生产水平低下，有些地方便兴起了“弃老”的残忍陋习，将家中失去劳动力的老人（尤其是年迈的老妇）带进山里抛弃，任其自生自灭，以节省粮食。——译者注

“舍姥山”，即“舍弃家中老妇的山”。

但不论是祖先的灵魂还是蛇神，全都跟战前的日本神道[1]相冲突，因此有说法称，此处也曾供奉过守护山海的大山祇命[2]。然而，在初户村村民的心里，住在三山上的神明始终还是那位身份不明的“山神大人”。即使在战后，大家的想法亦不曾改变，甚至像是倒退到了江户[3]时代之前。

一想到要自己一个人进入这几座充满神秘与未知的山中，我就更害怕了。在“里宫”建立起来的信仰之心已经消失殆尽。

即使如此，我也不可能回头。假如我这么做了，真不知道父亲和哥哥们会讲出多难听的话，反正十有八九会嘲笑我、数落我，说“靖美果然是个废物”；就算他们“大发善心”地同情我，我也免不了被当成一条可怜虫。

原来，在我一心渴望和老家撇清关系的同时，还想着要报复父亲和哥哥们——不对，正确说来，我还希望得到他们的认同，我还记得自己是乡木家的老四！

原来，这才是我真正的心情。这一发现让我一时愕然。

1　神道（Shinto）是日本原生的信仰、日本的民族宗教，也是日本文化的根源所在，信仰对象包括天地万物，最初以自然崇拜、祖先崇拜、天皇崇拜等为主，属于泛灵多神信仰，视自然界各种动植物为神祇。——译者注

2　大山祇命又叫作大山祇神、大山积神、多志大神、大山津见、酒解神等，是日本本土神话中的山神。根据《古事记》记载，他由伊邪那岐和伊邪那美所生。——译者注

3　江户（Edo）是日本年号之一，从1603年起，至1868年结束，也是日本历史上武家封建时代的最后一个时期。——译者注

我心潮起伏，但仍脚不停步。也多亏如此，我不久后便到达了“第一中宫”，再次献上美酒和大米，通过祈祷来平复情绪，随即又从布挎包中拿出了祖母为我捏的饭团，决定原地休息一会儿，吃个早餐。

“第一中宫”之后，是一段下坡路，周围的树木越发茂密。而后，我踏上了第二座山，脚下的路况也发生了变化，岩石明显增多。上坡本就辛苦，更何况要高度集中精神，一边留意脚下的安全，一边爬坡。这段布满岩石的山道真是我这辈子走得最费神的路。

走到这里，我总算意识到自己大意了。村子里的年轻人们成日在山里工作，连翻三座山确实轻而易举。他们要是一早出发，肯定在中午便能早早回家。可我不一样。尽管我出生在这里，却连一座小山都没爬过。说到底，我压根不喜欢在外玩耍。

当我赶到“第二中宫”时，已经疲惫不堪。看太阳的位置，估计早就过了中午。我十分焦急，但身体又渴望着休息，于是我再次选择休整片刻，趁机把午饭吃掉。保险起见，我还留了一个饭团。因为我心里实在没底，不确定自己能否赶在天黑前下山；即使能，我在回家路上想必也累得不行，要是再饿着肚子，那我绝对受不了。

不幸的是，我很快便陷入了一场令人战栗的绝境。相较之下，眼前的不安简直就是“小儿科”。

三

我歇息了一会儿，又重新出发。“第二中宫”后的下坡道就和上坡道一样满是岩石。我步步小心地走到山下，眼前出现了一片茂盛的熊笹[1]林，“参道”也自此变成了一条极为狭窄的小径，就像是野兽穿过这片熊笹林时留下的轨迹，得在细看之下才可辨认出来；路上的野草长得又高又密，完全没过了我的脚背，我每一步都踩出了沙沙声。当我走到半道上时，忽然听到了令人难以置信的声音。

那是婴儿的哭声。

（深山老林里怎么会有婴儿?！）

我恐慌不已，可很快又觉得可能是幻听，便凝神细听。可那确实是婴儿在啼哭……

我吓得慌不择路，只管逃窜，中途被绊倒了。但我害怕这样下去会直接死在这片熊笹林之中，便强打精神，手脚并用，拼命往前爬。虽然我的腰腿已经完全使不上力，却还是凭着逃生的意志力继续爬动。

过了一会儿，我似乎远离了那哭声，于是晃晃悠悠地站了起来，尽可能快速地奔跑……

可是，婴儿居然还在哭……

不对，那不是单纯的哭声，更像是正在遭受虐待、被人用力践踏时所发出的哭叫……

终于，我跑出了那片草丛，来到了一处河滩。其实那里没有河水，周围净是岩石，只是看起来像河滩，不知道现在是不是枯水期。好在

1 熊笹（Kumazasa）属于禾本植物，是一种多年生常绿竹类，又名山白竹，原产于日本，叶片可用于包裹食物，防腐保鲜，也可制成茶叶或入药。——译者注

已经听不见哭声了。

我才刚松了一口气，就注意到这里不是普通的河滩。四下堆满了岩石，还有好几座石头垒成的塔。

（简直像赛之河滩[1]似的……）

一个可怕的念头在我脑海中浮现，我刹那间产生了新的怀疑——莫非，方才的婴儿啼哭声就是从这里传出来的?!

一想到这一点，我的膝盖便不停地打战。我不能继续留在这里!

我再次撒腿逃开，一心想着必须尽快逃去其他地方。然而事与愿违。我害怕撞倒石塔，所以怎么也跑不快，总觉得万一弄坏了它们，哪怕只弄坏了其中一座，就永远无法摆脱婴儿的哭声了，这绝对不行!

跑着跑着，我好不容易逃离了那片河滩，来到了仿佛猛兽走过的狭路上。遗憾的是，我的体力已经不足以正常攀登这座缓坡，行进速度极为缓慢，呼吸困难，脚步凌乱，几乎就要瘫倒。于是我站在原地，战战兢兢地转回头，再次将注意力集中在耳朵上，果然还是能听到一丝令人畏惧的哭泣声。我不得不重新动起来，四肢并用，不顾一切地向前逃去。

等我回过神，停下脚步，才意识到婴儿的哭声已经消失了。

我紧绷的心弦终于放松了下来，不禁纳闷那到底是怎么回事，不

1　赛之河滩是日本神话中，位于冥府三途川边的河滩，聚集了早夭儿童的亡灵，在该河滩上堆砌石块。但石块一堆高就会被恶鬼破坏掉，让孩子们重新开始堆，如此循环不止，来惩罚先于父母死去的孩子们无法长大尽孝的“罪孽”。——译者注

过终究还是强压着自己的好奇心，继续闷头赶路。

与此同时，我发现了一件奇怪的事——既然我已经走在第三座山上了，那么山路应该一径往上才对，可我脚下的路却相当平缓，而且不知通向何方，实在不像是在爬海拔近千米的山。

（难道……）

我琢磨了一下其中的可能性，心里骤然一紧，意识到自己这是迷路了。

但从“里宫”到“奥宫”只有这么一条路，所以我肯定是在某处走岔了……这么一想，之前在熊笹林里的遭遇即在我的脑海中复苏了。

我在那里又摔又爬，恐怕跑错了方向；再看看自己身上，白色的行衣也脏兮兮的，想来都是因为我当时几乎陷入了恐慌之中，抱头乱窜，盲目地冲到了一块完全陌生的地方。

（现在还来得及，只要按原路返回就好！）

我如此判断，于是转身向后，沿着来路迈开脚步，心想着只要回到那片熊笹林，就认得出方才是顺着哪条山路下来的，之后重新回归正途即可。这是我如今唯一的选择！

假使遇到最坏的情况，我保不准还得在“奥宫”过夜。都怪我太小看这几座低山，未做充分的准备便贸然上路。要是在回家的途中天黑了，可就大事不妙了，甚至有可能遇难。那样一来，真不知道父亲和哥哥们会如何耻笑我……

按照过去的规矩，“奥宫”那里有供人闭门暂住的小屋。在荒无人烟的深山小屋里住一晚上固然可怕，不过总比露宿野外强，我别无选择。总之，这些问题就等我先抵达“奥宫”再说。下定决心之后，不安之情也意外地减弱了。

话说回来，神户这一带的村民们可真辛苦，经常要翻山越岭。在我小时候，祖母给我讲睡前故事时，一次又一次地提到自己从奥户村嫁过来有多不容易。

首先，乡木家派出了好几位亲属，从初户村前往祖母的娘家接亲。奥户村就在三山北面，但出于对山神的敬意，接亲的队伍不能从三山借道，非要绕个大圈子，去翻越东侧的臼山才行。而初户村的人若想前往奥户村，只有奥户村东北边的那条路是走得通的，所以不得不先绕远路，后走山路，不存在其他方案。

等接亲的队伍到达奥户村之后，要先和奥户村的村民们一起开一场晚宴，接着无所事事地待到第二天的傍晚。届时，新娘子（也就是祖母）离开娘家，完成向夕阳叩拜的传统仪式，再由她的叔叔、哥哥、弟弟、妹妹、两个媒人，以及来帮忙的邻居等共计八人担任挑夫，抬着橱柜、梳妆台、被褥、丝绸、大米、红豆等物品，和乡木家的接亲队伍一起前往初户村。

大晚上走山路，每个人当然都得全程提着灯笼。祖母说，亏自己还是个新娘子，也只是简单地扎了扎头发，而和服底下依然穿着干活时的袴裤[1]。当他们下了臼山，来到初户村时，天都已经蒙蒙亮了。祖母还说，她看到一辆卡车等在那里，立刻就不想再多走一步路了。

1 袴裤原本是日本东北地方妇女劳作时的裤装，由男性穿的传统裙裤“袴”改良而来，整体宽松，唯独裤脚口收紧，二战时期在全日本女性之间普及开来。——译者注可是，他们接下来并不能直接去乡木家。因为按奥户村的传统，新娘正式嫁入夫家前，还要对着朝阳叩拜一轮。所以她在乡木家安排的房子里住了一夜，重新扎了头发，第二天天不亮便换上了嫁衣，面向初升的朝阳行礼膜拜，随后出嫁。

最后，她总会说——无论过了多少年，她都清楚地记得乡木家附近的居民们沐浴着清晨的阳光，一起迎接她时的景象……

园子的婚礼大概也会是这样吧。

我突然开始想象她绑着头发、走在山路上的样子，甚至还惦记着——她要是嫁到我们乡木家来，就不必辛辛苦苦地翻山了……想到这里，我顿时感到一阵狼狈，连自己都觉得惊讶。

我伸出双手，用力拍打着自己的脸颊，想要驱散心头的烦恼。

身在“神山”之中，哪能有这种妄想。这里可是神明居住的地方！虽说它有可怖的一面，但更是神圣之所，而且我还没完成“成人礼”，必须舍弃一切杂念。祖母昨晚把那封信交给我，肯定是希望我能通过这场成人仪式，战胜自己对青梅竹马的依恋。

那么，等我在“奥宫”参拜完毕，就把她的信撕碎，扔到山里去。

决心已下，我稍微轻松了一些，同时收了收散漫的心神，开始关注四周，这才后知后觉地察觉到——周围的气氛不一样了……

说真的，从“里宫”开始，直到熊笹林的那段路上，沿途的风景也一直在变化，可我始终能感觉到自己确实在三山之中行走。不安与恐惧仿佛浑然一体，伴随在我左右。

然而，现在却只剩下恐惧……

我下意识地停下了脚步，环顾四周。右边是一片幽暗的树丛，令人毛骨悚然的叫声从深处传来——而下一瞬间，那惨烈的尖叫声似乎蹿入了空中，从我头上越过，又落在了我的左侧，再次发出了同样瘆人的叫喊声！

（这、这、这是什么?！）

发声物在我头上反复横跳，忽左忽右，还不停地大叫着，仿佛在嗤笑狼狈不堪的我。

（不，那或许单纯是某种野兽的嘶吼声……但，有什么动物可以在空中自由飞行的同时发出可怕的叫声吗？有吗？）

我想到了鼯鼠[1]，不过它们应该只在树木之间滑翔，不会特地落到地面上喊叫，可以排除。所以现在的到底是什么？天狗[2]吗?！我急忙摇了摇头。

天狗的传说确实自古就遍布日本各地。比方说，行走在山中时，突然听到大树倾倒般的轰然巨响，一看究竟，却发现树木都好好的，这种现象就叫作“天狗倒”；又比方说，山路上一下子刮起大风，吹得山谷鸣响、石块乱飞，这便是所谓“天狗砾”；再比方说，于山间听见笑声，却不知声从何处来，心生恐惧，加急赶路，笑声却一路追

1　鼯鼠（flying squirrels）又名飞鼠，是对鳞尾松鼠科下的一个族的物种的统称，其飞膜可以帮助其在树中间快速地滑行，但由于其没有像鸟类可以产生升力的器官，因此鼯鼠只能在树、陆中间滑翔。——译者注

2　天狗（Tengu）是日本神话传说中的一种妖魔，和中国神话中的不同，据说有着红脸、长长的鼻子和一双大翅膀，手持羽毛做的团扇，腰间别着武器，身材高大，凶悍傲慢，通常居住在深山之中，具有令人难以想象的怪力和神通。而日本还有一种天狗，叫作“乌天狗”，又称“鸦天狗”“小天狗”，特征是长着乌鸦一般的鸟面，羽翼漆黑。——译者注

随，该“奇遇”即为“天狗笑”。据说若是忍不住跟着笑起来，那哄笑声则会越发响亮……总之，许多不可思议的现象都被冠上了“天狗”之名。

然而，要是我因此便认为自己遇上了天狗，那就真是愚昧无知了。换作是小时候的我，由于害怕祖母讲的那些神怪传说，于是胡乱猜测，倒还情有可原；如今的我已为人师表，哪好意思再往怪力乱神的方向去想。

为此，我更加坚定地否认了“天狗”的可能性，全力加快步子，只想着快点逃离这里，逃离那阴森森的笑声。此外，我也意识到这一带变得更为昏暗了，理由并非树木繁茂，遮天蔽日，而是太阳开始西下。黄昏越来越近了。

我自幼便常听人说，山中的黄昏极短，日落好似就在一刹那。所以我必须赶在天黑前回到自己认得的地方。

可惜天不遂人愿，我一路走，一路觉得周围愈发诡异，景色愈发陌生，而这也加剧了我的焦虑。我虽想回到来时的山路上，但恐怕再一次走错了方向。

事情到了这地步，我已经束手无策，只得承认自己彻底迷路了。

而今我唯一可做的，就是趁着太阳没下山，赶紧找个能安全露宿的地方。

其实，我很惊讶自己居然可以冷静地思考。果然，必要时刻就该接受现实，承认自己进退两难。

我重新稳定了一下情绪，慢慢环顾周围，挑选着接下来要往哪走，却冷不丁地产生了一种难以言述的感觉，或许该称之为“不协调感”。

（这是怎么回事……）

诚然，我从不亲近大山，山里的一切在我眼中都好似来自另一个世界。只是这种“不协调感”在这陌生的山中也显得分外不同……因为我……

是的，因为我好像被什么东西死死盯着……

这并非我的错觉或幻觉，的确有什么东西正屏息凝神，在暗中牢牢地注视着我……

而在感受到这股视线的刹那，我的双臂便爬满了鸡皮疙瘩……

四

我想起了小时候听祖母说过的“山女郎”的故事。回忆是那样清晰，历历在目。

相传，很久以前有一个樵夫，受雇于乡木家。某天他独自一人进山，透过树木的间隙，看到前方站着一个身穿和服的长发女子。

事实上，神户一带的居民认为山里的神仙是位女神，而且相貌丑陋，所以他们严格禁止任何女性进山，省得山神见到比自己年轻、美丽的女子而心生嫉妒，给在山中工作的人们招来灾祸。樵夫自然知道这一规矩，于是十分愤慨，心想那女人怎么如此不懂轻重，准备冲上去将她赶下山。

说干就干。樵夫快步走上前去，可女子一下子闪开了，迅速往大山深处走去。樵夫急了，怕再下去会跟丢，便拼命追赶，决心在山神发怒之前把女子带走。这种使命感一般的想法逐渐充斥了他的脑海。

但追着追着，他开始觉得不对劲。和服的下摆极窄，穿上之后根本迈不开大步，对方怎么可能走得这么快？而自己明明一身便于行动的打扮，又常年在山里干活，怎么可能追不上她？

想到这里，他瞬间心里发毛。

就在此时，女子站住了。她的面前似乎是一截悬崖，她却在崖边蹲了下来，频频向崖下望去。

那女人到底在干什么？

尽管樵夫很害怕，但好奇心到底占了上风。他还是继续走近女子。

女子似乎察觉到背后有人过来，便侧过脸来。晨光打在她的面容上，衬得她的美貌光辉动人，只见她虽有四十上下，却充满了女性的韵味，樵夫都看呆了。

她为什么如此关心崖下的光景呢？樵夫不解，也学着她往下看去，结果未见任何异常的景象，正一头雾水，想着先问问她的名字和来历，开口道：

“请问……”

“闭嘴！”

女子一下子勃然大怒，发出了可怕的尖叫声，同时站起身来，面对着樵夫。

那是一张诡异无比的脸，仿佛由左右两边拼接而成。左半张脸是妩媚动人的成熟女性，右半张脸则是老迈衰朽的丑陋老妇。

樵夫吓得夺路而逃，下山后把这段经历告诉了众人。樵夫们的老大听说之后，恶狠狠地板起了脸，问他：“你进山之前，好好拜过山神大人了吗?！”

原来，那个樵夫是一时迷糊，忘了拜山，才会遇到这种怪事……

年幼的我认定了那个怪脸女人就是山神大人，祖母却否认了，告诉我山上除了山神，还有“山女郎”，并叮嘱我说——如果遇到“山女郎”，绝对不能看她们的脸。

（难道，我刚才真的撞上了“山女郎”?！）

不，我怎么想起了这么可怕的传说！我一边后悔不已，一边屏住呼吸，一动不动。

过了一会儿，我感觉周围暂时没了动静，可右前方的草丛里却传出了唰唰的声音，像是有东西擦过草叶，冲我而来！

我的第一反应相当现实，怀疑来的是某种动物；但万一是熊，那可就是有别于妖魔鬼怪的另一种“恐怖”了。不过还好，我从没听说过附近的山上有熊出没，狼也早就绝迹了，这下只可能是山猪、狐狸或者野狗。

且慢……草叶的摩擦声不仅来自于草丛底下，连草丛上方也有，就像是有某种比中小型动物更高的“东西”用双腿在草丛中行走，而且马上就要走出来了……

马上……

我盯着那片苍郁茂密的草丛，忽然有一个貌似用布袋包着的“东西”从草丛的暗处出现！

“它”乍看之下有着人形，但不知为何，总让人感觉“它”其实不是人类……

我无法承受那种恐怖感，它太可怕了，甚至令我感到痛苦……

那个“布袋包”一面直勾勾地注视着我，一面慢慢悠悠地走到了山路旁，接着缓缓地驻足，继续凝视着我。不过准确说来，我只是单方面认为“它”盯着我不放，实际上并不确定“它”到底在看什么。因为“它”扎着一条破破烂烂的头巾，几乎把整张脸都挡住了，我看不见“它”的视线正投向何方。

可下一刻，“它”竟突然向我走来！毫不犹豫地、笔直地向我走来！

强烈的冷意贯穿了我的整条脊椎骨，我一想到再这样下去就要和“它”面对面，全身的寒毛一下子倒立了起来。

（“如果遇到‘山女郎’，绝对不能看她们的脸……”）

我想起了祖母的忠告，可回过神来，“它”就已站在了我的面前。我仓皇地闭上双眼，然而“它”的模样却深深地烙在了我的脑中——

“它”戴着一条脏兮兮的茶色头巾，裹着一袭褴褛的和服（隐约能看出它原本是深蓝色的），背后打斜背着一只印着蔓藤花纹的布包袱，右手还拄着一根拐杖。从装束来看，“它”就只是个普通的乡村老妇，可我又总觉得不是那么回事……所以“它”到底是什么？真的是“山女郎”吗？

“万一你在山里遇到了什么……不管那到底是什么，你就把‘买路钱’递上去。”就在这一刻，我脑中蓦地响起了祖母的嘱咐，便立刻睁大双眼，从布挎包中拿出那只布制的钱包，用右手掏出钱包里的那包树果，颤颤巍巍地向前递去。

“它”伸过脸来，渐渐凑近了我的手，我简直怕“它”把我的右手连同树果一起吃掉，而“它”却只是迅速地探出一只戴了毛线手套的手，拿过我手中的树果。我自然又被这番举动吓了我一大跳。

但更可怕的是，“它”居然开口说话了，声音又粗又哑，像是刮擦着声带一般……

“现在……几点……”

“……”

说来可耻，我被“它”吓破了胆，全程都张不开嘴，只好比手画脚地表示自己双手都没有戴手表，身上也未佩戴怀表。

随后，“它”依然目不转睛地看着我，继续问道：“去涡原，是从这儿走？”

我一开始没听懂“它”在说什么，很快又反应过来，“它”问的是神户以东的涡原一带。然而，我当时都迷路了，怎么可能认得清方向。

无奈之下，我只好再次通过肢体语言表达了自身的情况。这个像是老婆婆的“东西”大概明白了我的意思，便看了看周围，见自己来时的草丛正对面还有另一片草丛，中间隔着一条山路，于是开始慢慢腾腾地横穿山路，往那片草丛走去。

“它”接下来要去涡原吗？但半路上天就会黑了啊……而且那里什么都没有，是一片萧条之地，为什么要去那种地方？再说了，从神户去涡原的话，应该是有山路可走的，为什么非要在草丛中穿行？

我从头至尾都想不通其中任何一个环节，只觉得莫名中透着几分恐怖……

我看着“它”离去的背影，连一句话都说不出。“它”却又忽然停了下来，接着转过上半身，对我说道：

“你，马上离开……”

这话什么意思？是要我下山吗？“它”为何说这种话？

这番话本就让人费解，何况“它”离我已经有一些距离，我比方才更听不清“它”在说些什么。

但我顾不上惊讶，抓紧问了一个问题：“这到底是哪里？”

我心想，“它”肯定知道问题的答案。事实也证明，我的猜测是正确的，只不过……

“乎山……”

在听到这个答案的刹那，我又一次由于恐惧而浑身僵硬。这份恐惧是如此强烈，远胜于我今早进山以来的所有恐怖经历。冰冷的战栗感将我完全吞噬。

因为，这是整个神户最遭人畏惧的地方，别名“凶山”。

我怎么偏偏就在这座山中迷了路呢？虽然我不清楚详细的地理位置关系，但大致来说，三山的北侧和乎山相连。“神山”边上居然有一座被视为禁地的“凶山”，真是太讽刺了。可考虑到所谓“神山”的三山也曾有“弃老”的传说，可见它亦绝非纯粹的圣地。

它是“舍姥山”……

难道与我对话的“它”就是古时候被家人抛弃在三山的老婆婆？化成妖魔之后，“它”就不断徘徊在周围的山上，度过了漫长的岁月，因此“它”的衣物才那么破旧？

不、不可能！

我当即否定了自己的胡思乱想，却又猛然想起了“它”的背影……那背影正散发着一股极为强烈的悲苦之意……

“它”或许将继续在山中徘徊，直到永远……

我赶忙停止臆测，这才发现天色已渐渐转暗，暮色在树木之间慢慢扩散开来。看样子，夜晚就快到来，这座山仿佛即将化作伸手不见五指的恐怖世界。

趁着肉眼还能看清东西，我卸下了柳条包，开始确认里面装了什么，发现在棉质的白色浴衣和漂过的白布下面，还有压缩饼干等应急食品、手电筒、蜡烛和火柴。应该是祖母怕我遇到意外，偷偷放进去的。尽管她收走了我的收音机和手表，可那只手电筒却显示着她对我的关爱之心。包括她硬是要我带上这只柳条包，想来也是这个原因。

我怀着对她老人家的谢意，取出了手电筒，前方却突然传来一阵异响。我急忙打亮手电，照了过去，就看到树上有个黑色的球形物体，正泛着红光。

（那、那是什么？）

我浑身紧绷，那东西却突然跳了起来，就像一个火球般，在空中划出一道轨迹，直冲着我扑来。

我吓傻了，脑海中浮现出了“天狗之火”这个词，赶紧趴在地上，避开这个诡异的火球，随后如兔子般拔腿就逃，直到差点被什么东西绊倒，才总算想起我还有个手电筒，于是重新打亮了它。

根据坊间传说，人遇到天狗之火就会生病；要是呼唤它，它还会跟着人不放。所以遇到它时，切记不要看它，直接平趴在地上就好。然而，我明明没有喊它，它为什么会朝我飞来？就因为这里是乎山吗？

其实我完全不知道乎山为何会被称为“凶山”，只知道“乎”这个字有“呼”的意思，以及——若在乎山中听到有人呼唤，切勿回应。因为呼唤你的，正是山中的怪物，名为“山魔”。一旦回答了它，它就会发出疯狂的嗤笑声……

“要是被山魔嗤笑了，会出什么事？”小时候我曾这么问过祖母，而她的回答就只有简短的一句话：“那就完蛋了……”

我被祖母当时的话语吓得不能自已。“完蛋了”是 什么意思？是被嗤笑的人会完蛋吗？但这个“完蛋”，又是怎么个“完蛋”法？

我那童稚的心灵中，浮现出了这样的光景——山魔在嗤笑我，黑暗包围了我，我深深地掉进了漆黑无比的洞穴之中，从此再也看不到太阳升起，永远在山中过着暗无天日的生活……光是想象，就令我颤抖不已。

可现在，我说不定即将陷入类似的绝境。

我虽有手电，但夜间的大山完全被黑暗笼罩着，这点微光起不了多少作用。加上我对山上的工作和生活太过陌生，眼睛根本无法适应黑暗。要是上方空旷，兴许还能依赖星光和月光，可我头上却是繁茂的枝叶，几乎把星月都挡住了。

而此时此刻，我仿佛又听到了什么……

“喂——”

是的，有声音从我的后方传来，轻轻的，小小的，隐隐约约的。不过也可能是我的错觉，所以我没有回头，继续往前走。

“喂——”

不，我没听错，确实有什么在叫我！我咬着牙，充耳不闻，只是加紧了脚步。

“喂——”

糟糕，声音离我越来越近了！在意识到它的确是追着我而来的那一瞬间，我直接跑了起来！

过去，祖母常对我说，不管是乎山还是哪里，只要人在山中，就绝不能回应这种呼喊声，更不能看向发出声音的方向。因为人类在山里喊人时，只会喊“呀呵——呀呵——”，至于那些喊着“喂——”的，百分之百是妖魔鬼怪。

而事实上，据说总有人在听到“喂——”声后，不顾同伴的劝阻，往音源那边看去，结果下落不明。我当然不希望落得那个下场，成为那些“反面教材”中的新案例。

脚下的坡道既缓且长。我爬完山坡，到达坡顶，这才停下了脚步，却想起自己急于逃命，没带上压缩饼干和柳条包。只是事到如今，我实在不愿回那鬼地方去拿行李，光是一路上都抓着手电筒就很幸运了。

然而，接下来可如何是好……

我不停喘着粗气，慢慢挪动着步子，不想继续留在原地，同时拼命思考着之后该怎么办——

既然这里是乎山，那么去奥户村或许还比回初户村要来得快些。至于什么“凶山”、什么“禁地”，现在也顾不上了。于是我决定放弃寻找来时那片熊笹林，直接前往奥户村。时值深夜，山神和山魔也没就了多大的区别，反正都是可怕的东西。所以哪座山离人类的村落越近，就该往哪座山走。

当然，前提是我得知道去奥户村的路线……

我从没来过这里，按现在这样没头没脑地走下去，只会消耗体力，甚至有可能误入大山深处。果然静候天亮才是上策，到时就可以好好观察四周，再判断正确的前进方向。因此，我准备先找个能安身的地方，熬过今晚。

不过，我也不懂怎样的地方适合休息过夜。即便我下意识觉得山洞或者空心的大树干比较理想，但它们并不会轻易出现、又轻易被我找到；退一步说，假使我真的发现了，也未必敢进去睡觉。

不知何时起，我脚下已经没有像样的路了，我也辨不出东西南北，只是身处在茂密的草丛之中，机械地向前走着。

就在这时，我的眼前突然闪现了一道亮光。

我以为那个诡异的“火球”又来了，第一反应就是摆出防御的姿势，不过那道亮光更像是由人工设备发出的。我明白这里是人迹罕至的深山老林，可我每走一步，都能透过树木的缝隙，清楚地看到闪烁的光芒。尤其是在接近光源之后，我更觉得那就是煤油灯的光。

随后，我的眼前出现了令人难以置信的一幕——

这里建有一栋黑黢黢的大房子！

五

（太好了……我有救了……）

一阵喜悦涌上我的心头，可它转瞬即逝。因为这怎么看都太不自然了。到底是谁出于什么目的，才在深山里建了房子？而且从高度来判断，应该有两层楼。尽管它是用圆木和木板搭建的，整体有些粗糙，然而考虑到偏僻的地理位置，这种规格的房子已经堪称宽敞、豪华，完全可以充当普通的民宅，一点都不像山里的临时落脚点。

（这……会是“山女郎”的家吗？难不成那个像“老婆婆”的“东西”平时就住在这里？是眼看着天黑了，打算改天再去涡原，所以先回了家？那现在在这个房子里的岂不就是——）

想到这里，几秒前还带给我阵阵暖意的煤油灯光便一下子“变了味”，仿佛充斥了凶煞之感。可说来丢人，此刻的我根本不敢干脆地转身回到幽暗的山中，只好愣愣地站在半道上，进也不是，退也不是，视线在前方的灯光和周围的黑暗之间轮番游移。

不知傻站了多久，我总算鼓起勇气，走到那栋房子的门口，敲响了大门。

房子里原本就没有传出过任何动静，可在我敲门的瞬间，却感觉整栋房子都彻底静了下来，仿佛有什么东西屏住了呼吸，一动不动地窥视着房外的景象。

不，说得更准确些，应该是门背后就有什么东西，正隔着那两扇硕大的双开门，试探着我……

我恨不得立刻回头，向右边逃跑。即使在山里乱晃一整夜，恐怕都好过面对房子里的东西……我明明是这么想的，明明知道必须尽快离开，必须在房门打开前离开，可不知为何，不管我的内心有多么焦虑，我的身体都没有任何反应，双腿就像是被钉在了地上。

“嘎、咔”的声响传来，似乎是有人正在把巨大的木制门闩给抽走。

随后，伴随着木材摩擦时特有的“叽——轧——”声，双开门中的一扇朝外打开了，半开的门板后有一个阴恻恻的身影。由于逆光，我看不清对方的样子，但从轮廓来判断，肯定不是老婆婆，多半是个年轻的男子。

我放下心来，立刻开了口：“不、不好意思……我、迷路，对，我迷路了……”

“你是从哪儿来的？”

对方态度生硬，语气中透着警戒。

“初户村。我是乡木家的人。”

“……”

男子沉默了一会儿，像是在思考着什么，随后一言不发地关上了门。

“……您、您别走啊……”

我手忙脚乱地再次敲响了大门，下手也比之前重了许多。因为在看到普通人类居住的房子之后，我绝不愿再次在山中漫无目的地乱走，四处寻找一个能勉强露宿的地方。

其实我并不认识开门的青年，也不知道他为何把房子盖在这种地方，但至少可以确定他是人类，而且这里也是过夜的理想场所。因此，我只盼着对方能收留我住一晚上，才不管人家背后有什么秘密。

我必须好好说清自己的来意。

于是，我豁出去了，大声道：“抱歉，请您开开门！我真的不是坏人！我是进山参加‘成人礼’的——”

接下来，我隔着门板，慌乱无措地把眼下的困境详细地讲述了一遍。要是有第三人在场目睹一切，估计会觉得我的样子十分可笑吧。

然后，我面前的大门又突然开了。

“啊……”

由于惊讶，我一时间不知该说些什么。而这次开门的并非方才的年轻男子，而是一名五十五岁上下的年长男子。

我条件反射般向对方鞠躬，请求道：“今晚请您……”可话还没说完，他就扬了扬下巴，示意我进屋。

“打扰您了。”

我遵从了他的指示，进了门。只见他们和普通人家一样，在土间[1]安排了换鞋处，门旁的内墙上挂了好几件蓑衣。

从换鞋处往上走，上边紧接着一间木板房，不过土间还沿着木板房的外侧继续往左边延伸，一直绕到后侧，尽头处似乎是厨房。

然而，我还没来得及确认这栋怪房子的内部结构，就已经愣在原地了。

原来，房里除了那两名男性，另有一名老妇和一名年轻女子，甚至还有一个小女孩。即是说，他们一家子人都住在这里——住在这座被所有神户人所忌讳、被所有神户人所厌弃的“凶山”上……

“怎么了？上来啊。”

年长男子对我发话了。

我发现他正用怀疑的眼神打量着我，便赶忙脱掉草鞋，来到木板

1　土间（doma）是日式建筑中的一块区域，通常在门后，不铺地板或瓷砖，而是泥地或者水泥地，人们一般在那里换鞋、掸走外衣上的灰尘等，而室内的走廊地面会比土间高出一截。——译者注

房中央的地炉旁，背对着大门坐下。第一次给我开门的年轻男子已经坐在炉边，恰好和我面对面，目测二十五岁左右。年长男子则坐到了我的右边。那大概是他们两人的固定座位。

年长男子背后的那块区域有些奇怪，墙上凹了一块，一幅古老的卷轴就挂在凹处，是圣德太子骑着黑色骏马的画像。我觉得那里可能是专门用来展示字画或摆放插花的空间。卷轴前方放着一个圆滚滚的东西，上面盖了一块布，把那圆东西遮得严严实实。我猜它是供品，但特地盖住就不太寻常了。盖布的边上还有一只很高级的打火机，实在不像是这家人所能拥有的东西。

年长男子中等身材，不胖不瘦，仔细看看却很精壮。那名年轻男子因为个子高，在视觉上会显得瘦一些，不过体格还是远比我结实。但他们两人衣衫褴褛，脸脏得就像刚从土里钻出来似的，要是就这么上街，保不准会被人当成乞丐。

再往里又是另一间木板房，和我现在待着的这间一样。它左边是之前提过的厨房，从我这里看过去，能瞧见厨房里有两个灶台，而后墙靠左的那扇门八成就相当于普通百姓家的后门。后门右边是一条通往二楼的楼梯，楼梯下方的三角形空间里则堆着棉被。楼梯右侧的角落里放了两大块屏风，彼此间的夹角差不多有90度。透过屏风的缝隙，可以隐约看到澡桶。由此可见，他们洗澡的方法大概是在土间烧水，再把开水倒进澡桶。右面的墙上同样挖了一块可以摆放装饰品的空间，旁边还有一只架子，上面摆了不少东西，其中一半是锅碗瓢盆等生活用品，一半则是些大小相近的罐子，紧密地排列在一起，显得很是拥挤。

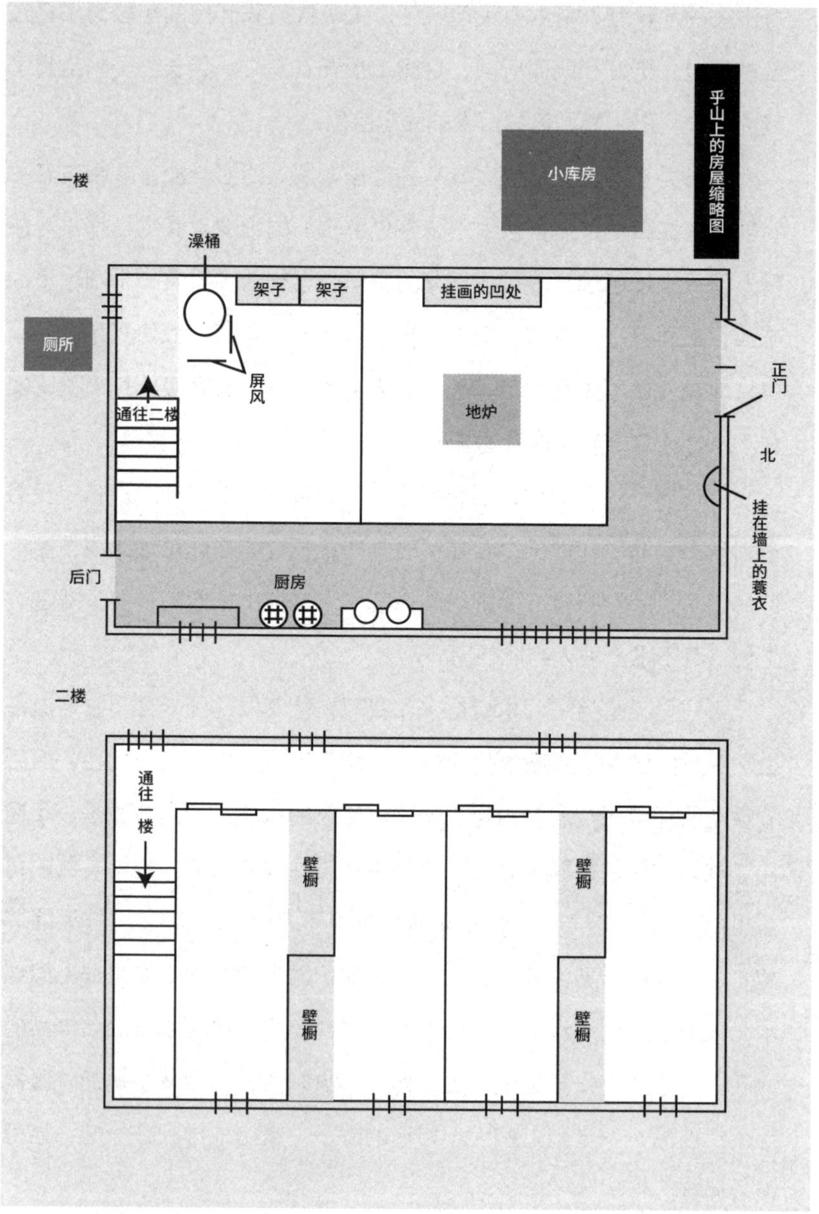
乎山上的房屋缩略图
小库房
一楼
澡桶
架子
架子
挂画的凹处
厕所
屏风
通往二楼
地炉
正门
北
挂在墙上的蓑衣
后门
厨房
二楼
通往一楼
壁橱
壁橱
壁橱
壁橱

总之，那是一间乱糟糟的房间，老妇和年轻女子面对面地坐在正中间（即年轻男子的后边），两人都低着头，双手不停，可能是在补衣服；那个小女孩剪着童花头，头发乱蓬蓬的，原本还面朝那两名女眷玩沙包，然而很快便开始在她俩中间走来走去，又不时躲在她俩背后，偷偷看我，可能是难得见到外人，心里好奇。年轻女子提醒她别这么做，而她并没有乖乖听话。

我起先还以为年长男子和老妇是夫妇，年轻男子和年轻女子是他们的儿子儿媳，小女孩则是孙女，眼下却又觉得他们看起来有些古怪。这仅仅是因为我这个外人闯入了房子，打扰了本该由家人共度的夜晚，搞得他们都不自在吗？不对，他们散发出的也不是被人打扰的感觉……我不知道该如何用语言来准确形容，反正这一家人就是透着一股淡淡的诡异。我也很快开始后悔自己为什么要进这栋房子。在第一眼看到它时，我便深感不安；而此刻，这种不安之情又一次在我的心中涌现，并且越发强烈。

“你饿吗？”年长男子问我。

其实，我正担心着一味沉默会不会令场面尴尬，被他这么一问，才突然意识到自己早已饥肠辘辘。我从布挎包里拿出仅剩的一只饭团，年长男子把一口铁锅挂到了悬在地炉上方的钩子上，味噌汤的香味一下子飘了出来，年轻男子从饭桶里盛了米饭，放到我的面前，同时附上了腌菜。

我瞬间将异样的感觉抛到了九霄云外，像个饿坏了的孩子一样，一个劲地往嘴里扒饭和汤，接着才松了一口气，一边喝着茶，一边思考着眼前的状况。

这家人之所以住在这里，背后肯定另有隐情。然而，我只是个过路人，能借宿一夜便已心满意足，这辈子都不可能和他们再有交集，果然什么都别问才比较妥当。

但另一方面，我也很清楚，自己的好奇心与恐惧心已然抬头。

事实上，也难怪我会好奇。我真的很纳闷他们为什么要在乎山建房子，他们知不知道这里是没人会踏足的“禁地”？至于恐惧，则是出于对自身安危的担忧。我对这家人一无所知，真的可以毫无防备地入住吗？总之，这两种心态最后都指向同一个问题——

他们究竟在这座山里干什么？

可该怎么问呢？我既不敢单刀直入地打探，又没那么机灵，不知该如何拐弯抹角地套话。

没法子了，总之我得先说点什么，结果盯着炉火的年长男子还是在我之前开了口。只听他问了一句：“你是初户村乡木家最小的儿子？”

“是、是的！我是老四，我叫靖美。”

“我记得你去东京了啊……”

“嗯，我去那里上了大学，现在也留在东京当中学老师。”

这时，坐在里屋的两名女性似乎在偷瞥我。只不过她们那边比较昏暗，所以我看不清她们的表情。而当我回望过去时，她们慌忙低下了头，像是觉得难为情。这下我可更别想看到她们的脸了。

“是吗？那你很争气呢。”年长男子说道。

我的注意力被那两名女眷分散了一会儿，其间他却好像一直注视着我，没有继续盯着地炉。因此当我听到他的话，将视线收回来时，正好对上了他的双眼。

也许是我的错觉，但我从他的眼神与语气中察觉到了一丝揶揄……

“乡木老师，你为什么现在才参加初户村的‘成人礼’？”他接着问道。

我没辙了，只得尽可能简洁地讲起了私事。

“原来如此。我听说乡木家的男性身强体壮，当家老爷以及前面三个儿子都特别有劲儿……”

“确实是这样。”

我坦率地承认了，同时不禁觉得，他果然话里有话。

“而你倒是在三山迷路了？”

他仿佛在暗示，土生土长的神户男性居然会在山里迷路，真是贻笑大方。

“不，不只是迷路那么简单——”

我一下子急了，赶忙把自己在山里的诡异经历一一说了出来，旨在说明我不是因为迷路就慌了阵脚，而是真的遇到了一系列怪事。

结果却出乎我的意料，对方竟直接取笑道：“哎呀呀，现在上大学都得学妖怪之类的知识了？怪不得你那么了不起，当上了老师。”

“我、我说的都是实话！”

我看向了那名年轻男子，心想着我们年纪相仿，他或许能理解我。可他也用戏谑的眼神看向我。被这眼神一激，我一下子脱口而出：“您知道这是什么地方吗？”

“不就是乎山？”年长男子不假思索地答道。

“所以说，我刚刚说的——”

“你是想说，这里是‘凶山’，有鬼怪也不稀奇？真亏你还是上过大学的老师。”

他们二人相互看了看，然后轻轻地笑了起来，这副场面让我想起了自己的父亲和哥哥们，不甘之情反过来激发了我的勇气，我索性问道：“那么，您一家又为什么住在这座山里呢？”

六

话一出口，我就后悔了。因为不光是我面前的这两个男人，就连里屋的女眷和孩子都一下子僵住了。

看样子，这其中果然有不可告人的秘密。

要是我想平安无事地离开，还是什么都不知道为好……

我脑中警铃大作，后背都绷紧了。诚然，我或许是小题大做了，但这里毕竟是乎山啊！不管是出于何种理由，住在这里都绝对有古怪！

屋内陷入了不自然的沉默，片刻过后，年轻男子气势汹汹地答道：“这跟你没关系。”

讽刺的是，他的态度反而缓解了我的恐惧，还令我更想刨根问底：“方便的话，请您告诉我。”

“我都说了，这跟你——”

“好了好了，”年长男子和气地制止了怒火中烧的年轻男子，说道：“他是乡木家的儿子，等他回到家后，自然也会知道。”

“但……”

年轻男子依然不情不愿，年长男子用眼神制止了他，随后又重新看向地炉，说道：“乡木老师，你听说过奥户村的锻炭家吗？”

“是烧炭户的领头人家吗？”

我一边回答，一边想起了园子的夫家就是离锻炭家很近的灶石家……当然了，我没把这句话说出口。

“由于山林的地界问题，锻炭家以前常和你们乡木家起争执……不过你肯定不晓得这些往事。”

“嗯，我一直都对家业没兴趣，确实不晓得您说的事。可我小时候常听祖母说，我祖父年轻时很喜欢看戏，还建了个奇怪的小房子当剧场；而锻炭家上一任户主也特别爱看戏，同样建了小剧场，就像是在跟我祖父争高下似的……”

“这样啊……说起来，锻炭团伍郎和乡木虎之助都是狂热的戏迷，原来在这方面也相互较着劲呢……”

“是啊……”

“不过我跟你有一个共同点，那就是都不怎么关心家里。锻炭家现在的户主叫立治，我是他哥哥立一。”

“啊！”

我一下子想起了祖母昨晚说的那些琐事，忍不住叫出了声。

祖母说，锻炭家的长子离家出走几十年，却在盂兰盆节前回来了。

“我年轻的时候吧……就是和我儿子差不多年纪的时候，跟我爹大吵了一架，然后离开了家，之后一直在山里流浪。”

照这么说，那个年轻男子果然是他的儿子。不过让我心里一顿的，还是他居然真的因为跟父亲吵架就出走。

“锻炭家历代都是村里烧炭户的领头人，我爹想让我子承父业，成为立于大伙之上的第一人，这才给我取了‘立一’这个名字。‘立治’的意思则是‘立于大伙之上，治理他们所有人’。”

“但您不愿接您父亲的班，于是离开了家？”

听到我的问题，立一点了点头。相似的想法让我一下子对他产生了亲近感。

“比起安定的日子，我更渴望自由，向往那种平等相处、安居乐业的世界。为此，我给儿子取名‘平人’。”

他口中的平人此刻正阴沉着脸，像是不满父亲对外人“坦白”家里的情况，不过这次却不像是要插嘴的样子。

“可您现在又为什么带着儿子夫妇回来？”

“这——”立一哑口无言，随即大笑起来。平人也露出了苦笑，而且不知为何，那笑容里竟带着几分挖苦之意。“那年轻女子是我老婆，叫阿芹。”

“呃……”

不管我怎么看，那女人最多也就三十出头，绝不可能有个二十几岁的儿子。

见我满脸疑惑，立一笑着说：“平人是我和原配生的，阿芹是我的续弦。你看那女孩子，她才是我和阿芹的孩子，叫百合，是我的大女儿。”

“也就是说，那位是——”我看向了老妇。

“她是阿芹的母亲——阿幸。”

立一解释说，自己离家出走之后，在山间遇到了原配，与她结婚，生下了长子平人，后来原配病逝，剩他们父子二人相依为命，直到他娶了续弦阿芹，家里总算又有了女人，夫妻俩也生下了长女百合。而阿芹还有个老母亲，名叫阿幸，他便将岳母一起带在身边。

我悄悄地重新打量了一下阿芹，她也就三十不到的样子；而被我先入为主地当成老婆婆的阿幸，细看起来其实跟立一差不多年纪。虽然衣服破旧，但到底还是散发着女性特有的清洁感。

原来，我之所以一看到这一家人就觉得不对劲，是由于搞错了他们的夫妻关系。然而，即使我现在知道了真相，却仍隐隐觉得有古怪……这到底是为什么……

“喂！”

平人忽然怒吼了一声，我还当他察觉到了我的想法，正在冲我发怒，不由地大吃一惊，但接着便发现他的视线落在了斜后方。原来，是百合正伸手摸向我的手电筒。在我和那孩子视线交汇的瞬间，她浑身一哆嗦，顾不上捡起沙包，就直接逃回里屋去了。

“这孩子平时没怎么见过客人……”平人解释道。

“把这个还给她吧……”

我捡起了肮脏破烂的沙包，递给了平人。我本想说，可以将手电筒借给她玩一会儿，可还是打消了这个想法。因为在对视的那一刻，我心头莫名掠过一丝寒意。明明对方只是个小孩子，而且长得还挺可爱的，我完全不必怕她。

等等，怕她？

我怕那个小女孩？

这一家人，果然藏着秘密……所以我才会觉得，他们很可怕……

我的手就这样僵在半空中，平人走过来，从我手中拿走沙包，扔回给了百合。

这时，我才终于看到自己的胳膊上布满了擦伤。不，虽然只有胳膊从袖子里探了出来，暴露了伤痕，但我身上的伤绝对不止这么一点。裹在绑腿下的双脚想必也带着许多瘀青。

“抱歉，我想处理一下伤口，请问您这里有医疗用品吗……”

我百般客气地询问着，立一用眼神示意儿子拿药来。

于是，刚坐下的平人又站了起来，把嫌麻烦的心思都写在了脸上，走向里屋的架子，从那堆瓶瓶罐罐中找出了一只赤茶色的小罐子，将它带回地炉边交给了我，同时生硬地说道：“涂在伤口上吧。”

我掀开盖子，发现罐中装着某种软膏，质地浓稠，表面略微反光，大概是蛤蟆油[1]或者马油[2]。

“这玩意儿之前就放在这儿了，应该能治伤。”

“谢谢。”

原来平人还有亲切的一面，这让我稍微放松了些，但我的不安当然不会就此消失。

“请问，你们一直过着山民的生活吗？”

1　蛤蟆油是源自日本江户时代的一种疗伤软膏，相传有一种奇丑无比的蛤蟆，被人抓到后放在镜子前，它就会被自己丑陋的外形吓出一身油，而那种油脂就是民间疗伤的灵药。——译者注

2　马油是一种提炼自马身上的动物油，含有丰富的饱和脂肪酸，涂抹在伤口处可以形成油膜，起到防止二次氧化、抑制发炎症状的效果。——译者注

“山民”指的是居无定所的山间游民，他们在山与山之间迁移，途中暂住在深山中或河滩上。他们会使用野竹、蔓藤等制作手工艺品，还会打鱼打猎。我记得自己小时候曾见过山民来村子里卖竹篮。

“嗯，差不多。”立一轻描淡写地对付了过去，可能不想多提过去的生活。接着，他又说道：“说实话，我们也迷路了。”

“啊……”

“今年夏天——估计是在盂兰盆节之前那阵子吧，我们本来计划要穿过神户，完全没想过接近奥户村。”

“可走着走着却迷了路，误入了这座山？”

“是啊，这大概也是命中注定的。”

“这栋房子又怎么说……”

这可不是一栋新房子，一看就知道已经建成多年。而就算立一在山里盖房子，按说也不会盖出二层楼的房子……

“这房子是我弟弟建的。”

“是立治先生建的？”

我非常意外。要知道，神户人人都忌讳乎山，奥户村更是其中之首，我一时间实在无法相信，堂堂烧炭户领头人家的户主会特地在“凶山”里建房子。

“不，是我们家的老三——立造。”

立一看出了我的误会，似乎还觉得很好笑，但我倒不至于生气，只是被他的反应搞得越发好奇难耐。

“立造先生又为何要这么做？锻炭家和奥户村的人居然不拦着他？”

“嗯……十九年前，一个叫吉良内立志的找矿人[1]来到神户，很快就和立造打好了关系，还告诉他一个赚大钱的法子，说是能当上百万富翁。”

“什么法子？”

“挖金矿。”

“金矿？神户有金矿？！”

“你不知道乎山的别名？”

立一惊呆了，然而我确实毫无头绪，只好乖乖承认。他便告诉我：“这是个老说法了，相传乎山又叫‘金山’，有些地方甚至还直接把乎山写作‘金山’。”

这番讲解勾起了埋藏在我脑海深处的记忆。我依稀记得小时候听谁说过类似的话，好像还问过祖母，可她坚决否认了，说它是不值一提的谣言。我自幼便对祖母的话深信不疑，于是对这个话题彻底失去了兴趣……

我对立一说起了这段往事，他听后，用力点了点头，道：“没错，奥户村大部分人应该和你祖母一样，根本不信这些。”

“但立造先生希望找到金矿，一夜暴富？”

“对。可能因为他是老三，没有继承家业的担子，比我和立治过得逍遥多了。他听信了那找矿人，不仅开始收集各种采矿道具，还提

1　找矿人即根据自己的知识和经验在各处寻找矿产的人，但这项事业本就带有“赌一把”的色彩，再加上其中也有不少骗子，打着发现矿产的名义骗钱，所以在日语中，“找矿人”一词也有“投机者”“骗子”“诈骗犯”的引申意义。——译者注

出要在山里建房子作为根据地，好提升探矿的效率。”

“大家都很反对吧？”

“唉，当时我爹还是户主，他对这事有兴趣。乎山在锻炭家和揖取家正中间，两家始终没扯明白这座山到底归谁。可也难怪，它好歹是座‘凶山’，平时都不许人进，哪查得清归属权……对了，你总该知道揖取家哦？”

是的，我知道，那是和乡木家不相上下的大地主家。

“揖取家有山，是大地主，但那时候，我们锻炭家还在和他们比势力，我爹便无视他们的抗议，准了立造在乎山建房子的要求。”

“结果挖出金子了吗？”

“嗯，还真挖出了一点。立造听了吉良内的话，雇了四个矿工，一起住在这栋房子里。他还穿上了军装，我不知道他是从哪儿弄来那套行头的，反正他整个人都摆出了一副指挥官的架势。接着，只要探矿事业有所进展，挖出一点金子，吉良内就以提前庆祝为由，泡在终下市的烟花巷里，还打着需要资金的旗号，从立造那里‘刮’了不少钱。可他没事就在山里开枪打猎，大家都怀疑他是不是在好好找矿。”

“打猎不是为了吃？”

“食物都是从锻炭家运过去的，所以他绝非心血来潮、打发时间，只能说明他根本没在好好干活。”

“那结果呢？”

“结果自然是没找到金矿啰。”

立一重重地叹了一口气。我心想，吉良内怕不是个骗子。

“那个找矿人带着钱逃跑了？”

我鼓起勇气，趁势问道。即使对方不愿回答，我也可以理解。没想到立一却干脆地把后续告诉了我：“并没有。因为开挖差不多三个月后，矿工就全失踪了。”

“欸？”

“第一个人不见时，村里人还以为他是眼看着找不到金矿，一走了之。但没人想到，之后第二个人、第三个人，甚至第四个人都消失了。”

“吉良内和立造先生呢？”

“最后还剩他们俩，可过没多久，吉良内也没影了。从立造那里弄来的钱倒是留在房子里。”

“这是怎么回事?！”

“我二弟立治特地跑去看过，但在他赶到时，连立造都没见着，只听到大山深处传来了可怕的笑声。”

“……”

“打那之后，奥户村的人都认为，立造发现自己上当了，就杀了那四个矿工和吉良内，把他们埋在山里……”

七

“那立造先生后来……”

“不知道，没人找到他。我爹去跟揖取家道歉，表示放弃乎山的所有权。虽说对揖取家而言，得到‘凶山’也只能算是多了个‘麻烦’，但两家好歹扯平了。不过因为这件事，锻炭家和揖取家从此不再是势均力敌的关系。锻炭家不管是在经济上还是在精神上，都低了揖取家一头。”

说完，立一便闭上了嘴，不再多提这段往事。而我的好奇心非但没有就此满足，还更加高涨了。

“立造先生真的杀害了那些矿工吗？”

“这不是没找到尸体吗？再加上那家伙去向不明，听到这种说法也只好认了。”

立一刚说完，平人便在一旁嘀咕了起来：“会不会是山魔作祟……”

闻言，我立即看向他，他却用厌恶的眼神回瞪了我。我慌忙错开视线，再次向立一打听：“立治先生听到的笑声是怎么回事？”

“他说，那笑声既像是立造的，又像是陌生人的……”

“总之就是个谜吧？”

“嗯。唯一能确定的就是，吉良内是个骗子，八成是提前弄来了一些石头，往上面贴了点金箔，再把它们放在山里，假装真的有金矿，然后挥霍从锻炭家骗来的钱，末了捞上一笔准备跑路。此外的情报都停留在谣言阶段，没人知道事实。”

听立一的口气，这个话题就到此为止了。但是，我还有一个最关心的问题没有得到解答——

“立一先生，您一家子又怎么会住在这里？”

“嗐，我都忘了原本是在说我的事……”立一伸手扶着额头，露出了苦笑，接着说道，“在刚刚说的金矿事件发生时，我早就不在锻炭家了，大概走了正好十年吧。而揖取家现在的户主力枚和我从小玩到大，所以我离家之后，每隔五年左右就给他写一封信，说说自己的近况。他也能通过来信知道我人在哪里，回信到离我最近的邮局，在信里告诉我奥户村的消息。因此我很快就得知了立造的事。当然，这也不代表我要立刻赶回家。后来又过了很久，直到两个月前，我们在乎山迷路了，意外发现了这栋房子，却没想到它就是立造当年建的。说真的，我们都没想到自己会进乎山，当然也料不到这房子的来历。”

“然后呢？”

“我们往山下走，一下山便看到了揖取家，吓了一跳。虽然纯属偶然，但幸好是揖取家而不是锻炭家。我和平人一起去找了力枚，他同意我们暂住在这栋房子里，我们就这么留下了。”

“可是，这座山不是禁地吗？”

“对我们这种人来说，住进有屋顶和地板的地方就该谢天谢地了，还能挑三拣四？你好吃好喝地长大，肯定没法想象我们平时过着怎样的日子吧。”

“但——”

但立造的传闻如果是真的，那四个矿工也许就死在这栋房子里啊……

然而，这番话我确实说不出口。

就算立一在年轻时即已离家出走，我也不能说他亲弟弟是杀人犯。

“我们并不打算在这里长住下去，顶多就住一年，之后挑个合适的时机离开，这才是我们一家人的生活方式。”

“嗯，也是呢。”

我姑且附和着他，唯独心里尚有未解之谜。老实说，我并不觉得他撒了谎。就像他跟平人说的那样，只要我有心调查，很快便能知晓一切。可这不代表他对我毫无保留。说不定他还藏了一些不能泄露给外人的秘密……

说时迟那时快，我的视线突然就落在了他背后那个盖着布的圆东西上——就是那个摆在卷轴前的“供品”。

“那是什……”

我还没来得及问出口，立一便打断了我：

“好了，现在该休息了。等明天吃完早饭，我们会告诉你下山的路。你也别担心，这里只有两条路，分别通往揖取家和锻炭家。”

话一说完，平人就拿上了煤油灯往里走，像是在催促我跟上。

“哦，好……”

我没法反驳，只得遵从他们的意思，不情不愿地站起身来，一边向立一和女眷们道晚安，一边走向楼梯。

里屋真的很暗，煤油灯光照出的影子也随着火苗一起摇曳，形成了一种惊悚的氛围。平人在我之前踏上了楼梯，脚下的木板发出了嘎吱、嘎吱的声响，异常刺耳，就如同是潜伏在台阶阴影处的魔怪正在呻吟。我尽可能小心翼翼，避免踩出声音，可那怪物般的异响仍不绝于耳。我一路往上走，一路觉得这条楼梯非常可怖。

就在这时，我看到了一双眼睛！有一双眼睛正从台阶与台阶之间的缝隙中偷窥着我！

“嘶……”

我好不容易才把涌到嘴边的惨叫声憋了回去，但还是停下了脚步。

“怎么了？”

平人把煤油灯伸了过来，我借着灯光，看向楼梯的下方，却发现没有人在；再望向木板房，只见立一和女眷们都注视着我。

“走吧……”

见我没有回答，平人便催我快走，于是我一口气爬完了剩下的楼梯，告诉自己刚刚肯定是百合在恶作剧。可若真是那样，那孩子是在一瞬间消失了吗……

我上了二楼，又跟着平人往前走了几步，朝右一拐，来到了一条笔直的走廊上。它的前方应该就是玄关的正上方，左边墙上有采光的小窗户，右边墙上则有四扇门。看来这栋怪房子的二楼都是独立的房间，想必当年是由立造、吉良内以及矿工中地位较高的二人在楼上各住一间，剩下两名矿工住在一楼的木板房里。

“你今晚睡这间。”

平人站在走廊最深处的房间前，指了指房门，随后就转身往回走。

没了光源，周围瞬间一片漆黑，我赶忙进屋，只觉一股霉味直钻鼻腔，不禁打了一个喷嚏。估计平日里没人使用这间房间。墙上有一扇小小的窗户，多少能透进一点月光，可在我的眼睛适应黑暗之前，还是什么都看不见。

很快，我发现房内一侧有个壁橱，不过没有橱门，仿佛茫然地张着大嘴。壁橱上层似乎有几个包袱，取出一看，里面包着刺子绣[1]的

1　刺子绣是一种日本传统民间工艺，起源于日本东北，指用细小的针脚在布料上刺绣，将点连成线、将线连成图案，平面感强，具有清新朴素的美感。——译者注

头巾、手背护套、短衣、秋裤、布制袜套、草鞋等，那么叠在下层的想必就是被褥了。我搬出它们，摊在地上。

我躺了下来，回想着今天的遭遇——先是在山中听到令人心惊肉跳的婴儿哭声，接着被飞来飞去、发出尖叫的不明物体吓得汗毛凛凛，再是感到一股恐怖的视线始终紧盯着我，然后又误入“凶山”，遇到了疑似“山女郎”的“东西”，还遭到诡异的火球袭击，并被山魔那可怕的叫声所呼喊，最后来到了这栋和浅茅原小屋[1]差不多的房子里，结识了神秘兮兮的立一一家……不过短短一天时间，我却觉得已经把这辈子会遇到的怪事都提前经历完了。

此刻，连我自己都佩服自己居然还能活得好好的，但那一段段骇人的回忆是如此鲜明，我不由自主地把脑袋也缩进了毯子里，整个人瑟瑟发抖。

不知颤抖了多久，我终于昏昏沉沉地睡了过去。想来是因为走不惯山路，积累至今的疲劳感爆发了出来。但之后，我又猛地惊醒，感觉既像是才睡了几分钟，又像是已经睡了几小时。

我看向窗外，也许是云层挡住了月亮，目光所及之处都充斥着黑暗，还时不时听到夜风拂过树叶时发出的沙沙声。这轻轻的声响反衬出了周围的寂静。

不对，不光是树叶声，还有别的动静！而且是从房子内部传来的，甚至把我给吵醒了……

1　浅茅原小屋是日本民间传说故事，讲的是在一片荒凉之地上有一间小草房，里面住着一个老婆婆和一个年轻女子，先由年轻女子引诱行人进屋过夜，再由老婆婆将其杀死。二人后被浅草寺的观音惩罚。——译者注可音源的确切位置在哪里?

叽轧……

是走廊!是走廊的起点!就是楼梯与二楼的走廊交接的那一处!有人踩在了那旧得起翘的地板上!

是谁?!立一吗?还是平人?对了,可能是留在一楼的最后一人准备回屋睡觉,这才上了楼。二楼的房间大概是这么分配的——阿幸和孙女百合睡一间,立一和年轻的妻子阿芹睡一间,平人独自睡一间,所以就把剩下的一间空房间借给了我。

叽轧、叽。

脚步声走过了第一间房,又走过了第二间房,却没有进入第三间房,那令人胆寒的脚步声也没有停下,继续往我的房间走来……

叽……

我刚从被褥上坐起身来,那刺耳的声音便戛然而止,停在了我的门外……

(没错,肯定是立一!肯定是他有话忘了说,特地来找我!)

然而,这个念头在我的脑海中转瞬即逝。因为对方站在走廊上一动不动。要是有事,早就敲门了。就算觉得吵醒我很抱歉,也会先小声敲门,探探我是否睡着了……可现在的我却只觉得,有什么东西正全神贯注地窥视着我房间内的情况……

仅以建在偏僻深山里的房子而言,这里确实算得上豪华,但说到底也不过是栋简易房。像这种用木板拼成的门,应该随随便便就能找到几条缝。我慢慢从被窝里爬出来,一边如此盘算着,一边靠近门边,想要透过门与地板之间的缝隙偷偷观察走廊。

突然间，我心中一紧——为什么没有一丝光从走廊里透进来……不管来者是谁，上楼总该带着煤油灯吧？换言之，现在站在黑漆漆的走廊上的，莫非是那个东西？

要是门打开了，出现在我眼前的到底会是什么？光是想象，就让我颤抖不已……

我直接往后退去，想要回到被窝里，右膝盖却在地板上轧出了声。我暗自一惊，僵在原地，可这次又轮到左膝盖下的地板发出了声响。这下，门外的“东西”可能发现我已经醒了，还打算悄悄地靠近门边偷看。

我四肢着地，姿势可以说相当怪异，我的脸也基本上正对着房门。

“快离开这里……”

我突然听到一阵低语，分不清说话人是男是女、是老人还是孩子，但声音听起来十分阴森。

“离开……快……”

那个声音继续说着，仿佛在警告我，又像在威胁我。虽说有一扇门挡着，彼此间看不见，我却感觉自己正赤裸裸地直面着门外的“东西”，登时心惊胆战，背后发冷。

（是“山女郎”……“山女郎”来了……）

（莫非她一路都跟着我？这里果然是山女郎的住处！乎山的山魔，或许就是“山女郎”……）

各种匪夷所思的妄想在我脑中一个接一个地出现并放大，随后，走廊里又传来了一阵说话声，好像是在吟唱童谣。那声音犹如来自地底，渗着无法言喻的阴森可怖之感——

"神户的，奥户的，六地藏[1]……
白地藏，爬上来……
黑地藏，找出来……
红地藏，躲进来……
蓝地藏，分开来……
黄地藏，烧起来……
金地藏，亮起来……"

唱完，歌声戛然而止，四下陷入了短暂的寂静，不过下一刻，声音再度响起：

"之后呀，六地藏……
一尊尊，消失啦……
最后剩，哪尊呢……"

尽管我没听明白这首童谣的意思，可它最后的那个问题却像是扔给我的。这让我既莫名，又不安。

我怎么可能知道最后剩下的是谁？但正因为不知道，所以才会恐

1　地藏菩萨是日本民间神话形象之一，外形是矮小的光头小和尚，身穿僧袍。这是由于日本人曾认为它是早逝孩子的守护神，引导他们的灵魂进入冥界。而现在它们则被视为旅行者和儿童的保护者，还能祛病消灾，带来幸福，其石像常见于日本的寺庙里或小路旁。——译者注

惧难耐、心慌不已。

叽轧、叽……

走廊上又响起了踩地板的声音，我竖起耳朵仔细听着，感觉那东西似乎走远了，回到了楼梯附近。

恐惧和好奇同时在我心中抬头。恐惧的是，那东西到底是什么；好奇的是，我现在说不定可以看一眼那东西的背影而不被发现。

虽然我暗暗告诫自己不要冒险，千万不要冒险，然而，弄清真相的欲望却又熊熊燃起，令我左右为难。终于，我还是做出了选择，悄悄地将门打开了一点，畏畏缩缩地探出头去。

走廊里一片黑暗，唯有那令人生畏的脚步声昭示着“它”的存在。

可就在我凝神细看的时候，发现有一个漆黑如墨的东西在挪动。“它”是那样地黑，以至于在黑暗中都显得扎眼。“它”正朝着楼梯前行，当“它”在走廊上左转的那一瞬间，我隐约看见了“它”的全身，可分辨不出“它”的装束打扮，总而言之就是一个黝黑而模糊的影子……

很快，下楼的声音传入了我的耳中。我不知哪儿来的胆量，摸出了房间，跟在“它”的后边，想看看“它”要往哪儿去。

为了不发出脚步声，我蹑手蹑脚地快步走着，然后同样下了楼……

“你干什么？”

听到有人突然对我说话，我吓得肝都颤了。定睛看去，见立一和平人还坐在地炉旁。

我又扫视了一楼，没找到那个疑似“山女郎”的“东西”，便确定“它”已经从后门逃走了。毕竟下楼后，土间近在眼前，而后门就在右手边，要溜出去简直易如反掌。

然而，我很快发现前后两扇门的门闩都上得好好的。

尽管不能排除立一或平人在“它”离开后，才把后门给闩上的可能性，但这样的话，他们肯定来不及在我下楼前回到地炉边。而大门则相对远，“它”赶不及逃走。

“刚才有谁上了二楼，又下来了？”我朝他俩走去，一边打量着这对父子，一边问道。

“没有。”立一一脸讶异地摇了摇头，紧接着又补充道，“我一直在和平人聊天，或许没注意到有人在走上走下的……”可很快，他再次开了口，说出了一句意味深长的话：“不过，一楼也只有我们爷俩……”

“会是从后门溜进来的吗？”

“平人，你傍晚时闩上后门了吗？”

听父亲这么问，平人理所当然般地点了点头，而且我也亲眼看到后门确实上着门闩。

“那到底是怎么回事……”

我略一犹豫，最后还是把方才在二楼的遭遇说了出来。其实，我已经做好了思想准备，心想着免不了被他们嘲笑一通，结果立一却答道：“你可能比自己想象得还累，别硬撑了，今晚就先好好休息吧。”

“可、可是……”

“你别介意，我不认为你在撒谎。山里本来就有很多不可思议的怪事，吓人得很。我们自己也经历过，说出来都没人信。”

立一说着，还走到我身边来，像哄孩子一样劝我快点回房睡觉。

在经过遮挡澡桶的屏风时，我擅自往缝隙中看去，可屏风后边自然没人，澡桶中也空空如也。

“……”

我看向立一，他对我点点头，表情仿佛在诉说没关系，他能理解我的心情。

这下，我明白自己多说无益，于是打消了说服他们的念头，在黑暗中摸索着回到房间，躺在被褥上，祈祷着黎明快快到来。到时候，只要知道去奥户村的路，就能离开这座禁忌之山，早点回初户村。

然而，回到乡木家之后呢？

我能对父亲和哥哥们说明，自己在山遇到了各种怪事，因此没能通过“成人礼”吗？连这么简单的仪式都完成不了，会沦为家中的笑柄吗？我还是堂堂乡木家的老四，会因此在全村人的面前丢脸吗？

不，不要，我绝对不能忍受这种下场。看来，我还是得说自己抵达“奥宫”时天已经黑了，就在那边的小庙里睡了一晚……不行不行，撒谎是行不通的，尤其是在父亲面前，我绝对会露馅。届时，我的下场就更不妙了……欸？我好像又听到了什么声音……

夜风吹拂树叶的沙沙声中，似乎混杂着一丝难以察觉的说话声……

我还在被窝里，只是稍稍抬起头，竖起了耳朵。

“喂……”

等等，这肯定是幻听。就像立一说的那样，我实在太累了，肉体也累，精神更累，所以——

“喂……”

我忍不下去了，又一次爬出被窝，往窗外看去……

房子边上树木林立，树与树之间是黑压压的草丛，而“那东西”就在那里……“它”的腿脚陷在草丛中，腰部以上暴露在草丛外，呆呆地站着，仿佛正仰头看向这栋房子、看向我所在的房间……

“喂……”

呼唤声再次响起，我趁着自己还没下意识回应，就慌忙钻到被窝里，用毛毯把自己从头到脚裹起来，决心无论发生什么都继续睡觉，一直睡到天亮……

八

一夜过去了。不知是我的双眼先隔着紧闭的眼皮感到了光亮，还是我的双耳先听到了叽哩喳啦的鸟叫声，总之我能感受到清晨终于来临。

“天亮了啊……”我不由地说道，接着一下子从被窝里跳了起来，略带犹豫地望向窗外，看着“那东西”昨晚站过的地方。结果当然不存在任何异状。

（那果然……）

就在我即将展开新一轮想象之际，赶紧提醒自己别再胡思乱想。随后，我便感到腹中空空如也。昨天分明撞上了那么邪门的事，一夜过后却还是会饿，真是可笑。而这时，我嗅到了味噌汤的香味，本以为是错觉，但想想地炉就在我的正下方，说不定是有人在煮汤。

我迅速地穿好行衣，离开房间，走向楼梯，途中还准备敲敲另三扇房门，可又意识到他们应该已经起床了，遂打消了这个念头。乡下人一向起得早，即使他们过着山间游民的日子，想必也不会有太大不同。

我一边下楼，一边计划着先向他们讨上一顿早餐，然后问清去奥户村的路线，尽快出山。至于接下去该怎么办，反正船到桥头自然直。等回到初户村之后，保不定会想到好主意。

“各位，早上——”

我下了楼，来到木板房，正开口问早，不过说了一半就说不下去了。

因为，整个一楼都没有一个人。

难道男人们会趁早饭前先干一会儿活，女人们则去山里采野菜，准备放到味噌汤里一起煮？

我如此猜测着，却总觉得四周透着一股诡异。

灶台上的米饭已烧熟，地炉上方挂着铁锅，锅里的味噌汤也不像是刚煮开，地炉周围还胡乱摆着好几只碗，碗中剩着吃到一半的饭、喝到一半的汤，和已经动过筷的咸鱼与腌菜。

这一幕，完全就像是一家人在早餐途中忽然消失了。

“怎么可能……”

我不由地否认着这种可能性，努力说服自己——没错，一定是他们各有各的事，暂时离开一会儿罢了。

然而，所有人同时离开也实在是太不自然了，我压根想象不出有什么事会让一家人必须扔下碗筷，立刻解决。

话又说回来，这家人真的存在过吗……

一个可怕的疑问瞬间在我脑中掠过。事实上，他们本身就很诡异，我说不定是见到了妖怪变出来的幻影……

但我在地炉旁找到了昨晚落下的布挎包……

我猛地摇了摇头，又一次否定了自己的猜测。

他们是真人，我的的确确遇见了他们，吃了他们的饭。和他们说了很多话……

而眼前这顿早餐就是最确凿的证据——他们做了早餐，还吃了起来……

我决定先在这里等他们回来，并擅自盛了饭和汤，填满我那饿空了的肚子，吃完一碗又添了一碗。

可直到我吃饱喝足，开始享用餐后茶，都没有任何人出现。

没法子，我只好不辞而别了。

我重新背上布挎包，去土间穿上草鞋，准备往外走。就在这一刻，我见到了令自己错愕不已的一幕——

大门，上着闩……

我彻底蒙了，当即飞奔起来，一直冲向后门，却见后门的门闩同样上得牢牢的，就和我昨晚检查的时候一模一样……

怎么回事？这一切到底是怎么回事？

我取下了门闩，把后门反复开关了好几次。由于施工粗糙，材料简易，门板和立柱之间留有缝隙，可它太窄了，根本不足以让人从门外卸下门闩。然后，我对大门重复了这套操作，也得到了同样的结论。

这就是说，房子的大门和后门都从内部上了闩，立一一家人却在房子里凭空消失了。

西侧的土间设有天窗，东侧的墙壁上也开有窗户，但窗框里都嵌着窗格；二楼房间的窗户倒是没有窗格，可翻窗下楼的话，则需要一架又高又结实的梯子。不，暂且不论物理上的难度，我根本想不通他们为什么放着好好的门不走，非要用这种不寻常的方法离开。

我排除着各种滑稽的想法，走上了二楼，首先检查了走廊上的窗户，确定了上面既有窗格，口径又特别小，人不可能穿过。接着去了前三间房，其中第一、第二间房间的壁橱上层都放着几个包袱，下层堆着被子，第三间房空荡荡的，什么也没有。至于三间房内的窗户，都用扭转式锁扣从里锁住了，没人能从那里进出。

我顿时感到一阵晕眩，勉强回到了一楼，看向屏风背后，连带着将澡桶都检查了一遍。尽管我也知道这么做很愚蠢，可仍下意识地行动了。

当然，这次我亦未找到任何人……

我站在两间木板房的正中间，环顾四周，看到的只有吃了一半的早饭……且慢，那个用布盖着的圆东西怎么不见了？堆在楼梯下的被子好像也少了几条，反正比我昨晚睡前看到的要来得少……

我脑中倏地蹦出了一副奇妙的情景：立一一家把被子搬到屋外，垫在地上，然后挨个越过二楼的窗户，往被子上跳。

但那太危险了，估计要用上所有的被子才行。再说了，他们为什么不走大门或后门？而跳出去之后，又怎么将二楼的窗户从内部上锁？

这栋房子里究竟发生了什么？

一阵惧意骤然涌起，从我的脚底直冲到头顶。我不敢继续待在房中，连滚带爬地跑出大门。

一接触到外界的空气，我便稍微松了口气，就像是从幽闭恐惧症中解脱了。

昨晚天黑看不清，实际上，房门前有两条山路，一条在左，一条在右。从太阳的位置来看，房子的大门应该是朝北的，即是说，这两条山路分别在东西两边，不过我无法判断该走哪条。

我很想尽早离开，却还是决定从西侧绕着房子走一圈看看再说。可才刚起步，一间小库房和一辆推车便映入眼帘。

我探头向库房内部看去，见有些昏暗，就从布挎包中掏出手电筒，把各个角落都照了一遍，发现里面净是我从没见过的东西，很像凿子和石臼，估计是掘金的工具；还有些形状特殊的镰刀，刀刃在手电的照射下，散发出令人畏惧的钝光。我只觉得头皮阵阵发麻。

我退出小库房，继续走着。从屋后绕到东边时，又看到了厕所，里头当然空无一人，不过我也顺便以最快的速度进去小解了一下。

此外，房子边上还有一条往南方延伸的山路，我认为那可能就是我来时所走的路，但转念一想，当时我脚下的根本称不上“路”，只是原始的山地罢了。而立一昨晚说过，去奥户村的路有两条，现在看来，八成就是房前那两条了。那么，这第三条路又通往何方？

立一他们应该不会一大早便下山去奥户村，更何况连早饭都没吃完。顺着这个思路推测，可能性最大的即是他们沿着这第三条路外出了。

尽管我心里是这么想的，但还是带着几分犹豫，不敢轻易踏上这条路。因为我有一种危险的预感，仿佛一旦出发，就再也回不来了……

不行，不能去那边……

去了便会发生无可挽回的事……

赶紧去奥户村吧，不要管他们了……

趋利避害的本能不断警告着我，然而失败了。我明明很清楚，这不是什么探索精神，而是单纯的好奇心。若放任自己，只管跟着好奇心行动，说不定会招来杀身之祸。可是，我不想就这么下山。再加上现在是早上，光明带来的安心感也在背后推了我一把，促使我去冒险……

这条路蜿蜒曲折，不知连接着哪里；两旁树木繁茂、杂草丛生，即使白日高悬，路上依然没什么光亮。我往前走着，心里却害怕着，总觉得自己正在渐渐迈向乎山的深处。方才满怀的好奇心此刻也逐步消弭，我脑中只剩下一个念头——白天也罢、太阳也罢，全都无法减轻这座“凶山”的恐怖感……

还是回去吧……

不知何时，我又胆怯了起来，步伐也随之变得沉重、缓慢。就在我即将停下时，注意到脚下的地面上布满了岩石；放眼望去，前方豁然开朗。我稍稍加快了脚步，走到了一条山脊上，高低起伏的岩石连在一起，宛如某种巨型生物的脊骨，一直伸向西南方。但奇怪的是，那里还有好几个洞穴。

“我知道了！那些洞都是挖金子时留下的！”

这番景象太过怪异，我忍不住喊了出来。

其实准确地说，那叫作“探矿洞”。它们连成一排，就像是某种星座一样；洞穴与洞穴间的距离并不一致，且看起来没有规律可言。或许该称之为“奇观”。

此处完全就是由岩石所构成的，周围连一棵树都没有。失去了植被的阻挡之后，风势也突然变得强劲，我甚至担心自己会被风刮得坠下悬崖，便稍稍压低了身子，猫着背往前走，一边小心翼翼地踏稳每一步，一边逐一窥探着那些洞穴。

每个洞穴旁边都插着一根细细的铁棒，上面还缠着几缕破布条，像是饱经风霜而破旧不堪的旗帜；那些布条的颜色也各不相同，有红色、黄色、蓝色等，可能是某种标记物，可惜早已风化，仅剩下了这点零碎。

最关键的当然还是那些洞穴。它们都是往斜下方挖的，因此从外面看不清底部。要是坠入这种井洞般的洞穴（尽管它有斜度），恐怕没法靠人类自身的力量爬上来，所以按说会配备梯子才对，可眼下却找不到此类道具，每个洞里都只留下了一根圆木，大概是梯子的“残骸”。

我从一个洞穴前走到另一个洞穴前，就这样渐渐地走到了山脊的尽头，便赶忙转身，眼前那片凹凸不平的岩石堆也被我尽收眼底。立一一家人并不在其中，而他们亦不可能从这里直接下山。原因有二。一方面是由于山壁上找不到落脚点，根本无路可走，另一方面，则是没这个必要。因为山脊的北侧下方是苍翠的密林，南侧下方是河流。他们固然可以去河滩上打水、捕鱼，但能够安全地下山才是大前提，不然可犯不着冒着生命危险去那种地方。照这么排除下来，唯一的可能性就是——

“他们在洞穴里吗……不，这也太荒谬了……”

我喃喃自语道，同时又被自己的想法吓了一跳，忙不迭地否认了。

我摇着头，在山脊尽头处的洞穴边蹲下，重新向里看去。

“有人吗？”

我嘴上这么问，心里已经料定了绝无可能。

我的声音在洞穴内发出了瘆人的回声，但当然没人回话。于是，我又沿着来路往回走，边走边依次在每一个洞穴外喊话。

第二个……随后是第三个……结果也和第一个洞穴如出一辙。

接着，我走到了第四个洞穴前，边看边喊道：“里面有没有人啊？”

话刚出口，我一下子想到，万一真有人回应了该怎么办……这样的场景太过骇人，光是想象就把我吓得不轻，毕竟谁都不能保证回话的一定是立一他们，甚至不能保证是人类……

“立造发现自己上当了，就杀了那四个矿工和吉良内，把他们埋在山里……”我想起了立一昨晚说过的恐怖谣传，而这些洞穴不正是整座乎山里最理想的藏尸地点吗？立造果然杀了那五个人，然后丢弃在荒山……

这时，洞穴中传来了回应。

我没听错，它是从我刚观察过的第三个洞穴里传出来的，那声音犹如悲鸣一般。我战战兢兢地转身走去，将第四个洞穴抛在了身后，可它随之也发出了声响……再是山脊尽头处的第一个洞穴……第二个洞穴……不知不觉间，这整个废弃的金矿已然被亡灵们的惨叫声包围了。

我冒着失足跌下山脊的危险，拼了命地跑着，途中还要克服一脚滑入洞中的恐惧心理，一心只想逃离这片岩石密布的区域。其实我恨不得把耳朵堵上，怎奈奔跑时必须依靠双手的摆动来保持身体平衡。是的，亡灵的哀号固然让人恐惧不已，可掉进洞穴或者从山脊上摔下去才是致命的，因此我必须竭尽全力，跑出这片地方，逃离亡灵们那惊悚的惨叫声与回声。

最后，我总算平安地回到了山脊根部，双腿一下子颤抖不止，几乎站不住了，便索性坐了下来。

然而，我还没来得及喘口气，就发现岩石堆和山路之间的斜坡上还有一个洞穴。想必是我在来路上净顾着看岩石，所以完全没注意到它。

我爬到了它附近，发现它和刚才那些人工挖掘的洞穴不同，明显是自然形成的山洞。此外，刚才那些洞穴整体是纵向延伸的，而眼前这个洞穴则是水平向内延伸的，看着像是巢穴，洞口大小可以容纳成年犬类进出，“巢主”大概是有一定体积的动物。

我仔细观察着洞穴周围，茂密的杂草中似乎有东西。我伸手拨开草丛，只见那里立着一座长满青苔的石塔，塔上还有一条大幅度歪斜的裂痕，并刻有如下文字：

一切诅咒灵等为善心菩提也

我吃了一惊，觉得它简直就像是供奉着什么……不对，从那种不祥的氛围来看，它更像是某种封印。

这个山洞，莫非是山魔栖息的巢穴？

我抱着恐怖的想象，频频向洞中窥去，却看到了一些小球，就散落在洞口往里不远处。我一开始以为那是树木的果实，可它们反射着有别于树果的奇妙光泽。好奇之下，我伸出手去，想捡出几粒来看个究竟，但与此同时，居然有一只手从洞穴深处唰地伸了出来！

惨叫声霎时间响彻了四周，我像只受惊的兔子一般直接窜回了来路上。

刚才发生了什么？

那是什么？

是手吗？不，是动物的脚吗？还是尾巴？但它看起来就像是手啊，而且像是用泥巴捏出来的手！

我逃回了昨晚暂住的房子前，一秒都不敢耽搁，直接踏上了西侧的山路。

事实上，我并没有特殊的理由，只是随便选了一条路而已。可走了没多久，眼前便又是成堆的岩石，再往前更是一截悬崖，连路都没了。我怯怯地瞟了一眼，发现它有两米多高，崖下同样布满了岩石，根本不可能直接跳下去。而两侧的山壁也不是笔直往下的，而是内凹的，对于没有相关经验的人来说，用锁链或者绳子往下攀可谓是难于登天，只能靠梯子。当然了，悬崖上嵌有两根铁棒，是用来固定梯子的。人们只需把梯子那两根长长的竖杆紧紧地绑在铁棒上即可。不过它们锈迹斑斑，大概已经很久没人使用了……

即是说，立一一家同样没有走这条路，所以我不得不回到原地，重新出发。三条路里有两条走不通，这一事实令我产生了糟糕的预感。说句难听的，我已经无暇顾及立一他们的安危，只求自己能平安下山，找到奥户村。

于是，我再次回到房前，准备改走东侧的山路。

这时，我突然回头看向房子，猜测着他们会不会回来了。

结果，我明明决定了不管他们的死活，双脚却还是不由自主地动了起来。

我轻轻推开大门，看了进去，果然没人。我又大声呼喊立一的名字，房中照样只有我的声音。我索性脱掉草鞋，穿过一楼的木板房，上了楼，走在昏暗的走廊上，同时一间一间地看向那一排房间。第一、第二间房里只有被子，第三间房仍是空的，第四间房，也就是我住了一夜的那间房，则和我早上离开时一模一样。

事已至此，我只能认为是这一家子在吃早餐时突然消失了。尽管像是天方夜谭，但它的的确确就发生在这栋房子里，且他们消失之后，房中也没有任何变化，只有我时进时出，兜来转去。

这太不可思议了，绝非我能解决的……

想到这里，我又急匆匆地跑了出去，朝着东侧的山路进发。

它是我最后的希望。

那是一条下坡道，只不过走了没多久，便突然变得陡峭，左右两边也都是土石，仿佛有人在土里硬生生地挖出了一条露天的隧道，还弯弯曲曲的，呈蛇形向下延伸。

有树根从两边的泥土中钻了出来，我一路都紧紧地抓着它们，不然总觉得会摔下去。

就这样，我往下走了几十米。

——“喂……”

又来了！有东西从后边呼唤着我！

我猛然停住了脚步，而就在这一瞬间，附近响起了大石被踢落并一路滚下的声音，随即又陷入了令人生畏的寂静之中……

——“喂……”

我没有听错，确实有东西在山上，向我发出了呼喊声。

——乎山是一座禁止他人踏足的“凶山”，而“乎”字有“呼”的意思。若在乎山中听到有人呼唤，切勿回应。因为呼唤你的“东西”正是山中的怪物，名为山魔。一旦回答了它，它就会发出疯狂的嗤笑。届时，你也就完蛋了……

从祖母口中得知的传说在我脑中回响，而此刻，山上突然爆发出一阵高亢刺耳的可怖笑声，甚至足以撼动整座乎山的树木、足以惊吓整座乎山的动物，听得我战栗不已，浑身都起了鸡皮疙瘩！

（不能回头……快逃！）

我的本能咆哮着，命令我立刻逃跑，而我的身体却不听使唤地回头向上看去。

即使是现在，我仍为当时的轻率而后悔不已。我不该回头的。我不该去看的。我简直太后悔了，后悔得无以复加……

但那里相当昏暗，我始终没弄明白自己看到的究竟是什么。而且我总觉得，光凭人类的视觉是认不出“那东西”的。

“它”就在山坡上，勉强有个人形，可形体十分扭曲，头部尖锐，身上密密麻麻地爬满了令人作呕的玩意儿，整体是污黑的，其中又夹杂着几丝绿色。不过我只看了一眼，因此也无法确定这番描述是否符合事实……

唯有一点肯定不会错——“它”是个极为邪恶的存在……

一瞥之后，我自然是往山下一路狂奔，脑中一片空白。过了很久，我才醒悟到，当时就该直接离开，不要理会任何动静……而逃命途中，我沉浸在深深的恐惧之中，唯恐“它”的嗤笑声会追着我不放。那种恐怖感几乎令我疯狂！我跑得跌跌撞撞，差点直接滚下山去。事实上，我确实脚下打滑，摔倒了两次左右，但幸亏都是屁股着地，没出大事。要是向前跌倒，脑袋磕在地上，肯定得受重伤，还没法立刻爬起来继续跑，迟早会被“它”追上……

不，“那东西”没准真跟着我。因为我总感觉背后有一种强烈而骇人的压迫感，其中饱含着邪恶的视线、腥臭的呼吸，以及令人生厌的存在感，一股脑地向我袭来……

我陷入了绝境，同时还注意到一项可怕的事实——我离开那栋房子时，没戴上祖母交给我的白围脖！昨晚睡前，我把它从脖子上摘了下来，之后便一直忘了围上！

完蛋了……“它”会一把抓住我的后颈，从脖子上的穴道嗞溜溜地钻进我的身体，而我也会在不知不觉间大声嗤笑，就像精神错乱一般……

想到这里，我不禁害怕得抖如筛糠，向前一个趔趄。还好我已经跑到了相对平缓的区域，才勉强稳住了重心，免于一头扎进眼前的草丛。可我仍惨叫着，拼命地逃跑，不停地逃跑。

前方的山路弯弯曲曲，百转千回，我却闷着头向前冲，仿佛毫不担心自己会摔倒。总之在拐过好几个弯角之后，“它”居然出现在了我前方，拦住了我的去路……我的悲鸣声终于变成了凄厉的尖啸声。

九

其实我不太想提后续。

周一一大早，我朝着三山出发，第二天（也就是周二）离开了乎山。其间，我的经历全都太不寻常了。但不知为何，我对那些恐怖的遭遇记忆犹新，对之后的日常生活反而印象模糊……

这让我感到极为不适。

可是，我又不得不写下自己在奥户村的所见所闻。正是由于它们，我在那座山上、在那栋房子里的经历才变得越发不可思议。所以，我一定要竭力回想那些见闻，并全部记录在案。

那时候，我在乎山东侧的山路上遇到的是揖取家的户主——力枚。他看我吓破了胆，不停尖叫着，便安抚了我，让我冷静下来，随后把我带回了揖取家。这么看来，东侧的山路是通往揖取家的，而走西侧的山路则可以到达锻炭家。

我在揖取家换下了脏兮兮的行衣，又用他们昨天剩下的热水洗了个澡，问他们借了衣服，在客厅里休息了一会儿，然后向力枚说起了自己在山上遇到的事。力枚全程没有插嘴，只是静静地在旁倾听，并通过眼神附和着我。他和立一同样是五十多岁的年纪，身材也差不多，不胖不瘦，体格结实，但他浑身上下都散发着威严感。我或许是在那股气质之中找到了安全感，便将一切都和盘托出，连细节都不曾跳过。

光看他的表情，我判断不出他是不是信了我那些光怪陆离的经历。可当我说到立一一家莫名消失了时，他大吃一惊，有些慌张地对我问东问西的。

等他终于理解那一家子“莫名消失”是什么意思之后，我继续说了下去：“我不知道立一先生一家怎么就突然不见了，而且前后门都闩着，但他们大概是从东边的那条山路下了山，来到了奥户村。”

“不……应该不是。”

他满脸困惑，神色凝重，语气却极为冷静。

“您为什么会这么想呢？”

“因为我昨天傍晚还去看过立一。”

“欸？您去了那栋房子？”

“他叫我去吃晚饭，我还和平人君聊了一会儿……重点是，我把打火机忘在那里了。”

听他这么一说，我突然想起来，在那块展示挂轴的凹处，确实放了一只高档的打火机。于是，我如实告诉了力枚。他答道：“我果然没记错！今早我就寻思着它是不是在那栋房子里，想趁着早饭前过去看看，就当是晨练了。”

“可我在山路上遇到您的时候——”

“嗯，是六点四十分前后。太阳是五点半那会儿出来的。天还没亮时，我已经起了床，开始做出门的准备。从我们家出发去乎山的话，要经过一个祠堂，里面供奉着‘黑地藏’的菩萨像。当时我正路过那里，我的女婿将夫从后边赶上来，把我叫住了。”

我有些意外，没想到沉稳的力枚在提到女婿时，竟微微皱了皱眉。只听他接着说道：“我们在那里站着说了一小时的话——”

“不好意思，容我打断一下。您和女婿在那里说话时，没见任何人从山上下来吗？”

“没有。”

“那么……立一先生他们是往西侧那条山路去了？”

“不会的，你也看到了，从西侧那个悬崖下山特别危险，何况他们家还有小孩和老人。”

“可、可是——”

“你先别急，西侧那条山路可能还有些别的说道。”

力枚若有所思地说完，便离开了一会儿。等他回来之后，又叫我再稍等片刻。

我不方便催他，只好改口打听起了立一一家的事。

他告诉我，立一差不多五十五岁了，然而续弦阿芹才三十上下，跟平人差不了几岁。阿芹的母亲阿幸有六十来岁，阿芹和立一的女儿百合则年约八岁。

“真是个不可思议的家庭。可既然选择了那样的生活，估计也不在乎那些细节就是了。”力枚总结道。

“您不清楚他们的确切年龄吗？”

“搞不好立一只知道平人和百合多大了，但我看他不像是关心孩子年纪的人，所以也难说。至于阿芹太太和阿幸女士的年龄嘛，八成只有她们自己心里有数。再说了，她们都是游民，连有没有户籍都是问题……”力枚表示，他是通过立一四年前在信中提到的家庭近况，推测了那一家子的岁数，可接着又说道：“唉，要论风流啊，立一的二弟立治也挺不得了的……找了个能当自己女儿的女人……”

不知为何，他有些吞吞吐吐的。

不久之后，一位壮年男子来到客厅。他约莫三十五岁，五官端正，在乡下难得见到这样的相貌，而且他有着修长的身材和斯文的气质。

“这是我的女婿将夫。”

听力枚这么介绍，我对将夫稍微起了点兴趣，不过我现在更在意的是，力枚刚才到底托他去办了什么事。

“怎么说？”力枚问道。

“和岳父您想的一样。”

将夫为人似乎很认真，竟拿出了一本小簿子，准备汇报调查结果，就像刑警一样。

他翻开簿子，边看边说道：“今天早上，锻炭家附近的灶石家娶亲，新娘是从初户村嫁过来的，邻居们天不亮就出门帮忙了，其中包括锻炭家的人。因此，要是有人从乎山上下来，肯定逃不过他们的眼睛。可事实上，没人看见有谁下山。广治君也是这么说的。”

将夫很细心，还特地告诉我，广治是立治的第三个儿子，立治是立一的二弟。而我的整个大脑却被另一个名字所占据了。

（日下部园子……）

对她而言，今天是个特别的日子。因为她会在今早出发，前往夫家，嫁作人妇……更令人难以置信的是，迎亲的仪式恰巧证明了立一一家并未从西侧的山路下山。

“那位广治先生会不会基于某种理由而撒了谎呢？比如说，是立治先生要求广治先生这么说的。毕竟这可能是立治先生包庇大哥的唯一方法……”

我提出了一个连自己都无法信服的观点，力枚听后，当然摇头否认了：“立治和立一是亲兄弟不假，但立一离家出走之后，两个人就彻底断了联系。大约一个半月前，立一一家人误入乎山。我让他们住进了那栋房子，结果立治特地找人传话给我，说我多管闲事，还叫我尽快把他们赶走，反正一点情面都不讲。不瞒你说，我和立治虽然一直合不来，可立一和立治那俩兄弟的关系更差。”

“当时在场的可不止锻炭家的人，附近的住户都在呢。就算立一先生他们是偷偷下山的，总不见得能同时避过所有人。”将夫补充道，仿佛是为了进一步佐证岳父的说法。不过，他似乎有些不悦，转而询问：“到底出什么事了？刚才广治君还用奇怪的眼神看着我。尽管他嘴上没直说，心里肯定觉得我问了个莫名其妙的问题。”

这也难怪，他调查了一圈，却仍是云里雾里的，想必是感到自己被我们排斥了。看他露出了不满的神色，我便简述了立一一家离奇消失一事。

“他们只是出去了吧……”

“不，这种情况不能说是‘出去了’，确实就是‘消失了’……”

“总之他们就是不见了，对吗？”

将夫神清气爽地向我确认道，好像立一一家消失正遂了他的愿。我心想，他们翁婿之间那股隔阂感，或许正是力枚收留立一而导致的。

“现在还不清楚他们是不是主动离开的，你应该多关心一下他们的安危才是。”

果然，力枚责备了女婿。

看来将夫确实不乐意由着立一一家住在那栋房子里。虽说很多人都不想和山间的游民扯上关系，但我总感觉将夫还有其他理由。

然而，这并不关我的事。我向力枚道谢后便前往了锻炭家。即使常年失和、没有交流，立一好歹也是立治的亲生大哥，我有义务将今早发生的怪事告诉立治。

锻炭家和揖取家分布在乎山的两边，当我抵达锻炭家时，应门的是一个七十好几的老人家，左半身似乎不太灵便。

当时我站在玄关，问家里有没有人，就见他从屋里走了出来，劈头喝问道：“你是谁？来干什么的？！”

他看样子就是个“暴脾气”，而且态度非常傲慢，我一下子愣住了。

“你这小子，跑到别人家来还不吭声？”

他越发气愤，令人难以招架。我心生胆怯，赶忙把立一一家的事说了一遍，想不到这彻底激怒了老人。他当场骂了起来：“立、立一？我不认识那种不孝子！你又是什么人？啊——我知道了！你是他派来的奸细！嗯呃，嗯……”

他开始发出奇怪的呻吟声，我慌了手脚，就怕他激动过度，直接倒下。

然而，我也确定了他就是立一、立治和失踪十九年的立造的父亲。他本打算让长子立一继承家业，结果长子却舍弃了家族。如今几十年过去了，他的怒气依然没有平息。

我可以理解他的心情，然而还是不知道该怎么应对。见我犹犹豫豫的，他又开骂了：“你、你们这一个个的……都不把我放在眼里！

最近……就连立治！就连立治他们！也不打算管我了！我心里门清！肯定……肯定是想把我扔到眉山里去！”

他将愤怒的矛头转向了留在身边的家人们。

“哎呀，公公您又怎么啦？”

一位女子一边说着话，一边出现了。她的声音娇滴滴的，媚态十足，甚至让我觉得有些不妥。

我看不出她的确切年龄，既像是个年轻姑娘，又有一种过于卖弄风情的感觉，说是三十多了也不为过。可总体而言，她和乡下的古老家族并不相称。

力枚在说起立一的家人时，提到过立治也很风流，那么，这名女子说不定和立治有些牵扯不清的关系。

这时，又有个像是女佣的姑娘急急忙忙地跑了出来，说道：“非常抱歉！我刚走开去干了点活……”

“阿吉！你怎么这样呀！得好好看着公公！”

女子一改方才和老人说话的态度，语气相当泼辣，严厉地训斥了这个名叫阿吉的女佣，随后又用哄猫似的声音，熟练地安抚起了老人。其转变之剧烈令我目瞪口呆。

等女佣把老人带走之后，女子频频打量着我，并开口致歉：“方才真是失礼了——”

“您别放在心上，我是来找立治先生的……”

“真不巧，我丈夫出门了。”

“这样啊……”

我回着话，同时猜测着立治的儿子广治知不知道自己还有个大伯。也许他曾听祖父和父亲提过，说立一给家族蒙了羞；可无论如何，只要借他的口，总能尽快将立一一家消失的情报转达给立治。于是我决定把事情告诉广治。

“请问，广治先生在吗？”

“我想想……他应该和我丈夫一起出去了。”

“揖取家的将夫先生刚见过他，和他说了话。”

“是吗？那说不定还在家呢。”

她像是在自言自语，听起来很靠不住。随即，她对我鞠了一躬，说去确认一下，便转身回屋了。

我心想，假如连广治也不在家，我可得改天再来了。

“你进了那座山？”

背后突然传来一个声音，吓得我一激灵。

回头一看，门外有个剃着光头的小男孩，白白净净的，长得十分可爱，乡下很少有这样的孩子。

“小弟，你住在这附近？”

“不，我是锻炭家的孩子。”

他说着，还往里指了指。我一下子反应过来，刚才那女人大概就是他的母亲。虽然她外表年轻，看不出有个那么大的儿子，但他们若是母子，也难怪这男孩生了这副相貌。

我还在兀自想象，男孩又重复了一遍问题：“你真的进了那座山吗？”

“欸？你怎么看出来的？”

“因为你刚说了立一大伯啊。”

“你们家的人都知道大伯的事？”

男孩轻轻点头，我有些高兴，觉得这下跟广治沟通的时候也轻松了，不用费神说明人物关系与纠葛。可这孩子目不转睛地盯着我看，竟让我觉得难以自适。我赶紧回答：“没错，我遇上了点事，所以确实进山了……”

“那你看到了吗？”

“嗯？看到什么？”

“就是不得了的东西。”

“不，我没有看到过那种东西。”

“可我看到过哦！”

男孩得意扬扬，同时又神秘兮兮的。而我当时在意的，是这孩子进过乎山。

“小弟，你是走那条路上山的？”我指着锻炭家西边问道。

“不是。那条山路走到一半就断了，不过山脚下的路口旁有个祠堂，里面供奉着‘白地藏’，现在只有想参拜的人才会往那边去啦。我是往揖取家借道的，要经过他们那边的‘黑地藏’祠堂哦……对了，请你帮我保密，要是被家里知道我进了山，肯定会挨骂的！”

看他急成这样，我哄了他一会儿，让他放心，随后还向他打听了今天早上的情况，以防错过情报。一问才知道，原来他昨天一时淘气，结果家里罚他，不许他看灶石家娶媳妇。看来这孩子相当顽皮。但他今早似乎也不改活泼的本色，躲着大家，在锻炭家的一角偷看了接亲仪式，而那里恰好看得见乎山。

听到这些，我一下子兴奋了起来。他却还在嘀嘀咕咕，自顾自地说着感想："哼，其实结婚也不好玩啦。虽然邻居们看到新娘子的衣服和带来的东西时，都挺开心的，可是我真不懂他们在起什么劲……"

他的评价相当辛辣，我只有苦笑。而后，我又追问道："其间有人从乎山上下来吗？"

"哎？没有吧，我没看到。"

"婚礼现场不是在乎山对面吗？你一直盯着那里，会不会看漏了下山的人？"

"嗯……但我是趴在后院的围墙上看的，只要有人下山，我肯定会注意到。"

"那么，也可能是对方发现了你，于是先折回山路上，等到看热闹的人都散了，再重新下来……"

"躲不了的，因为当时很多人都已经下田干活了，所以肯定会被人看到的啦！"

原来如此。

尽管有必要找左邻右里一一确认，不过仔细想想，如果真有人看到一群怪人从被划为禁地的山上下来，消息怕不是早就传开了，广治也会把这事告诉将夫。

我陷入了沉思，男孩却小声问了一句："那个……你遇到山魔了吗？"

"……"

"我没见过山魔，但山上真的有山魔！"

"不，这，这可不好说……"

“你知道山魔的真面目吗？”

这时，好像有人正从屋里出来，我还没顾上回答，男孩就一下子溜得没影了。

来人是刚才那位女子，她向我致歉，表示广治的确不在家。

于是我对她说，自己会改日再来拜访，便离开了锻炭家。

出门后，我环视四周，哪儿都没见到那个男孩。

山魔的真面目……

那孩子到底想说什么？

十

说到揖取家和锻炭家，它们坐落在乎山两侧，从其中一家前往另一家的话，需要绕着乎山走半圈，路线整体呈“コ”形，是条土路，并未铺水泥或者沥青。按力枚的说法，两家几乎没有往来，而揖取家今天早晨居然先后去了两个人，锻炭家或许很久都没有遇到过这种场面了。

从锻炭家出来后，我准备先回一趟揖取家。途中，我发现乎山的山脚下有一座类似于小型佛堂的建筑物。

我有些惊讶，明明往锻炭家走时，根本没意识到它的存在……

小佛堂位于揖取家和锻炭家的正中间，往东走能抵达揖取家，锻炭家则位于它的西边，位置很是巧妙，正好可以同时看清东西侧的两条山路。这一点引起了我的兴趣，决定顺道过去看看。

“コ”形土路的内侧和乎山之间夹着田地，一条狭窄的田埂从土路正中间穿过，一直通往那座小佛堂。走在这条土路上，能看见内侧满是金黄色的稻穗，正随着微风轻轻摇曳，充满了梦幻的气息。我觉得自己就宛如徜徉在金光闪闪的波浪之中，心中不由地涌起了一股乡愁，大概是此情此景令我想起了在初户村度过的孩提时代吧。

我走到了小佛堂的门前，只见许多木条横横竖竖地嵌在门框里，组成了一个个细小的方格，里面好像有人。我相当意外，慎重地出声搭话。

门打开了，一名二十几岁的年轻僧人出现了。

我向他行了一礼，接着问他今早有没有来这里参拜。可没想到他已经在这里住了一周。

“您一直住在这里？”

“是的，这种小型佛堂又叫‘御笼堂’，周游全国的信教者和巡礼僧均可暂住、修行。因为这座御笼堂通上了水电，贫僧还能自己做饭。相传奥户村里有六座祠堂，它们围村而建，每座祠堂都供奉着一尊特别灵验的地藏菩萨，因此贫僧每天都会去参拜几轮。您看，边上的这座祠堂是属于‘金地藏’菩萨的。”

经过简单的交谈，我得知了这名巡礼僧叫作惠庆。这五年间，他的足迹遍布日本各地，在旅途中遇到了一个来自奥户村的男人，告诉他这里有乎山、御笼堂和六尊地藏菩萨。

“请问，那人叫什么？”

尽管我心里想着应该不会那么巧，应该不会是立一，可总感觉事有蹊跷，就特地问了那个男人的名字。若是平时，我肯定不会在意。

“那位施主说自己年轻时就离开了家，所以我没有问他的姓氏，只知道他的名字是立一。‘立正’的立，‘一二三’的‘一’。”

“……您是什么时候、在哪里遇到他的？”

“大概两年前吧……地点是山梨县一个叫作乙冲的村子。”

“那位立一先生当时是五十出头吗？”

“看样子差不多。”

惠庆凝视着我，不明白我为什么如此激动，但还是详细地回答了我的问题。

“他带着家人吗？有一位年轻的太太、一位老妇、一个刚过二十的儿子，还有一个六七岁的小女孩！那小女孩剪着童花头，长得很可爱，是他和年轻的太太生的。”

“贫僧倒不清楚他们之间的关系，不过印象里他确实和那些人生活在一起。”

山上山下、山里山外，居然同时住着两位曾经有过一时之缘的云游者……虽然惠庆来这里才一周，可这实在是过分巧合了。考虑到这是座不祥的“凶山”，即使是纯粹的偶然，也依旧令人感到几丝惊悚。

我琢磨着惠庆到底知不知道立一一家就在他背后的乎山上，索性直接问了他。他果然很惊讶，答道：“真的吗？贫僧完全不知道，真是太巧了。之前立一先生说起离家的往事时，给人一种绝对不会再回故乡的感觉，态度特别坚决，没想到……”

原来这才是他惊讶的理由。

可接下来，他说出了一件更惊人的事：“唉，肯定是因为那个小女孩去世了，他才突然改变了心意……”

“什么？您刚才说……小女孩去世了？！”

“是啊，当时贫僧遇到他们才没多久，那个小女孩就因为感冒而不幸去世了——就是那个六七岁大的童花头小女孩，真可怜啊……”

“您没弄错吧？”

“其实，贫僧和立一先生相识时，还与他一同认识了一位在山中徒步修行的先生。后来，贫僧又遇上了那位先生，是他亲口告诉我的，想来不会有错。”

既然如此……我昨晚在那栋房子里遇到的小女孩是谁……

为什么，我会害怕那个孩子……

我怅然若失地站着，一动不动。

“这位施主，您没事吧？”

惠庆仔细地观察着我的脸色，或许是有些担心我，但我什么都答不上来。

“如果立一先生还在这座山上，贫僧想在离开这里之前去跟他打个招呼。”

听他这么说，我总算清醒了过来，回想起了自己的目的，问起了他今早的见闻。

虽说我的问题唐突了些，好在他并不在意，照实说道：“贫僧天亮前就起床了，先做了早课，接着打扫了御笼堂周围。那时候，西边的宅子前已经聚集了很多人了。”

“那家当时是什么情况？”我立刻指向锻炭家。

“哦，那家人也很快就出门了。”

“就是说，天刚亮的时候，那里便围满了人？”

“是啊，好像是有戏班子来助兴了，非常热闹呢。”

“东边呢？”

“一个人影都没有，对比特别鲜明。不过有人出了门，朝山路那边走，看着像是揖取家的户主力枚先生，然后又有个人追在他后面，喊住了他，大概是将夫先生吧。之后他俩就一直站着说话。前几天，贫僧承蒙揖取家的招待，去他们府上吃了晚餐，按说不会认错人才是。等贫僧打扫完，就出发去参拜其他五座祠堂了，所以不知道那之后又发生了什么。”

这下子，力枚的话以及将夫打听来的情报都得到了第三方的证明。

换言之，立一一家并未通过东西两侧的任何一条山路下山，而通往山脊的那条路又是死路。那么，他们压根儿没走山路，而是穿过树林和杂草，直接去了乎山的更深处吗？为什么要这么做？那个小女孩又是怎么回事，她分明已经去世了啊……

我越想越觉得诡异，感到背后凉飕飕的。

即使我一直在提问，没做任何解释，惠庆却从未露出过不耐烦的表情，只是淡然地说出了下一个震撼力十足的事实：“您好像很关心从这座山上下来的路呀……其实，非要说有什么问题的话，那就是在这座御笼堂后方还有一条石阶。”

“真、真的吗？”

我一下子亢奋了起来，惠庆一边将我引入室内，一边补充道：

"那里围着注连绳[1]，杂草又特别茂密，把台阶都盖住了，走起来还挺危险的。想通过那条石阶上山下山的话，估计不容易呢。"

我抬头向上看去，只见御笼堂后方的山脚下确实有一条石阶，一路向上延伸。它十分狭窄，仅容一人通过，像是由村民们自发垒起来的，每一级台阶都仿佛随时会崩塌，的确让人心生犹豫，不敢轻易踏足。

"它一直通往山顶？"我好奇地问道。

"大概吧。可贫僧没有亲自上去过，实在没法断言。"

"假、假设今早有人沿着这条石阶下山，您会发现吧？"

"肯定会。只不过，真的有人敢走这条路吗？"

事实上，我甚至不必向惠庆确认。要是立一一家人选择从这里下山，那么势必会把杂草踩烂。但眼前却没有诸如此类的痕迹。

"抱歉，问了您那么多稀奇古怪的问题……"

我对他表示了歉意，继续往揖取家走去。接下来我只能找力枚商量了。

可当我抵达揖取家时，力枚却看着我，开口道："你回来得真是时候，我正准备去那栋房子看看呢。"

"欸？您、您要去……"

"哦，我不是在怀疑你说的话，只是打算看看立一他们是不是已经回去了，这样比较放心。要是他们真的不见了，我也有责任去确认

1　注连绳是用秸秆编成的绳索，上面可挂白色的"之"字形纸条（叫作御币），作为界线的标志，圈出神圣的物品或范围，通常出现于鸟居门上、神树和石头附近等。——译者注

清楚啊。”

看来我下意识地露出了不寻常的表情，力枚只得赶紧向我解释，避免我误会他的用意，紧接着又嘱咐道：“当然了，你不必勉强和我一起去，我都去过那里好几次了，单独行动也没问题。你还是再休息一会……”

“不，请带上我。”

其实我非常不愿再踏足那个可怕的地方，却仍硬撑着要求同行，连我自己都不明白为何会这么做。诚然，我很想知道房子里究竟发生了什么，可绝对没有重回那里的念头。事后回想，我当时肯定是被邪祟附身了——被“山女郎”或者山魔之类的邪祟……

力枚还是不放心我的身体状况，但我声称自己没事，请他别操心，随后我们便一同向乎山进发，一边走在蜿蜒曲折的山路上，一边聊着锻炭家的事。

“你没猜错，那个暴躁的老人是团伍郎先生，也就是立一三兄弟的父亲。去年春天那阵吧，有传言说他已经老年痴呆了，性子倒是没变，照样爱发脾气。至于那个看不出年纪的女人嘛……唉，对你直说也无妨。是立治的小妾春菊。”

“小妾？可、可那里是锻炭家的……”

“是啊，那是锻炭家的本宅，家里也有他的正妻志摩子。不过立治并没有把小妾养在外面。”

“正妻和小妾居然住在同一个屋檐下……”

“志摩子太太原本同样是妾，后来才被扶正的，现在快五十了，而春菊再怎么装年轻，应该也过了三十。立治只比立一小一岁，所以现在五十四岁。虽说这兄弟俩感情恶劣，早已断绝了关系，但在男女关系上还挺有共同点的，追求女性时很积极呢。”

尽管有些失礼，我还是咨询了力枚的年龄。他说自己五十六岁了，并苦笑着表示，自己可没立一和立治那么“精力”旺盛的。

“我还遇到了一个可爱的小男孩。”

“那是立治和春菊的儿子，名叫立春，大概十岁吧。”

“广治先生呢？”

“他是立治和志摩子太太的儿子，今年也该有二十五了。常言说，‘血浓于水’，他就是个典型的例子。”

“您这话怎么说？”

我听出了力枚话语中的讽刺之意，心里不禁犯起了嘀咕。

“我跟立一很熟，可之前他带着平人君来我家时，我却没在第一时间就认出他。说起来，我们都快三十年没见了，我和他弟弟立治又很少往来，认不出人倒也情有可原。然而，我一看到平人君，就立马明白他们爷俩的身份了。因为平人君和广治君简直像一个模子里刻出来的。”

“他们是堂兄弟嘛。”

“立一三兄弟也长得像，但还是没有平人君和广治君那么相像……啊，说到这个……”

力枚似乎想起了什么，闭口不言。

“怎么了？”我催促道。

“我听说，前几年，我们村的驹泻医生去山梨县办事，在那里看到了锻炭家的立造……但这件事没有定论，谁都不知道那人究竟是谁。”

“欸？他不是在乎山失踪了？”

听我这么反问，力枚便向我确认是否清楚立造的“事迹”。在得知我已经听立一说了十九年前的往事后，他继续道：“既然你知道那件事，我就不多解释了。总之，大家刚听驹泻医生谈起那段见闻时，都以为立造还活着，但医生又说，立造还是失踪前的样子，一点也没变……”

“他没有变老？”

“驹泻医生的医术相当高明，可毕竟上了年纪，村里人最后还是认为他看错了或者认错了。不过，万一医生看到的，是立造的儿子呢……”

“您的意思是，立造父子俩有可能长得一模一样？”

“是啊。虽说立一和平人君并不像，立治和广治君也不像，但平人君和广治君这对堂兄弟很相像。而立造家说不定和他们相反，儿子长得酷似父亲。”

“也就是说，驹泻医生看到的人不像平人先生或广治先生，是吧？”

这时，我对锻炭家的兴趣已经超过了离奇消失的立一一家。

“没错。他要是看到了长得和平人君他们相似的青年，照理说会猜测对方也是他们的堂兄弟，即立造的儿子，而不会觉得是立造本人。”

“原来如此。我顺便多问一句，您和立治先生没什么往来，却和他的儿子广治先生有交流？”

因为我注意到，力枚在提及广治时，态度比较柔和，不像说到立治时那么疏远。

“不，广治君是和我家的小女儿有交流。他们的交情好像挺深的。”力枚答道。

他只有四个女儿，按“花鸟风月”的顺序取名，依次叫作花子、鹰子、风子、月子。其中，长女花子的丈夫将夫是入赘女婿，次女鹰子嫁给了终下市一位饭店老板的长子，三女风子做了终下市一家煤炭批发商的大儿媳，只剩下二十一岁的小女儿月子还待字闺中。

“莫非，平人先生也对月子小姐有意思？”

“不，我觉得恰好相反……”

“嗯？”

“在我看来，月子喜欢的是平人君。”

假如力枚先生没有误会，那么这个“三角关系”还颇为复杂——力枚和立一交好，和立治交恶，立一和立治两兄弟水火不容；力枚的女儿月子虽然心仪立一的儿子平人，平人却对她不感兴趣，立治的儿子广治倒是喜欢月子，可月子又对他“不来电”……儿女辈的感情纠葛与三位父辈之间的亲疏关系完全对不上号。

我刚在脑海中分别勾勒出“父辈三人”和“儿女三人”的关系图，力枚就把话题带回到了关键问题上。

“话说，你差不多是在天亮时醒来的，也就是五点半左右。下楼后，你发现早饭还热乎着，看起来像是吃到一半的样子。这就表明，立一一家消失的时间最多不过十五分钟，不太可能在半小时、甚至一小时之前就出门了。但他们如果真打算下山，却又不想被人看见，那么赶着天快亮时出发都来不及，还得再大幅度提前。”

“确实。从当时的情况来看，他们在十五分钟前离开已经是极限了。”

“从乎山的那栋房子到揖取家，通常情况下需要花费二十分钟。就算他们在五点十五分时出发，也很难在五点半前赶到山脚下。而我今天天不亮便起了床，大约五点半时来到了这条山路上。因此，他们是避不开我的 。”

“即使他们避过了您，也还有暂住在御笼堂的惠庆师父呢。”

“惠庆师父？那位巡礼僧吗？”

“嗯，今早他碰巧看见您从宅子里走了出来，然后您的女婿将夫先生又叫住了您。所以说，要是有人沿着东侧那条山路下山，他肯定会目击到。”

随后，我又将从惠庆那里听来的事细细地转述了一遍。

“原来是这么回事。西侧的山路通往悬崖，自然不用考虑。就算他们用了某些方法，克服了悬崖的难关，勉强赶在锻炭家的人出门前下了山，但按惠庆师父的说法，当时附近已经围满了邻居，他们不可能避人耳目地穿过人群。”

“就是这么回事。可事实上，还有一条路——”

我将御笼堂后方的石阶告诉了力枚，力枚对此似乎也有印象，说道：“我想起来了，那里好像是有一条石阶……然而看不出有人走过的痕迹，是吧？”

“嗯，没有……”

“看来，立一他们果然是往山里走了。虽然不知道为何连吃饭都顾不上，只不过除了进山，也没有其他合理的解释了。”

“唉……”

谈话间，山路开始进入上坡道。清早那噩梦般的回忆突然复苏，我下意识地停住了脚步。

率先迈开步子的力枚好像察觉到了我的心情，转回头来打算对我说些什么，我却主动跟了上去，对他说道：“我们走吧。”

接着，我们都陷入了沉默，只管爬坡，仿佛先前那热络的对话不曾存在过。尽管我并未将这段路上的可怕经历告诉力枚，但他似乎感受到了某些异样的气息，频频打量着周围。即使爬到了坡顶，他也依然警惕地留意着四周。

很快，我们便看到了那栋房子。力枚提议先调查一下大门前的草丛，我明白，他是为了把石阶找出来。

夏天已经结束了，草丛里却还是又闷又热，暑气逼人。我们在其中边走边找，发现一个突然下降的斜面，那正是石阶的顶部。

“怎么看都觉得，这条石阶有好几年没人用过了。”力枚说道。

而我也抱着同样的观点。即使只有一个人走过这条路，都会留下痕迹，更何况好几个人。但保险起见，我们还是往下看了看，随后得出了同样的结论。

我们走出草丛，沿着原路走到了房门前。

我稍稍欠身，示意由力枚先行动。他略一迟疑，还是敲响了大门。一开始力道很轻，声音很小 ，渐渐地下手越来越重，最后甚至边敲门边喊话，然而没人回答。

“他们还没回来啊……”

他仿佛在自言自语，我差点大叫一声“他们不是出门了，是消失了”，可仍靠着理性强行忍住了。因为力枚之前的推理非常缜密，我无法反驳。但说真的，我的决定正不断遭受着本能的反抗。

“我们要进屋了哦。”

力枚特地打了一声招呼，这才推开了大门。

不出所料，房内果然没人。可是我一踏入土间，就感到了一阵难以形容的不协调感，却自始至终不明白这种感觉来自哪里。

然而——

“呃……”

我一下子愣住了，说不出一句话，只能呆立在原地，但很快又不由自主地跑了起来，先冲向地炉，再奔到里侧的土间，对着周围看了一遍又一遍，就像是疯了一般。

因为，和早餐有关的东西通通都不见了，连一丁点影子都没留下。

吃了一半的米饭，喝了一半的味噌汤，已经动过筷的咸鱼，盛在小碟子里的腌菜，以及用过的餐具都不知去了哪里，灶台上没有饭，悬在地炉上的铁锅里也没有汤。

不，不仅如此，这里甚至找不到烹饪的痕迹。那些饭桶、铁锅以及放在架子上的杯碟碗盘全是干燥的，看起来没有被使用过——至少今早没有。

这……这到底是怎么回事？

这栋房子里……到底发生了什么？

而我，在这一刻也清清楚楚、明明白白地领悟到，原来自己依旧深陷在诡异的旋涡之中……

第一章

原稿

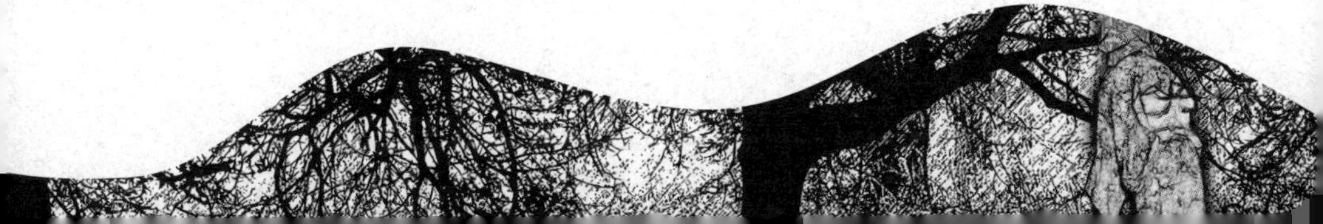

从江户时代起，便有许多武士在神田的神保町一带建屋安家。到了明治[1]时代，此地摇身一变，大力发展起了文化教育事业，创办了好几所学校。接着，大量书店应运而生，二手书店也相继出现，很快便形成了出版社云集的“书籍一条街”。昭和期间，随着诸多咖啡厅、电影院的“入驻”，神保町焕发出了新面貌，引得无数学生流连忘返。后来，此地甚至在第二次世界大战中侥幸躲过了空袭，战后依然作为与书籍相关的文化高地而活跃至今，生生不息。

神保町的“书虫园”大楼内，有一家名叫“怪想社”的新兴出版社，是支撑着神保町繁荣的文化事业的一分子。昭和二十一年（1946年）起，从战前直到战时都饱受镇压的推理小说迎来了轰轰烈烈的“复兴潮”，相关的新杂志层出不穷，而怪想社也趁势推出了自己的月刊杂志——《书斋的尸体》。

然而，由于同类杂志的数量太多，品质上就难免良莠不齐。除了《宝石》[2]、《妖奇》[3]等一部分刊物，其余杂志几乎都会在创刊后一至四年间废刊。

1　明治是日本年号之一，具体为1868年—1912年。——译者注

2　《宝石》是日本著名的推理小说月刊杂志，也是此类杂志中的代表，于1946年—1964年发行，创刊社为岩谷书店，1956年独立为“宝石社”。——译者注

3　《妖奇》是日本的推理小说月刊杂志，于1947年—1953年发行，1952年改名为*Trick*，创刊社为“ALL ROMANCE社”。——译者注

举例来说，*LOCK* 刊行四年，共计二十九册，*TOP* 刊行四年，共计十五册，《侧写》刊行两年，共计五册，《侦探读物》刊行四年，共计十册，《黑猫》刊行两年，共计十一册，《珍珠》刊行两年，共计七册，《新侦探小说》刊行两年，共计八册，《小说》刊行三年，共计十册，以四页小报形式发行的《侦探新闻》刊行三年，共计五十五册，《G人类》刊行两年，共计十三册，*Whodunit* 刊行两年，共计六册，《风车》刊行两年，共计九册，《假面》刊行一年，共计七册，《影子》只有创刊号，共计一册，《G人类》的续刊 *X* 刊行一年，共计十册，《吉祥物》刊行一年，共计七册，《侦探兴趣》和《侦探与奇谈》也只有创刊号……总之这就是业内的整体行情[1]。

在“早夭”的杂志居多的情况下，《书斋的尸体》倒是以月刊的形式存活了下来。尤其是去年十二月发售的“新年号”，甚至刊登了江川兰子[2]的新连载——本格推理小说《血腥洞房的新娘》和东城雅哉的怪奇中篇小说《黑僧的山巅》。江川兰子从《宝石》杂志出道后迅速蹿红，是颇有人气的作家；而东城雅哉出道于“迷宫社”发行的某本刊物上，尽管那是一家地方出版社，但其处女作《九座石塔杀人案》仍大受好评。得益于这两位作家的力作，这本“新年号”一经问世便极度畅销，刷新了创刊以来的销售记录。

东城雅哉专门写怪奇小说和变格推理小说，可这其实是个笔名，他的本名叫作“刀城言耶”。出于个人兴趣与工作需要，他一年到头

1　上述杂志均为日本战后真实存在过的推理杂志。——译者注

2　江川兰子是在“刀城言耶”系列作品中登场过的推流作家，为作者虚构。——译者注

都在日本各地旅行，热衷于收集奇闻怪谈，因此在文坛得名“浪子作家”和“流浪的怪奇小说家”。

若他的生活状态仅限于此，那么充其量不过是个有些古怪的作家罢了。然而不知为何，他每到一处，就必定会经历令人难以置信的遭遇，像是怪异的案子、无解的现象、奇妙的事件等。但当他回过神来，那些怪事也已在不知不觉中被他解决了。

渐渐地，业界盛传他擅长处理各类离奇事件，经验老到而丰富，结果各家出版社都收到了大量的委托——当然，那些委托并非向他约稿，而是希望他出马“搞定”各种奇闻逸事。

事实上，他本人并不乐意接受这种委托，于是只能辛苦那些与他对接的编辑代为拒绝，唯有怪想社的祖父江偲例外。

因为她收到的委托基本都来自于总编田卷，而溯其源头，则会发现其实是社长安排下来的任务，恐怕涉及怪想社背后的一些政治关系，她推脱不得。可有一说一，这根本不关言耶的事，所以夹在当中的她总是左右为难。比如今年一月的时候，她才刚拼了命地说服言耶帮忙处理一桩发生在株小路镇的凶杀案，案子涉及前公爵家的千金。

而另一方面，她的能力却不止于此。尽管她还是个年轻的新人编辑，但确实富有专业意识，工作上滴水不漏。劝说言耶帮忙查案的同时，也不忘做好本职。因此在下一期《书斋的尸体》上，将刊载言耶的短篇小说《如首切割裂之物》。这是他梳理了上述千金凶杀案后改写而成的新作品。

这次，偲又把乡木靖美的原稿送到了言耶落脚的地方。只不过，这件事难得和怪想社的利益没有半点关系，是她本人确信原稿的内容会勾起言耶的兴趣；而且更重要的是，言耶去年深秋时和阿武隈川乌一同造访过奥户村，见过揖取家的户主力枚。

“阿武隈川乌”这个名字颇为罕见。他是言耶的大学学长，被言耶称为“黑兄”，老家在京都，是一座历史悠久的神社，可他本人和言耶一样，痴迷于各类奇谈、怪谈，并为了探寻此类传说而周游全国。一旦在某地得知了离奇的传统、匪夷所思的事件或不解之谜，即会写信通知言耶（大部分信件都寄到了怪想社）。言耶在制订旅行计划时，也经常会参考这位老兄的情报。

他俩平时都是单独行动为主，去年却意外一起去了奥多摩深处的媛首村[1]收集民俗传说。相传那里供奉着名为“淡首大人”的邪神，至今已有数百年，此外还存在着一种叫作“首无”的神秘怪物。

不过，言耶在驶向滑万尾的列车上偶遇熟人，对方是在媛首村派出所工作的驻村警，顺口将山魔的传说告诉了他。这可是言耶从未听说过的“妖怪”，岂能错过，于是当即调整了行程，中途下车，去奥户村的乎山走了一趟。

没错，他但凡接触到未知的怪异现象，便会一头扎进去，不顾周围，只管盯着目标钻研；但凡了解到眼前的人知道稀罕的奇闻怪谈，便会缠着对方不放，非把详情给问出来不可，即使刚刚和对方大吵特吵亦无妨，反正他不会因为尴尬就有所收敛，最后搞得大部分人都不得不向他妥协。这是他的“老毛病”了，着实给不少人添了麻烦，可他却毫无自知之明，真是个棘手的家伙。

1　媛首村的故事请见“刀城言耶”系列的《如首无作祟之物》一作。——译者注今年四月上旬的某个午后，偲作为怪想社的编辑，与自己负责的作家东城雅哉——即刀城言耶见了面。会面地点是神保町的一家咖啡厅，叫作“欧石楠”。当时流行的是可以欣赏爵士乐的爵士咖啡厅、可以与驻唱歌手合唱的歌声咖啡厅，以及由漂亮姑娘担任女招待的美女咖啡厅。可“欧石楠”没有那些花哨的“噱头”，卖点纯粹是香醇美味的咖啡。言耶很喜欢这家店，通常都会选在这里和偲碰头。

“刀城老师，好久不见，您是昨个才回来的不？”

偲在战后从关西来到东京，说话时多少还带着点乡音。

“不，我昨晚坐了通宵巴士，今早才到……”

言耶睡眼蒙眬，随身的布包袱里堆着好几本书。偲立刻明白了，他已经趁着中午前把这一带的二手书店逛了个遍，而包袱里的估计是民俗学的相关书籍。

“您中午吃了啥？”

“乐洋轩的咖喱饭。”

“哎呀，那家的咖喱饭很好吃呢，咖喱酱的辣味配上腌萝卜干的酸甜，那种滋味真是没得说……对了，您知道好养亭的炒饭吗？他们家用的都是上好的油和货真价实的猪肉，特制的酱汁辣辣的，炒饭里的配菜甜甜的，简直绝妙咧——”

“祖父江小姐，您的胃口还是那么好。能吃是福啊，比什么都强！”言耶一边美滋滋地品着咖啡，一边随意地说道。

“老师，您这话说得，好像我只有这一个优点似的！”

“欸？没这回事……我不是这个意思啦。”

“那请您列举出我的长处，尤其是在编辑工作方面的！”

“小事一桩，首先，您——”

“……”

“……”

“您是在开人家玩笑吗？”

当偲的自称从“我”变成“人家”时，说明她要不就是亢奋了，完全不管别人怎样，要不就是开始生气了，会变得很可怕。可无论是哪种情况，言耶都需要提高警惕。

“我真没逗您！话说回来，我跟您提过多少次了，别叫我‘老师’，听起来像在叫上了年纪的人。”

言耶相貌堂堂，乍看之下颇有身份，却若无其事地穿着在当年还很少见的牛仔裤，整个人都显得难以捉摸，猜不透他什么来历。但至少在外人看来，并不会认为这样的青年配得上“老师”这个称呼。而他本人也常常把四处云游的自己称为“怪人”。

“是吗？那么，请您回去后好好想想人家作为编辑的十条优点，一条条写在纸上，下次见面时带给人家。”

“哈、哈、哈……您这听起来不像是在说笑啊……”

“人家是认真的。”

“好吧……我明白了。”

见言耶老老实实地低下了头，偲心满意足地点了点头，随后严肃地问道：“说回正题，您读了那份原稿吗？感想如何？”

她的表情和语气都跟方才大不相同，大概也只有她能如此迅速地切换状态。

“嗯。虽然您已经在信上说明了大致情况，但我还是想确认一下——乡木靖美先生是在二月上旬将原稿寄到你们出版社的，里面记录的是他去年秋天的经历，对吗？”

“是的。当时《书斋的尸体》并没有公开征稿，可还是会收到投稿。其中有些人甚至会附上信件，强调说‘希望能请某某老师一阅’……因此，我一开始以为靖美先生也是这类投稿人，就把他的原稿放在一边没管，后来某天随手翻了翻，看到里面写了‘奥户村’三个字。我心想，这不是您之前去过的地方吗？于是仔细读了，想不到是这样的内容，便赶紧将它寄到您暂住的旅馆了。”

“原来如此，怎么会这么巧……”

“抱歉，是我读得太晚了……”

“不，您把它看作普通的投稿也很正常。我反而该感谢您还记得‘奥户村’这个名字。”

“这是我身为编辑的优点之一吧？”

“呃……是、是的。”

言耶没能干脆地给予肯定，偲看向他的眼神里带上了怒意，同时一脸不解地问道：“您之前和阿武隈川先生去拜访揖取家和锻炭家时，为什么完全没听他们提起这位靖美先生呀？”

“靖美先生参加‘成人礼’是在夏末秋初那阵子，我去奥户村的时候已经深秋了。尽管原稿里没写具体日期，不过确实早于我拜访奥户村的时段。”

“对呀，所以我才纳闷那两家人为什么——”

“我在锻炭家吃了‘闭门羹’，没能跟他们说上话。”

“哎呀，这样啊……”

“而且，就算我问了也没用。立治先生跟大哥立一先生关系那么僵，压根儿就不打算说起那一家子的事吧？揖取家的力枚先生为人爽朗，从传承、传说和怪谈的角度来谈乎山和山魔当然没问题，但他肯定不想引发奇怪的谣言，因此也不会告诉我在现实中发生过的骚动。”

“从那份原稿上来看，力枚先生是个相当认真的人呢。”

“是啊，这么一想，说不定他对乡木靖美先生的经历也是半信半疑的，认为这种不能保准的事还是不说为妙。”

“对哦，毕竟那栋房子里根本没有做过早餐的痕迹……”

“没错，那时候力枚先生或许已经开始担心靖美先生的精神状态了。”

“所以他才没对您和阿武隈川先生说起？”

“这个嘛……我觉得黑兄也要负一定的责任。拜他所赐，我没能顺利地套出话。”

言耶有些为难地说出了另一个理由，偲愣住了，问道：“这又是怎么回事？”

“唉，您也知道，他跟我在一块的时候，总是爱搅局，不然是不会善罢甘休的……”

“那您二位真不必一起旅行呀……”

“可不是吗？非但没必要，还起了反效果，真是的……”

在围绕着阿武隈川乌大谈特谈了一番之后，言耶和偲再次言归正传，聊起了那份原稿。

“初户村的‘成人礼’真是个奇怪的仪式咧！”

“还好还好。其实那个仪式的内容并不稀奇，在熊野三山[1]、出羽三山[2]也有翻过三座山的传统。只不过初户村的三山没一座算得上高山，可其他的三山都非常高，因而朝拜活动的规模也非常之大。比如出羽三山的主峰——月山，海拔近两千米，跟羽黑山、汤殿山合称‘出羽三山’，参拜时一般从羽黑山的登山口出发，接着前往月山，最后在汤殿山下山，当然也有人会按着相反的路线走。又比如大佐渡三山[3]，常见的参拜顺序是从金北山到檀特山，再到金刚山，但有些地方规划的路线是依次攀登金北山、檀特山、妙见山，把金刚山排除在外。总之，‘三山朝拜’这种传统啊……”

“老师，关于这个话题，您不妨留到下次，跟我们田卷总编细聊。”

“田卷总编？”

“嗯，您别看他那个样子，事实上他对这类话题可感兴趣了。您跟他说得越多，他越高兴！”

“这我还真不知道呢！”

言耶毫不掩饰心中的惊讶，完全没有注意到偲的脸颊正在不自然

1　熊野三山位于日本和歌山，又称熊野三社，是熊野本宫大社、熊野速玉大社、熊野那智大社的总称，被誉为“神灵居住之地”，已进入世界遗产名录。——译者注

2　出羽三山位于日本山形县的中央，是羽黑山、月山、汤殿山三座山的总称，每座山上都有神社，自古以来广受信奉，据说巡游三山后即可获得新生。——译者注

3　大佐渡三山位于日本佐渡岛，是金北山、檀特山、金刚山三座山的总称，当地家中有男孩满三岁或五岁时，父亲会拜托男性亲属去攀登这三座山。——译者注

地抽搐着……

“继续说靖美先生的事吧。祖父江小姐，您跟他联络过了吗？”

“还没有。我给他打了电话，但接电话的是他的堂哥。”

“哦，那份原稿里提过，我记得他叫高志，在高中里教书。”

“嗯，高志先生的父亲是靖美先生父亲的二弟。”

“那么高志先生同样姓乡木啰？高志先生的父亲是从家里独立出去之后，在其他地方结婚生子的，所以儿子不必参加村里的‘成人礼’，是吧？”

“唉，真不公平。”

“靖美先生则是在中学当老师？”

“是呀，他们哥俩任职的学校离得很近，都在猿乐町。可高志先生说，靖美先生写完那份原稿就向学校请假了，现在还在停薪留职中……”

“怎么回事？”

“靖美先生回到东京，把返乡的经历都告诉了高志先生。可倾诉一切之后，靖美先生非但没轻松下来，反而更神经质了，就像是被什么东西附身了似的。高志先生不忍心看他受折磨，便建议他找老师您谈谈。因为您很了解日本各地的古怪习俗，也多次解决过和那些习俗相关的离奇案件。高志先生正好是《书斋的尸体》的忠实读者，知道您的事迹呢。”说到最后，偲的语气里带上了一抹自豪。接着，她又开了口，道：“这么一来，靖美先生就说要把自己的经历写下来。高志先生觉得，堂弟之所以会下这个决心，也是因为奥户村和乡木家没人相信他。无论他把那段经历说上多少次，结果都一样。”

“确实。”

“而靖美先生写着写着，整个人好像更不对劲了，连高志先生也唉声叹气的，说堂弟变得很奇怪。”

“有些人可以通过书写自己的过往，来克服心理上的障碍，让精神世界得到升华，然而对另一些人来说，做这种事就相当于重新体验过去，最终只会在回忆中越陷越深，难以自拔。遗憾的是，靖美先生可能属于后者，被回忆影响了现实。”

“反正，高志先生很确定，除非能够解开那一堆谜题，弄清乎山上到底有什么，以及立一一家人为何消失，否则靖美先生是没法恢复正常的。”

“我明白了。”

“那栋房子只有两个出入口，可都从内侧上了门闩；门外也只有两条山路，但每一条都没人走过——在这样的‘双重密室’之中，一家人居然活生生地消失了！这种时候，真的只能靠刀城老师您……”

“祖父江小姐，您还是这么喜欢把怪事看作‘不可能犯罪’啊……”

“我可没擅自强调‘不可能’哦。任谁读了那份原稿，都会觉得房子和乎山形成了双重密室！”

“是的是的，我失言了。然后呢？”

“嗯……然后高志先生就催着靖美先生赶紧写完，寄到我们出版社来。”

“我一直没和他们联络，想必高志先生也很担心吧？”

“他说，他晓得您经常外出旅行，所以有心理准备。但他很后悔没有另外写一封信，把来龙去脉好好说清楚，让靖美先生附在原稿里一起寄出。”

“唉，在他上大学时，靖美先生帮了他很多忙，如今他可能是想还上这份人情吧。”

“难怪我给他打电话的时候，他开心得不得了……当然，我当场就跟他说了，还不知道老师您愿不愿意接下委托，而且调查这种事也不是您的本业……”

说到这里，偲突然闭上了嘴巴，抬眼偷偷打量着言耶的表情，仿佛在担心自己说错了话。

言耶曾对山魔的传说产生兴趣，特地走访了奥户村，也觉得乡木靖美的经历很有意思。这些都是事实。然而，这并不代表他有必要把乎山上的怪事都当真，并且对其做出解释。如果靖美刚下山时，言耶正好在奥户村，亲耳听靖美说起自己的遭遇，指不定还能信以为真，出手调查。可目前这种状况下，偲认为不该对言耶抱太大期待。

没想到，言耶居然痛快地答应道：“我先去听听靖美先生怎么说吧，之后再去奥户村。他是住在神田一带吗？”

“欸？您愿意接下委托？”

“我同意高志先生的看法。希望靖美先生恢复正常的话，就必须告诉他真相……啊，用‘真相’这个词可能夸张了点，不过嘛，让他知道那家人到底是怎么消失的，他应该就能摆脱心魔，重新振作了。”

“啊哈，原来您是这么想的哦——”

“嗯？您好像有不同意见？”

“一月那会儿，人家明明拜托你处理株小路镇的‘斩首’案，您可是不想接手的。”

“能一样吗，我现在是为了救人——”

“那桩案子不也是吗？虽然被害人已经被杀了，但逮捕犯人就是对死者最好的安慰，更何况还能确保一方平安！”

“行了行了，我知道了……下次您再托我解决麻烦事的时候，我肯定二话不说就答应。”

“真的？太棒啦！真心谢谢您嘞！”

偲由衷地感到喜悦，同时却骤然起疑，担心他是否真的愿意和这件怪事扯上关系。

“老师……”

“嗯？等等，您是不是想问我会答应几次？我是不会回答的。”

言耶抢着说道。那副神经过敏的样子着实滑稽，而偲的疑心也越发膨胀。她赶忙说道：“不是啦，我知道您助人为乐，但您不仅要见靖美先生，还要特地跑一趟奥户村？有这个必要吗……”

“谈话能传达的信息量总归是有限的，还是得去现场看看才行。”

“那么，等您和靖美先生谈过之后再做决定也不迟吧？”

“……”

“您为什么对这件事这么上心？”

偲连珠炮似的追问着，然而言耶中途就不再吭声，只是将视线投向了那一大包旧书，仿佛心思已经转移到了书本上。

看到这一幕，偲立刻明白了。

乡木靖美和父亲不睦，这一点恐怕令眼前这位作家深有感触。

刀城家的祖先和德川家属于同族。因此在日本政府于明治二年

（1869年）颁布令书，宣布华族阶级诞生之际，刀城家也在该阶级中占据了一席之地，贵为公爵。

所谓华族，是根据家族原本的地位和对国家的功绩所筛选出来的特权阶级。论及家族地位，当以历来的王公贵族、诸侯大臣、神官圣僧以及一些忠臣为高；而论及对国有功，则以享有文功的政治家、官僚、学者、实业家，以及享有军功的军人为大。华族的爵位由高到低分为公爵、侯爵、伯爵、子爵、男爵五个等级。刀城家位及公爵，足以看出其家世有多么显赫。

言耶的父亲刀城牙升身为刀城家的长子，本会继承公爵的头衔，但他对华族等特权阶级深恶痛绝，直接离开了家，投入私家侦探大江田铎真门下，成为其弟子，于是被家族断绝了关系。

而牙升可能天生就适合当侦探，很快便破获了多桩难案、怪案，还上了报纸，被誉为“昭和时代的名侦探”。由此，他便开始使用“冬城牙城”的假名。理由据说是顾及已经不相干的老家——刀城家的面子。

之后，历史仿佛重演了一般，轮到牙升的儿子言耶不愿继承父亲的侦探事务所，离家出走，成为了一个半流浪的怪谈收集者兼作家，过上了如今的生活。

偲其实不太清楚言耶和父亲之间的隔阂有多深，但她知道，最好别在言耶面前提到旧华族，也别说和冬城牙城有关的话题。这是她在担任刀城言耶的编辑前，田卷总编告诉她的。

旧华族、刀城家的本家、牙升、牙升和言耶父子间的心结——各种关系错综复杂，偲觉得背后涌动着一股股自己无法想象的浊流，她明白的只有言耶和父亲牙升对“案件”的态度截然不同。当然了，言耶并不愿接下委托，每次都是被迫卷入那些和他无关的案子之中，不过讽刺的是，他到最后总会发挥“侦探”的作用，就像他的父亲一样。因此，在偲看来，这对父子的矛盾根源，搞不好就是两人的思考方式不同，仅此而已。

父亲牙升是个彻头彻尾的合理主义者，最重视人类的理性，凡事都是理论优先。实际上，他意外喜欢怪力乱神的传说，却仅仅把它们当成古老的故事和兴趣爱好，骨子里并不认为那些妖魔鬼怪真的存在。面对怪谈时，他都会一笑置之，同时提出二至三种合理的解释。

儿子言耶的态度则有些摇摆不定，但他也有自己的理由。偲对他的一句话印象深刻：“用人类的理性来解释世上的一切，本身就是人类的傲慢。可要是轻易将无解的现象视作鬼神作祟，照单全收，那又太没出息了。”

在收集乡野怪谈的时候，言耶只会将它们看作闲话，尽情享受聆听和畅谈的乐趣，绝不做令人扫兴的“科学”解释；然而，当那些传说和真实的杀人案件有所关联时，就是另一回事了。为了彻查怪谈真正的含义以及案件背后的真相，他总是拼尽全力。如果有人认为案件都是由“邪物作祟”或者“诅咒”所导致的，人类只能接受现实，那他必定会努力说服他们，告诉他们事实并非如此——不，是会合理地解决案件，以证明事实并非如此。可另一方面，要是在彻底的调查、推理和验证之后，仍有无法澄清的怪异现象，那他则会承认其中确实存在超自然的要素。

从这层意义上来看，言耶和那些所谓“名侦探”的确相去甚远。名侦探们总是以干脆利落的推理来破解迷案，而言耶是一边细品着生死两界的不同，一边逼近案件的核心。即是说，一旦他深陷于案件之中，那么不到最后一刻，连他本人都不确定自己是会凭借理论和逻辑冲破谜团，还是得到一个“不合常理”的结论。反正他就是担任着这么一个“麻烦侦探”的角色。

熟悉他的编辑们都叫他“怪谈收集家”，但那些理解他特殊立场的人，则在暗地里称他为“反侦探”。

一般说来，他最终都能漂亮地破案，因此很多人在听说了他的事迹后，写信到出版社来求助。目的自然不是约稿，而是探案。乡木靖美就属于这种情况。

偲不时会产生一种想法——刀城言耶走遍全国，收集奇闻怪谈，又在旅途中接连遭遇离奇的案件，将它们一一解决，这会不会是在做准备呢？为了能够在某时某地与真正的“怪异现象”对抗而做准备……

不过，这次的事件可不仅于此。偲十分肯定，靖美对父亲的复杂感情触动了言耶。所以，当他们结束谈话，准备各走各路时，她不忘提醒道：“老师，您旅行时经常会遇上案子，但靖美先生的情况十分特殊，不比那些您处理惯了的怪事。原稿的内容只是一方面，更关键的是，它和您之间的关联很不寻常。万一发生啥子，请您立刻和我联络，好呗？”

偲的分析颇为犀利，而言耶完全没有意识到这些问题，直接一愣，随后微笑着说道：“嗯，好。我会去一趟奥户村。等调查取得阶段性进展，我就联系您，向您汇报过程。”

话虽如此，即使是言耶本人也料想不到，他很快就会被卷入一连串惨绝人寰的凶杀案中，根本无暇联络偲……

第二章 奥户

电车驶入了大垣外站，言耶带着淡淡的怀念之情，踏出了车门。

去年深秋，言耶调整了原本的旅行计划，和阿武隈川在这个车站下了车。阿武隈川其实一直在抵抗，然而言耶根本不听，生拉硬拽地拖着他一起上了路。起因就在于某位乘客的一番话。

对方叫作高屋敷元，是媛首村村北派出所的巡警。他对言耶说，相传神户有一种妖怪，叫作山魔，就住在奥户村的乎山上。

一旦得知如此有趣的怪谈，言耶当然坐不住了。他立刻查阅地图，结果意外发现下一站便是离奥户村最近的车站，于是催着阿武隈川准备下车。

但之后的路程却异常煎熬。他们先是从大垣外站搭乘木炭巴士[1]，一路颠簸，总算抵达了初户村，接着坐马车来到臼山，并沿着山脚下的大路前进了一会儿，直到大路结束，迎来一条极窄的小路，再下车转为徒步前行，好不容易才走到了奥户村。虽说直接翻越三山或乎山会更方便，可它们分别是“神山”与“凶山”，当地人严禁将它们当作交通路线，因此想从初户村前往奥户村的话，就只能绕远路，十分麻烦。

不难想象，当时太阳已经落山了，周围却不像是有旅馆的样子。言耶当即开始寻找适合露宿的地方，打算凑合一晚上，阿武隈川却突

1　木炭巴士是用木炭为燃料的巴士，不使用汽油。——译者注

然发现附近有一栋大宅子。

他敲响了大门，说道："您好，在下叫作阿武隈川乌，是神社家的儿子。说到我家的神社，那可是历史悠久，即使在古城京都也受到众人的景仰。在下将来会继承家业，前途一片光明……"

他巧舌如簧，滔滔不绝，最后宅子的主人同意让他们借宿，而那正是揖取家的宅邸。爽快地招待了他们的，也自然是户主力枚。

进入客房后，言耶趁着只有自己和阿武隈川在，便开口道："黑兄，你该不会每次都像这样，硬是让别人收留你吧？"

他相当惊讶，而阿武隈川则不以为意地回答说："你说什么呢？我才不会硬来，都是对方点头哈腰地求我住下。人家把话说到这份上，我也只好答应了。"

闻言，言耶在心中暗暗发誓，以后绝对不会和这位学长一起旅行了。

时隔一年，故地重游，言耶提前联系了揖取家和锻炭家。力枚回应说，希望言耶务必在他家留宿，于是言耶决定接受他的好意；立治一开始虽然有些纳闷，可当言耶说明自己并非来做民俗采访，而是为了调查靖美遭遇的怪事时，立治反而表现出了兴趣，承诺会尽力协助。

途中，言耶顺道先去了一趟初户村，拜访了乡木家，与靖美的祖母——梅子老太太见了面。

得知言耶是来帮助小孙子的，梅子老泪婆娑，直接跪倒在地，说万事都拜托他了。如此大礼，着实把他吓得不轻。

"那孩子进山里参加'成人礼'，直到下午还没回来。我本想着，他傍晚时总该到家了吧，谁知道太阳落山了都不见人影……老婆子我好担心啊……坐都坐不住了，就怕他有个三长两短……”

靖美的哥哥们对此不屑一顾，笑着说在山里住一晚没什么大不了的，可梅子非要让他们去找人，他们只好不情不愿地出发了。而当时的靖美估计已经误入乎山了，哥哥们空手而归，还嘲笑他肯定是当了“逃兵”，只有梅子坚信靖美绝对在三山上。毕竟那里从头到尾只有一条路，她压根想不到小孙子会迷路。

第二天上午，力枚联络了乡木家，说靖美在揖取家暂歇。靖美的父亲虎男勃然大怒，哥哥们更是大笑特笑。最后只有她这个老太太去把人接了回来。到家后，靖美也只是住了一个晚上就回东京去了。

事后，虎男愤怒地闯入了揖取家，满口歪理，高呼他们放着乎山不管，搞砸了靖美的“成人礼”，必须负起责任。力枚倒没有生气，始终冷静以待。

可接着，虎男又去大闹锻炭家，责问他们怎么能让家人住进“凶山”这种禁地，并声称就是因为那些家伙赖在乎山不走，犯了忌讳，才害得神圣的仪式以失败告终。立治可不像力枚那么好说话，气得大发雷霆。但这也可以理解。他被人无故找碴儿，还做了大哥的“替罪羊”，当然忍无可忍。结果两个年过半百的“老家伙”吵得差点打起来，广治怎么劝都劝不住，还是乡木家的儿子们来把父亲拉回了家。

“我们家的用人告诉我，虎男上奥户村去了。我赶紧让三个孙子追过去。揖取家的力枚当家人品好，我估摸着不会出乱子。可是锻炭家不一样。为了山林的地界问题，我们家跟锻炭家历来有矛盾，这次说不定就闹大了，唉……”梅子说着，长长地叹了一口气，接着又道，“‘成人礼’虽然是这个地方的老传统，但靖美那孩子根本做不来，果然不该勉强他参加啊，对他也不是什么好事……”

想到可怜的小孙子，想到自己的无能为力，她唉声不断。

言耶一边安慰她，说参加这种仪式并不是坏事，一边保证自己会尽力而为，随后离开了乡木家，没有去见靖美的父亲和哥哥们。他难得这么感情用事。

他在初户村雇了一辆马车，往臼山去了。赶车的还是去年那个老人家，他记得言耶，不过好像对阿武隈川的印象更加深刻。对此，言耶本人也觉得理所当然。

马车一路来到了山脚下，又和去年一样，沿着山路往东边绕行。这时，言耶开口道：“老爷子，这条路已经开到哪里了？”

“这个嘛，和去年差不多，没啥进展，真头疼咧。”

老人嘴上这么说着，然而看不出丝毫头疼的样子。

神户是低山地带，没有特别高耸的大山，可在村与村之间往返总是特别困难。因为每条路线都得翻山越岭。当然，战争结束后，这一带也陆续修起了路，村民通行方便了不少，不过不同地区的进度并不一致，从初户村到奥户村的开道工程就不知为何停滞不前，只是勉强开通了一条狭窄的“通道”，尚未被拓展成真正意义上的“道路”。

“欸？那乡亲们还是得走那条细细的小路？”

“是啊，那时候为了赶上秋季大祭，姑且把道给开出来了，管它有多窄，保证人能走就行。后来就一直半死不活的啦。”

“老爷子，您好像不怎么为难吧？”言耶突然觉得不解。

“嗐，要是村子间四通八达的，车都能随便开，不就没什么人会来雇我的马车了吗？”老人答道。

确实，时代的发展带来了各种便利，有人会因此而获益，可也有人会失去原本的工作。言耶跑遍日本各地，对这种现象见得太多，已经到了生厌的地步。但饶是如此，他依然没能考虑到这位老人的不安，这令他有些羞愧。

他不再说话，任由马车驮着他，轻快地前行着。

“我的马已经老啦，我也觉得可以退休喽！”

老人似乎察觉到自己的话让言耶陷入了尴尬，便故意漫不经心地说道，仿佛是在试图“补救”。

面对老人的善意，言耶决定顺着对方的话说下去。他一面小心地附和着，避免伤害老人的感情，一面问起了老人在工作上有什么记忆深刻的往事。这下老人高兴了，絮絮地诉说起了往昔的峥嵘岁月。

等他的话告一段落，言耶坦率地说出了自己的感想：“老爷子，您和马儿以前都好活跃啊，那么最近怎么样？这条路窄归窄，好歹也投入使用了，坐马车的人果然减少了吧？”话一出口，他便察觉到了自己的失言，真不该询问近况。他慌忙继续道：“啊，老爷子，我不是这个意思，我是说——”

可万万没想到，这句多余的话却给他带来了意想不到的收获。

老人满不在乎地答道：“跟过去相比，客人肯定是越来越少，但总有人会去奥户村参拜那六尊地藏菩萨，所以老头子我的马车还是有用武之地的。”

“啊，真是太好了！”

“对了，我前几天就遇到了一个到处朝圣的修行僧。他背着个柳条包，走得怪累的，雇到我的马车时特别开心呢……”

说到这里，老人一下子闭上了嘴，神色有些古怪。

“那个修行僧怎么了？”

“没什么，挺普通的，就是到处走走，有庙就去拜拜。”

“哦……”

言耶的语气中透着疑惑，老人犹豫了一会儿，终于还是说了实话：“那什么，初户村有个叫与三郎的家伙，几年前在臼山下捡到过一个柳条包……”

就这样，老人打开了话匣子——

当年，山脚下的道路尚未修建，从初户村去奥户村只能翻越臼山，因此与三郎那天照例走在山路上，却在路边的草丛里看到一个柳条包。他是个贪财的人，琢磨着包里可能装着值钱的东西，兴冲冲地打开一看，结果大惊失色。原来里面只有一尊双开门的小佛坛，佛坛里塞满了牌位。

这种东西本就不招人待见，更何况与三郎比一般人还胆小得多，遇上这种场面，只想装没看到，直接逃回家，但又怕把牌位扔着不管会遭天谴，而眼下回村也耽误正事，无奈之下，他不得不背起那个柳条包，继续赶路。反正在奥户村办完事之后，将它交给安宁寺的僧人大信即可。

那个柳条包确实是字面意义上的“重负”。与三郎一边心想着那玩意儿可真沉，一边继续爬山。刚开始时，他步履轻快，走得还算顺畅，都差点忘了自己正背着佛坛和一堆牌位。

但过了一会儿，他渐渐感到不对劲，耳中隐隐听到嘈杂声。他本以为是动物在草丛里发出的动静，可听来听去，横竖都不像是那种声音。

他停下步子，四下张望，却不见人影，唯独轻轻的嘈杂声不绝于耳，像是有一群人正七嘴八舌地说着话。他怀疑是山上或山下有村民在聊天，便竖起耳朵仔细听着，然而哪里都安静得很，只是那叽叽喳喳的声音依然没有消失。不对，并不是山上山下的问题，那声音似乎就来自于他的背上……

他的背上传来了瓮声瓮气的嘀咕声……

与三郎吓得快疯了，发足狂奔起来，但那嘈杂声一直紧贴着他。他诅咒着自己的愚蠢，都怪自己没有扔掉那个柳条包……

而下一刻，他就摔倒在了山路上。不，与其说是摔倒，更像是被绊倒或推倒的。总之，他突然重重倒在地上，想爬却爬不起来。柳条包异常沉重，像是要把他整个人都活活摁进地里。

“南无阿弥陀佛、南无阿弥陀佛、南无妙法莲华经[1]……南无大师金刚遍照[2]……”

与三郎把自己知道的菩萨和佛经都胡乱地喊了一遍，然而没有任何效果。他陷入了绝望，哀叹着自己莫非要死在这种荒郊野岭，背后却突然一轻。

他畏手畏脚地站起身来，发现自己安然无恙；可一旦他伸手摸

1 《妙法莲华经》是佛教经典，简称《妙法华经》或《法华经》，后秦时期由鸠摩罗什译，共七卷，是天台宗依据的主要经典。——译者注

2 南无金刚遍照应为“南无遍照金刚”，遍照金刚是大日如来的密号，也是日本真言宗祖师空海大师在大唐求法时的法号。——译者注

向背带，打算趁机放下柳条包时，它就又一次变得沉重，几乎要将他拽倒。

他只得哭哭啼啼地背着柳条包重新出发，一心盼着尽快赶到奥户村，冲进安宁寺。打定主意之后，他加快了脚步，可依然很介意背后的嗡嗡声。明明不想听，但就是管不住自己的耳朵。不知不觉间，他似乎听出那些声音在说些什么了——原来，真的是很多人在说话……

嗡嗡、叽叽、喳喳……说话声持续传来，他想用双手塞住耳朵，怎奈那种姿势是没法走山路的。他唯有强迫自己集中注意力，不要去听那些声音，拼命加快速度，终于看到了山顶。

他松了一口气，打算一鼓作气翻过山头，这时，背后那乱哄哄的说话声一下子变大了。他吓得直接跑了起来，然而越是奔跑，背后越吵。他即将被恐惧所吞噬，但在这里扔掉柳条包的话，结果也仅仅是重复刚才的经历罢了。于是他咬紧牙关，准备就这样一直走下去，直到下山。

但他走着走着，渐渐能听清那些话语的内容了，甚至觉得声音的主人就要从柳条包里爬出来了……

等回过神来，他意识到自己已经偏离了山路，在山中乱晃。

“是这里吗？错了，应该再过去一点……”

一个声音在自言自语，不对，其实是背后的那些声音在交头接耳，与三郎正在按它们的指示行动。

傍晚时分，他站在臼山的山脚下（靠近奥户村的那一侧），终于觉得背后变轻了。他伸手摸向柳条包的背带，轻轻松松地就将它卸了下来。他慌忙往里一看，只见佛坛还在，可佛坛之中的牌位却都不见了。

自那以后，与三郎便不时潜入初户村村民的家中，偷取牌位，扔在周围的山上。大家实在疲于应付，况且他的活动范围还逐渐扩散到了附近的村子，家人不得已只能送他去了涡原的精神病医院。

“嗬……”

“原来不仅是乎山，连臼山也有这种怪谈。”老人讲完了故事，言耶也同时发出了满足的感叹声。

“不不不，老头子我还担心这种精神病人的故事会坏了您的心情呢……”

老人倒像是有些后悔，不停道歉。

“没事没事。话说，我都差点忘了——我本来是想问您，这条路为什么停工了？”

能在意想不到的地方听到意想不到的民间怪谈，言耶心情十分舒畅，但为了和老人继续聊下去，他还是随便找了个话题。本以为对方会迅速回答，想不到老人又沉默了下来，神情微妙。

“是不方便说吗？”言耶问道。

“也没什么不方便的，就是觉得理由特别可笑，会被大城市来的客人笑话……”

“啊……要是可以的话，您就告诉我吧。”

“唉，真的太丢人了……”

“是吗……”

“毕竟是乡下地方嘛。”

“好吧……”

言耶心想，既然人家不愿将“村丑”外扬，继续死缠烂打就太幼稚了，可细品老人的态度和话语，他脑中灵光一现。

“难道，这座山上‘出过事’？”

“……”

“那并不是实打实的事故或案件，而是一些离奇古怪的事？”

“……”

“更主要的是，它还跟与三郎说的差不多？”

“……”

“老爷子，您怎么了？”

“……因为出现了‘那个’……”老人小声嘟哝着。

“‘那个’？”言耶困惑不解，可一秒之后，就反应过来了。他激动地问道：“您、您是指什么?！”

他气势汹汹的，老人都被他吓得回过了头。

但也难怪。老人在谈及自己的过往时，言耶一直温和地附和着，对无稽的怪谈也是静静地聆听，显然拥有良好的教养。这样的青年突然大声叫嚷、兴奋不已，确实令人意外。

“呃……就是说……”

“这条路连接着两个村子，所有人都盼着它能早日竣工才是。可工程竟中断了，进度就停留在去年那会儿，真奇怪啊。按我的记忆，那里的自然环境算不上艰险，而这项工程也不像是特别费钱的样子，应该不会远超预算，导致资金不足。若是突然出现了大额支出，搞得项目被迫停工，那么我能猜到的理由，就只有您刚提到的‘那个’。唉，它到底是什么东西呢？居然能妨碍开路，最容易想到的肯定是猛兽，比如熊或者野猪。不过，别说这一带没有熊了；就算有，也早就被施工时发出的动静吓跑了，没错吧？”

“没、没错……”

老人此刻已经像被蛇盯上的青蛙似的，一动不动，只知道呆呆地看着言耶。

“所以，剩下的可能性就只有所谓的‘怪力乱神’了。”

言耶本人并未意识到自己的思维是何等跳跃而牵强。反正他一旦察觉到怪谈的气息，不打听出来就誓不罢休。

“原……原来如此……”

老人当然不知道这位乘客有此等怪癖，反而对他那些信口开河的判断感到佩服。

“啊，我说得太理论化了，还好您听过明白了。请问到底出现了什么？”

言耶再次央求老人把实话告诉他，老人实在拗不过，一边重新驾马上路，一边说起了不知算是山魔还是“山女郎”的怪物。

言耶的好奇心终于得到了满足。

这时，他看到前方有一座沙土堆成的小山，总觉得很眼熟，而普通的道路也在那里突然中断。他抬头望去，发现马车恰好停在了臼山的正下方。

“接着就得步行了是吧？不能再多跟您聊一会儿，真可惜啊，非常感谢您。”言耶似乎还没听够，不舍地说道。

“哪里，我才是……哎呀，真是可惜啊……”

老人也客套了一番，只是他的脸上丝毫不见遗憾的神色，倒像是松了口气。对他而言，言耶虽和阿武隈川不同，但恐怕也会以“怪人”的形象存在于他的记忆之中。当然，言耶应该毫不在意这一点……

老人勉强扯出一丝笑意，目送着言耶下车离开。

眼前的路段极其狭窄，最多只能容纳一辆摩托车行驶。由于它只是个应付秋季大祭的“过渡品”，能走人就行，所以并未得到仔细的修整，路面崎岖不平。言耶小心翼翼地迈开了步子。虽说他和平时一样，穿着牛仔裤和登山靴，走起来不算费劲，但若每天都得在这样的路上来回，的确很不容易。

幸好，窄道两侧那茂密的树木很快就变得稀稀疏疏的，言耶也总算抵达了奥户村，头一个“迎接”他的便是一尊略为古怪的地藏菩萨像，叫作“蓝地藏”。看来事实正如惠庆所言，这里建有六座祠堂，分别供奉着六尊地藏菩萨，其中一尊就坐落在这个路口处，位于整个奥户村的东北方向。

由于平时会有宗教相关人士循着“六尊地藏”的传闻前来参拜，这些祠堂建得很像小型的房屋，可供他们暂住。而村民们也极为自然地在日常生活中信奉着地藏，每座祠堂附近的居民都必定会于早晨与黄昏奉上供品，虔诚程度可见一斑。

祠堂的大门一般都是关着的。言耶在门外合掌参拜，一方面作为故地重游的问候，一方面则祈祷着自己能顺利破解立一一家神秘消失的谜题。

随后，他穿过村子，踏上了连接着揖取家和锻炭家的“コ”形土路，却看到一名女子正沿着田埂，从御笼堂的方向走来。

“哎呀，这不是月子小姐吗？”等她走近后，言耶出声打了招呼。

“刀城老师！您怎么来了？”月子满脸惊讶，同时兴奋地小跑着来到了言耶面前，问道，“您又要上我们家来打听山魔的故事吗？”

“是啊，总是打扰贵府，真不好意思。”言耶答道。

看来，力枚并没有把言耶为了调查立一一家而再次造访的消息告诉小女儿月子。或许是考虑到她和平人、广治之间微妙的三角关系，这才特意保密的。

“月子小姐，您刚去御笼堂了？”

“嗯，我是去给暂住的师父送晚饭的，就是所谓的‘布施’啦。”

“是那位法号‘惠庆’的巡礼僧吗？”

“惠庆师父？哦，您是说去年秋天来的那位师父吧？他早就离开啦。”

“这样啊……”

“现在是一位法号‘胆武’的师父住着呢，他看起来也是在全国云游巡礼的，前几天来到这里开始修行，我父亲一直邀请他来吃晚餐，不过他总不答应……”

“那些修行僧暂住期间的餐饭都是由贵府提供的吗？”

“也不是每顿都提供哦，只是我父亲肯定会邀请他们来家里吃顿饭……”

“令尊还是老样子吧？”

“托您的福，他很精神呢。而且他这几天老是一副坐不住的样子，肯定是在期待能和您再聊聊。”

月子一派天真地笑着，言耶却暗暗做起了心理准备，因为他觉得力枚可能遇上了烦心事，所以才会是这种状态。

他们结伴而行，不久后，气派的揖取宅便出现在了眼前，脚下的道路也向左弯曲，直通向雄伟的大门，右边则有一条沿着围墙延伸下去的小路。这时，月子在拐点上迅速地朝右一瞥。她的动作很奇怪，像是在偷看什么似的，反而引起了言耶的注意，也往那条小路看去。

然而，那里没有任何特殊之处，映入眼帘的只有围墙、后门、仓库、供奉着“黑地藏”的祠堂以及通往乎山的山路。

（到底是什么引起了她的注意？）

言耶脑中产生了一个小小的疑问，但他将问题暂且搁置在一旁，佯装不知地进入了大门。

“欢迎欢迎，我等好久了！”

言耶刚踏进客厅，力枚便热情地迎了上来，看来月子的话不假，她父亲确实期盼着言耶的到来。

“抱歉，我先去了乡木家，和梅子老太太见了一面，所以来晚了。”

“原来如此……”力枚的语调一下子冷静了不少，略带担忧地皱起了眉头，继续道，“其实将夫建议我别跟他们家的事牵扯太深，可我还是想着能帮则帮。”

“能得到您的支持，真是不胜感激。”

“哪儿的话。不瞒您说，我家四个全是女儿，反而很羡慕乡木家有那么多儿子——也正是因为这一点，当时只有我帮了靖美君一把。不过刀城老师您不必担心，我们全家都很欢迎您来做客。”

“真是太荣幸了。”

“靖美君最近怎么样？”

“我听说他和堂哥高志先生两个人一起租房居住，便决定上门拜访。因为他在‘成人礼’上的遭遇非常离奇，我还提前去图书馆调查了相关资料，又咨询了几名学者和专家，等做足了准备才去见他。可是……我也不知道自己到底算不算和他见过面了……”

“此话怎讲？”

“他从头到脚都裹在被子里，见不着人。高志先生说，靖美先生从今年开始就一直拜托老家的祖母把奥户村的传统，还有乎山、山魔、‘山女郎’的故事好好地告诉他。祖母也写了好多封信过来。”

“看来他也在努力，想用自己的方式来做个了断呢。”

“要是这样就好了……按高志先生的说法，靖美先生已经钻进‘牛角尖’了，净关心些神神怪怪的。可那种传说故事怎么想都对人没好处，只会让精神状况进一步恶化。而实际上，他确实钻在被子里不肯出来。”

“原来如此。”

“高志先生不停地向我道歉，估计是不想把堂弟硬拽出来吧。”

“但这样还怎么解决问题？”

“所以我就先围绕着那份原稿里的怪异现象，做了一番解释。”

“欸？老师您已经把谜团解开了吗？”力枚惊讶地瞪大了双眼，凑近了紧盯着言耶。

言耶忙不迭地将右手挡在面前，摆手否认道：“不不不，我当时的解释只能算是针对靖美先生的一种治疗方法，就是告诉他那些怪事未必真的和妖魔鬼怪有关。”

“哦……”

“换句话说，我是在启发他，让他明白——有些现象乍看之下无法解释，可一旦换个角度，就能得到合理的解答。我希望能通过这种手段激励他重新思考，拓宽思路，切勿把‘怪异现象’当成‘妖怪作祟’。”

“这和解谜不是一回事吗？”力枚似乎不太理解。

“比方说吧，有个男人走进了一条死胡同，却在那里消失了，于是怪谈便传开了，说那条死胡同受了诅咒啦，有幽灵啦，闹得沸沸扬扬的。如果没人调查，这件事势必会作为怪谈而流传下去。然而，要是试着去寻找怪力乱神以外的原因，说不定就能做出合理的说明了呢。说得再直白些——凡事并非只有一种可能性，假设人人都能意识到这一点，便会主动去思考其他解答。”

“也就是说，您的目的是提醒靖美君：解谜不是为了查清真相，但确实是通往真相的手段之一。所以您才认为这是‘针对他的疗法’，对吧？”

“嗯。说真的，要解释怎么做才会引发不可思议的现象的话，其实并不难。”

“是吗？”

“毕竟解决物理层面上的问题就行了。讲句难听的——只要理论上解释得通，就算是牵强附会都无所谓。可是心理层面的问题则另当别论。怪事的起因是很难说清的。就拿推理小说里常见的密室杀人案来举例吧。凶手制作密室的手法属于物理谜题，而为什么非要大费周章地制造密室，便属于心理谜题。”

“我明白了，单论密室的布局手法，的确要多少有多少。虽然我想不出来，不过总有人擅长这些……但是，要猜出制造密室的理由，可就有些费神了……总之，我理解您的意思了。您能够为靖美君解释他遇到的怪事，这一点已经很了不起啦。”

“不、不敢当……靖美先生的状况不容乐观，再牵强的说法也是聊胜于无。能让他清醒过来就好……”

言耶被夸得害羞不已，赶紧解释。力枚用温和的眼神注视着他那抓耳挠腮的样子，问道：“那么，我能做些什么呢？”

“我需要调查很多事，首先是乎山和山上的那栋房子，您若是能陪我一起去就太感谢了。此外，有些消息或许更适合找立治先生打听，但其中一部分问题难免涉及他本人，我担心他会隐瞒。”

“说得也是。这样好了，细节我们回头再慢慢商量，您先去泡个澡，然后在我家吃晚饭吧。都是些家常便饭。”

“那个，还有件事……”

“嗯？怎么了？您直说就好。”

“我之前也跟您提过……能不能别叫我‘老师’了……现在连月子小姐都跟着这么称呼我了……”

力枚听得大笑不止，根本不把言耶的“抗议”当真，言耶只得乖乖去洗澡、吃饭。席间，揖取家为尽地主之谊，全程由月子在旁服侍，负责上菜，言耶便识趣地避开了立一一家失踪的相关话题，聊起了在东京的生活和见闻。

食毕，等碗筷都被撤走后，力枚端正了一下坐姿，看向言耶，郑重地开口道：“有些话啊，我去年应该已经讲过了，但请您多多包涵，再听我说一次吧——我们当地人自古以来就把乎山看作‘凶山’，对它抱着畏惧之心。除此之外，我对它一无所知。不过在某些古代文献中，乎山被写作‘金山’，因此很久以前也有人认为，它是一座金山。可奥户村以及神户一带的村民们都觉得它是山魔的栖息地、是一块禁地，总是离它远远的。”

“我之前也听说过神户到处有山魔的传说，其实它们全是围绕着乎山展开的，是吧？”

“是的。就像我去年告诉您的那样，相传神户的山里有‘山女郎’，其中，三山还拥有‘蛇神’和‘舍姥山’的传说。对了，臼山好像也有过‘弃老’的说法，不过两者不能一概而论……”

闻言，言耶回忆起了驾马车的老人口中的“与三郎”。那些消失的牌位让他联想到“舍姥山”的传说。

“尽管说了那么多，但可能只有山魔是个特例。”

“听起来很有趣啊。”

“二十年前，有个叫作吉良内立志的找矿人突然来到奥户村，谎称寻找金矿是自己的兴趣和一生的事业，巧妙地利用了‘金山’的传说行骗。而当时又恰逢国家给东乡平八郎[1]元帅举行国葬，一时间蔚为话题，所以我至今仍对那时的往事记忆犹新。起先，吉良内试图接近锻炭家的团伍郎老爷子。老爷子喜欢戏剧，为了满足爱好，连剧场都建了。这种人在骗子眼里，可不就是财源嘛。”

“那个小剧场是在村子的西北角吧？”

“是啊，离供奉着‘黄地藏’的祠堂很近。它号称是‘小剧

1　东乡平八郎（Togo Heihachiro），生于1848年1月27日，逝于1934年5月30日，是日本海军将领，在对马海峡海战中率领日本海军击败俄国海军，使他得到“东方纳尔逊”之誉。——译者注

场’，实际上只有一个回转舞台，观众席全是露天的。而舞台左右两侧都有房间，右侧的能供戏班子过夜，左侧的能存放演戏时必需的道具等。在乡下地方，这种剧场已经算是条件卓越的了。”

“团伍郎老爷子还会招揽在全国巡演的戏班子是吧？”

“没错。当然了，肯来的都是些三流演员，可还是渐渐地发展出了一批拥趸。”

“说到戏剧，我听说初户村乡木家当时的户主也特别爱看戏，甚至同样建了一座小剧场。”

“还真有这么回事。事实上，先建剧场的是乡木家的虎之助老爷子。他们家和锻炭家从祖上起就在争山林地的地界，于是两位户主才会处处攀比吧。”

“可以理解。即使他们不是一个村子的，毕竟只有一山之隔，因此一直争来比去的。”

“就像我们家和锻炭家一样，彼此间只夹了一座乎山，难免会较劲……唉，虽然乎山的归属权是尘埃落定了……”

即便不再有地界纠纷，力枚仍为自家和锻炭家不和的事实感到惋惜。言耶明白他的心情。

随后，两人言归正传，由言耶提问道：“二十年前，锻炭家的户主已经是立治先生了？”

“是，但家里应该还是沉迷于戏剧的团伍郎老爷子说了算。”

“那么，吉良内为什么不去巴结大权在握的老爷子，反而跟立造先生走得近呢？”

“我也不清楚这背后的来龙去脉，不过大哥立一离家出走了，二哥立治继承了家业，就剩立造的人生还没有明确的方向。如此一来，他或许特别渴望成功，一心想干出一番事业……”

“呵，难道立造先生听吉良内说起乎山里有金矿之后，上了钩，主动去跟吉良内示好？”

见言耶听懂了自己的暗示，力枚也起了谈兴，反问道：“吉良内说，他亲眼看到乎山上升起了火焰一样的光芒，您知道这话是什么意思吗？”

“江户时代后期有一位农政学者，叫作佐藤信渊，其著作《山相秘录》可谓是矿山学的集大成者，书里写着——‘纯金如花，闪耀着赤黄色的金光，纯银如龙，散发着蓝白色的银光’。而事实上，矿脉本身就含有金属的硫化物和酸化物，其中有些硫化物会因为湿气而发热，属于正常的自然现象。吉良内看见火焰般的光芒也不奇怪。问题在于，他是否真的看到了。”

“哈哈，我真是太喜欢跟您聊天了，太有意思了！”

“哪里哪里，我只是现学现卖——其实我在出发前先去查了各种资料，所以这么晚才抵达神户。”

言耶拼命地谦虚着，力枚则一脸好笑地看着他，同时把话说了下去：“反正，立造完全被掘金梦冲昏了头脑，甚至还专程过来，求我父亲别阻着他进乎山挖矿。这下，您也能感受到他是真的陷入了狂热之中吧？而且不知为何，他进山之后就换上了军装。”

“当年征兵的时候，他应征入伍了？”

“不，那会儿他已经三十多了，不在征兵范围里。我不知道他本人想不想参军，但他带队进了乎山探矿，再加上那身打扮，也算是名副其实的‘山大王’了。”

“原来是这样啊。”听到如此生动的比喻，言耶不禁莞尔。力枚也露出了微笑，可又迅速换上了一副严肃的表情，重新开口道：“我父亲当然表示了反对。一方面，立造是锻炭家的儿子，我们两家的关系比较微妙，而另一方面，我父亲大概是察觉到了和‘凶山’扯上关系会很危险，坚定地认为金矿根本就是个骗局。”

“但立造先生听不进去吧？”

“唉，最后闹得不欢而散——准确说来，是立造不服气，骂骂咧咧的，单方面发表了一通宣言，说乎山不属于我们任何一家，锻炭家自然有权利开挖；还说揖取家同样可以开发乎山，只不过金矿是他先注意到的，揖取家不许出手……”

“那令尊后来是怎么处理的？”

“他和团伍郎老爷子交涉了，结果他们父子俩意见一致……既然如此，我父亲就由着他们去了。可他也说过，但愿立造能早点清醒过来，趁着还没出大事……唉，想来，我父亲当时可能已经预感到了之后的惨剧……”

“怎么说？您是指疑似立造先生犯下的杀人案吗？”言耶不由自主地探出了身子，但很快察觉到了自己的失态，改口道，“不对，还有个更重要的问题——立造先生真的找到金矿了吗？”

“嗯……找到了。”

“欸？”

“那些行骗的找矿人有个常用的手段，就是把提前贴了金箔的岩石放在山上，然后巧妙地装成是自己挖出来的。说来惭愧，尽管我父亲表示别管锻炭家，我却暗自愤愤不平，心想着万一乎山上真有金矿，怎么能由着锻炭家独占呢？所以稍微做了一下研究，了解了一点门道。”

“在我看来，您的想法很正常，一般人都会有这种反应的，很难像令尊那么豁达、通透。对了，立造先生发现的金矿是真的？”

“听说他挖了一些洞穴，在洞里找到了金子。而骗子绝对不可能提前把金子塞到那种地方去。”

“那只是巧合吧？吉良内本质上还是个骗子。”

言耶惊讶地问道，力枚则流露出了些许困惑，回答说：“我觉得是，可也不好下断言……话说，您知道挖掘金矿的顺序吗？”

“我做过一些功课……”

“日本原本是以淘沙金为主的。由于大自然的种种变化，碎裂的金矿石掉入河川，经水流的冲刷而进一步粉碎，形成沙金，这种采集方式一直延续至中世纪。而到了中世纪末期，随着地质、炼铁、采矿、冶金等相关的知识和技术传入国内，我们国家也能够直接从金矿石中提炼出金银了。像那座著名的佐渡金山[1]，差不多就是幕府在江户时代初期开发的。”

“黄金的矿脉是由含有金子的矿石所构成的，不会藏在太深的地方。包括佐渡金山也是，矿洞只挖了几百米深。即是说，在一般情况下，越是接近地表，黄金的含量越高。即使需要挖掘，最多也就往下

1　佐渡金山是一座位于日本新潟县佐渡市的金矿山，为日本重要的“产业遗产”，建立德川幕府的初代将军家康将佐渡指定为幕府领地后，开始了金山开发，据说在17世纪的鼎盛期，产量达到世界第一。——译者注

挖一千米左右。”

“没错，没错。”双方都有一定的相关知识储备，沟通起来相当顺畅，这令力枚十分高兴。他又说道：“找到矿脉，往下挖掘，岩石上便会出现向地心延伸的白色条纹。这种白色的条纹其实是石英，而其中又夹杂着黑色的部分，那即是金银的所在之处。当然了，白色条纹形态各异，金银的含量也因此存在很大差别。专家可以在一定程度上做出判断，不过实际如何还是得等挖掘之后才能揭晓。这就是‘探矿’的世界啊。”

“如果地表上就有白色条纹，那么找矿和挖矿的工作都会轻松很多。只要直接开挖即可，下面就是矿产。”

“这是最早的探矿方式。在山脊的一端找到裸露在地表上的矿脉，然后运用‘竖穴法’往地下挖掘，或者运用‘沟掘法’挖出沟状的矿坑。”

“嗯，这些均属于露天矿坑。但由于矿脉都是倾斜的，再加上各地独有的地理因素，单靠露天矿坑可无法实现深度采掘，于是就诞生了‘犬下法’，即沿着矿脉，向斜下方挖掘。而这已经是真正意义上的‘挖掘矿洞’了，因此照明、换气、排水、器材调配、安全维护措施以及矿洞内的修整工作都必须到位。这就意味着，采矿队一定要挖掘排水坑道和换气坑道，几乎等同于挖地道了。”

“是啊，所以可以按照白色条纹的延伸方向，从山腰挖一条水平的探矿坑道，一直通往矿脉的中心地带。只要能靠勘探来推断地下矿脉的大致情况，就不必苦苦寻找露天的矿脉了。”

“乎山的那块岩石地带不是挖了一串洞穴吗？照这么想，它们充其量也就是为了探矿而采用‘竖穴法’挖出的露天矿洞啰？”

“那些洞穴啊，大概更接近于‘狸猫洞’吧。”

“‘狸猫洞’？”

“就是在矿山的开发阶段挖掘的小型矿洞，用于探矿。由于非常狭小，最多只能供人爬行出入。”

“那么，立造先生他们只是在反复探矿，并未正式开始采矿？”

“听说他们每挖一个洞穴，就能找到一些金子，接着便前往终下市吃喝玩乐，美其名曰‘提前庆祝’。”

“可是，即使继续深挖，也没有更多金子出现，于是他们再挖下一个洞，再找到一些金子，就这样反复循环，对吧？”

“应该就是这样了。”

“这……还真像是骗局啊。不过他们也确实挖到了一点金子……对了，一共挖了几个洞？”

“六个。而且好像还模仿了村里的六尊地藏菩萨，每次挖洞都不忘在洞口旁插上一面彩旗，比如红旗、蓝旗，对应‘红地藏’‘蓝地藏’等。”

“这一带是不是流传着一首关于‘六尊地藏’的童谣？歌词挺奇怪的。”

言耶说着，便翻开了提早从包中取出的取材笔记簿，递给力枚，只见该页上写着如下内容：

神户的，奥户的，六地藏

白地藏，爬上来

黑地藏，找出来
红地藏，躲进来
蓝地藏，分开来
黄地藏，烧起来
金地藏，亮起来
之后呀，六地藏
一尊尊，消失啦
最后剩，哪尊呢

“有的，尽管最近很少听到，但这是一首很老的童谣了，以前都是孩子们——尤其是女孩子们边唱着它边玩耍。我记得游戏规则是六个孩子手牵手，围成一个圆，扮演六尊地藏。应该还有另一套玩法，和‘笼目歌[1]’很接近……这首童谣有什么问题吗？”

“我怀疑，歌词实际上在暗示——乎山真的是一座‘金山’。”

1　笼目歌是日本的一首民间童谣，孩子们会边唱边做游戏。——译者注

第三章

乎山

言耶指着笔记簿，示意力枚再仔细看看。

“嗯……我想想……”力枚一边看着簿子，一边轻声地重复着这些歌词。

“由于它年代久远，我无法确定这个版本是否正确，只不过就字面上来看，我总觉得像是在暗示探矿、挖掘、运输、精炼的流程。”言耶说道。

“确实，以前有人提出过类似的见解，认为这首童谣唱出了乎山是金山的事实，但这里又没有德川家的宝藏[1]，所以大家都当那是胡说。惭愧的是，我也从没把那种说法放在心上。可现在看看，这童谣的可信度还挺高的……”

“您不必这么想，既然它本就是小女孩们边唱边玩的，您难免不熟悉。况且您小时候也只是听在耳中，没有看到过写在纸上的文字版本，当然不会去琢磨歌词。而战后那一辈的孩子应该就很少唱起了，再加上乎山是‘凶山’的印象早已根深蒂固，一旦听到它是座金山的说法，肯定会条件反射地感到可疑。此外，我估计这里的人都有这种倾向。”

“您分析得很有道理……但这确实有些丢人啊……”力枚脸上羞悔交织，随即问道，“照着这个思路，‘白地藏’的‘白’就是

1　德川家的宝藏指德川幕府倒台之际，小栗忠顺安排将360万~400万两黄金或金币埋在赤城山脚下的传说。——译者注

矿脉上的白色条纹，而‘黑地藏’的‘黑’就是夹杂在其中的黑色部分？”

“有可能。虽然我不太确定接下来的‘红’‘蓝’‘黄’是否表示炼金的过程。但考虑到最后是‘金’地藏，把那三个颜色理解成炼金的过程也算合理吧？”

“‘爬上来’是指进入乎山？”

“嗯，因为村里不让人进乎山，可要是不进山，后续的种种就无从谈起了。因此这首童谣也许是先把最基本的行动告诉大家。”

“原来是这个意思啊。”

“‘找出来’就是找矿，‘躲进来’就是进入矿洞，‘分开来’就是将原矿中不含金银的脉石给去除，这个环节叫作‘分选’，‘烧起来’就是将金子从矿石中剥离出来的工序，最后的‘亮起来’则可以解释为精炼提纯。还有，‘烧起来’严格说来应该是‘焙烧’，不过为了令歌词更统一、更上口，就采取了‘烧起来’的说法。我是这么理解的。”

“嗯……我倒不是要挑刺，但那几个动词之间省略的步骤似乎太多了，也缺乏‘挖掘’‘金矿’等具体的词汇，所以多少还是有点问题……”

“您说得对，关于这些问题，我有一个假设——当初，个别村民觉得乎山上有金矿，或者在乎山上找到了金矿，于是围绕金矿编了一首童谣，还把自古供奉的地藏菩萨以及它们的代表色融进了歌词中。然而，由于地藏只有六尊，因此必须对掘金、炼金的整套步骤做简化处理，只保留其中几个节点。最重要的是，在暗示金矿存在的同时，警告他人休想染指……”

“是刻意而为的吗……刻意不用‘挖掘’‘金矿’等词汇，最后更是唱着六尊地藏消失了……这种不吉利的歌词莫非是一种警告？”

“奥户村有六尊地藏菩萨像，平时被统称为‘六尊地藏’，可说到六尊地藏菩萨，一般都是指祭祀在墓地入口处的‘六地藏’。据《源平盛衰记》[1]记载，西光法师[2]在京都七口的每个道口上都立了六尊地藏菩萨，以此来预防恶灵和瘟神入侵。那便是‘六地藏’的起源。从位置上看，贵村的这六尊地藏围绕着整个村子，很像是在守护着村子，因而受到村民的供奉。而乎山则在它们的包围圈之外，由‘白地藏’和‘黑地藏’分别驻守在从乎山通往村子的山路口。还有金地藏，它就在乎山的山脚下，坐镇于揖取家和锻炭家中间。总之，这个村子对那座山真是严防死守啊。”

听了言耶的说明，力枚沉重地说道：“尽管没有留下文献记录，但乎山以前似乎真的因为金子而发生过骚乱，甚至还导致了别的事件，情节过于严重，无法被记载下来……”

“也就是说，当时发生了恐怖的事件，或许还出人命了，死的又正好是六个人……地藏菩萨也有六尊……探矿的洞穴也是六个……而二十年前消失的立造先生、吉良内、四个矿工，加起来依然是六人……好像一切都和‘六’这个数字有关。”

1　《源平盛衰记》是日本古典史话，也是日本古典文学双璧之一——古典长篇小说《平家物语》的异本之一，作者不详，共计48卷。——译者注

2　西光（Saiko）法师，出生日期不详，逝于1177年6月3日，是平安时代后期的官员、僧侣，侍奉的主君为后白河天皇。——译者注

“我听说吉良内把自己和立造算上，再加了四个矿工，凑齐六人，是参考了《今昔物语》[1]里关于能登国[2]的淘金人前往佐渡国淘金的故事，其中提到过‘淘金者共六人，带头人说，他们要去佐渡国，那里满是黄金，如花开遍地’。”

“他还真擅长把不相干的东西扯在一起！”

“可是，二十年前出事的不止六个人……”

“欸？还有其他人？”

言耶大吃一惊，力枚却好像不想多说，只是含糊地形容道：“我总感觉是命中注定的……不过这世上真的存在所谓的‘命’吗？”

“您能细说吗？”

“唉，其实立治娶志摩子太太之前，是有原配妻子的，叫作咲枝，为立治生下了长子一治和次子长治。”

“续弦志摩子太太的儿子广治先生是立治先生的第三个儿子？”

“是的，咲枝太太还在的时候，志摩子太太是妾。咲枝太太生下长治君那会儿，志摩子太太也生下了广治君。后来志摩子太太成了正妻，立治又养了小妾春菊，还和她生了第四个儿子，也就是立春君。”

“还挺复杂的……”

“但一治君和长治君二十年前就失踪了……现在大家都当他们已

1　《今昔物语》是日本平安时代末期的民间传说故事集，相传编者为源隆国（官位为“宇治大纳言”），共三十一卷，收录故事千余则。——译者注

2　能登国是日本古代令制国之一，属北陆道，又称能州，领土大约是现在石川县北部的能登半岛；佐渡国是日本古代令制国之一，属北陆道，又称佐州或渡州，领土即现在的佐渡岛。——译者注

经死了……”

“二十年前？难道……”

“是啊，就在立造他们六人一个接一个地不见了之后……没错，就在立造消失三四天后，当时七岁的一治君对咲枝太太说小叔在叫他，还说了好多次。当然了，谁都不会把乎山上的乱子告诉小孩子，因此咲枝太太心想，一治说不定是碰巧听到了大人们的谈话，这才提到了小叔立造。哪知道没过几天，一治君也走丢了。”

“他是上乎山去了？”

“没人看到他进乎山，然而锻炭家也想不出其他可能性，就拜托了村里的消防团巡山找人，结果……”

“结果还是没找到吗？”言耶问道。

这时，力枚低下头，沉默了一会儿，仿佛是在默默叹气，言耶也静静地等着，并不催促。

片刻之后，力枚好像下定了决心，迅速地抬起头来，开口道：“虽然我之前也讲了很多基于传闻的事，但至少村里有人能印证那些说法，唯独这件事例外。接下来我要说的，仅仅是传闻罢了，不能作准。”

“所以我不仅要对信息的来源保密，也不能对别人提起这件事，对吗？”

听言耶这么问，力枚用力地点了点头，言耶也低下头，表示明白了。

双方统一意见之后，力枚把话说了下去：“您猜得没错，最后并没有找到一治君，真是太遗憾了，不过……”力枚暂停了片刻，才接着道，“不过在所有人都想不到的地方，找到了意外的东西……”

“是什么？”言耶立刻追问，不给对方犹豫的时间。

“听说在乎山山脊上的那排洞穴里，有吉良内和四个矿工的尸体……”

“该、该不会是一个洞穴里一具尸体吧？”

力枚无声地点点头，表示同意。

“立造先生呢？”

力枚摇头否认道：“不知道，第六个洞穴，也就是洞口竖着金色旗帜的那个洞穴里什么都没有。于是，只能当是立造杀了那五个人并抛尸进洞，随后逃走了……”

“那么，当时村里的流言是真的？不对啊，都发现遗体了，怎么还能说是流言？”

见言耶目瞪口呆，力枚则再次点头，道：“立治当时也一起巡山了，洞穴中的尸体好像本来就是锻炭家的相关人员发现的。他一看苗头不对，就叫其他人都下山，只留下跟锻炭家关系密切的人，估计还对他们下了封口令。但是嘛，总堵不住悠悠之口，早晚会传出流言的……”

“您觉得他们会怎么处理那些尸体？”

力枚没有直接回答言耶的问题，只是按自己的节奏说了下去：“那条山脊上还有一个天然的洞穴，从以前起就被称为‘六壶之穴’。”

“哦……”

“有说法称，那个洞穴可以通往周围五座山，三山就是其中之一，不过，特指曾经作为‘舍姥山’的三山。”说到这里，力枚微微一笑，道，“关于这一点，可能要扯出去说了，但它涉及一些风俗传统，您应该会喜欢的。去年我大概已经讲过一次了——

“很久以前，村里有个男人出了趟门，回来的路上走岔了，误打误撞进了乎山。当他发现自己身处‘凶山’时，非常害怕，一心想着快点离开，怎料越是心急，就越是误入乎山深处，一点法子都没有。走着走着，他觉得不对劲，好像有什么人——或者什么东西在跟着他……可一旦他停下来偷偷往后看，背后又没动静了。他以为是错觉，只是那种阴森森的感觉总是挥之不去。于是他放慢了脚步，竖起耳朵仔细听，只听到‘嗒、嗒、嗒’的声音，说明后面真的有东西跟着！

“他立即跑了起来，背后的声音也变快了，‘嗒嗒嗒’的，吓得他一通乱窜，终于跑到了一片开阔的岩石堆，然而那是一条山脊，两侧都是悬崖，根本无路可逃。他只好一不做二不休，先跑再说。到了山脊尽头，他回头望去，发现有个‘山女郎’正站在山脊根部，直勾勾地盯着他，随后一步一步地朝他走来……他往山脊下一看，只见一侧下方是河流，一侧下方是森林。要跳进河水的话，距离有些远了，他就寻思着往森林里跳，靠树枝缓冲一下，可到底还是没这个胆量。在他犹豫不决的时候，‘山女郎’却越走越近……他绝望了，认定今天即是自己的死期，不由得蹲下来，喊起了‘娘亲’。过了不知多久，等他回过神来，‘山女郎’居然消失了，他也终于出了山，好像之前的经历都是一场梦。

“后来，他为了驱邪，就去三山参拜。事实上，他对这条参道很熟悉，曾走过好多次。然而，在从‘第二中宫’到‘奥宫’的路上，他又意外地迷路了。他正纳闷，前几年被他抛弃在三山深处的老母亲现身了。他起初惊恐不已，还当自己见鬼了，可冷静下来细看，面前的确实是活人。他惊讶地问母亲怎么还活着，母亲说自己正是他前几天在乎山遇到的那个‘山女郎’。

“原来，老太太被儿子扔在山里之后，穿过‘六壶之穴’来到了乎山，就成了‘山女郎’。而再次穿过‘六壶之穴’回到三山时，便变回了人类。可若保持人身，早晚总有一死，她便想着，不如去‘凶山’做个妖怪吧。只是在变为‘山女郎’的状态下，她几乎没有身为人类时的记忆，也意识不到自己本是人类。偏偏那天她听到儿子叫着‘娘亲’，便一下子清醒了过来，跑了回来，当然，她还得尽快赶回乎山去。等这样往返几次之后，她就会彻底化作‘山女郎’，不可能再恢复人身了。

“那男人追悔莫及，哭着说要把母亲接回家里去，但当他把母亲背在背上，却又一次走错了路，进了乎山，并又一次感到身后有东西跟来了。不对，不止背后，连旁边的树荫里，斜前方的草丛里，都传来了无数‘嗒、嗒、嗒’的声音……

“母亲叫他把自己放下来，他照办了，之后母亲又告诉他说，自己已经无法变回人类了，他必须一个人下山才行，母子一场，就此作别；还叮嘱他道，一旦往前走，就绝对不能回头。

“男人只好跟母亲道了永别，独自离开了。尽管前方没有山路，他却能往前走。而后，被什么跟着的感觉渐渐变淡了，只剩下一些‘嗒、嗒、嗒’的声音，再后来，连这声音都消失了。

“他猜想，其实是母亲又跟了自己一段路，便带着告别的心意，回头看去，却见无数‘山女郎’站在他背后，像一串葡萄似的，目不转睛地瞪视着他。

“最终，他好不容易才从山上下来，捡回了一条命，但发了三天三夜的高烧，躺着动弹不得。等到恢复健康，他把自己的经历告诉了村民们。据说打那以后，村子里便废除了抛弃老母亲的风俗。”

“嗯，我记得听您讲过，真是个既可怕又悲伤的故事呢。”

“哈哈，我说得太长了。总之就是，在‘六壶之穴’附近发生了那场弃尸的骚乱之后，锻炭家建了一座石碑，表面上是为了镇镇‘凶山’，实际上嘛——”

“实际上那五具尸体就埋葬在那里？”

“对，就是这样。”

“那么一治君后来怎么样了？”

“没找到。而就在他失踪几天后，当时六岁的长治君也开始反复说，一治哥哥在叫他。”

“这、这怎么回事……？”

“咲枝太太吓坏了，寸步不离地守着长治君。可一个疏忽，长治君便不见了。”

“长治君该不会……”

“唉，是啊。这下，咲枝太太的言行举止也变得奇怪了，连精神都出了问题，一个月后就去世了。”

“啊……”

“乎山的石碑也是在咲枝太太出事后建的，从这一层意义上来看，说不定建石碑不是为了祭奠那五个人，而是锻炭家真的想镇一震乎山的‘邪气’……他们还悄悄把乎山让给了我们家。说句心里话，这对我们家而言，只是多了个麻烦，可我父亲想着这样一来或许就不会再出乱子了，便接下了这个烫手山芋。”

至此，力枚的话暂时告一段落，把月子叫了进来，嘱咐她重新沏茶。

方才吃晚餐时，揖取家虽然端出了酒，不过言耶说希望保持清醒，方便接下来谈话，所以他和力枚二人几乎都没有喝酒。

一口气说了那么多，力枚难免口干舌燥，再加上有些话不适合让月子听到，于是言耶一直等到力枚痛饮完茶水，而月子也离开了客厅，这才开口道：“您和立一先生平时会互通信件，信中提到过立造先生和金矿的骚乱吗？”

“嗯。当时锻炭家的团伍郎老爷子为了乎山的事来找我父亲道歉，而我也正好收到了立一的来信，就在回信里告诉他了。”

“关于那五具尸体的流言呢？您写了吗？”

“这……我实在是没法写啊。我只提了提挖金矿前后的乱子、找矿人和矿工都不见了，还有立造也不知去了哪里……应该就这些了。”

“他后来回信了吗？信里怎么说？”

“我想想……他倒是没表态。实际上，我只在那封信里写过金矿的事，此后便再也没提起。当然，立一或许从别的渠道听说过什么，但那和靖美君遇到的怪事有关联吗？”

言耶却没有回答立一的问题，意味深长地反问道：“立一先生一家为什么会出现在乎山？”

“他们不是迷路了吗？”

“可是乎山上仅有四条路，分别是通往揖取家和锻炭家的东西两条山路、通往御笼堂的石阶，以及通往所谓‘金矿’山脊的南路——但那是一条死路。即是说，乎山的山路只通往奥户村，对其他地方则是封闭的。靖美先生之所以迷路误入，原因应该是他对那几座山完全不了解，在林间抱头乱窜，压根没走山路，不过立一先生一家一直在山与山之间迁移，过着游民生活，不可能不清楚路线。要是还有其他路的话，走错倒也罢了，问题是没有。他们必须亲自开出山路，才可以从周围的山上进入乎山。所以说——他们自称是由于不可抗力而误入，还碰巧在山里发现了一栋房子，这套说辞真的可信吗？”

“您的意思是，乎山本来就是他们的目的地？可他们为什么要上乎山？”

“自然是为了金子。这里是立一先生出生和成长的故乡，他也知道金山的传说，只是和其他人一样，并不相信那些说法。然而，他从您的信上得知了立造先生和金矿引发的骚乱，以及他们挖到金子的事实，便改变了想法。”

“这……”

“当然了，奥户村的村民们近距离见证了当年的一切，只会觉得吉良内明显是个骗子。再加上矿工以及吉良内本人都一个个消失了，然后有流言说发现了他们的尸体，唯独立造先生行踪不明——这么一来，村民们肯定会联想到一些栩栩如生的惨案现场和作案经过，对乎山心有余悸，对吧？”

“确实……”

“不过，立一先生和村民们不同。他只看到了信上的只言片语。那您觉得他会如何看待这件事呢？”

“难道他看了那封信之后，误以为金山的传说是真的？”

“假如换个角度去看待立造先生失踪一事，也可以理解为他找到了大量黄金，担心这样下去会被家人以及村民瓜分，便赶紧带着一批金子逃跑了，对吧？”

“嗯，有道理。”

“您知道立一先生一家在乎山里过着怎样的生活吗？”言耶稍稍向前探出了身子，似乎准备切入正题了。

“他们是在盂兰盆节之前在那栋房子里安顿下来的，而十月初就彻底消失了。其间，我去看望过他们五次左右，第一次应该是在八月末吧，那时候我担心他们过得好不好，想去看看情况，不过他们不在家。”

“您是几点到的？当时房子里一个人都没有？”

“我记得过了中午了，房子里的确没人。”

“门锁着吗？”

“那栋房子没法从门外上锁。第二天我又重新上门，还特地挑了中午前，但依然没人。于是我顾不上礼貌，擅自推门进屋，写了张字条，留言告诉他们要是有什么需要，尽管直说，不必客气。”

“您两次都没顺道去一下那条开过探矿洞的山脊？”

“没去。您的意思是？”

“我觉得他们很可能在那里。”

“啊……”

力枚深深叹了一口气。言耶觉得，力枚大概是察觉到自己可能被立一骗了，这才不禁叹息。

“之后怎么样了？”

“过了几天，平人君特地上我家来道歉，说不好意思，让我白跑了。”

“他说自己一家去哪儿了吗？”

“只说是进山找食物去了，我也没打算细问……然后，我说想去他们那看看，他就跟我约好了具体的日期和时间，请我届时去吃晚饭。我按时赴约，果然他们全家都在。立一和平人君坐在地炉旁，三位女眷在靠里的那间木板房里用餐。”

“他们看起来如何？脸上和衣服上都脏兮兮的吗？”

“啊！因为他们刚来时就是那副打扮，那天也是老样子，我完全没在意。可被您这么一说，确实像是刚从洞穴里爬出来似的……”

“您和他们聊了些什么？”

“我和立一都不是话痨的人，所以就随便聊了些他们之前的生活，比如在山里度过的日子、在河滩上小住……我对那些话题还挺感兴趣的，于是问能不能多找他聊聊。他虽然答应了，却同样指定了具体的时日……”

“难道他们又约您一起吃晚餐？”

“是啊……照这么说，他们都是趁着天还没黑，进洞找金矿？”

“恐怕是的。那次之后，他们又请您去了两次，您共去吃了三次晚饭，而第三次就是您把打火机忘在他们家的那次吧？后来，您便再也没见过他们一家。”

“没错，因为那次我们聊得久，我走得比较晚。”

“第二次晚餐也是相同的情况？”

“嗯，女眷们在里屋吃饭，说起来，她们三人好像很怕生，都不敢靠近我。”

“乍看之下，确实很符合游民怕生的性格，但也可能是立一先生怕她们不小心说错话，事先关照过，她们才会自然而然地跟您保持距离。”

“可他都离开那么久了，也早就知道金矿的事了，为什么偏偏现在才回来呢？”

“游民本就居无定所，即使遭遇不测，没法安定地生活下去也不稀奇。也许是去年夏天那阵子发生了什么事，情势所迫之下，他们想起了您在信上提到过的金矿骚乱，于是就抱着‘试试又不亏’的心态回来了，反正没有其他选择。”

“您觉得他们找到金矿了吗？”

“那栋屋子的墙上挂了一张圣德太子的画像吧？画像前是不是摆了一个用布盖着的东西？”

听言耶如此说道，力枚一下子激动了起来：“是有那么个东西。难道是金矿石？金矿石就在我的眼前吗？”

“骑着黑马的圣德太子——也就是‘黑马太子’。我在图书馆查资料时，看到有文献记载，称岩手县的掘金人信仰‘黑马太子’。吉良内走遍了全国，见多识广，那张画说不定是他特地带来的。”

“可即使立一一家挖到了足够的金子，打算离开，也不至于在那种时候突然消失啊。”

“我也有同感，在那种情况下，主动消失的确太不自然了。”

“会不会是被绑架了？”

“那就得考虑到第三方介入的可能性了，只会让整件事变得更加离奇……”

“毕竟不是一两个人不见了，而是整整一家五口呢。”

“嗯，消失时的状况也非常神秘、诡异。”

谈到这里，言耶和力枚几乎是同时陷入了沉默，力枚明白了立一一家深藏不露的返乡动机，心头的迷雾稍微消散了一些，言耶却更加纳闷了，想不通为什么这一家子会消失得无影无踪。

接着，力枚看了一眼时间，发现已经不早，便提议今晚先聊到这里，各自去休息，等明天再一起上乎山看看，言耶当然表示了赞同。

第二天一早，言耶和力枚天还没亮就起床了。两人迅速吃了早饭，从揖取家的后门离开。月子目送了他俩一程。

他们先去参拜了“黑地藏”，随后决定沿着东侧的山路，朝乎山进发。

力枚先一步踏上了蜿蜒曲折的山路，言耶跟在其后，并开口道：“力枚先生，我有个事想问问您，是关于月子小姐的。”

“您问。”

“她和广治先生、平人先生是所谓的‘三角关系’吧？”

“哈哈，原来您知道啊。”

“我、我不是因为对这种事感兴趣才想打听的！”

“放心，这我当然明白。其实您真正想问的是月子和平人君的关系，对吗？”

“嗯，没错。平人先生不见了，我很好奇月子小姐是怎么想的。”

“唉，这段三角关系啊，说起来还真有些复杂。”力枚苦笑着，语气中却透着不解。只听他说明道：“当年立造闹出了那样的大事，揖取家和锻炭家基本上不再来往了，可两家的大人都没有开口干涉下一代之间的交流，因此孩子们未受影响，还是混在一起玩耍、打闹。只是他们长大后，自然而然地明白了两个家族之间的关系，便渐渐疏远了。想不到去年春天那阵，媒人上门提亲，说是广治君想娶月子为妻。”

“这样啊……”

“可是，月子好像不太乐意。大概是因为她的三个姐姐都按家里的安排结了婚，花子嫁给了入赘的将夫，鹰子和风子分别嫁去了终下市的饭店和石炭批发商户做大儿媳妇，月子把一切都看在眼里，于是很小就公开说自己一定要自由恋爱。”

“月子小姐说不定是想听广治先生亲口向她求婚，而不是通过媒人牵线，这才故意为难他呢？”

“这是他俩之间的事，我就不清楚了。当时我问了我妻子，她说这两个孩子进入青春期后，便不像以前那样随便见面了，所以月子也可能觉得这场提亲太唐突了吧。”

“看来广治先生的方法不对啊。”

“再加上他有些不好的风言风语……”

“嗯？他怎么了？”

言耶有些天真地问道，可力枚倒像是忽然意识到自己说了不该说的。

“这个嘛……我不太方便细说……反正就是些村里流传的低俗话题……”

“好吧……后来月子小姐和广治先生怎么样了？”

“似乎是比之前更疏远了。”

“就在这个当口上，平人先生出现了，而且和广治先生长得很像……”

“关于这一点，按我的猜想啊——平人君平时脏兮兮的，身材又消瘦，比起广治君更多了一股自由和野性的味道，再加上游民特有的腼腆怕生，这些要素八成都让月子觉得很新鲜。对了，他身为游民，还充满了神秘感，月子说不定是被这种气质吸引了。”

“有道理，月子小姐那么年轻，自由恋爱的梦想也刚破碎，确实有可能一下子喜欢上与众不同的平人先生……不过……怎么说呢……您是不是也不反对月子小姐和平人先生结婚？”

“我目前没有特别反对，等他俩发展到了谈婚论嫁的地步再说吧。”

“我去过很多地方，见过不少村子的大财主，但没有一个人能像您这样，对孩子——尤其是对女儿的婚姻抱着理解的态度。”

“哈哈哈，您说得还真直白。”力枚开怀地笑了，接着又略带严肃地说道，“虽说华族制度在战后废止了，国家宣称人人平等，可事实上，门第观念还是残留在人们心里。而且越是乡下地方，这种风气就越是浓厚，所谓‘自由恋爱’可能终归只是一场梦。这么一想，我便觉得，还是由着小女儿去吧，她喜欢就好。但是啊……”力枚又一次笑了起来，继续说道，“说实话，我不希望月子嫁出去，倒是想招平人君入赘呢。”

“立一先生一家消失之后，月子小姐还好吗？”

“嗯……最开始是不知所措的，后来安静了下来，却没什么精神，再接着又开始坐立不安，现在是这三这种状态都会出现……”

“这也难怪，因为平人先生突然不见了嘛……”

“话说回来，老师……”

“怎么了？”

“您讨厌我们这种乡下的生活吗？”

“不会，我平时总是在乡下地方转悠，结果每次回东京之后，反而觉得有些静不下心来。”

“原来如此，那么，您干脆跟月子结婚，留在这里写小说吧？”

“这……”

“我们家还有栋安静的别院。”

“啊？”

“我要是能有个像您这样的儿子就好了。”

“您抬爱了……我……我就是个浪子，真不敢当……”

“果然没戏吗？”

力枚不失遗憾，言耶觉得那些话听起来不像是在开玩笑，吓得不轻。

“我只有四个女儿，难免觉得有些无趣啊，真羡慕您父亲，有一个这么有出息的好儿子。”

“……”

一阵不自然的沉默之后，言耶又佯装无事地发问了：“那个，我之后可以去找月子小姐聊聊吗？”

“当然可以。”力枚畅快地答应了，但似乎也察觉到了言耶在顾虑什么，于是刚答完便回头看了他一眼，又立刻面向前方，道：“过了下一个拐角，山路就不再是现在这样又弯又长的了。我们不但要爬坡，路面也像个碗似的，中间低，两边高，有些难走，您多注意脚下。”

正如力枚所说，拐角之后的路段犹如在山中扭动的巨蟒，忽左忽右地向上延伸，而路面并不是平整的，仿佛被挖成了“U”字形。

这里当然已是“凶山”的范围之内。言耶之前一直在和力枚说话，分散了注意力，并没有察觉乎山的特殊之处。但或许是因为对话一下子中断了，他可以集中精神，探查周围的状况，终于意识到不对劲。其实自打进入这座山起，周围的气氛便明显和普通的山上不同。而现在更是起了微妙的变化，难以形容的异样感愈发浓厚。

（闯入禁忌之山，还能全身而退吗……）

至此，言耶终于开始担心起了自己，无奈已经来不及回头了，应该改变思路，多想想幸好有力枚同行。

默默地走完那条蟒蛇般的坡道之后，山路便向右延伸，只要再走上一阵，很快就能透过左前方的树木间隙看到一栋房子。

倘若此处不是禁止进入的“凶山”，这还真是一幅奇异的景象——深山之中居然有着一栋与四周格格不入的二层小楼。言耶倒不是觉得它不适合给矿工居住，而是因为这种环境之中有着这样的建筑，实在是太不协调了。

力枚没注意到言耶正凝视着那栋奇怪的房子，只管指着边上的小路，说道："顺着这条往南的路走，就能到立造当年探矿的那条山脊了。"

"哦，就是挖了六个洞穴的地方吧？"话音刚落，言耶便将视线投向了那条山路。

"那六个洞穴在我们这里叫'六墓之穴'，'墓地'的'墓'。其实也没人带头，但不知什么时候开始，大家都这么称呼它们了。当然，是化用了'六壶之穴'这个名称。"

言耶一边听着力枚解说这个"俗称"的由来，一边聚精会神地盯着这条通往苍郁树林的昏暗山路。

"我们先去房子里看看，出来再研究这条路吧！"力枚催促道。

言耶跟他一起朝房子走去，脑中却突然涌出了一个念头——这里根本就不该建造供人居住的房子……

"如何？比您想象得还大吧？"力枚站在大门前，回过头来大声说着，但下一秒，他便看出了言耶神色有异，赶忙问道："怎么了？没事吧？"

"啊，没事，没事。我只是有种很强烈的感觉……觉得这里真的不该建这种房子。"

"这种感觉，莫非就是所谓的'通灵能力'？"

"不，我不会通灵，我只是个普通到了极点的凡人。即使如此，我也认为这番光景特别恐怖、特别瘆人。"

"原来是这样啊……"力枚又重重地叹了一口气，征求起了言耶的意见，"话说，您没有改变主意吧？还是想进屋看看吗？"见言耶点了点头，他便伸手去推门板，然而根本推不动。他不禁嘀咕道：

“嗯？怎么回事？”

“门坏了吗？所以才打不开。”

“不，不对，这扇门好像上着闩……”

“您说什么？”

言耶忍不住直接凑上前去，抓着门把手晃了几下，而那种手感的确像是从内侧上了闩。

“欸？好像有股烟味……”

听力枚这么一说，言耶仿佛也闻到了一股焦煳味。

“去后门试试吧！”

力枚催促着，而言耶已经在往东侧跑了，背后传来了力枚匆忙跟上的脚步声。

言耶的心中升起了一种极为不妙的预感……

他们绕到了房子背后，只见靠东侧有一扇木门。它和双开式的大门不同，只有一块门板，但同样打不开。

“这扇门好像也从里上了闩！”言耶一边用力晃着门把手，一边回头说着。

闻言，力枚带着一丝惊恐，问道：“难道说……房子里有人？”

“只能这么想了。”

两人缓缓地对视了一眼，力枚赶紧提醒道：“我记得那边有个小库房，可以去找找有没有能破门的工具……”

话还没说完，言耶就已经冲出去了。

他绕到房子的西侧，打开小库房，往里看去，打算找柄斧子，但并没有看到类似的工具，不得已只好拿过眼前的铁锤和凿子。接着，他迟疑了一瞬间，犹豫着该先处理哪扇门，随即便冲向了离自己更近的前门。

“门闩差不多是在这个位置吧？”

言耶不停推着门板，试图确定门闩在哪儿，力枚也按着自己的印象，给他指了一个大致的范围。而后，言耶把凿子抵在稍高于力枚所指的位置上，抡起锤子，对准凿子锤了下去。门板应声开了一个小洞，他又立即将凿子平移，再次锤下，如此重复。

不久后，小洞便扩大了不少，足以让一个成年人伸手进去。言耶先通过洞口往房内看了看，再将右手探进洞去，拉开门闩，火急火燎地推开门板。

“呃啊……”

言耶听到背后的力枚倒抽了一口凉气。

原来，有人倒在地炉边，从身形上看是一名男性。他的双脚朝向大门，头顶朝里，整张脸埋在火堆里，脑袋上大火熊熊……

第四章

白地藏，爬上来

“水……快拿水来！”

言耶大叫着冲进房内，一直跑到土间深处，把一排大缸的盖子一个个掀开，见其中一只缸子里有水，便开始到处找水瓢，却遍寻不着，最后索性飞奔到堆满了餐具的架子旁，抓过两只大碗，舀满了水，跑回地炉旁，将水浇在那一头的烈火上。

伴随着嗞啦一声巨响，一团白烟散了开来，一阵无法言说的人肉焦臭味直冲鼻腔，言耶猛地呛住了。当然，房内本就充斥着这种可怕的气味，只是他一心想着灭火，没能立即察觉到而已。

他一只手捂住自己的口鼻，另一只手急匆匆地摸向倒地男子的左手手腕。或许是因为地炉的热量，那只腕子还带着一股微妙的温热感，摸起来十分恶心。但他强忍住了，继续为男子把脉。遗憾的是，人已经死了。

“这、这……”力枚哑然。

言耶回过头去，就见力枚站在地炉和土间的中间，整个人愣在那里。

“难道他是立一先生？”言耶问道。

力枚差点要点头，可又急忙摇头道：“不，不对，这好像是立治的衣服！”

死去的男子一身干净的西式服装，的确不像是在山间漂泊的游民。

“立治先生怎么会在这栋房子里……”

“他……是被人杀死的？”

“从现场来看，十有八九是的。可还是有些古怪的地方……”

“地炉里烧着的好像是蓑衣。”

力枚指出道。言耶定睛一看，果真如此。男尸的脸下垫着两件蓑衣，每一件均留有火烧的痕迹。

大门左边的内墙上挂了几件蓑衣，这两件大概是从那里取下来的。

（但为什么要烧脸？）

言耶大惑不解，又从牛仔裤的口袋中摸出了一块手帕，捂着鼻子，战战兢兢地观察起了尸体的面部。遗憾的是，他当然看不出任何端倪。

“奇怪……这个姿势也不太自然吧？”

力枚对被害人的死状感到不解。

确实，遗体两手向前伸着，仿佛在高呼“万岁”，而右手比左手伸得更远一些；双膝弯曲，跪倒在地，右腿也比左腿更靠前，整体看起来就像是正要向前爬行。

“嗯。如果是被人从背后猛击头部，脸朝下直接摔在地炉上，也不可能是这种姿势。”

“换句话说，犯人是故意的……”

“对，故意把被害人的手脚拗成这样……啊！”

言耶突然大叫一声，凑近了遗体，重新观察了起来。因为看得过于仔细，他都快把自己的脸伸到地炉里去了。

“刀城老师，这到底……是怎么回事？”

力枚惊慌地问道，然而言耶并没有理会他，只是盯着遗体的胸口看了好一会儿，接着站起身来，又打量着遗体那诡异的姿势。

“您发现什么了？”

“我也不太确定，不过被害人好像围了一条白围兜。”

“啊？围兜？”

“是的，就像地藏菩萨系在身前的那种……”

“地藏菩萨的围兜？而且是白色的？欸?！”

力枚品出了言耶话里的意思，大惊失色，言耶则指着遗体说道：“‘神户的，奥户的，六地藏。白地藏，爬上来’——您看这人的姿势，像不像在爬山或者攀岩？”

“天啊，这、这究竟……”

“我也不知道，只是，这前后门都从里上了门闩呢。”

言耶说着，开始环视四周，力枚一下子反应过来了，惊呼道：“莫非犯人还在这栋房子里？”

他不停地四下张望，言耶见状，伸手示意他冷静，随后自己在一楼调查了一圈，然而并没有其他人在，便又嘱咐道：“我这就上二楼去看看，麻烦您盯着楼梯，以防有人在我上楼之后才下来。一旦您看到有人出现，请务必大声叫我，可以吗？”

力枚急忙点头。

见对方理解了自己的意思，言耶便往里屋的楼梯走去。

虽说太阳早已升起，但这里毕竟是山中，再加上二楼走廊上的窗户非常小，所以屋内并没有几缕光线，等待着言耶的是一片昏暗。

（假如犯人就躲在某处，趁暗偷袭倒是方便。）

言耶如此琢磨着，同时从上衣内兜里掏出一根细长的布卷，解开绑绳，展开布卷，从中取出一支钢笔形的手电筒。

这个布卷是经过特殊设计的，里面有好几个小口袋，除了那支钢笔形的手电筒，还分别装有蜡烛、硫黄火柴等照明工具，以及小刀、锉条、钳子、细麻绳、铁丝、磁铁等小道具，甚至还有巧克力、压缩饼干等应急食品。与他相熟的编辑们称那些东西为“怪奇小说家的探案法宝”。这个名字将“小说家”和“探案”混在一起，听起来带着几分矛盾，但总而言之，它就是个秘密道具的收纳袋。

他先用那细小的光源照着楼梯上方，确认上面没人之后，才小心地往上走去。中途经过狭窄的转折平台时，他还特地检查了一下走廊的转角处，只觉得那里空空荡荡的，应该没人躲着。于是，他横下心来，一边向上冲刺，一边猛地把手电筒对准了走廊，可前方一片沉寂，只是在黑暗中径直延伸下去……

言耶从手边的第一间房间开始逐间调查，发现每间房内皆有一间壁橱。它们贴着墙，上层放有若干布包袱，包袱里只装了泛黄的头巾、手背护套、短衣、秋裤、布制袜套、草鞋等，而下层则堆叠着几床被子，除此之外便一无所有。保险起见，他又检查了窗户，它们当然也是从里上锁的。

（这栋房子正是所谓“密室”吧……）

现状和立一一家消失时几乎一模一样，只不过这次发生的是杀人案。

（这两件事之间，会有关联吗？）

言耶抱着这样的疑问，检查完了最后一间房，果然都空无一人，亦没有布包袱和被子以外的物品。随后，他急匆匆地回到一楼。在向力枚确认了这期间无人下楼之后，他汇报了自己的调查成果，说二楼的房间全是空的。

力枚听后，如同坠进了云里雾里，问道："这该怎么解释？整栋房子只有两个出入口，还都上了门闩。犯人到底是如何逃走的？"

"这确实是个谜，但我更不解的是——犯人为什么要把这栋房子布置成密室。若是在村子里，从屋里上锁或许能推迟遗体被发现的时间，这里却不一样，门打不开只会显得可疑。况且本来就没人会来这种地方吧？所以根本没必要上门闩。"

"您说得很有道理。"

"而且犯人还把遗体弄成童谣的歌词那样……"言耶轻声道，仿佛陷入了自己的世界，可立马又回过神来，对力枚说："我们得报警！从您家打电话应该是最快的吧？"

"嗯，先把情况告诉奥户村的驻村警，然后就交给他们处理吧……"

"拜托您了。"

"没问题。您呢？接下来有什么打算？"

"我留在这里保护现场，以防它受到破坏。"

"留在这里……您要留在这里？"

力枚极力劝说言耶跟他一起下山，然而言耶的态度非常坚决，力枚只能反复提醒他千万注意安全，随后快步往家赶去。

言耶见力枚消失在了东侧的山路上，便着手调查大门周围，并在大门附近的木板墙上发现了一枚凸出来的钉子。他从自己的"法宝袋"里取出细麻绳，用一种非常特殊的打结方式，将绳子两头分别绑在了门把手和那枚钉子上。如此一来，要是它被弄断了，或者打结的方式改变了，他就能知道有人从大门潜入过。

“其实，我应该好好守在这里的……”

或许是对力枚抱着几分歉意，尽管他已经走远了，言耶还是对着空气把这句话说出了口，接着毫不犹豫地迈向了西侧的山路。

没过多久，他就到达了那片岩石密布的地带，前方果然是悬崖。他走到悬崖的尽头处，随后趴在地上，朝下望去。从这个高度来看，必须依靠梯子才能下山；而此处的岩壁是内凹的，因此若想借助于绳子的话，也必须要有相当熟练的攀岩技术才行。

于是，言耶果断地掉头回到那栋房子，搜查了小库房，却并没有梯子或类似于梯子的工具，只看到几根细长的圆木。他还细心地找了找是否有结实的绳子，自然也没有找到。

（等等，假设立治先生是从锻炭家附近那条山路，也就是西侧的山路上来的话，总得用到梯子，所以它应该还留在那片岩石堆才对！）

意识到这一点之后，言耶踏入了房子正前方的那片草丛之中，准备查看通往御笼堂背后的石阶，却很快发现了异常——那里明显有人经过，还留下了痕迹。他迅速走到石阶旁，往下看去，只见石头与石头之间的杂草都被踩烂了。

（西侧的山路通往悬崖，立治先生没法凭空爬上来，而走东侧的山路又势必要经过揖取家，对立治先生来说也不方便，那么只剩下这条石阶了，逻辑上完全成立！）

言耶对被害人的行动轨迹做了初步的判断，之后重新回到房前，选择向南侧的山路一探究竟。

其实他并不认为那条路和立治之死有关，可必须抓紧时间去“六墓之穴”看看，不然等警方一到，外人肯定就无法自由行动了。

他沿着昏暗而狭窄的山路前行，过了一会儿，总算是走出了森林，来到了那条不祥的山脊上。

山脊形状诡异，就如同某种不知名的巨型四脚怪物，正拧着身子，朝西南方延伸；山脊上稀稀拉拉地分布着六个小型的探矿洞，看起来非常怪诞、恶心，活像是因手术失败而留在怪物身上的痕迹。

言耶小心翼翼地走到山脊的尽头，开始逐一观察洞穴。虽然他很想钻入其中仔细检查，可是手头没有梯子和绳子，盲目行动实在太危险了，遂强行打消了念头。

他用钢笔形的手电往洞穴内照去，看到里面还有些圆木，跟那些堆在小库房中的一模一样，想来八成是梯子的残骸。而除此以外，就没什么特别的东西了。

（既然洞穴外侧的旗子采用了“六尊地藏”的代表色，那么从山脊的根部到尽头这一路上，旗子的颜色应该依次是白、黑、红、蓝、黄、金吧？）

言耶暗自对旗色做了预判。尽管常年的风吹雨打早已把布料弄得破烂不堪，但通过旗杆上的残余部分，也能勉强辨认出它们的颜色。

他默默揣测着这里到底有没有金矿。要是将“立一一家神秘失踪”和“立治被残忍杀害”这两件事结合在一起思考，沉睡在乎山中的黄金或许正是贯穿在背后的暗线……

观察完那六个洞穴，最后他又走向了“六壶之穴”，只见“六壶之穴”旁的石塔上斜着裂了一道大口子，似乎是自然开裂的，透出了浓浓的肃杀之意。可仔细想想，能裂成这样也算是难得一见，而且上面还刻着字——

一切诅咒灵等为善心菩提也

这种句子一点都不像是用于祭奠和安魂的。

长满了青苔的石塔破败不堪、崩塌在即；被遗弃的老妇们从“六壶之穴”爬进乎山，化为“山女郎”……眼前的景象与相关的传说仿佛交织在了一起，令言耶背后发凉。

（这股恐怖而不祥的感觉确实非同寻常。）

言耶切实地感受到了乎山的可怕之处，难怪当地人认为它是“凶山”，对它避之不及。同时，他也不禁佩服起了立造等人，居然为了探矿而频繁出入这里，不知是胆大包天，抑或是为人迟钝。不，应该是黄金的诱惑力实在太强大了吧。

他迟疑片刻，但还是蹲了下来，单膝跪地，俯身往“六壶之穴”中看去。

洞穴里垂着无数细细的树根，乍看很像是小动物的住所，然而洞穴深处却传来了诡异骇人的气氛。这绝不可能是动物的巢穴。光是往深处凝视，便令言耶胆寒生畏，仿佛自己的头部就要被吸入洞中似的——或者说，有一种难耐的冲动，想要主动将头部伸入其中……

（我在胡思乱想些什么？）

他急匆匆地离开洞口，却忽然注意到某个奇怪的东西。

（那是？）

他略带胆怯地再次凑近去看，只见伸手可及的地方掉着一颗圆圆的小黑粒。他本以为那是小动物的粪便，但又不太像，于是伸出右手，打算将它拿出来细细观察，可下一秒又触电般地缩回了手！

因为，他脑中忽然浮现了这样的场景——有另一只手，从洞穴中“倏”地伸了出来……

他定了定神，调整了姿势，离洞口稍远一些，接着再用钢笔形的手电往洞中照去。

（果然什么都没有……）

他如此想着，却还是尽可能迅速地捡起了那颗神秘的小黑粒，随后用拇指和食指捏着它，定睛看去，发现它的中间开了一个小孔，怎么看都像是一颗念珠。

（念珠串断了？是来参拜石塔的人掉落的？）

这个解释似乎很合理，可一琢磨为什么会发生这么不吉利的事，他不禁再次感到阵阵寒意。

他快步地沿着来路返回，途中听到东侧的山路上传来了说话声，便努力在放轻脚步声的前提下进一步加快速度，总算是抢先溜回了那栋房子门前。

而下一瞬间，力枚和将夫便出现了。不过在他们眼里，言耶无疑一直留在原地看守现场。

“抱歉这么久才回来。派出所的熊谷警官问得特别仔细，我们跟他解释了好长时间，最后他说要联络初户村的大庭警官前来支援，所以我们就先过来了，也拜托了熊谷警官务必尽快赶到。”

力枚说明了报警的情况，将夫则频频瞥向那栋房子，等岳父说完之后，他才开口问道：“那个被害人，真的是锻炭家的立治先生？”

“脸被烧毁了，看不出长相，唯有那身衣服像是立治先生的……将夫先生，您是不是想到了什么？”

言耶觉得将夫的话有些微妙，便反问了回去。将夫迅速地看了一眼力枚，答道：“那个人……有没有可能是立一先生？”

“怎么说？”

“保不准是那两兄弟都想要金子，起了争执。当我听说被害人身上的衣服是立治先生的，但无法辨认长相时，就怀疑会不会是立治先生跟死者对调身份，把死去的立一先生伪装成自己，再栽赃给死者——”

“容我打断一下，您知道立一先生一家是为了挖金子才住进这栋房子的？”

“这个嘛……我没找他们确认过，也没见过他们挖金子，可立一先生本来就是奥户村的人，很清楚乎山是一座‘凶山’，却偏偏要住在乎山上。那理由就很好猜了——十有八九是因为‘金山’的传说呗。”

“原来如此。但这又怎么会牵扯到立治先生呢？”

“当然和他有关。试想——离家出走的大哥不仅厚着脸皮回来了，还打算把二十年前没能找到的金矿据为已有，立治先生怎么会坐视不理——”

“我跟你说过，这绝不可能。”原本一直静静聆听的力枚发话了，他语带苦涩地说道，“要是立治找上了立一，立一肯定会与我商量。”

“如果跟您说了，找金子的事不就暴露了吗？”

“我很早就对立一说过，我压根不信‘金山’的传说。直到昨晚跟刀城老师聊过之后，我才觉得乎山上也许有金矿存在。换言之，假如立治真的去找他麻烦，他按说会向我求助。我毕竟是揖取家的户主，只有我有资格禁止立治进乎山。而且他应该很清楚，即使立治控诉他这个当大哥的盯上了乎山的金矿，我也不会听信。所以我不认为这是兄弟俩为金矿反目成仇。”

“但西侧的山路上并没有梯子啊，半道上不是有个悬崖吗？绝对是立一先生一家把梯子拆了，防止立治先生上山干涉他们。”

“哦，那个梯子是团伍郎老爷子拆掉的。当年立造闹出了天大的乱子，老爷子为了表示锻炭家和乎山不再有瓜葛，便撤了梯子。当然，他大概是真心想跟乎山划清界限。”

“那为什么我们家也采取了放任的态度呢？要是早点接管乎山，就不会被那奇奇怪怪的一家人占了房子，更不会发生这么可怕的案子。”

“这件事我同样跟你说过很多次了，是我父亲决定的，而我也赞同他的想法。”

“都是您和爷爷一直回避乎山的问题，阳子才会——”

“唉，你又提阳子。没人知道那孩子的事是不是真的和乎山有关。就算其中确实存在关联，也只能证明它是名副其实的‘凶山’，鲁莽行事只会带来更多危险。”

“不，是你们始终对问题视而不见，这座山才始终那么危险。我们家就该正儿八经地探矿，别像立造先生他们那样，净搞些半吊子的。”

“你说什么？”

“抱歉……二位好像说得有点远了……”

言耶突然介入了翁婿二人的对话之中，两人这才回过神来，急忙止住了话题。

“让您见笑了，年轻人难免有自己的梦想和野心。将夫相信这座山里有金子，总想着正式探矿，一旦发现矿脉就认真制订开采计划，把金矿开发出来。”力枚为方才的失态表示了歉意。

“若是邀请信誉良好的专业人士加入，或许是有希望的。当然了，关键还是得找到金子才行，否则都是空想。”言耶附和道。

“金子的话，立一先生他们家就有——”

将夫一时说漏了嘴，赶紧闭口不言，却为时已晚。力枚满脸怒容，质问道：“难道你趁他们不在，偷偷进了那栋房子？”

“……”

“给我说实话！”

“就一次，我就去了一次……但是他们确实有金矿石！那块岩石里有金子！”

将夫说着便掏出了笔记簿，读起了那块金矿石的特征。看来他的确有着凡事做记录的癖好，然而这只是进一步激发了力枚的怒意：“你……你怎能如此不知廉耻！既然我把那栋房子借给了立一，那里就是他的家！没有他的许可，任何人都不能——”

“对不起，我再打扰一下。将夫先生，请问——您说的金矿石，是用布盖着的吗？就是放在圣德太子画像前的那个东西？”

“啊，没错。”

“果然，我们昨晚猜中了。”

言耶喜出望外，力枚见状，也只能顺着他的话承认了。

“对了，您二位刚才提到的‘阳子’是谁？”

话一问出口，力枚和将夫便都不出声了。不知是谁的喉中挤出了一丝呜咽，但最终还是力枚无力地叹了一口气，答道：“阳子是花子和将夫的大女儿、我的外孙女，今年……”

“今年应该八岁了。”

他在说孩子的年龄时，稍稍迟疑了一下，是将夫替他补充的。

“唉，今年都该这么大了呀……”

“是的……”

“阳子小妹妹出什么事了吗？方便的话，能否跟我说说？”

见两人的表情都透着几分沉重，言耶小心翼翼地问道。而这次换成将夫回答了：“三年前，不对，准确说来是两年半前，当时六岁的阳子神秘失踪了……”

“欸？”

“最后看到她的人是月子，说她当时正在供奉‘黑地藏’的祠堂附近玩耍，之后就这么不见了踪影……”

“她上乎山去了？”

“大家都这么认为，所以去巡山了，但没找到她。”

“当时，神户有些流窜作案的强盗，连云游的僧人都不放过，阳子说不定是被他们掳走的。我们也用尽了一切办法寻找，然而……”

“原来是这么回事。对不起，让你们想起了痛苦的往事……”

概括地说，在乎山的问题上，岳父力枚为人保守，也很迷信，女婿将夫追求革新，比较理性，两人观点对立，勉强保持着彼此间的平衡。只不过，随着阳子的失踪，他们之间的平衡已岌岌可危。说真的，他们都不明白这桩悲剧到底是不是乎山所导致的，但力枚失去了心爱的外孙女，将夫失去了可爱的女儿，于是乎，两人或许都选择了将矛盾转移到其他问题上，来分散这份悲痛的心情。

言耶不忍，心想着阳子最不愿看到的，肯定就是外公和父亲失和。

但他当然不会把这话说出口。诚然，力枚人品高尚，气度不凡，只要好好沟通一番，想必能明白其中的症结所在——不对，他说不定早就理解了这一切，可也正是因此，这对翁婿之间的关系才特别棘手。毕竟家人的感情一旦出现裂痕，就很难修复如初。

（父亲……）

言耶突然分了神，但很快又将注意力拉了回来，问起了力枚接下来的安排，力枚说道："终下市会派搜查队过来，由初户村的大庭警官去迎接他们并带路，不过最快也得过了中午才能抵达这里，所以我们就先在这儿等着熊谷警官，看好现场，等他来了再回家。"

在等待警方到来的这段时间里，言耶一直在向力枚与将夫询问关于立治的种种，只可惜两家人断了往来，力枚他们只知道往事，却不清楚对方的近况，唯独将夫因为村里的青年志愿团体，才和立治的儿子广治略有交集。

他们等了一小时左右，奥户村的驻村警熊谷总算出现了。

"不好意思，手续太多，挺费工夫的，这才拖了那么久，真是麻烦您二位了。"他先向力枚鞠了一躬，接着又对将夫轻轻点头致意，最后就盯着言耶，问道："您是……"为了免遭不必要的怀疑，言耶正准备自我介绍，却被熊谷抢先一步，"您是从东京来的大作家吧？"

"啊？呃，是，我是作家，我叫刀城言耶。"

"没错没错，我记得就是这个名字！"

"哈？"

"来这里之前，我顺道去了一趟揖取家，月子小姐说东京的出版社打了电话过来。"

"是找我的？难道是怪想社的祖父江偲编辑？"

"对，就是那位编辑。"

"她有什么事？"

"她说，乡木靖美先生今早联络了她，告诉她——山魔从乎山追过来了。"

第五章 山魔来了

言耶等人在揖取家的内客厅等候搜查队的到来。下午较晚的时候，终下市市警署的鬼无濑警部总算带队抵达了揖取家。

他们之所以花了那么长的时间，主要得怪大庭警官没有说清从初户村到奥户村的交通情况，结果搜查队照例选择了臼山上的旧路线，翻山越岭，走了许多冤枉路。

因此，鬼无濑难免怒气冲冲的。言耶他们不得不面对着这么一位愤怒的对象，讲述发现立治遗体的经过。当言耶说到自己的身份以及前来奥户村的目的时，鬼无濑问道："您是信了那个乡木靖美的妄想，才特地跑来的？"

"怎么说呢……我认为那不是单纯的幻想或妄想……"

"刀城老师是这方面的专家。"

力枚在一旁为言耶背书，谁知起了反效果。鬼无濑瞥了言耶一眼，仿佛是在看假扮成算命师傅的江湖骗子，估计已对他彻底产生了偏见。

或许是由于这位警部的姓氏中带有"鬼"字，言耶总觉得他的相貌和鬼瓦[1]颇为相似，只是表情没有那么狰狞。然而，一旦他对某人产生了蔑视、反感、愤怒等负面情绪，并将之表现在脸上的话，这块

1 鬼瓦源自中国的建筑部件"脊头瓦"，是日本传统建筑中的一个构件，外形是一块铲形的瓦片，上面雕刻有龇牙咧嘴的恶鬼，一般设置在日式建筑的屋脊末端，主要用途是防止雨水侵蚀，同时亦带有除厄招福的寓意。——译者注

相对温和的“鬼瓦”便会立刻变成恐怖非凡的“鬼瓦”，就像他方才瞥向言耶时那样。

总之，等力枚和言耶交代了大致情况之后，鬼无濑的脸色更加阴沉了。他开口道：“揖取先生，回头我想请您和我一起去一趟现场，在那里详细地描述一下您发现被害人的整个过程。”

“那么，刀城老师也——”

“有您就够了。同样的问题，没必要听别人再说一遍。”

说完，他让力枚稍等他一会儿，便离开了内客厅，估计是去安排下属的任务了，比如哪些人上乎山，哪些人去锻炭家问话，并对他们做出详细的行动指示。

“刀城老师明明比我更适合面对那种场面，真不知道那位警部在想什么。”

“哈哈，陪同警方指认现场的任务应该很辛苦，请您连我的份也一起加油啊！”

听力枚发起了牢骚，言耶宽慰了他几句，随后目送着他们踏上了前往乎山的道路。接着，他对将夫说要出去一会儿，便离开了揖取家。

尽管言耶也想加入警方的搜查队伍，可他好歹目击过现场，又在乎山上把自己在意的地方都查了一圈，对情况已经有了一定的了解。目前他更关心的是，该如何让警方把各种鉴识结果告诉他。

（而且我只能趁现在到处走动。要是等警方完成初步调查之后，我依然在村子里乱晃的话，肯定会挨他们的骂。）

眼下，警方人员基本上都忙着调查乎山和锻炭家，顾不上别的，他便打算抓紧机会，尽量行动。说到底，他来这里的首要理由就是解开立一一家的离奇消失之谜。

（对了，祖父江小姐的电话又是怎么回事？）

言耶对此很是不解。其实，从乎山回到揖取家后，他第一时间问力枚借了电话，给偲回电。只听对方在电话里说道："刀城老师！您收到我的留言了？"

"嗯，靖美先生去出版社拜访了您，还说了些奇怪的话，是吧？"

"没错！他今早突然来找我……我记得您出发去奥户村之前说过，他一直躲在被窝里不出来，可他本人看起来没那么颓废哦，肯定是恢复了健康！您对他说的话果然见效了！我很高兴哇！"

"话说，他遇上麻烦了？"

"嗯……他说，他早上一睁开眼，就感觉到山魔直接冲着他来了！"

"早上？难道是今天早上？"

"是的，他醒来时就在被子里瑟瑟发抖，觉得山魔好像要来吃了自己……"

"山魔要吃了他？"

"他是这么说的。这下，连我都有些担心他的状态了。但是吧，您记得武田泰淳[1]老师的《光藓》吗？就是刊登在《新潮》三月号上

1　武田泰淳（Takeda Taijun），生于1912年2月12日，逝于1976年9月5日，日本小说家、中国文学研究家，"战后派"代表人物之一，多部作品被改编成电影，《光藓》也是其中之一，并在第42届柏林国际电影节中获得金熊奖的提名。——译者注

的那篇作品，反响相当热烈。”

偲口中的《光蘚》讲述了这样一个故事：昭和十八年（公元1943年），日军“晓6193”部队征用的船只“第五清进丸”遭遇海难，船长靠吃人肉活了下来。由于该作品在背景设定中采用了罗臼村[1]的乡土史，引发了大规模的讨论。

“记得，那部作品非常精彩。”

“讲真，我怀疑他是不是受了那篇作品的影响……”

“但您猜错了？”

“唉，我瞅着他脸色挺好，还当他已经重新振作起来了，接着就听他说山魔来了……因为他看起来很普通，所以说起这种神经兮兮的话题时，反而让人觉得特别可怕。我真的吓了一跳。然后，他又说自己会被山魔吃掉……这话听着像是在开玩笑，可他都特地来找您了，应该不是撒谎或者妄想，而是真的感觉到了什么吧……”

“嗯……应该是单纯的巧合，不过确实有点吓人啊……”

“什么‘巧合’？”

“今天早上，锻炭立治先生被人杀害了。”

“啊？”

“而且他被害的时候，很可能就是靖美先生感到山魔来了的时候……”

“这……这啥子情况嘛……”

1　罗臼村是日本北海道知床半岛东侧的渔村，是日本最北端的村庄之一，自然生态非常丰富，日本的土著少数民族阿伊努族人就有很多居住于此。——译者注

言耶概括了一下立治的死状，偲惊叹道："老师，您真是跟'死神'差不多了……"

"别说这么难听的话啊！"

"可是，您到奥户村的第二天，就出命案了呢……"

"……"

"算了，反正每次都是这样……"

都到这种关头了，他们二人的对话还是像在说相声一般。末了，言耶拜托偲，如果靖美发生了什么变化，务必及时联络他，随后挂断了电话。

走在通往锻炭家的路上，言耶反复咀嚼着阿偲的话。途中，他朝御笼堂的方向看去，只见一个貌似刑警的人正在向一名修行僧问话。那修行僧想必就是月子之前提到过的"胆武师父"。言耶本以为警方是在调查立治上乎山所走的路线，可这查案进度好像也太快了，那么，他估计只是来确认山脚下是否真的有这么一座小型建筑，顺便和暂住的修行僧谈谈，以免错过什么信息。

迅速做出上述判断后，言耶决定先去其他地方调查，晚些再来拜访这座御笼堂。他接下来的"第一站"并非锻炭家，而是另一户人家。

他继续往西南方走，不久后，就找到了自己的目的地，挂在门外的姓名牌上写着"灶石"二字。那是乡木靖美的暗恋对象——日下部园子的夫家。

他敲响了大门，一个清脆的应门声从家中传来："来了——"

接着，一名年轻女子出现了。在乡下地方难得见到气质这么清新脱俗的姑娘，不用问就知道，她绝对是园子本人。

“突然打扰您，非常抱歉——”

言耶首先简单介绍了自己的身份，说自己是暂住在揖取家的作家，对民俗学兴趣浓厚，来调查各种相关事项，不是可疑人物，以打消园子的警惕。说完，他缓缓道：“村里人告诉我，神户一带有着特殊的嫁娶风俗，所以我特别想直接采访一下当事人。听说您是去年秋天才嫁过来的新媳妇，于是冒昧拜访。”

园子当然信了这番说辞。言耶的职业和目的固然是一份保障，更何况他暂住在揖取家，这一点或许是最能让她放心的。

“哎呀，我婆婆和丈夫正好出门了，您先进来再说吧。”

她将言耶引入了客厅，两人重新寒暄了一番，接着便由她来介绍此处的娶亲礼仪。

言耶认真倾听了，而后问道：“左邻右舍们都提前知道您会在那天早上嫁到灶石家来，是吗？”

“是的，村子里有传阅的板报，估计早就把这件事写在上面了。”

其实，言耶真正想了解的是——立一一家人是否知道园子的婚礼。如果他们知道，并且是自己主动消失的，那么即使能解决悬崖通行的难题，也不可能走西侧的山路，以防撞上人群；可他们若是被人偷偷绑架的，那么对犯人而言，新娘子过门的时间点倒是一条有用的情报。

“啊，对了——”园子好像突然想起了什么，说道，“以前从初户村前往奥户村的话，一定得翻过臼山，可去年臼山山脚下开始建路了，我还想着，自己出嫁时大概不必辛辛苦苦地爬山了，谁知道施工进度赶不上——”

“真遗憾哪。”

“按原计划，我应该走一夜山路，在黎明时分抵达奥户村，并且在第二天正式过门。还好那条路已经建了一半，而在我出嫁两天前，又姑且开出了一条供人行走的窄道。既然能靠马车跑一半路程，那么我在天亮前就可以到夫家了，等天一亮便能直接举行婚礼。”

“这是因为，神户一带的新娘离开娘家时要参拜夕阳，而嫁入夫家时要参拜朝阳吗？”

“没错，所以我娘家急匆匆地联系了夫家，说明了情况。不过我听说，婚礼提前的消息是在我结婚前一天的傍晚才刚写到传阅板报上的。邻居太太后来还说，我是村里第一个这么快就完成婚礼的媳妇。”

园子婚礼前一天的傍晚，力枚正在乎山的那栋房子里和立一一家小叙，而夜间则是靖美因迷路而摸入那栋房子的时段。换言之，即使立一一家知道灶石家要娶亲，也无法得知婚礼日期提前了一天。

（这么说来，立一一家人还是有可能选择西侧的山路吧？）

为了能进一步推理下去，言耶本打算用“排除法”缩小范围，先排除绝无可能的路线，可惜还是失败了。实际上，这条路线依然存在嫌疑。只不过，即使他们走了西侧的山路，途中的悬崖和观礼的人群总归是难以回避的障碍。

“虽说仪式的耗时缩短了，可我觉得，婚礼好像变得更热闹了呢。”回想起当天的情形，园子露出了微笑，继续道，“不知是谁邀请的，原本住在乡木家的小剧场里的戏班子都赶了过来，在我们身边跳着祝福的舞蹈，住在附近的孩子们也唱歌给我们听。能拥有一场这么棒的婚礼，我真的很幸福呀。”

（看来，她对这场婚姻很满意啊。）

言耶如此想到。只是不晓得靖美会不会因为心爱的姑娘有桩好姻缘而感到高兴……

“您知道去年盂兰盆节到初秋那阵子，有人住进了乎山吗？”

通过方才的谈话，言耶已经得到了自己想要的情报，但出于谨慎，他还是问了问立一一家子的事，没想到居然因此得知了一件惊人的事实。

“嗯，我在初户村就听过那件事。锻炭家的长子立一先生离家出走好多年，却突然回来了，还住进了乎山，不过我只知道这些。据说他们后来又突然走了，也不清楚是什么时候离开的。”园子答道。

看来，她完全没听说过那一家人是在密室里神秘消失的。

“那您觉得，他们知道您要嫁过来吗？”

“您是指住在乎山上的那家子？这……我也不好说啊，但是他们八成不了解村子里的情况……至少对我嫁进来这件事是不会感兴趣的……”园子苦笑道，却仿佛又记起了一些细节，露出了若有所思的表情。

言耶没有错过这样的机会，赶紧追问道：“您怎么了？”

“啊，不，没什么……”

“莫非，您是想起了立一先生的事？”

“嗯……”

“拜托您告诉我吧。”见她有些犹豫，言耶热情地催促着。

“就是……锻炭家的户主立治先生，好像跟他大哥的关系非常恶劣……听说他大哥回来后，他们兄弟俩都没来往过……”

“真的吗？”

“是呀，那两个人，说不定真会闹得那么僵。”

“您能再说得详细些不？”

“我也是听婆婆说的。大概是去年吧，有一天她带着供品去参拜‘白地藏’，结果听到锻炭家的后院里有人在争吵。她往里看了看，只见团伍郎老爷子正在逼问一个脏兮兮的年轻人。我婆婆以为是要饭的擅自跑了进去，被隐居的老爷子逮到了，可那年轻人竟说自己是广治。她当时只瞥了一眼，发现他确实和广治先生长得很像，不过没人会觉得他真的是广治先生呢。但最后，团伍郎老爷子居然信了。想来，他就是太久不理家事，有些迷糊了，这才会受骗上当。”

“原来平人先生悄悄去过锻炭家啊……”

接着，言耶便对园子说，立一有个儿子叫平人，和广治是堂兄弟，而且两人的相貌非常相似。

“对了，立一先生那一家子里，还有别人去过锻炭家吗？”

“没了吧？至少我婆婆没见过其他人从乎山下来，除了锻炭家的人……”

言耶听园子这说法好像话里有话，便继续问道：“难道……您的婆婆看到过锻炭家有人出入乎山？”

话一说完，园子便低下了头，似乎有些害羞。

言耶见状，索性把话说开了：“我是个外人，却对这种奇怪的问题感兴趣，还盯着不放，是不是让您觉得很可疑？”

“不不，我不是这个意思……”

“对不住啊，这背后其实有很多原因……”

“那个……”

“您说。”

“您知道锻炭家的春菊女士吗……”

“哦，就是立治先生的……小妾，对吧？”

“对……听说她原先是终下市花街的卖艺姑娘，立治先生替她赎了身，又把她养在外面。后来他的原配妻子咲枝太太去世了，志摩子太太当上续弦还不到一年，他就把春菊女士接到锻炭家去了。”

“那位志摩子太太也曾是妾室吧？”

“嗯，我婆婆说，志摩子太太虽然是妾室出身，却是个很虔诚的人，品行也端正，但……”

“春菊女士不像志摩子太太那样？”

“这……反正按我婆婆的说法，沿着山路往乎山上走一小段路之后，就是一片岩石堆，那里有些平坦的岩石，特别……特别适合幽会来着……”

“是平人先生和春菊女士在那里幽会？”

言耶问到了关键之处，可是园子怎么都不肯再多说一个字。当然，这些情报本就是她婆婆的推测，所以她可能也只知道这些。

于是，言耶再三向园子道谢，随后离开了灶石家，准备往锻炭家走。然而不出他所料，警方的搜查队已经在锻炭家进进出出了，于是他决定避开他们，先去御笼堂看看。

抵达御笼堂后，他在门外开口问道：“打扰，请问胆武师父在吗？”

“贫僧在……”

御笼堂里传来了人声，嵌着格子框的大门也打开了，一名僧人走了出来，外表十分寒酸，乍一看简直跟讨食的化缘僧似的。

他身着白衣，一副走遍四国八十八所[1]的巡礼僧打扮；双颊深深凹陷，面如土色，仿佛在强行断食；头发都剃光了，头顶上还清晰地留有一层青色，与其说是苦行之人，倒更像是个活鬼。

“您好，您就是胆武师父吧？突然叨扰，打断您的修行，真是不好意思……”言耶郑重地向对方致意。

走遍全国的巡礼僧们各有各的修行缘由，其中大部分都不宜告知他人，因此绝不能通过外表对他们下定论。比如眼前这位法号“胆武”的师父，他看起来一副老态，给人的感觉却很年轻，而最重要是，他说不定也抱着非同寻常的秘密。

或许是对接踵而来的拜访者感到厌烦，胆武开门见山道：“今天早上到底发生了什么？刚刚还有刑警来问了各种问题，像是有没有遇上怪事啦、有没有人从东西两侧的山路前往后面那座山啦……施主您也是来问话的？”

“是的，不过我想问的只有一件事——今天天不亮时，有人走过这座祠堂背后的石阶吗？”

“啊……”

听到这个问题，胆武不知为何露出了佩服的表情。

1　四国八十八所是指日本四国岛与弘法大师（即空海和尚）有渊源的八十八个佛教寺院，相传距今1200多年前，弘法大师为了排除人们与自己的危难而开设了这八十八个寺院。整条巡礼路线是环形的，从灵山寺开始，也于灵山寺结束。——译者注

“当然了，您要是见到有人走了东西两侧的山路，也请一并告知我，非常感谢。”

“请问您是哪位？”

胆武不答反问，同时反复打量着言耶，从头到脚每一寸都不放过。

“抱歉还没自我介绍，我是——”

“罢了，您的身份并不重要。”言耶正准备自报家门，但被胆武直接打断了。只见他淡淡地摇着头，仿佛一下子对言耶失去了兴趣。言耶不禁担心他会拒绝协助，不料他笑容满面，爽快地说道：“要是像贫僧这样的人也能帮到别人，那真是不胜荣幸。嗯，贫僧应该这么想才对。方才失礼了。”

他衣着褴褛，整个人显得很苍老，可一说起话来，又的确像是二十几岁的人。

“非常感谢您。”

言耶带着些许困惑，向对方道了谢。接着，胆武便进入了正题，回答了言耶的问题：“今早天还不亮的时候，后面的石阶上好像有人。”说到这里，他伸手指着御笼堂右边，道，“因为边上即是供奉‘金地藏’的祠堂，贫僧一开始以为对方是来参拜的。尽管时间实在是太早了，不过人家指不定就是想赶早呢？但那人却绕过祠堂，直接走到了这御笼堂背后。贫僧正觉得十分可疑，就听见那人似乎上了石阶。这下，连贫僧都有些惊讶了，毕竟来这里之前，贫僧便听说过那座山叫乎山，是村里的禁地……”

“您看到那个人了吗？”

“没有，贫僧根本没离开过这里。说起来，人总有各种不为人知的秘密。那么早就去‘凶山’的话，想必有自己的理由吧。若是对方希望找贫僧商量倒也罢了，可万万不该由贫僧主动去打探。况且，贫僧也没有拯救他人的能力。”胆武低下了头，而后又抬起脸，兴趣盎然地说，“施主您为何会认为，今天天不亮时就有人上了那条台阶呢？方才的刑警完全没有察觉到呢。”

言耶略一犹豫，接着简述了上午的情况：乎山发生了命案，且石阶上留下了通行的痕迹，那痕迹疑似是被害人留下的。

“原来出了这种事……真是令人心痛……话说回来，您简直像是侦探一样啊！哈哈，您不用谦虚——还有其他问题吗？”

听胆武这么说，言耶便趁势询问了东西两侧的山路有没有什么异样，胆武回答道：“贫僧起床的时候，天已经亮了，所以没怎么注意两侧的山路，不能打包票。只是……贫僧记得，西侧的山路上没人，东侧的山路上有两名男施主……现在回想，其中一名可能就是您。”

“那么，有人下山吗？”

“没有，至少贫僧没看到。”

至此，两人的对话暂告一段落。言耶再次为打扰胆武修行一事致歉，并向他道了谢，随后回到了田埂上，边走边观察着锻炭家的动向。假如警察的人数减少了，他自然要前去拜访。

然而，那里不仅有警察，还有一些年轻人在周围走来走去，看似是村里的消防团的成员，西侧的那条山路上也有人频繁出没。言耶心想着，反正人那么多，自己或许能混进去，可下一瞬间便打消了念头。因为自己穿着牛仔裤，着实显眼。

（目前也没办法做进一步调查了。）

言耶走到了田埂的尽头，改往揖取家走去，同时冷静地分析着之后该怎么向锻炭家的人打听各种情况。他必须仔细地做好计划，不过一想到这些，他便觉得头疼。

（对了，我还得找月子小姐聊聊。）

想起身边还有个有待询问的人，言耶就加快了脚步。

“我回来了。”

“刀城老师，您上哪儿去了？”

言耶一回到揖取家，力枚就迎了上去。原来他已经回来了，并且在等着言耶。于是，言耶暂时推迟了和月子交谈的打算，跟着力枚走进了大客厅。而内客厅则暂时提供给了警方的人员作为临时据点。

“山上的情况如何？”言耶问道。

“哎呀，真是一团糟。警方的鉴识工具得从初户村运过来，我们只好在原地等着。为了能从西侧的悬崖那里上下山，还是消防团帮忙给架了梯子。然后，警方本想找锻炭家的人辨认那具遗体的身份，哪知志摩子太太当场昏了过去，春菊也受不了，可广治君出门工作了，得到傍晚才能回来，所以眼下还没法确认……”

“但两位女眷都受了那么大的刺激，不就说明被害人正是立治先生吗？”

“还不好说……虽然志摩子太太和春菊说了一些立治的身体特征，遗体和她们的证词一致，不过尚不足以百分百确定……”

“也是。毕竟遗体是那种状态……话说，犯人为什么要故意烧毁被害人的面部呢？”

“这个……任谁都能想到，是为了让家人一时半会儿认不出来吧。”

“关于这一点，鬼无濑警部是怎么看的？”

“他觉得可能是出于怨恨。光是杀人还不够，得毁容才能解恨。”

“这个动机很充分，但真有人如此憎恨被害人吗？”

“志摩子太太说自己完全没有头绪，可是春菊想了一会儿，嘀嘀咕咕地说会不会是立一……我一听，直接说不可能，结果就这样被赶下山了。”

力枚苦笑着，似乎很后悔。都怪自己一时冲动导致被逐出现场，没法给言耶提供更多的搜查情报。

“我们发现被害人时，房子处于密室状态。对此，鬼无濑警部又有什么高见？”

“哦，他跟我反复确认了好几次，问前后门是不是都上着门闩，我们进门的时候，屋内是不是没有任何人。”

“警方是极为现实的，所以最讨厌一家人神秘消失和密室杀人之类的情况。”

“我也只是如实交代了自己的亲眼所见，到最后，他们似乎怀疑到您头上来了……”

“哈哈，我理解，他们肯定觉得我在门上凿出一个洞，伸手进去都是白费功夫，其实门根本没上闩，只是稍稍卡住了。然而我在您面前闹出了那么大的动静，不好意思承认自己搞错了，这才拼命演了一出戏，对吧？”

“不愧是您，完全猜中了……”

见力枚露出了钦佩的神色，言耶回以一个略带为难的笑容，道：

“我已经被这么误解过好多次了，基本猜得到警方的想法……”

这时，言耶不知该不该把平人和春菊的风言风语告诉力枚。尽管他不认为力枚就是杀死立治的凶手，不过好歹算是本案的相关人员之一，说太多恐怕不合适。可是，若能得到力枚的协助，无疑会获得更多情报。

想到这一层，他决定向力枚坦白，并以此为切入点，看到底能引出多少内情：“那个……我听说，平人君去了锻炭家，还和春菊女士在西侧的山路上幽会……”

听到言耶的话，力枚显然很震惊，但还是认真地思考了一会儿才答道：“春菊确实有可能诱惑平人君，可他们两人按说没有交集啊，难道是平人君瞒着立一去了锻炭家，而当时家里只有春菊一个人，或者说只有她发现了平人君，于是便和他发展出了男女关系？”

“平人君是因为好奇而去锻炭家的？”

“那里终归是自己父亲的老家嘛。”

“可他们要怎么爬上西侧的悬崖？”

“年轻的男性只要有根绳子就能办到了吧。而且他又在山里过着游民生活，应该经常遇到这种地形。”

“有道理。”

“而且我怀疑，他被团伍郎老爷子撞见的那次，之所以会假装自己是广治君，是由于第一次和春菊见面时，对方也把他误认成广治君了。结果情况紧急，他想起了这件事，便对老爷子撒了谎。”

“原来如此。不然说不通啊，毕竟平人先生不可能认识广治先生，而立一先生离家多年，估计也不会对儿子提起继承家业的二弟一家。”

“嗯，就算真的提起过，立一也不知道儿子和侄子长得那么像。”

“那么，春菊女士引诱平人先生的说法又怎么解释？”

言耶问道，力枚似乎不太愿意细说，但很快又下了决心，道：“昨晚我跟您说过，咲枝太太是立治的原配妻子，志摩子太太是妾，等咲枝太太过世后，志摩子太太成为了续弦，而立治又养了新的小妾，也就是春菊，对吧？”

“嗯，您都告诉我了。”

“从这个角度来看，春菊和志摩子太太的境遇很相像啊，只是两人的信仰和品行完全不同。”

力枚说了和园子的婆婆同样的话。

“即是说，志摩子太太为人虔诚、端庄，春菊女士却对神佛不以为意，行事作风依旧奔放？”

“您猜对了。当然，我接下来要说的，是村子里的闲话，甚至有可能是恶意造谣，还请您不要完全信以为真。”

听着力枚的解释，言耶回想起了昨晚他提到广治时那欲言又止的样子，便答道：“我明白了，您请说。”

“村里盛传，广治君被父亲的小妾勾引，他俩之间的关系绝对不简单，有人还看到他俩偷偷摸摸地进了乎山……总之就是些下流的闲话。”

“这些传言有什么根据吗？”

“应该没有。虽说‘无风不起浪’，而事实上，即使只是一阵微风吹过水面，起了点涟漪，也有人会觉得那就是滔天巨浪。”

“真知灼见。不过，先撇开春菊女士和广治先生真正的关系不谈，我们说不定可以从这些闲话中推测出一件事，那就是春菊女士和平人先生见面时，可能发生了什么。您觉得呢？”

“嗯，所以园子小姐的婆婆才会做出那种推测吧。至少我也是这么认为的。”

接着，两人便开始讨论立治遇害一事，一直聊到了傍晚。然而，密室之谜、比拟杀人[1]之谜、尸体面部烧焦之谜、动机之谜、犯人身份之谜，以及上述问题与立一一家神秘消失有何关系等一系列谜团，全都没有得到令人信服的解答。

“唉，真想知道警方的鉴识结果啊——”

言耶正在喃喃自语，就听到有人一边说着“打扰”，一边拉开了日式的纸拉门，走了进来。

来人是一名男性刑警，年纪大概在二十五到三十岁之间，言耶记得之前听到鬼无濑警部称呼他为“谷藤”。

“刀城老师，警部想跟您谈谈，请您到内客厅来一下。”谷藤说道。

“好的，是找我问话对吧？”

“不，他说希望听听您的意见——”

1　比拟杀人是指凶手按照某个规律依次进行连环杀人行为，而作案的过程就像是在进行模仿或比拟，常见的对标对象包括但不限于童话童谣、诗歌词赋、古书文献、小说或影视作品情节内容，甚至其他案件等，亦是推理小说创作中的经典题材之一。——译者注

6

第六章 搜查会议

“啊？听、听我的意见？”

言耶一脸迷茫，谷藤刑警则饶有兴趣地看着他，一边留意着内客厅的动静（尽管内客厅根本听不到这里的说话声），一边说明道：“您是冬城牙城老师的公子嘛，警部的确想请您谈谈自己的见解。您应该也知道，去年秋天，终下市的繁华街上发生了大量的猎奇杀人案，警方根本找不出可疑分子，受害者却在不断增加，就跟一场噩梦一样。而冬城先生出马后，才过了两天就完美地破了案。这种事按说会让警方颜面扫地，不过冬城老师和警界高层有联系，所以那桩案子是警视总监[1]暗中拜托他的——当然啦，那在警方内部已经是公开的秘密了，我们全都很感谢他呢！”

“……”

“其实，我一听到您的大名时，就明白您的身份了——您是流浪的怪奇作家，同时也是在各地解决怪事和怪案的业余侦探刀城老师。哎呀，真是‘龙生龙、凤生凤’，令尊可是被誉为‘昭和时代的名侦探’哦！”

“不，我只是个喜欢收集奇闻怪谈的小说家，又碰巧解决过几桩案子。但我实际上没出什么力，不比冬城牙城那种任何案子都不在话下的大侦探，您完全是高看我了。”

1　警视总监是日本警察的最高职级，只有一人，相当于我国的一级警监。——译者注

“哈哈，令尊总是充满自信，您倒完全相反呢。不必这么谦逊啦！”谷藤对这父子俩的差异感到惊讶，可转瞬间又压低了声音说，“总而言之，我把您的身份告诉了鬼无濑警部。只不过，警部得顾及自己的立场，即使您是冬城老师的儿子，警方也不方便让普通百姓加入搜查阵营，但愿您能理解。”

“这点我很清楚，只是请您别再把我和冬城牙城画上等号——”

言耶都说到了这份上，谷藤却依然觉得言耶只是在跟他客气，不依不饶地说道：“警部是真的想听听您的意见，这才由我来拜托您，私下协助我们解决这桩案子，您看行吗？”

言耶一时间心乱如麻。能加入搜查队伍之中固然是好事，即便是作为编外人员也不打紧。可一想到这是沾了父亲的光，他又很难接受。他完全不认为自己拥有破案的能力。诚然，他经常会在民俗采访期间被卷入怪事，也会在不知不觉中解决事件，但那绝不是凭借才能和本领做到的。换作是名侦探，绝对有能力阻止凶手接二连三地杀人，而他只是不断试错，最后才找出真相罢了。甚至连那所谓的“真相”亦经常是暧昧模糊的。世人却非要认为他继承了大侦探冬城牙城的天才头脑和绝世本领。

“刀城老师？”见言耶低着头，不发一言，谷藤不解地喊了他一声。

他明明早就决定要利用一切可利用的资源，此刻却无论如何都没法干脆地点头答应。

（可恶，我又不是小孩子，怎么还赌这种气！）

他一边恼怒于自己的幼稚，一边抬起头来，恰好和在一旁微笑的力枚对上了视线。

他忽然想起了去年在揖取家小住时，曾目睹过力枚和月子之间那深厚、融洽的父女之情，而下一瞬间，不知怎的，压在他心头的一块顽石便仿佛消失了。虽然他自己也弄不清是怎么回事，但总之，他觉得轻松、畅快了许多，便开口道："那就恭敬不如从命了。力枚先生，您能和我一起过去吗？"

谷藤领着言耶和力枚来到了内客厅，那里除了鬼无濑警部，还有另一名刑警，四十多岁，姓"柴崎"。

"警部，我把刀城老师带来了。"

谷藤对着鬼无濑鞠了一躬，接着在那张大号横桌的一端坐下，面前还摊着一本笔记簿，看来他负责担任搜查会议的书记人员。

"您请坐。"

鬼无濑警部示意言耶坐到他的对面，言耶轻轻点头致意，依言照办。接着，鬼无濑飞快地瞥了一眼坐在他身边的力枚，却没说什么，算是默许了力枚列席参会。

"谷藤说，您是处理此类离奇案件的专家，那么，我们也希望您能帮忙提供一些参考意见，因此才请您来一趟——"

"嗯，要是我能派上用场的话就好了。"

鬼无濑竭力保持警方的体面，那副"端着架子"的样子真的很滑稽，言耶拼命忍住了笑意，一本正经地答道。同时，他的想法也完全转变了，打算最大限度地利用此次机会。

"好，先说说鉴识的结果吧。"鬼无濑主持道。

刹那间，言耶就被一股不可思议的感觉包围了。硬找一种相对接近的感觉来类比的话，应该就是“既知感”，然而，他丝毫不明白自己是对什么产生了“既知感”。

除了力枚，他的眼前只有鬼无濑、坐在鬼无濑身边的柴崎，以及坐在桌子右端的谷藤。鬼无濑正面露难色地看着鉴识报告，似乎不知该从何说起，但还是决定由被害人的情况开始讲述。而柴崎目不转睛地盯着言耶，谷藤则做好了做笔记的准备。至于力枚，仅仅是坐在言耶的左侧而已，除了刚入座时的寒暄，便再也没有提及案件的相关内容。

（怎么回事？这种说不清道不明的既知感究竟是从哪儿来的？又到底为什么会有这种感觉？）

言耶百思不得其解，却本能地觉得答案至关重要。

而事实上，若是此刻的他能够精确地捕捉到这种感觉，这桩案子或许就不会发展成连环杀人案了。可是，这也不过是“马后炮”。要求他在几乎一无所知的情况下察觉到案情的走势，的确是强人所难。

“喂！喂！”

言耶回过神来，听到鬼无濑警部在喊他。

“啊，抱歉，您说！”

“您在认真听吗？”

“呃，对不起，能劳烦您从头开始再讲一次吗？”

“什么？从头开始?！”

鬼无濑大光其火，表情仿佛化作了真正的鬼瓦，还是靠柴崎和力枚好劝歹劝才冷静了下来。

“就这一次，下不为例！”鬼无濑像是自言自语般撂下一句“狠话”，随后开始重复已经说过一遍的内容：“被害人基本可以确定是锻炭立治，五十五岁。判断的依据是妻子志摩子和同居人春菊的证词，再加上遗体上可见的特征，因此也不能百分百确定他的身份。不过我们从锻炭家收押了一些沾有立治指纹的物品，现在正在和遗体的指纹做比对调查，应该很快就能得到确凿的结论。”

尽管他嘴上这么说，但心里估计已经认定了死者正是立治。

“对了，那个叫‘春菊’的女人是立治的……立治的小妾。”他还“贴心”地补充了一句。

“死因是？”

“被害人的后脑勺上留下了多处殴打伤，凶器是非常坚硬的物品，鉴识科推测是铁锤等。但是，在面部被火烧的时候，他可能还活着——”

“您说什么？”

“当然，后脑勺受到的是致命伤。即使没有烧伤，他也早晚会死。”

“这样啊……那么，现场有打斗的痕迹吗？”

“没有，现场只留下了血迹。而按照血迹判断，被害人是在地炉的对面，也就是在更靠里的地方遭到殴打的。”

“所以犯人是特地把被害人换了个个儿，故意搬到了靠近大门的地方？”

“是啊，从现场的痕迹来看，差不多就是这么回事。对了，您找水以及向被害人浇水的痕迹也清楚地留了下来，此外，室内到处都积着灰尘。可以说，现场保存得相当完好。”

“明白了……死亡推定时间怎么说？”

“得等正式的解剖结果出来，但大致上就在今天清晨五点到六点之间。”

“这、这岂不是说明……在我和力枚先生抵达那栋房子时，立治先生才刚刚遇害？力枚先生，我们是六点左右到的吧？”

“嗯，没错。”力枚附和道。鬼无濑迅速瞟了他一眼，之后又重新看向言耶，说道：“正是如此。我听说，您为伏倒在地的被害人把过脉，当时遗体还是温热的吧？”

“是的。好巧不巧，他双手向前伸着，而地炉里又点着火，我当是火焰的热度导致的。”

“您毕竟是普通百姓，会误解很正常。”

“锻炭家没人发现立治先生天不亮就出门了？”

“据说被害人和志摩子、春菊的卧室都是分开的——反正，他八成是看自己的心情来选房间过夜呗。”

“他为什么会去那栋房子？”

“不清楚，估计是被人叫过去的吧。”

“对方是谁呢？”

“我要是知道的话，还需要在这里跟您说这些？”

鬼无濑警部半惊半怒地说道，言耶则像是在自言自语般地嘟哝着：“把人叫出去的理由要多少有多少……”

“今早看到过被害人的，只有住在山脚下御笼堂里的巡礼僧。不对，也不能说是‘看到过’，因为他只是察觉到有人在爬御笼堂背后的石阶。那人说不定不是被害人，而是犯人。”

鬼无濑无视了言耶的嘀咕，还在继续解说，柴崎从旁插话道：

“那个巡礼僧法号‘胆武’，我们正根据他的纳札[1]去查证他的身份。”

“欸？警方连这些都要查吗？”

言耶非常惊讶，不禁发问。鬼无濑则露出了苦笑，说道：“案件发生的时候，奥户村里只有两个外人，一个是您，另一个便是那胆武和尚。既然您的身份已经明确了，接下来当然要调查那和尚。”

“真是一点都大意不得啊。”

“那是自然，我们又不是业余侦探。”

“胆武师父应该不是普通的和尚，是巡礼僧……”

“那不重要，您是在轻视我们警方吗？”

面对鬼无濑的责问，言耶没有接话，只管往下说：“如果石阶上的是立治先生，那么犯人走的就是东侧的山路吧？”

“犯人基本上不可能走有悬崖的西侧山路，所以十有八九就是这样。又或者，在那和尚睡醒前，犯人便已经通过石阶上了乎山，比被害人更早进入那栋房子，提前埋伏在那里。”

“今天天亮是在五点半左右，胆武师父察觉到石阶上有人的时候，应该是五点到五点半之间，而我们是六点抵达那栋房子的。先不论石阶上的是犯人还是被害人，爬完那条石阶估计得要三十分钟，综上可见，犯人是在五点三十分左右到六点之前行凶的。”

“乡下的人起得早，当时已经有人起床了，因此相关人员都有清晰的不在场证明。还有锻炭广治，他昨天便去了终下市，我们正在追

1　纳札就是在参拜神社、寺院时，为了纪念或许愿而张贴的帖子、牌子。——译者注

查他的行踪。”

“看来，很难凭借‘是否出入过乎山’和‘是否有不在场证明’这两点来锁定嫌疑人。接下来，我想请教一下被害人的状况——他的胸前是不是系着一块白色围兜？”

“有，我们根据揖取先生的建议，去调查了锻炭家附近的那尊……那尊啥地藏来着？”

“是‘白地藏’。”谷藤快速地小声答道。

“对。我们去调查了供奉‘白地藏’的祠堂，发现地藏胸前的白色围兜不见了。这说明，犯人特地偷了‘白地藏’的围兜，再把它系在了被害人身上。”

“果然如此……”

“揖取先生还跟我们说了一首奇怪的童谣，是奥户村自古流传下来的。”

“鬼无濑警部，解开童谣歌词之谜，并注意到白围兜的都是刀城老师。”

力枚提出了异议，鬼无濑则有些烦躁地点了点头，姑且应付了过去，转而问道：“您为何会觉得童谣的歌词和被害人的打扮有共同点？”

“立治先生系着白色的围兜，整个人摆出了爬山似的姿势，就和童谣里唱的‘白地藏，爬上来’一样，再加上他也确实上了乎山。”

“不，我想问的是，犯人为什么要做这种事。”

“目前还不清楚。”

“您没有靠谱的理由，就做了这么胡扯的解释？”

“可在我看来，因为暂时找不到模仿歌词的理由，就无视歌词和被害人死状之间的相似之处，也是有问题的。”

“行吧，您说是就是。但歌词里还有什么‘黑地藏’‘红地藏’的，您觉得之后还会出现新的被害人，而且他们也会死得和那些歌词一样？”

鬼无濑的表情极为严肃，言耶沉默了一会儿，答道：“我认为有这种可能性。毕竟犯人没有照搬整首童谣，而是特地把‘白地藏’的部分抽取了出来。”

“您的意思是——这是犯人的预告，暗示接下来还要模仿其余五尊地藏，总共杀满六人？”

“这只是一种可能。然而，若因此就放松警惕的话，也许会埋下巨大的隐患。”

“嗯……”

“鬼无濑警部，您知道立治先生的亲大哥立一先生吗？”

“哦，就是几十年前离家出走的那个吧……”

在刚见面时，言耶明明对他说过那一家人神秘失踪的事，可听这副口气，言耶断定他已经完全不记得这回事了，便替力枚重新讲了一遍。

“什么？这么重要的情报，怎么没听您说起？”

鬼无濑提出了抗议，力枚则一派淡然地说：“春菊说犯人也许是立一时，我正准备跟您说明这绝无可能，您却把我赶下山了，不是吗？”

“因为我不想为了一个离家几十年的人浪费宝贵的初期调查时

间！再说了，那人回村子里来，先是住在那栋房子里，又消失不见了，跟本案有什么关系？志摩子和春菊都没提到过这件事！”

“要是广治君在场的话，可能就会说了。不过啊，刀城老师不是一开始就讲过立一一家的怪事了？”

“是吗……他说过了？那、那时候我肯定是专注于本案，没工夫理会那些莫名其妙的说法。”尽管他不住地为自己辩解，但简而言之就是他压根儿没听进去。“还有，所谓‘金山’……原来就是那座乎山啊……”，鬼无濑仿佛终于对“金矿”的话题有了实感，小声地喃喃道，“照这么看，争夺金矿倒是个有力的作案动机。那个小妾也怀疑立一是犯人，这话可不能听过就算了。”

“但是，立一一家早就离奇失踪了啊，真相到现在还是个谜。”力枚直接反驳了鬼无濑的看法。

“这只是隔壁村那个靠不住的年轻人想象出来的吧？说什么‘房子是个小密室、乎山是个大密室’的……”

鬼无濑又一次露出了不耐烦的表情，言耶却毫无畏惧地坚持道：“他的经历确实会让人怀疑是幻想或妄想，可立一先生全家消失却是事实。他难免会认为那栋房子是密室，况且根据别人给出的证词，也真的没人出入过乎山——”

“行了行了，我知道了。您有什么高见？”

“这我还……”

“您是为了解开那家人消失的谜团才来的吧？怎么半句话都说不上来？您到底都在忙些啥呀？”

“这……”

“还有本案的那个密室，又是怎么回事？”

“那个啊，我倒是……”

“嗯？您明白了？”

“关于犯人为何要花功夫把现场布置成密室，我确实有个想法，而且很可能是正确的……”

“真的吗？是什么？！”不仅是鬼无濑，连在场的另两名刑警都不禁探出了身子，激动之情溢于言表。可很快，鬼无濑又露出了狐疑的神色，道：“不单单是设下密室的理由，我们还得知道他的手法啊，不然有什么用。”

“制作密室的手法是无穷无尽的，关键是为什么非‘密室’不可。尤其是立治先生这桩案子，压根看不出犯人到底有什么用意。”

“嗯，也是……”

“您别担心，在我意识到犯人制作密室的理由时，手法之谜也就迎刃而解了。”

“快说来听听，犯人为什么要那么做？”

“因为犯人当时还没来得及离开那栋房子，我和力枚先生却已经到了。”

言耶话一出口，边上的力枚便倒抽了一口凉气，问道：“……犯人那时候还在？”

“嗯，犯人恐怕正准备逃走，但我们打算进门，这样下去，肯定会被我们撞个正着，于是犯人急忙上了门闩。”

“原来如此，还算说得通。”鬼无濑似乎认可了这套推测。

“那栋房子的前后门都没法从外面上锁，因此，立治先生和犯人来的时候，应该只有后门是闩着的，而我们赶到时，犯人一旦给大门上完闩，房子即会成为密室。”

“可是，您二位还绕到后门去了吧？犯人干吗不趁着这个空隙逃走？”

“理由之一是，犯人即使知道来者不止一人，也未必知道具体人数。如果人手足够，我们说不定会留人在大门口看着。理由之二是，若犯人从大门逃走，等我们回到大门时，就会察觉到门是开着的，再加上里面有一具尸体，我们立刻便能领悟到——犯人直到刚才还在房内。”

“有道理！这种情况下，犯人会担心自己逃不了！”

“嗯，要是我们有三个人，或许还能‘三管齐下’，分别沿着东西两侧的山路以及那条石阶去追犯人。对方稍有不慎就会让我们逮住。”

“那么，犯人到底是如何躲过您二位的？”

鬼无濑已经完全被言耶的推理吸引住了。

“只要明白布置密室的理由，接下来的就好猜了。我们不妨把自己代入犯人的立场——试想，门外的人准备破门而入，自己想逃跑的话，只能将计就计，等他们把大门打开之后，再从大门逃出去。为此，就必须让门外的人都进入这栋房子。房里有具尸体，按说来者都会凑上去细看，从而忽视其他因素。不过犯人还是不太放心，所以至少得把来者从靠外的木板房引诱到靠内的木板房，总之离大门越远越好。”

“难道……”

“没错，犯人先将被害人从地炉后挪动到了地炉前，让他的腿脚朝向大门，头部朝向后门。这样便能确保来者在观察被害人时，是背对着大门的。不然的话，要是来者都跑到地炉后方查看被害人，那么就恰好面对着大门了，犯人也就无法趁机从大门溜出去。而在此基础上，若是再放火烧了被害人的面部，只要来者不了解房内的构造和家具摆设，就大概率会到处找水。这样一来，在地炉里焚烧蓑衣即可发挥一箭双雕的效果——其一，用烟雾吸引来者的目光；其二，好让犯人躲藏在原本挂着那两件蓑衣的地方。”

“什……您说犯人藏在什么地方？”

“进入大门后，左边贴墙挂着好几件蓑衣是吧？犯人拿了靠下的两件，扔进地炉里，就这么腾出了空间，以供自己暂时藏身。随后，大门被弄开了，其中一人——也就是我，跟犯人预计的一样，飞奔到靠里的木板房找水；另一个人——也就是力枚先生，则站在了土间和地炉之间。一旦确认来者只有我们两个，犯人便趁乱逃走了。”

“那也不必把被害人的脸给烧了啊……”

力枚不禁感叹，似乎是受不了犯人的残忍手段，言耶若有所思地答道：“的确如您所说，光是烧蓑衣，火势便相当可观，足以同时达成上述两个目的。至于地炉里的火，估计是犯人提前就点着的吧。山中的夜晚可冷得很——”

“不，鉴识科说，那火是临时点上的，才烧了没多久。”

“欸？”

“地炉一般都是烧炭的，但现场的地炉里没有找到炭，土间里却放着炭，位置还挺显眼，犯人不可能没看见。”

“这就是说，犯人没有足够的时间等炭慢慢点燃。由此可见，点火果然是为了把我们吸引过去。可这依然无法解释为什么要烧毁被害人的面部。我无论如何都想不通犯人当时的心态，总觉得这么做还有其他目的。反正现阶段还无法否定，犯人这一举动或许造成了‘一石三鸟’的结果。”

“您的言下之意就是，目前仍不知道烧毁被害人面部的理由？”

鬼无濑虽然这么问了，但心里还抱着一丝希望。然而在言耶点头承认之后，那丝希望的火苗也彻底熄灭了。

“抱歉，锻炭家的广治回来了！”

熊谷拉开纸拉门，从走廊上探头进来做了汇报。

“知道了，把他带过来吧。”

说完，鬼无濑便盯着言耶看了一会儿，刻意地摆出了一副略带傲慢的姿态，示意言耶坐到谷藤对面。那虽是最靠边的位置，可这一安排的真正含义是，他允许言耶留下来继续旁听。

力枚也兴冲冲地起身，打算和言耶一起换个座位，然而遭到了鬼无濑的劝退。

“刀城老师，我就先走一步了。”

力枚说着便要离开内客厅，可脸上却带着微笑，仿佛对言耶能加入搜查队伍一事感到由衷的喜悦，就好像那是自己的事一般。

等广治到场之后，鬼无濑警部先是表示了一下哀悼，接着便讲述了立治被杀一案的详情，并告知他，遗体现已运往终下市的医院进行解剖，预计最快也要等明后天才可以送回来。

广治全程默默地听着，整个人都茫然若失。

“犯人是谁？您有头绪吗？”鬼无濑开口问道，他却毫无反应，鬼无濑只得再次强调道，“广治先生，您知道自己的父亲是被谁杀死的吗？”

“啊？哦……我好像想不出来……完全不明白……我父亲为什么会遇害呢……”

“这样啊。您家那位……春菊女士说，犯人可能是您父亲的大哥立一先生。”

“啊？立一大伯？”

“您大伯一家住在乎山期间，跟您父子俩没有任何交流吗？您母亲和春菊女士都说没见过他们。”

“那是因为……我父亲下令，绝对不许跟他们扯上任何关系……”

“我了解了。可既然这样，春菊女士又为什么会觉得立一先生是犯人呢？”

“这……请您去问她本人吧……”

这时，言耶似乎有话想说，却犹豫着该不该开口。鬼无濑见状，不快地皱起了眉头，可还是勉强允许了他发言，毕竟他也对这个“怪人”的提问很感兴趣。

“立一先生有个儿子，叫作平人，跟您是堂兄弟。我听说，他在您府上的后院里，跟团伍郎老爷子说过话。”

言耶开了口。其实广治有些疑惑，因为言耶一点也不像是警界的人，怎么轮得到他发话？但见鬼无濑警部都没说什么，言耶的表现又十分自然，广治也就照常给出了回答：“我祖父年纪大了，脑子有些糊涂……肯定是把那位平人君当成了闯进家门的化缘僧。否则的话，即使不肯原谅离家的儿子，可一旦知道孙子上门，总会想见见他才是。”

“团伍郎老爷子很清楚立一先生的家庭状况？”

“揖取家的力枚伯父——”广治刚说了一句，就下意识地朝着纸拉门瞥了一眼，大概是刚在走廊上与力枚擦肩而过，“力枚伯父和立一大伯是一起长大的，两人偶尔通信。当他收到立一大伯的信后，总是托人带给我父亲看，虽然我父亲对此很不满……”

“那么，信里的内容或许也会传到团伍郎老爷子的耳朵里吧？他老人家知道立一先生一家住进了乎山吗？”

“嗯。毕竟消息在村子里传开了，早晚瞒不住，因此我父亲跟他提起过。”

“事实上，我们之所以知道团伍郎老爷子见过平人先生，是听到了无关人士的证词。”

“欸？”

“此外，平人先生当时似乎还自称是您，打算瞒过老爷子。”

“他冒充我？”

“如果这件事是真的，就说明平人先生明白自己和您长得很像。”

“……”

“您出生的时候，立一先生已经离开锻炭家了，之后也没回过村子。立治先生想必是通过立一先生寄给力枚先生的信，才得知了平人先生的存在。换言之，他们兄弟俩即使明白对方有儿子，也不可能知道两个孩子容貌相似。”

“……”

“于是乎，这件事只有两个可能性，一是平人先生见过您，二是有人告诉了平人先生，说您和他长得差不多。”

“……”

“可是啊，您又说自己和立一先生一家没有任何往来，假如这是事实，那么您家肯定有人跟他们家有所关联。虽说他们家的人也可能看到过您，但他们几乎从不下山，应该很难有这样的机会。”

“……”

广治始终不吭声，言耶深深叹了一口气，说道：“接下来我要说的话，或许会让您感到愤怒，不过那充其量只是村里瞎传的谣言，还望见谅。我听人说，您和春菊女士之间的关系不简单……”

“胡扯！你这家伙，你知道那女人进了我家之后，让我妈丢了多大的脸吗？我根本不想理那种女人，怎、怎么可能跟她……不对，你又是谁啊？你凭什么问我这种问题？”

“啊……非常抱歉，我只是……”

“闭嘴！你太侮辱人了——”

“是我允许他提问的，您还有意见吗？”

鬼无濑警部发话了，场面一下子安静了下来。他的声音和语气都很普通，然而其中就是带着一股强大的威严。柴崎和谷藤这两名刑警也好，言耶和广治这两名百姓也罢，全都因为他身上散发出的魄力而大气不敢出，也不敢动弹。若是力枚在场的话，大概只有他一人会在面对这种压力时，依然面露微笑吧。

“言归正传，您想问什么？”鬼无濑警部若无其事地催促了言耶。

“哦，我在想——广治先生对春菊女士没有那种想法，不过春菊女士就不好说了。这时，长得很像广治先生的平人先生恰巧出现了。我不知道他俩是怎么认识的，但按我的想象，说不定是平人先生出于好奇心而偷偷跑到锻炭家，结果就遇上了春菊女士之类的……虽然这种猜测和我之前说的话稍微有点矛盾。”

鬼无濑好像察觉到了言耶这番话的真正目的是揭露春菊和平人的关系，于是爽快地无视了他所谓的“矛盾”，问道：“春菊的作风这么差劲吗？”

言耶便把之前从力枚那里听来的说法复述了一遍。

“看来还是有必要问问她本人啊。”鬼无濑总结道。

“我可以回去了吗？”广治有些气恼地问道，但表情中还是夹杂着一些不安。

“我们还需要了解您在终下市的行动。昨天早上您离开了奥户村，今天傍晚才回来。这段时间之内，您在哪里干了什么、见了什么人？请说得仔细些。”

鬼无濑提出了要求，广治也一一作答，这样一来，只要能查证他的话属实，其不在场证明便可成立。鉴于本案的大部分相关人员都没有他这么清晰的行动轨迹，警方总算是同意放他走了。

而言耶仍旧心里没底，总觉得犯人可能模仿童谣，进行连环杀人，就向鬼无濑警部提了建议，希望能安排警力盯着锻炭家，同时负责保护他们。尽管他还不知道犯人的动机，可若是将立一一家和乎山的金矿传说看作案件的核心要素，那么锻炭家大概率会出现第二名被害人。

“我们当然已经部署好了，不劳您费心！”

或许是感觉警方的专业性遭到了外行的质疑，鬼无濑相当生气，不过言耶倒是放下了心。

为了查案，他们的晚饭时间都延后了。由于这一带只有初户村有旅馆，鬼无濑和那两名刑警晚餐后直接在揖取家留宿，力枚将府上东楼的客厅借给了他们。

事实上，警方是因为接纳了言耶，还认可了他的推理，这才享受到了此等礼遇。只不过鬼无濑和言耶本人恐怕都没有察觉到力枚的良苦用心。

言耶住在西楼的客厅。而在就寝前，他当然得优先满足力枚的好奇心，将广治的问话过程转述给他。

“这……还是有些不对劲哪。”力枚听后，说出了自己的感想。

“您是指广治先生和春菊女士的关系？”

“是啊。要说这件事本身，我权当是风言风语，听过就算。可为什么他要否认春菊和平人君的关系呢？就算那是家丑，他也不会包庇春菊或平人君吧？”

“他会不会是对春菊抱着男女之情，对平人君感到嫉妒，所以绝对不想亲口承认那两人的关系。”

“嗯……要是广治君和春菊确实越轨了，那他的心态可真不一般……志摩子太太因为春菊而受了很多委屈，他身为志摩子太太的儿子，却被春菊给迷住了……心情想必很复杂啊……”

“要想让他开口说实话，应该会很难。鬼无濑警部决定换个目标，明天直接问春菊女士。”

"不不不，春菊可比广治君难对付多了。"

"原来如此……但关键还是在于，这些事到底和立治先生的死有没有关系……"

听到言耶的问题，力枚无言以对，这场业余侦探的小型搜查会议就这样暂时告一段落。

言耶经常旅行，早已习惯在各处小住，当晚却迟迟无法入眠。案情在他脑中反复盘旋，令他越发清醒。尽管他努力尝试摒除杂念，可仍会冒出各种各样的想法。

不知过了多久，他总算沉沉睡去，这时，一个女人惨叫了起来，声音尖厉得如裂帛般，划破了寂静的长夜。

第七章

黑地藏，找出来

被窝里的言耶被尖锐的女声吵醒了。他竖起耳朵，凝神细听，却什么都没听到。

他犹豫片刻，还是从被窝里跳了起来，迅速地披上棉袍，跑到外廊上，穿上木屐就冲进了后院。

他观察了一下四周，决定直接去开在西侧围墙上的后门那里看看。

方才的惨叫声似乎是从乎山方向传来的，严格说来，就是在通往乎山的山路口一带。此刻时间尚早，天色还暗沉沉的。言耶抬头望去，只觉得那座被当地视为禁地的“凶山”正睥睨着自己。他一下子心生胆怯，下意识地放慢了脚步。

（不对，我在干什么？）

言耶暗骂着自己，随后跑到了后门，发现门没上锁，看来已经有人从这里出去了。

他轻轻打开门，先探出头去，朝左右两边望了望，看见左边的山路入口处有个蜷着的黑影。

“……”

他感到心脏突地一跳，而后放轻了手脚，无声地缓缓走出门外，从怀里取出“探案法宝”中的钢笔形手电筒，摸到了开关，以便随时摁亮，接着便向黑影走去。

黑影就在供奉“黑地藏”的祠堂前，他越是盯着它看，就越觉得那像是某种来自乎山的超自然的存在。他甚至产生了一种莫名的想法，怀疑乎山睥睨着的或许不是他，而是那坨黑影……

然而……

“啊……”言耶出声的同时，也看清了那黑影原来是个蹲着的人，便拔腿奔了过去，“这不是月子小姐吗……”

没错，蹲在那里的，正是力枚的小女儿月子。可她双目失神，瘫软无力地蹲坐在地面上，仿佛丢了魂。

“月子小姐，您还好吧？出什么事了？”

言耶伸出手，轻轻地摇晃着月子的肩膀，她却没有任何反应。

无奈之下，言耶只得先看向山路，接着就像是突然发现了什么似的，顺着月子的视线，盯住了山路旁的“黑地藏”祠堂。

（难道祠堂里有东西……）

他打亮了手电筒，慢慢地拉开了祠堂的大门。木门发出了轻微的吱呀声，漆黑的室内也照进了一点光亮。

“呜哇！”

言耶发出了急促的尖叫声，回声在祠堂内回荡，煞是瘆人。

原来，一具裸身的男尸正横陈其中！

男尸的后脑勺被砸裂了，鲜血涂地，一片赤红，宛如爆开的石榴，腹部也被残忍地挖开，内脏全都给掏了出来。不过准确地说，这具裸尸也并非不着寸缕，因为他胸前系着一条黑色的围兜……

“这、这、这是锻炭家的广治先生？月子小姐，您又为什么会在这里？”

由于这死状实在是惨绝人寰，言耶没法断定死者的身份，然而怎么看都像是昨天傍晚才见过的锻炭广治。

可他很快意识到，自己问也是白问，月子这个状态根本无法回话。于是，他抓住了她的双臂，想拉她起来。而月子就好像变成了一摊泥，整个人都没有丁点力气，他只得将她打横抱起，急匆匆地跑回揖取家的主楼，把人托付给力枚，并大致讲述了方才的遭遇，接着又马不停蹄地跑向东楼，找鬼无濑汇报了新的案情。

“什么？锻炭广治就在这附近被杀害了？”

鬼无濑大惊之下，立刻换了衣服，带着柴崎和谷藤赶去了供奉“黑地藏”的祠堂。

“这……这下手也太狠了……”

“警部，被害人看着确实是广治啊。”柴崎蹲在遗体边观察了一会儿，开口道。

“但不是有个人的相貌酷似广治吗？就是立一那个儿子。”

鬼无濑警部向言耶问道，就差直接抱怨这案子太难办了。

“是的，而且遗体的衣服不见了，一时还真不好说死的到底是广治先生还是平人先生。”

于是鬼无濑当即下令，由谷藤去锻炭家跑一趟，确认广治的安危，而柴崎则借用揖取家的电话，请终下市的警署快派鉴识人员过来。

“您料中了啊……”谷藤和柴崎离开后，鬼无濑嘟嘟哝哝地说道。

“锻炭家有警方的人员看守着吧？”

“嗯，但那只能防备外人。锻炭家的人想悄悄溜出去的话，总能找到机会。”

“也是……”

“那条黑色围兜是‘黑地藏’的？”

“‘黑地藏’胸前的围兜不见了，所以八成就是同一条……”

“呵……真该提前把所有地藏的围兜都收押！不过即使没了围兜，犯人也不见得会停手。”

“确实。用同色的布料替代就行了。”

“话说回来，犯人到底为什么要用这么凶残的手段？后脑勺的殴打伤还能解释，比如为了剥夺被害人的行动能力，以便动手杀人，就跟杀死立治时一样。可也不必打得这么用力吧？更何况剖肚子、挖内脏……这犯人脑子里装的都是啥呀！真是对被害人恨之入骨吗？”

“是在找东西吧？”

“啊？找什么？”

鬼无濑满脸疑惑，言耶鼓足勇气看向遗体，向唱歌般地哼出了一句骇人的句子：“‘黑地藏，找出来’……”

“这、这、这……您的意思是，犯、犯人在被害人的脑袋和腹腔里找……找东西？”

“是的。当然，这只是形式上的‘找’，意在模仿童谣的歌词。”

“干出如此令人发指的事，就为了模仿童谣而已？”

“不然的话，岂不是表现不出这句歌词吗？”

“疯子！真是个疯子！”鬼无濑警部陷入了狂怒，不禁吼叫了起来，可很快又摇着头说道，“算了，眼下最大的难题是，犯人为什么非要盯着那首童谣不放。就算是疯子，干出那么疯狂的事也总有个理由啊。”

“我怀疑，犯人其实不疯，反而是个头脑聪明的家伙，正在冷静地推行自己的‘模拟杀人’计划——”

“目的和动机呢？”

“不知道……”

言耶的回答依旧不靠谱。鬼无濑警部恨恨地瞥了他一眼，便不再搭理他，开始独自调查这座祠堂，还念念有词：“现场找不到凶器和被害人的衣物，大概是被犯人带走了。”

与此同时，祠堂右边的一棵矮树吸引了言耶的注意。矮树的树枝上挂着一截绿布，像是一面短短的燕尾旗。他叫住了鬼无濑：“鬼无濑警部，这里有个怪东西。”

“又怎么了？”

鬼无濑从祠堂里走了出来，表情带着不满，就好像在责怪言耶非要提什么“比拟杀人”，这桩案子才会变得这么离奇。

“嗯？那块布是某种标记吗？”

“我也这么觉得，说实话——”

言耶趁势将月子、广治和平人的三角关系告诉了鬼无濑。

“也就是说，它可能是年轻人之间约会的暗号？”

“对，比如挂上这块布，就表示‘我在祠堂里等你’……”

“难道被害者就是被这块布骗来的？”

“考虑到月子小姐也来见他了，被害人是平人先生的可能性其实更高，毕竟她更喜欢平人先生。”

“嗯……”

鬼无濑沉吟着，柴崎回来了，说署里已经安排了鉴识人员，不过现在天刚亮，从市里赶来还得花点时间才行。

这下，鬼无濑更加无话可讲，只得自己小声念叨，同时谷藤也正向着这里跑来。

“警部，广治不在锻炭家，他的家人都不知道他是什么时候离开的，负责监视的熊谷警官和大庭警官也说没发现他出门了。”

闻言，鬼无濑立刻看向言耶，但马上又面向自己的两名部下，吩咐道：“谷藤，你带志摩子来确认被害人是不是她儿子。柴崎，等鉴识人员一到，你就让他们先采集被害人的指纹，然后问锻炭家借一些沾有广治指纹的物品，做比对验证。”

“明白！”

谷藤迅速掉头往锻炭家跑，鬼无濑目送着他，并对柴崎说“这里就交给你了”，而后就通过后门回到了揖取家的主楼。

言耶跟了上去，问道：“您准备找月子小姐问话吗？”

“是的，问清她究竟是跟谁约好了见面，这样也能弄清被害人的身份。”

“我能旁听吗？”

鬼无濑不悦地念叨了几句，言耶就当作他允许了，于是两人一起进了主楼。

这时，将夫突然出现了，他左手包着纱布，看起来异常激动，问道：“听说广治君被残忍地杀害了，是真的吗？”

言耶没有作答，倒是先问起了他手上的伤是哪儿来的，他则有些不好意思地答道：“我岳父刚抱着月子，准备进屋，月子却突然发狂似的乱挣，还说要回祠堂去。我听到动静，正准备和岳父一起安抚她，但争执间打碎了装饰在走廊上的壶，我的手就是被壶的碎片割破的。”

“这真是飞来横祸呀。”

言耶还在担心将夫的伤势，鬼无濑却只是瞥了一眼纱布，便气冲冲地喝问道：“月子小姐在哪儿？”

“她在自己的房间里休息，我岳母和花子陪着她，不过她好像还不能正常回答您的问题……”

“带我过去！”

鬼无濑并不管这些，只是催促着将夫。言耶也跟着他们一起往里走去，顺便暗暗回想了一下，花子是将夫的妻子、力枚的长女，而将夫的岳母应该是叫成子。

“鬼无濑警部，您来了啊……”

力枚正在月子的房门前踱来踱去，看起来坐立不安。

“月子小姐怎么样了？”

“一开始不管我问什么，她都没任何反应，我吓坏了，不知如何是好……接着她突然激动得不行，被我硬拖住了，然后又开始大哭，后来好不容易才正常了一点……”

“那现在呢？”

“现在大概是哭累了，整个人筋疲力尽的。”

“我能找她稍微问点事吗？”

“这……”

力枚相当踌躇，最终他还是从牙缝里挤出了一句“请稍等”，便独自进了女儿的闺房。

“现在果然不合适呀。”

言耶问得很小声，鬼无濑却没有刻意压低音量，还是照常回答道：“要是拖久了，目击的记忆就会变得模糊，影响证词的准确性。”

话音刚落，力枚就回来了，解释道：“我妻子说，月子睡着了，希望能等她醒来再问话……”

“我想想……”鬼无濑思考了起来。

“警部，您就稍等一会儿吧。要是硬把月子小姐喊醒，估计也很难顺利交流。”

言耶也如此坚持着，鬼无濑只得同意了，姑且先由揖取家的人去请村医驹泻上门来给月子看诊，结果驹泻提醒他们说，得好好留心月子的状态，其他的到中午再议。

而另一方面，供奉“黑地藏”的祠堂整个上午都混乱不已。

痛失爱子的可能性令志摩子几乎崩溃，完全无法辨认尸体，便拜托春菊代劳，可春菊也不肯答应；至于团伍郎，他本就认不清谁是平人、谁是广治，因此一开始就被排除在外。认尸工作眼看着要陷入僵局，警方只好请将夫等青年志愿团体的成员前来查看。他们虽一致认为被害人即是广治，可最终结果还是得等鉴识人员做完指纹比对。在此期间，鉴识人员当然也赶到了现场。

鬼无濑让柴崎留在祠堂主持工作，自己则跟着谷藤去了锻炭家，主要的目的是找春菊问话。言耶本想同去，却被鬼无濑冷冷地拒绝了，说问完再告诉他。

“我还当那位警部已经认可了您的探案能力呢。”

力枚对此似乎颇为不满，言耶苦笑着说：“这大白天的，确实不方便带着普通百姓一起查案。他愿意把问话的内容告诉我，我就该知足了。”

“既然您这么说，那就算了。对了，您接下来有什么计划？”

“我准备去另外四个祠堂看看。”

“就是‘白地藏’和‘黑地藏’之外的祠堂？”

“嗯。当然，我也想确认一下其他地藏的围兜是不是被犯人偷走了。”

“我陪您去吧。”

“您不用留在月子小姐身边吗？”

“我妻子和花子会照顾她的，这种时候，当父亲的的确没什么用。”

两人一边聊着，一边走出了揖取家，先往供奉着“金地藏”的祠堂走去。

途中遇到的村民们都打算上前和力枚搭话，可或许是看到他身边有个陌生人，便改变了主意，只是默默地朝他点点头，而后径直从他身边走过。

言耶和力枚一路都在讨论案情。来到御笼堂前时，言耶想着应该先与暂住其中的巡礼僧打个招呼，因此客客气气地问道：“胆武师父，您在吗？”与此同时，他透过格子门的缝隙看到了胆武的背影。见对方似乎正一心一意地做着祷告，令人不忍打扰，他只能轻轻地对力枚说道：“胆武师父也许又目击了重要的线索，不过警方应该会来问同样的问题，要不我们就先别麻烦他了吧？”

力枚无言地点了点头，表示同意言耶的看法，并和他一起静静地走向了边上的祠堂。

“‘金地藏’的围兜果然不见了。”

言耶打开祠堂的大门，确认了内部的情况，力枚也没了主意，道：“村子里的人都会参拜这六尊地藏菩萨，浑水摸鱼，偷走围兜实在是轻而易举啊。”

“嗯，只要行动隐蔽一点即可，围兜叠起来也小，即使把六块围兜一起藏起来也不费力。”

“难道犯人接下来还要再杀四个人？”

“说实话，我也不清楚。但要是从模仿童谣的角度来考虑，恐怕真得这么认为……”

“犯人的目标是锻炭家的人吧？”

“团伍郎老爷子、志摩子太太、春菊女士、立春君……他们家刚好剩下四个活口……”

“什么？连立春君也不放过？他才十岁而已啊！”力枚忍不住大声说道。

言耶心头一紧，赶紧往供奉着“蓝地藏”的祠堂走去，边走边说：“说不定只是个巧合。可是……我觉得不能小看这种可怕的‘巧合’。”

“嗯，您说得对……案子已经到了这份上，您对犯人的动机有什么看法吗？”

“它搞不好是受了立一先生一家神秘消失的影响……虽说立一先生已经和锻炭家断绝了关系，但血缘是不会改变的。大哥一家失踪之后，二弟一家逐个被杀。要说这两件事没有任何关联，反而显得奇怪呢。”

“说到立一一家的事，您有头绪吗？”

“据说他们是在用餐期间消失的，所以我有些怀疑会不会是遭到毒杀了。”

“毒？您的意思是……他们已经遇害了？”

力枚又一次因为激动而高声说话，惹得附近的村民们都看向了他。言耶不得不加快了脚步，低声道：“我苦思冥想，整整一家人怎么会突然消失，接着就想到——他们有可能都死了。那么，您觉得，在怎样的情况下，一家人才会同时死去？”

“我理解了。如果在食物中投毒的话，的确办得到……可是乡木家的靖美君不是吃了同样的饭菜吗？”

“是的，而且他还活着。”

“也就是说……”

“我认为，毒也许下在了盛腌菜的缸子里。”

“有道理，任何人都会吃腌菜，再加上立一的生活条件并不好，吃不上丰盛的早餐，因此肯定会拿腌菜来下饭。但靖美君在立一那里也只有那些东西可吃啊。”

“不，他从小就特别挑食，不吃别人家的腌菜，只吃祖母亲手腌制的。”

“原来如此。”

“他搞不好正是被挑食的坏习惯救了一命。”

“真悬哪。”

“可是，毒杀的假设很难站住脚。因为地炉附近乃至整个一楼都井井有条的，没有一丝凌乱。”

“啊……也对，现场给人的感觉就是一家子正在吃早饭。”

“就像玛丽·赛勒斯特号一样……”

“您说什么？玛丽什么？”力枚大惑不解。

说话间，位于奥户村东北部的“蓝地藏”祠堂已经近在眼前了，言耶前天傍晚从初户村前往奥户村时所走的那条窄路就在祠堂的右边。

言耶打开祠堂大门，确认了一下内部。不出所料，“蓝地藏”的围兜也不见了。他不禁沉思起来，而一旁的力枚完全摸不着头脑，问道：

“它们的围兜肯定都被偷了。犯人大概是在计划杀死立治的时候，先偷了‘白地藏’的围兜，又把其他的也一起顺走了吧？”

“不。昨天早上，我们上乎山之前，不是去参拜了‘黑地藏’吗？那时它的围兜还在。”

“欸？您这么一说，还真是！这究竟怎么回事？”

“在我看来，犯人是在杀了立治先生之后，才下定决心犯下连环杀人案的。要不然，就是因为他杀了立治先生，于是不得不制造出一桩连环杀人案。”

“我好像越听越迷糊了……”

“我们还是先去看看‘红地藏’吧。”

言耶一边催促着，一边再次迈开了步子，力枚便继续打听起了方才的玛丽什么号。

言耶解释道：“一八七二年十二月五日，帆船承蒙天恩号正从纽约港驶向直布罗陀海峡。途中，承蒙天恩号遇到了一艘奇怪的横帆双桅船，整艘船摇摇晃晃的，仿佛是舵手喝醉了酒。”

“那艘怪船就是玛丽什么号？是遇上海难了吗？”

“是的，承蒙天恩号向玛丽·赛勒斯特号发出信号，却没有得到回复，于是承蒙天恩号的船长下令把船开到它边上，让两艘船平行，同时架起甲板，带着二副等人一起上了那艘‘怪船’，从船头到船尾搜索了一遍，结果没找到半个人……”

“毕竟遇难了嘛。”

“可船体是完好的。”

“欸？”

“他们没有发现任何阻碍航行的损伤，船舱里还堆着酒桶，船上储备的食物和饮用水也都好好的。”

“偏偏船上的人不见了？”

“不仅如此，船长室里还有吃了一半的早餐；再看厨房，菜还在炉子上煮着。航海士的房间里摊着纸片，上面有一些还没完成的计算，某个客舱里有一件没缝完的儿童睡袍，船员的房间里有一把使用过但没生锈的剃刀，保险箱里塞满了纸币和宝石，救生艇就吊在原位。总之，这艘船看起来一切如常，没有任何诡异之处……”

“这……立一一家的情况确实和这艘船很相似。只不过，船上的人还能说是全都坠海了，立一他们到底去了哪儿……”

“可没人知道船上的人是不是真的坠海了。再加上船里一派和平，只会让人觉得越发离奇。从这个角度来说，立一先生一家亦然。”

“对了，剃刀被人用过却没生锈，船长的早饭吃了一半，这不就说明，那艘船被发现时，船上的人顶多才失踪了几天而已吗？”

“这就是古怪的地方了。因为船上最后一篇航海日记标注的日期是十一月二十四日，而承蒙天恩号发现它时，则是在整整十天之后。根据它被发现时所在的海域、风向，以及被发现的地点，可以推断出从十一月二十四日起，船上就没人掌舵了。否则，它应该在另一片海域才对……”

“……”

“所以说，会不会是有人在立一一家消失后，故意从房子内部上闩，营造出一种类似于玛丽·赛勒斯特号的情况呢？”言耶简单地总结道。

接着，两人默默地来到了位于村子北处的“红地藏”祠堂。经确认，红色的围兜也确实不见了。此外，奥户村的村民活动中心就在这座祠堂附近，昨天警方将搜查本部设在了活动中心，因此附近的村民们才刚收拾过这一带。

调查完“红地藏”祠堂，他们继续往西北处的“黄地藏”祠堂走，力枚又开口道：“对了，您刚刚提出过‘毒杀’的可能性。如果真是如此，犯人要如何处理他们的遗体？”

“我记得小库房边上有个推车，可以用来搬运遗体。问题是去哪儿抛尸。不过村子里应该是有几个跟墓穴差不多的洞穴……”

“‘六墓之穴’……”

“嗯，您之前告诉我说，村里人怀疑立造先生杀了吉良内和四个矿工，并把他们的尸体扔在那几个洞穴里了，是吧？”

“难道历史又要重演了？”

“只要查一查就清楚了。可话又说回来，立一先生一家本来就过着四处漂泊的生活，我想，还是自己离开的可能性更大。”

“唉，对那些不了解立一的村民而言，他们只是单纯的游民，早走早清净。”

“很多人都对‘游民’这个称呼抱着误解和偏见呢。不过这个问题以后再说吧……当然，毒杀的话，倒是能解释为什么房子里干干净净的。因为犯人绝对会收拾现场，以掩盖毒杀的痕迹，不让任何人看出那一家子当时正在吃饭。”

“确实解释得通……但是，跟我那时看到的好像又有点出入……”

“您发现什么问题了吗？”

“我也不知道怎么形容，总之，我陪着靖美君一起查看那栋房子时，现场给我的感觉并非刚打扫过，而是打一开始就没人做过早饭，他们一家也压根儿没吃早饭……”

“难道这一切都是‘凶山’上的房子所展现出来的幻觉？”

“这……这也不至于吧……”

“可正是有了您这位无关人士的证词，那一家子的消失才变得更加扑朔迷离了。”

“唉……那么，假设他们一家真的遭到了毒杀，犯人又是谁？”力枚问道。

其实言耶很清楚，力枚心里是有怀疑对象的，只是不想亲口说出来而已。于是，他直截了当地回答了力枚的“问题”，道：“嫌疑最大的当然是立治先生。他的儿子广治先生也很可能是共犯。”

“动机是所谓的金矿吗？”

“是的。但他们是犯人的话，便会产生新的谜团——首先，立治先生为什么认为乎山上有金矿？”

“因为对锻炭家而言，那座山是名副其实的‘凶山’吧。”

“其次，如果立治先生真的接近过立一先生一家，立一先生会把这件事告诉您吗？”

“将夫君问过我同样的问题，而我的答案是，立一肯定会告诉我。”

“即使如此，他们也不可能让突然造访的立治进门，还由着他在饭菜里下毒。”

“确实。”

“再者，立一先生一家消失的那天早上，初户村的日下部园子小姐嫁到了奥户村的灶石家。而婚礼前一天的傍晚，奥户村的村民们通过传阅板报得知了婚礼的具体时间，因此只要犯人愿意，完全可以中止犯罪计划。”

“是啊，没必要挑这么特殊的日子动手。”

“况且西侧的山路上不是有悬崖吗？”

“男人应该可以靠绳子爬上爬下，只是得花些时间。”

“那天清早，您在东侧的山路口和将夫先生聊了一小时，并作证说那段时间没人从东侧的山路下来，这才使得‘乎山是个大密室’的说法成立。但您和将夫先生的对话是偶发性的。即是说，乎山其实也是偶然成为‘密室’的。说不定，立治先生原本打算趁着锻炭家附近大张旗鼓地办喜事，故意让人以为立一先生一家沿着东侧的山路离开了。”

“居然……”

“不过，他肯定没想到，您会这么早就发现立一先生一家人不见了。所以说，这个‘沿着东侧山路离开’的假象，也许只是他提前准备好的‘保险’，以防万一有人查到了那一家人失踪的真正日期。不然的话，随便他们走哪条路都说得通。”

“这个嘛……我对您的推理没有任何意见，我只是纯粹怀疑——立治有这么聪明吗？”

“啊，原来如此，说不定是我想多了。”

“假如立治和广治君杀了立一一家，那么眼下的连环杀人案会是复仇吗？”

“有可能。但复仇者是谁呢？倘若立一一家都死了，也就没人替他们复仇了啊。”

“也是。再说了，不管怎么想，动手杀人的肯定是立治和广治君。既然如此，杀死他俩就算是把仇给报了，犯人为什么要把六尊地藏的围兜全偷走？”

这时，最后一座祠堂——供奉着“黄地藏”的祠堂进入了言耶的视野。他加快了步伐，仔细地检查了祠堂内部，说道：“围兜不见了。现在已经可以确定，犯人提前偷走了它们的围兜。”

“换言之，犯人打算继续杀人？我不明白，犯人为何非要赶尽杀绝。”

“或许是出于‘连坐’的心理。”

“什么？团伍郎老爷子他们可都是无辜的，连他们也会被杀？”

“如果立一一家真的无人幸免，也难怪犯人想要以牙还牙。”

“嗯……照这么看，犯人应该和立一他们非常亲近吧，甚至能为他们做到这种地步。可我实在想不出哪有这样的人……”

力枚束手无策，只能仰天长叹，言耶则抬头看向了祠堂左面的石墙，它是用石头堆砌起来的，往上看还有一座已经废弃的小剧场。

“那就是团伍郎老爷子建的小剧场？”

“是啊，要上去看看吗？”

石墙中央有一条石阶，乍看之下还以为上面盖了一座寺庙。然而，跃入言耶眼中的却是腐朽的木板房、露天的席位，以及空荡荡、孤零零的旋转舞台。舞台左右两侧各有一间废屋，整个小剧场都呈现出一股破败荒凉的感觉。

“演出的时候，这里还会插上一大堆旗帜哦，和庙会有点像。”

“有很多演员来这里表演过吗？”

“不，只有那些不入流的没落演员才会特地跑到乡下来。团伍郎老爷子好像特别偏爱一支戏班子，可事实上，只要有人肯演《蜘蛛丝梓弦》[1]，他就满意了。所以来演戏的戏班子也不用考虑新剧目，按说是相当轻松的。”

“我记得那部剧目中有一个人分饰六角的内容吧？分别是美妓、盲人乐师、童子、青楼女佣、卖药郎、女蜘蛛精。”

“您果然见多识广呀！我在终下市的剧场里看过那部剧，是一个小有名气的班子表演的，但总觉得那个留着童花头的童子比女蜘蛛精吓人多了。”

“哈哈，我好像也有这种感觉。对了，您很少来这个小剧场吧？”

“嗯，几乎不来。我对戏剧本就不怎么感兴趣，更别说这是锻

1　《蜘蛛丝梓弦》是日本歌舞伎剧目之一，根据平安时代，源赖光退治土蜘蛛妖怪的传说改编，最初由江户市村座于1765年演出。——译者注

炭家建的了……我父亲倒是经常受到初户村乡木家的虎之助老爷子邀请，特地翻过臼山去他的小剧场看戏。”

“听说那里现在还有戏班子在呢。”

“好像有个叫‘太平一座’的戏班子，在那个小剧场里住了半年了，还把那里当成自己家似的，在村子里到处走动，想去哪儿就去哪儿，想回来就回来，真是……大概只能说，挺厚脸皮的。”

“那他们在初户村还演戏吗？”

“不知道，我很少听到关于演戏的传闻，就算演，场次估计也很少。现在没什么人会大老远地跑去初户村看戏，大家都去镇子上了，不比以前。况且那个戏班子只有一对老夫妻、一对小夫妻和小夫妻的孩子，成员太少，因此能演的剧目十分有限。”

听完力枚的解说，言耶看了看舞台两侧的小屋，很快便弄清了右侧那间是给演员们居住的，而左侧那间是堆放道具并兼做演员休息室的。

“差不多中午了，我们该回去看看了。”

力枚催促了起来，于是两人一起动身返回揖取家。

然而，等待着言耶的，却是祖父江偲的另一通电话留言，内容同样令人不寒而栗……

第八章

山魔想干什么

回到揖取家后，言耶听说了留言的事，便借了电话，致电祖父江偲："祖父江小姐，我是刀城。您先听我说——今天出现了第二名被害人。"

"什么？是谁？"

"锻炭广治先生。"

"这下真成连环杀人案了……而且被害人都是锻炭家的……"

"嗯，我之前已经提醒过警方要高度戒备了，却还是没能阻止犯人……"

"别这么说哇，又不是您的错！"

"可是，我一来这里，就出了这些事……"

"纯属偶然！您听好，您是作家，不是侦探，就算您眼前发生了连环杀人案，也不必觉得自己要承担责任！"

"……"

"老师，您在听吗？"

"抱歉，我在听。唉，话是这么说……但我也许是个'灾星'吧……"

"您是想和人家吵架？"

"吵架？不是您先找碴儿……算了，还是说说您的电话留言吧。那是什么意思？"

"就是字面上的意思啊——靖美先生说，'山魔离我更近了，比昨天还近’……”

“是他跑到出版社跟您说的？”

“是，他今天来得比昨天迟一些，快中午时才到。按他的说法，山魔正在一点一点接近他，不过，山魔在奥户村还有事要做，等做完了就会去东京找他……”

“祖父江小姐！”

“您、您说！”

“能请您现在立刻去他家吗？问清楚山魔想在奥户村里干什么。”

“欸？您是叫人家单独去见他？”

“您不是说他已经恢复了？那就没什么危险了吧。”

“不，这反而更吓人了好吗？您没跟他当面交谈过，才会误会……其实，他看起来很正常，却可以淡定地说出这么诡异的话！不对，人家总觉得他讲的时候可开心了，好像就等着山魔来找他呢！”

“您想多啦，要是真的害怕，就去附近的人家借一条狗，带着狗去呗。报纸上不是登过一条新闻吗？说去年十二月，英国有个放羊的老人失踪了，今年三月时，他的遗体被人发现了。而他的狗就在距离遗体十米左右的地方站岗放哨。”

“老师……您的意思是，人家会死，所以得带条狗保护人家的尸体？”

“不是不是，我只是举个例子，说明狗是人类忠实的朋友……总、总之，我关心的是他为何会有这种想法，这背后或许隐藏着某些关键信息，能够破解奥户村的连环杀人案。”

“欸？为什么？”

“目前的他，很自然地产生了山魔从奥户村追着他来的妄想，或者说是空想，还坚信自己会被山魔吃掉。我倒是能理解他的心态，可他却认为山魔在奥户村有事要做……这下，性质就不一样了。他也许有自己的依据。当然了，那些所谓‘依据’搞不好也只是妄想，然而我感觉其中似乎有什么线索可循。”

“您的意思是，他发现了一些东西？”

“嗯，但他本人大概也没意识到，而且无法理解真正的含义，所以才会说出这么离谱的话来。”

偲总算明白了言耶的意思，只得不情不愿地答应亲自去找乡木靖美，随后挂断了电话。

午饭过后，力枚叫上言耶一起去看看月子。虽然他们之前和鬼无濑约好，等月子一醒来就通知警方，但力枚的妻子总归会优先把消息告诉丈夫。

“月子，你好些吗？”

力枚坐在小女儿的枕边，满脸慈爱地问道。言耶则站在了斜后方，以免打扰他们父女。

“嗯……我稍微冷静点了……”

“是吗，那就好。”

简短的对话过后，父女两人都沉默了下来。

言耶来回看着力枚那努力找话的背影和月子那不想多说的侧脸，觉得这样下去只会白费时间，便小心翼翼地出声道：“那个……”

“老师，拜托您了！”

力枚一下子转头看向言耶，对他深深低头致意，接着从女儿的枕边让出了一个身位，重新坐正。

“这……我也起不了什么作用啊……”言耶嘴上谦虚着，但立刻往前跨了两步，道，“月子小姐，您要知道，警方不会这么客气，什么都不问就放过您……”

“……”

月子用疑惑的眼神看向他，可他明白，她已经领会了自己的意思。

“您毕竟是遗体的第一发现人，等鬼无濑警部从锻炭家回来，就会立刻找您问话，而且会刨根问底。我不知道他能否同意让您的父母在旁陪同，不过一般来说是不可能的。您得独自接受严苛的盘问。我绝不是在吓唬您，因此，我希望您可以趁着现在，尽可能地把情况告诉我们。”

“……”

“要是您能全都说出来，到时候我们就把您的话转告给警方，并拜托他们高抬贵手，别直接找您了。虽然我们没有任何权限，但一定会努力说服警方。只可惜我没法跟您打包票……”

“您言重了……”月子轻轻摇摇头，接着看向言耶，点了点头，开口问道，“请问一下，被杀死的是哪位？”

“难道您觉得是平人先生？”

听到言耶这么问，力枚倒吸了一口凉气，月子又一次轻轻点了点头。于是，言耶向她确认道：“您之前一直在供奉‘黑地藏’的祠堂里和平人先生见面，是吧？”

“是的……”

“什么时候开始的？”

“立一伯父一家离开乎山一周之后吧……”

言耶探出身子，下意识地想要插话，但还是强行忍住了，只听月子继续道：“我每天早上和晚上都会去‘黑地藏’的祠堂参拜。那天傍晚也照例前往祠堂，却听到有人在山路上的草丛里叫我。我一看，居然是平人哥。”

“他当时跟您说了什么？”

“他说有事，不得不躲一阵子，尤其是不能被立治伯父知道，叫我千万保密，别把遇到他的事告诉别人。”

“他没说理由吗？”

“嗯，我问了他，可他没回答，反而问我锻炭家的情况。”

“之后呢？”

这时，月子脸上浮现出了羞涩之情，答道：“他说，供奉‘黑地藏’的祠堂边上有棵树，要是树上挂了绿布，就说明他在祠堂里，不过他只能在太阳落山之后才能来；要是白天有布条，那么他便会在祠堂待上一整晚……”

言耶想起了两天前的傍晚，他刚抵达奥户村，遇上了从御笼堂归来的月子，两人一起往揖取家走。当时她之所以在进家门前频频偷瞥通往乎山的山路，其实是在留心那棵树上有没有挂着绿布。

“你们见面的频率呢？”

“大概一两周一次……去年十二月起到今年二月期间例外。那时候雪太大，他来不了，我们就没能见面。等三月快过去的当口，‘暗号’总算是又出现了……”

“今年您和他已经见了几次？”

“算上昨晚……不对，是今天早晨，一共四次。所以……”

“您说。”

“所以昨天早上您和我父亲一起上乎山的时候，我悄悄跟在您二位身后，心想着说不定能在山里遇见他……”

“原来如此。”

“可是，我半路上就回去了。而且我本想拦着你们，却找不到合适的理由，只好眼看着你们越走越远……”

“唉，要是我们当时注意到您就好了……”

“上一次见面的时候，也就是几天前……他……”

“……”

“他……”

“他怎么了？”

“他说，想跟我一起离开村子。”

“那您怎么回答的？”

“我说，让我考虑一下……他也说，不是立刻要带我走，但很快他就能弄到一大笔钱，到时候……”

“他说自己能弄到一大笔钱？”言耶问道。见月子点头，他便看向了力枚，发现力枚正用复杂的表情望着自己的小女儿。“对了，平人先生提起过自己的家人吗？”

“一句都没有。我问过他，跟他离开村子的话，是不是要跟他父亲一起住，他说不用，就我们两个人自己过。”

“他没提过离开乎山之后住在哪里吗？”

“我问了，他也没说……”

“也就是说，关于他们在乎山的生活、离开乎山的理由以及离开之后的日子，他都只字未提，对吧？”

月子仔细回想了一番，最后还是微微摇头。

“我知道了……下一个问题对您来说可能非常残忍，请您见谅——我想问问您，死在‘黑地藏’的祠堂里的，是平人先生吗？”

月子闭上了眼睛，一动不动，仿佛要就此长眠下去一般。由于她沉默得太久，力枚有好几次都想出声催促，却都被言耶伸手制止了。

终于，月子睁开了眼睛，答道：“说实话，我不知道。一开始我当然以为是平人哥，可您问我能不能确定的话，那么，我也没有把握……”

“这也是没办法的，那副……”言耶差点说出遗体的惨状，却机智地忍住了，改口道，“问了那么多，您想必也累了，我就不多打扰了。”

言耶暗示力枚，自己的问题都问完了，在向月子道谢之后就离开了她的闺房。力枚也很快跟到了走廊上，并叫来了妻子，让她继续照顾女儿，自己则带着言耶前往西楼的客厅。

“刀城老师，太谢谢您了，多亏了您，我那小闺女才把实话都说了出来。”

“您、您太夸张了，都是因为月子小姐是个好姑娘，性格很单纯……”

总之，在一阵推让之后，力枚问道：“被害人到底是广治君还是平人君？”

“就现有的情报来看，两人都有可能。犯人把被害人的衣服带走了，所以没法当场下判断。”

“这就是犯人的目的？”

“但警方还是可以从被害人的遗体上采指纹啊，最多一两天即可确定他的身份。犯人这么做到底有什么意义……”

“确实。可从月子的话来看，被害人果然是平人君吧？”

“这……”

言耶不敢断言，力枚或许是感受到了他的犹豫，有些惊讶地说道：“我觉得，月子应该没撒谎……”

“当、当然！我不是这个意思……我也认为月子小姐说的都是实话，没有任何隐瞒。”

“那么，被害人不就……等等，难道……”

“怎么了？您想到什么了？”

“您是不是在怀疑——犯人是平人君？广治君和立治都是被他给杀死的？”

“这倒也解释得通……”

“欸？难道您不是这么想的？”

力枚的猜测落空了，满腔自信化作了失望，但立马又问起了言耶的看法，只听言耶答道：“其实，我刚刚突然想到……在立一先生一家消失之后，突然出现在祠堂里的‘平人先生’，究竟是不是真正的平人先生……”

“您说什么？”

“嗯……比如说，广治先生冒充了平人先生……”

“这……这……”

“您想啊，广治先生喜欢月子小姐，月子小姐心里的人却是平人先生，平人先生则对月子小姐爱答不理的。不过那一家子消失之后，平人先生居然一下子就愿意亲近月子小姐了，这未免太不自然了吧？”

“被您这么一说，还真是……”

“就算碍事的情敌不见了，月子小姐也不见得会接受广治先生。既然如此，广治先生便决定顶替平人先生，去追求月子小姐。您觉得有这个可能吗？包括带着月子小姐一起离开的想法也解释得通了。毕竟他没法以锻炭广治的身份迎娶月子小姐。”

这番解释或许令力枚难以作答。他抱起胳膊，抬头看着天花板，似乎大受打击。原来，自己曾考虑招为赘婿的平人，说不定已经被广治暗中取代了……

“不好意思，我打断一下，”力枚的妻子成子跑了过来，先向言耶行了一礼，随后慌慌张张地对力枚说道，“当家的，鬼无濑警部回来了，说想跟月子谈谈。”

言耶看了看力枚，又看了看成子，接着对他们深深一鞠躬，说道：“二位放心，我去跟他说吧。”

语毕，言耶便赶紧走向了东楼的客厅，那里是警方的临时据点。

“您来干吗？”

鬼无濑一看到言耶，就语气不善，但当言耶告诉他，自己已经从月子那里得到了证词，并打算转告他时，他倒是爽快地同意了。

“月子是怎么说的？”鬼无濑问道。

于是，言耶将月子的话复述了一遍，鬼无濑和柴崎一声不吭地认真听着，谷藤也默默地做着笔记。

等言耶说完，鬼无濑才缓缓地开了口："明天就能确定被害人的身份了，如果他不是广治，而是平人，那么下落不明的广治便有作案的可能性。"

"说到这两个人的关系啊——"

言耶把自己方才对力枚说过的猜想重复了一遍，鬼无濑道："欸……怎么又这么复杂……"

"不，这充其量不过是假设而已……"

"别跟我谦虚了，要是被害人确实是锻炭广治，您的推理就大概率是正确的。可这样一来，犯人不就是平人了？"

于是，言耶又只好把立一一家遭人毒杀的猜想说了出来，尽管它的逻辑还不完善。

"话说，您也真厉害啊，能想出这么多种可能性。"

"不不，您过奖了……"

"反正，平人或许和家人一起被人害死了，是吧？"

"因为'毒杀'可以让一群人几乎死在同一时间。"

"也是。在酒里下毒，可能还有个碰杯的次序，而腌菜的话，大家肯定是一起吃的。"

"是啊，立一先生一家的菜品很少，人人都得吃腌菜。"

"这样一来，毒杀的成功率就很高了。不过，保不准只有一个人勉强活了下来。"

"警部，您指平人先生？"

"嗯，我在想——侥幸活下来的平人去找了月子，而广治发现了这件事，便趁着冬天解决了他。等广治收拾完心情，冷静下来之后，又装成平人去找月子。”

鬼无濑提出了自己的猜想。尽管言耶一开始觉得他的想法是无稽之谈，听完却觉得言之有理，便顺着他的思路往下道：“即是说，去年在祠堂出现的是平人先生，而今年的则是冒名顶替的广治先生？嗯……如果只有平人先生活了下来，还真有可能利用月子小姐的感情，去打探锻炭家的情况。”

“没错。”

“可是啊，还有这样一种可能性——冬天下大雪，平人先生去不了祠堂，而另一方面，广治先生得知了幽会的暗号，便想着在春天到来之前，趁机伪装成平人先生。结果平人先生知道了这件事，杀死了广治先生。当然，他在对广治先生动手前就杀了立治先生……”

“总而言之，先等指纹比对结果吧。”

“好……”

“对了，昨天那桩案子的鉴识报告已经出来了。”闻言，言耶大吃一惊，鬼无濑警部却一脸理所当然地说了下去，“被害人就是锻炭立治没错，五十五岁，死因是脑挫裂伤，凶器疑似铁锤，犯人用它多次重击被害人后脑勺，造成了致命伤，但被害人的肺部检测出了少量的煤灰，据此可知在面部被灼烧时，被害人应该还活着。死亡推定时刻是清晨五点到六点之间，结合您和力枚先生的证词，该时间段可以被缩短至五点三十分到六点，可在此期间，几乎所有相关人员都没有不在场证明，所以这证词的意义并不大。此外，那个和尚的身份也查清了。”

“对，他是四国[1]人，当然，‘胆武’并不是真名——”

谷藤翻着笔记，准备进一步说明情况，鬼无濑却不耐烦地挥手示意他闭嘴，继续说道：“其实被害人面部被烧的时间并不长，多亏您及时浇水灭火，我们才可以调查被害人周围的情况。而且调查结果也和您之前的推理相符合，犯人的确很有可能一直在那栋房子里，见您二位到了，才烧了被害人的脸，企图趁机逃出去。只不过……”

“是发现了新的线索，而且和我的推测相矛盾吗？”

“您可真敏锐。之前不是说过吗，地炉里没有烧炭的痕迹，可是那些烧剩下的蓑衣上带有动物性或植物性的油脂。”

“欸？也就是说，犯人最开始就打算烧毁被害人的面部，特地带了油？”

“您觉得没有这种可能性？”

“这……警方只要调查指纹，马上就能得知被害人是立治先生，犯人按说没必要这么做……”

“您不是怀疑过，犯人对被害人遗体的所作所为不仅是为了逃跑吗？现在，这个猜测的命中率也提高了。”

“可是，带油赴约说明犯人本来就计划放火烧脸……”

“嗯。明明只要简单地调查一下，就能确定被害人的身份，犯人却非要做些莫名其妙的举动，又是烧被害人的脸，又是把他的衣服都带走……”

“容我多问一句，锻炭家的警备情况怎么说？”

1　四国（Shikoku）又称四国岛，是日本的行政区划，位于九州的东北方，包括德岛、香川、爱媛、高知四个县。——译者注

“您放心，我们增派了一倍警力，同时特别强调过要留心他们家的人外出。可是他们家那帮人啊……”鬼无濑露出了苦涩的表情，接着道，“那帮人没一个像话的！先是老年痴呆的团伍郎，虽然有个叫阿吉的女佣跟着，春菊却老使唤她干这干那，她都没法好好照顾老人。”

“唉，那位女佣可真不容易。”

“我们才不容易好吧！跟团伍郎说，他孙子被人杀了，他倒是听懂了，但问他有没有头绪时，他又只会说二十年前的事，什么自己有个叫立造的小儿子，满脑子金矿，跑到乎山上去到处挖矿。”

“他想说，现在的案子都是因为乎山在作祟？”

“大概吧，然而他说不出具体的信息，我们也拿他没法子。”

“那么，他对立一先生的事有何感想？”

“说到这个，我们刚提起立一，他就气得发狂，最后什么都没问出来。”

“还有平人先生在后院谎称自己是广治先生那件事……”

“没问他呢，可春菊已经承认了，说确有其事。”

“春菊女士和平人先生是什么关系？”

“她说，自己有一次碰巧撞见一个年轻人鬼鬼祟祟地打量着锻炭家，因为她听说过立一那家子的事，于是立刻就意识到对方是平人，接着就开始勾引他了。”

“……”

“她还交代了，沿着西侧的山路往上走，会走到一片岩石堆，其中有几块平坦的大岩石，非常适合幽会。反正我是服了她了……”

看来，春菊的说法和园子的婆婆的目击证词相符合。

“她本人一点都不觉得羞耻，说和平人私会了两次，这下，我们可算是没辙了。”

“那她和广治之间的桃色传闻呢？”

“她否认了。不过我觉得啊，就算那是真的，也没什么好意外的。”

“志摩子太太怎么样了？”

“志摩子和春菊正好相反。听说她原本亦是妾，好不容易熬成了正妻，哪知道立治不仅又找了个春菊那样的小妾，还把她带进家门，志摩子想必吃了很多苦头啊。春菊说，志摩子今年四十七岁，可我看她像五十七岁。而春菊却像二十三岁似的，根本看不出已经三十三岁了。”

“她们两位接下来有什么打算？”

“立治死了，广治也死了，家里只剩立春一个男丁，但他才十岁，就算志摩子再怎么听话、隐忍，估计也很难认可让那么小的孩子当户主吧。”

“这个嘛……”

“哎呀，先别管这种家务事了，反正团伍郎提供不了任何线索，志摩子也一样，但她确实很害怕。”

“莫非她对犯人的身份心里有数？”

听言耶这么问，鬼无濑仿佛无从判断，道：“我也不清楚，只是总感觉她似乎知道什么，可不管是吓唬她还是好好劝她，她都坚持说自己一无所知。”

“她果然是在包庇犯人吗？”

“不不不，她是真的怕得不行。”

“因为太恐惧，所以不敢说出犯人是谁？”

“我们好说歹说，告诉她警备工作很完善，她是安全的，最后还是行不通，只好等过段时间再去问她。”

“嗯，这么做或许比较合适。”

“春菊和之前一样，认为犯人就是立一，却拿不出任何证据。”

“她也是胆战心惊的？”

“不，她一点都不怕，大概认定了杀人动机是金矿，谁死都轮不到自己头上。”

“看样子，志摩子太太和春菊女士的性格完全不一样，难怪两个人的反应天差地别。”

“嗯？您这么一说……确实。”

“立春君呢？”

“我们没找他问话，他怎么了？”

“也没什么……对了，我可以跟他接触吗？”

“哦，随您的便。”

随后，言耶和鬼无濑讨论了一下搜查方针，不知不觉间，黄昏已然降临。花子前来通知他们吃晚饭，言耶便和鬼无濑一起往主楼走去，而柴崎、谷藤等搜查队的人员则在别屋用餐，揖取家的人会把饭菜送过去。

“太太，承蒙您照顾了。我们准备把搜查本部设在村子的活动中心，现在正在做准备工作，因此还得在您府上再叨扰一阵，对不住您。”鬼无濑对着前来问候的成子鞠躬致谢。

“您别介意，我丈夫再三关照过要好好招待各位。”

成子也十分客气。这时，一名女佣来到走廊上，恭恭敬敬地跪坐下来，说道：“太太，我到处都找不到老爷。”

“哎呀，怎么回事……”

成子亦不清楚力枚人在哪里。结果直到晚餐结束，他都未现身。

不，不仅如此，他不知上哪儿去了，深夜也没有回家。

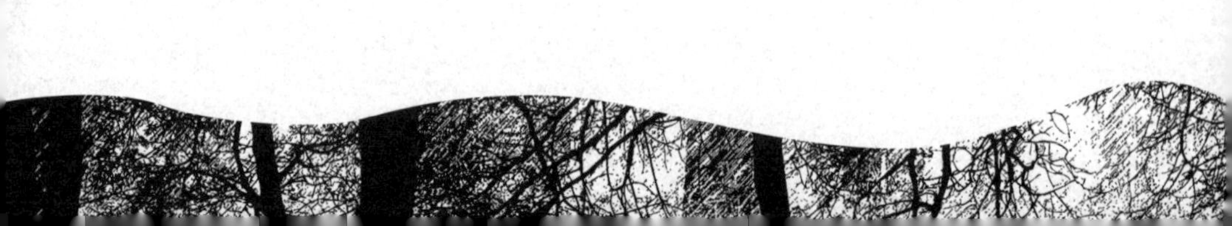

第九章 六墓之穴

“力枚先生这是去哪儿了啊……”

言耶站在揖取家的大门口，目不转睛地盯着夜色中的奥户村，口中反复念叨着同一个问题。

他希望鬼无濑能组织一支队伍去找人，可力枚是个成年人，就算深夜不回家，也不至于要劳警方出马搜索。如果眼下不见的是锻炭家的人，倒还另当别论，而力枚是揖取家的户主，警方更不能轻举妄动。万一最后是虚惊一场，说不定会令这位德高望重的大地主蒙羞。于是他们决定先等一晚上，看看情况再说。

（到底有什么要紧事，非得在这种时间出门，还不跟家人说一声……果然很奇怪。）

言耶心里犯起了嘀咕。听成子的说法，力枚之前确实准备打算出门，可只说是去调整一下心情，并未提到去哪里，更没表示过会晚归。

（“调整心情？”）

言耶绞尽脑汁，都想不出奥户村里有什么能够“调整心情”的去处。

“力枚先生，您到底在哪儿啊……”

他不禁将心中所想脱口而出，而下一秒，他就隐约看到一个人影在黑暗中浮现。

“力枚先生！”

他一边喊着，一边往人影跑去，但出现在眼前的却是将夫。他的衣服脏兮兮的，右脚似乎也受伤了，一跛一跛的。

见言耶赶来，将夫开口道："是刀城老师啊……我在村子里找了一圈，愣是没找到我岳父……"

"您怎么了？"

"哦，我不小心在田埂上踩空了。都怪我出门时看太阳还没下山，就大意了，没带手电筒。"

"辛苦您了，没受伤吧？"

言耶很担心，将夫摇摇头，表示自己不要紧，接着说道："我把岳父可能去的地方都找了一遍。"

随后，他掏出了笔记簿，将列在上面的地点从头念到尾，然而哪儿都没有力枚去过的痕迹。

"原来如此……这么晚了，您很累了吧？"

言耶一边安慰，一边为自己只会干等着而感到惭愧。将夫或许是察觉到了言耶的心情，赶紧道："您也知道，我岳父性子稳重，肯定是想到了什么才会出门。您早点休息，别太担心。我去洗个澡，洗完就睡觉。"

言耶感受到了将夫的好意，便主动提出帮他刷背。

"这、这怎么好意思麻烦您……"

"没事，反正我也要去洗澡。"

揖取家有个供客人使用的大浴场，昨天开始开放使用。尽管将夫百般客气，一再推辞，言耶还是半拉半拽地拖着他，快速前往了那个大浴场。一方面固然是为了安抚他，而更主要的则是想借机从他口中问出锻炭家的情报。

他俩先泡在浴缸里，围绕案子聊了一会儿，随后言耶帮将夫刷起了背，问道："那位春菊女士，身上有股独特的魅力啊。"

"是啊，不过我觉得那种魅力挺危险的，反正有点可怕……"

"对了，眼前有个如此多情的美女，村里的大小伙子们……有没有动过心思？"

"有些人估计会找机会，希望能跟她'亲近'起来……可他们忌惮团伍郎老爷子和立治伯父，不敢真的去招惹春菊。"

"原来如此。那么，春菊女士会不会主动找上他们呢？"

"嗐，就是这一点麻烦！那女人行事轻浮，根本掂量不出自己的斤两。"

"她引诱过您吗？"

"没、没有，这怎么可能……人家哪看得上我这种人……唉，话又说回来，小妾和入赘女婿在家里的立场也挺像的啊……"

言耶原本想着，将夫是个不错的男人，春菊怎么可能放过，于是随口问了一句，想不到对方居然是这种反应，看来自己猜中了一半。

"您和她说不定可以相互理解？"

"我、我不是这个意思……但……"

"出什么事了？"

"说真的，这几天她看我的眼神是有点不对劲……"

"不是在引诱您吗？"

"都出人命了，她也不至于挑这种时候乱来。更何况那眼神里没有任何挑逗的意思……"

“……”

言耶看着将夫背上的几颗黑痣，心想着，就算去问春菊本人，她也未必会老实回答吧。

“要是再多一颗黑痣，就能勉强凑成北斗七星了呢。”

“嗯？哦，您是在说我背上的黑痣……”

这时，将夫突然一惊，仿佛想起了什么似的，话还没说完就急忙转过头来，看向言耶，道：“我想起来了，广治君的背上也有很特殊的黑痣！”

原来，青年志愿团体的成员们曾在一起聚会喝酒。由于时值盛夏，广治打着赤膊，将夫看到他的后背上有五颗黑痣，若是把它们连接起来，正好能形成字母“W”。将夫觉得很有趣，便记住了。

言耶洗完澡，火速将这一情报告知了鬼无濑。他有些纳闷，为什么志摩子身为母亲，却一直没提到这一点，可转念一想，或许是她过度担心儿子，心乱如麻，顾不上提供线索。鬼无濑也觉得有这个可能性，总之明天会第一时间去确认遗体背部的特征。听鬼无濑这么说，言耶便回到了自己借住的西楼。

如此一来，很快便能弄清“黑地藏”祠堂中的被害人到底是广治还是平人，好歹算是实质性的进展。然而，言耶的心头还是沉甸甸的。原因之一是遗体的身份迟早会水落石出，黑痣算不上重大线索；原因之二便是力枚依然没回来。

他在充当客房的客厅中凝望着后院，仿佛力枚就藏身于那片黑暗之中似的……即使钻进了被窝，他还是毫无倦意，简直怀疑自己会清醒到天亮。

次日一早，言耶在睡眠严重不足的情况下起了床，先找成子确认了力枚的情况，得知他确实整夜未归，而接下来的一整天里，搜查工作毫无进展，力枚也仍然没有回来。

言耶就这样白白等了一天一夜，翌日，他终于找上了鬼无濑直接谈判："鬼无濑警部，请您允许我自由行动吧。"

"您准备去哪里找人？"

"首先是乎山——"

"您为什么觉得揖取先生会在那里？"

"我也不清楚，但非要说的话……毕竟一切都是从那里开始的……"

"好吧。"

"非常感谢您。"

"带上谷藤一起去。"

"欸？"

"别看他那样子，关键时候很靠得住。而且，要是您也不见了，只会增加我们的工作量。"

闻言，言耶再次向鬼无濑道谢。鬼无濑则嫌烦似的摆摆手，示意他赶紧离开，随后往揖取家的主楼走去。

就这样，怪奇小说家言耶和年轻的刑警谷藤一起吃了早餐，打算顺着东侧的山路前往乎山。途中，他在供奉着"黑地藏"的祠堂前稍稍犹豫了一会儿，最终还是去参拜了一下。

接下来，由谷藤主动走在前边开路，言耶则紧随其后，说道："真不好意思啊，麻烦您陪着我。"

其实他是顾虑到谷藤的感受，担心谷藤觉得被上司“排斥”在了搜查队伍之外。

然而，他完全多虑了。只听谷藤答道：“哪儿的话，能跟老师您一起行动，我反而觉得特别荣幸呢！”

“您太客气了……”

“我说的是真的！其实我是‘东城雅哉’老师的忠实读者，也很崇拜身为名侦探的您。在警察队伍里，有很多人都知道您的光荣事迹哦！”

“这……谢谢。对了，您能别叫我‘老师’吗？”

言耶很少这么直截了当地制止别人，通常都会再委婉一些，唯独这次，他知道警方是因为他父亲冬城牙城的关系，才叫他一声“老师”，因此下意识地表现出了相对强硬的态度。

尽管他的心情颇为复杂，但谷藤当然不知道，只当他是谦虚，便“劝说”道：“您别害羞，我是真的敬仰您，才称呼您为‘老师’的。”

“……”

言耶一时间不知如何回话，谷藤却好像把这当成默许，接着说：“老师，立一一家的失踪已经有眉目了吗？”

“还、还没有……我来这里的第二天早上，就突然目击了立治先生的遇害现场，接着‘黑地藏’的祠堂里又出了命案，所以还顾不上调查立一先生的事……”

“确实。”

“警方是怎么看的？”

“大家基本上还是觉得，那对兄弟在争金矿。至于立一一家突然离开的原因，就完全是个谜了。不过，您提出了‘毒杀’的可能性，怀疑侥幸活下来的平人为了复仇才接连杀死立治父子，这一假设已经是目前最有力的说法了。”

“但这也没法解释所有的谜团。”

他们边说边走，终于走完了九拐十八弯的路段，而下一段坡路被言耶擅自命名为“蟒蛇坡”。

在踏入“蟒蛇坡”的同时，他感到周围的氛围完全变了，就和上次来时的感觉一样。

“怎么一到这里，就瘆得慌呢？”

谷藤的话顿时让言耶的心头一怔。只怕所有人来到这里，都会有这种感受。

不知是否因为这股阴森感，两人默默无语地走完了整条“蟒蛇坡”。谷藤全程打量着周围，而言耶则一直留意着背后。他总觉得有什么在看着他、尾随着他，甚至有可能附到他身上……强烈的恐惧感正侵袭着他。

（这果然是一座“凶山”，人类不该闯入其中啊……）

言耶再一次切身体会到了乎山的可怕之处。而此时，“蟒蛇坡”的顶端也映入了眼帘。

“哈哈……我们明明站在‘凶山’的山顶，我怎么反而松了口气呢？”

爬上山顶的谷藤回过头来感叹道，言耶也重重地点头，表示同感。

比起置身于恐怖之中，迈向恐怖的过程或许才是最可怕的。

“先调查那栋房子？”

谷藤看到了通往“六墓之穴”的南侧山路，细心地向言耶确认调查顺序。

“嗯，先从那里查起吧。力枚先生说不定在乎山上受了伤，于是在房子里住了下来。”

言耶一边心想着但愿如此，一边和谷藤一起来到了房门前。

门外拉着警戒布条，上面印有“禁止入内”的字样，无疑是警方的手笔。谷藤把布条拉高，言耶道了谢，钻过布条，进入房中，但并未瞧见力枚的身影。他立刻环视四周，亦没发现异状。立治就死在地炉边，即使力枚在这里过了夜，按说也不敢靠近地炉。然而，夜晚的山间实在太冷了，他肯定得点火取暖。而眼下地炉是冷的，整个一楼也不像是有人留宿过的样子。

“他好像没来过这里。”

谷藤说道。言耶附和着，却仍不死心地走到靠里的房间检查了一圈，突然发现屏风后的澡桶旁湿漉漉的。

“谷藤刑警！”

“怎么了？”

言耶指着垫在澡桶底部的竹帘，只见上面渗出了淡淡的红色……

“这是什么？”

谷藤蹲下身子开始细看，言耶则围着澡桶转了半圈，准备找一处干燥的地方落脚，好不容易才找到了，便踏了上去，战战兢兢地看向桶内……

“呃……”言耶喉中挤出一丝声响。

“澡桶里有东西？”

“血迹！”

闻言，谷藤急忙绕过澡盆，来到言耶身旁，探头往盆中看去。

“确实像是血迹。”

“嗯，感觉已经冲洗过了，不过没能完全洗干净。”

“是啊，可这到底是谁的血……”

谷藤话一出口，两人脑中便同时浮现出了力枚的脸，但谁都不想把这不祥的预感说出口。

为谨慎起见，他们继续调查澡桶周围。当确定没有其他线索之后，言耶又上了二楼，在每间房间里都转了一圈，依然未见力枚的身影，唯有原本堆得好好的被褥不自然地散了下来。

他回到楼下，将楼上的情况告诉了谷藤，谷藤犹豫着问道：“现在怎么办？”

身为刑警，他当然很清楚接着该去哪里调查，可言耶听出来了，其实他是怕一旦把话说出口，就会招致厄运。毕竟言耶本人也深陷在这种恐惧之中，自然能够感同身受。

“我们去南边的山脊上调查那些洞穴吧。”

即使如此，言耶还是提出了下一个目的地，并转身迈开了步子。

天已经亮了，然而在枝叶的遮掩之下，射入山上的光线十分有限。他们朝着“六墓之穴”走去，山路上又出现了有别于“蟒蛇坡”的恐怖氛围，仿佛在诉说着那栋房子只是个起点，而往后才是“凶山”真正的可怖之处。

尽管隐约间能听到一些鸟鸣兽啼，周围却仍是一片寂静，静得甚至使人心生惧意，仅有两人快速前进的脚步声。

言耶忽然心生疑虑，不知身后的人是不是真正的谷藤刑警……而这种想法一旦出现，随之而来的便是难以承受的惧意。一想到背后也许马上就会传来嗤笑声，他就感到一阵恶寒，立刻止步不前。

背后的脚步声也停下了，言耶知道，若是此刻不回头确认一下背后的究竟是人是鬼，自己肯定会怕得拔腿就跑。因此，他咬紧牙关，鼓足勇气，向后看去。

和谷藤四目相交的瞬间，他就明白了，对方和他同样胆怯。这让他不由地放下心来。看来谷藤也在怀疑走在前面的是不是真正的刀城言耶。虽然两人均未把心头的疑惧说出口，可一看到彼此的表情，便清楚了一切。

“应、应该快到了。”

“是……是啊。”

他们说的都是废话，听起来相当滑稽，但没人顾得上说笑，只顾继续往前走。

不久后，他们便来到了一片岩石带，走上了那条山脊，顺道瞥见了左边那座长满青苔的诡异石塔，“六壶之穴”也在石塔旁，仿佛大张着嘴，吐出阵阵瘴气。言耶将视线转回山脊，只见它正斜斜地向右前方延伸，而那六个洞穴则宛如未知生物的巢穴，光是看着就令人感到不适。

言耶蹲在离自己最近的洞穴前，往洞中看去。那坑道是斜着向下挖的，没法一眼望到底。

“力枚先生，您在吗……”言耶向洞里喊道，可没人回应他，只有他的声音在洞穴中回响，听上去空虚而无力。“谷藤刑警，看样子我必须下去一趟了。”

“欸？但您没有装备啊，直接下去很危险的。”谷藤很惊讶，他知道言耶不是开玩笑，赶忙劝阻道。

“从直径来看，只要把手脚张开，撑住洞穴壁的话……”

“不行，连一架梯子都没有，实在是太乱来了！”

“可是——”言耶正想反驳，但谷藤也是认真的，而且他是刑警，肯定不会由着别人冒险。想到这里，言耶便住了口。“唉，都来到这里了，总得做些什么……”言耶继续往洞中探头探脑的。毕竟特地跑到乎山上来，就是为了调查那栋房子和这“六墓之穴”。如果在此放弃，直接回去，那么目的便只达成了一半。“对了，谷藤刑警，请您帮我一把。”

“您准备做什么？”

“我趴在地上，您压住我的腿，这样我就能把上半身探进洞里去了。”

“这么做也看不到多少东西啊。”

“不，不是您想的那样，总之先麻烦您帮帮我！”

言耶都说到这份上了，谷藤虽然不明就里，可看到他趴着往洞穴里爬，还是赶忙压住了他的大腿，问道：“这样行吗？”

“再往下些。”

“压住您的小腿吗？”

“不，压住脚踝就行。”

“脚踝？这、这太危险了吧？”

言耶已经半个人都钻进洞里了，他在昏暗中模模糊糊地看见了一根细细的圆木，伸手抓住了它，用力把它往外拔，同时也借力往洞外退。

等言耶完全缩回身子，便不停地打量着从洞口露出的那一截圆木，谷藤则问道：“老师，这是什么？”

“是梯子。”

“梯子？这根圆木居然是梯子？”

谷藤压根儿听不明白言耶在说什么，言耶一边指着圆木的另一头，一边解释道：“您看，这里不是都被削过吗？这些削成‘L’形的部分就是手抓、脚踩的地方。”

“原来如此！”

谷藤带着钦佩的神色说道。只见圆木确实从头到尾都削出了一些“L”形的凹口，彼此间距相等，只要把它斜立着，就能充当简易梯子。

言耶继续说道：“我应该更早发现的。在过去，探矿洞是靠人工挖掘的，非常狭窄，连梯子都塞不进去，只能用体积小且便于运输的圆木梯子。”

“所以锻炭立造当年也用了这种梯子？”

“估计是那个姓吉良内的找矿人教他的。”

“但是，这就是一根木头而已，真的能用吗？”

这种梯子极为原始，谷藤或许是质疑它的安全性，神色有些凝重。

“我会挑安稳的地方放梯子，顶部这头又有您帮忙压着，不会出事的。唯一的问题就是，梯子可能不够长，没法伸到矿坑底部。不过我估计这里也没那么深，先下去看看总没错。”

“真能像您说得那么顺利吗……”

“您就信我吧，我向您保证，绝不乱来。”

“……明白了，您千万小心，不要勉强。”

说服谷藤之后，言耶从自己的“探案法宝”中挑出了钢笔形的手电筒，放入了上衣口袋，以便随时取出；接着抓着圆木梯子在坑道中探来探去，直到感觉圆木的另一头靠在一块结实的地方，才停下了手，由谷藤紧紧压住它露出洞穴的部分，自己则小心翼翼地抱着它，一步步踩在“L”形的凹口上，缓缓爬向深处。

“您千万注意安全！”

当言耶整个人都爬进洞穴之后，洞口传来了谷藤的叮嘱声。再往下爬两三步后，周围便不再有丝毫光亮，而且异常狭窄，充满了压迫感。

言耶抬头看去，只能看见洞口处有一张黑漆漆的脸正望向自己。霎时间，他险些又开始怀疑那到底是不是真实的谷藤，忙不迭地打亮了钢笔形的手电，往自己的脚下照去，而后就不再往上看，只管向下爬。过了一会儿，他爬到了梯子的末端，但坑道却还没有到底。

言耶姑且停了下来，靠着手电的光亮开始调查四周，然后发现下方的坑道坡度非常缓和。

（看来扶着岩壁就能下去。）

他心想，要是把这一决定告诉谷藤，对方肯定会担心，遂悄悄地离开圆木梯子，贴着岩壁缓慢且谨慎地向下爬去。而这远比向上爬行更加耗费体力和精力。

“刀城老师，我看不见您的手电筒灯光了！出什么事了吗？”

上方又响起了谷藤的声音，不过声音很小，大概是怕突然大喊会吓到言耶，反而导致事故。

言耶赶紧晃了晃电筒，示意自己很安全，可下一秒，他却借着灯光瞥见了某个东西。

（——啊……）

他既慌乱急切，又战战兢兢地将手电筒照了过去。

在圆形的光束中，一整条从根部被切断的右腿，就这么赫然出现在了他的眼前。

第十章

红地藏，躲进来

“六墓之穴”的第一个洞穴内是右腿，第二个是左腿，第三个是躯干，第四个是右臂，第五个是左臂，最后是头颅以及“红地藏”的红色围兜……

这已经是第三位被害人了，而且，正是从前天傍晚开始就行踪不明的揖取力枚。

谷藤听言耶说找到了一条被连根切断的右腿，立刻冲下乎山，将这一惊人的消息告知鬼无濑。而直到警部带着搜查队赶到为止，言耶都独自呆立在这条山脊上。

接着，他开始硬逼着自己思考，就仿佛着了魔一样。

（为什么第三位被害人会是力枚先生？）

这个疑问在他心中涌现。若是不拼命集中精神，他就会被沸腾的情感所吞噬，而一旦陷入情绪的旋涡，他就再也无法挣脱。那样的话，别说查案，连给力枚报仇都只是空想。

（我要给力枚先生报仇……）

他很惊讶，没想到自己竟会产生这种想法，可他确实感受到了强烈的愤怒——是在立治、广治遇害时都未曾出现过的愤怒。

（不对，我必须冷静下来……）

他默默责备着自己不该冲动。或许唯有通过力枚的死来考察犯人的神秘动机，才能让此刻的他勉强保持精神上的平衡。

但事实上，他越是思考，就越是迷惘。为什么锻炭家有两人遇害，下一个死的却是揖取家的户主力枚。首先，力枚和立一一家的确有交集，可对金矿毫无想法。其次，立一一家消失一事，应该也和他没关系。万一力枚在上述两点上并不清白，那么，他遇害的理由和立治父子遇害的理由便是一致的，谜团就又回到了立治父子之死上。以现有的情报而言，唯一可行的解释即是力枚、立治和广治三人合谋毒杀了立一一家。然而，这实在不可能。力枚被杀之谜也绝不是这么简单。

毕竟，唯独力枚惨遭分尸。

犯人为何要这么做?

按那首童谣来看，犯人要是想表现出“红地藏，躲进来”的歌词，只须把力枚的遗体扔到洞穴里即可。那栋房子的小库房边上就停着一辆推车，可以轻易将死去的力枚运到“六墓之穴”。不过，犯人却非要费力切开被害人的尸体，还切成了足足六块。

（难道是想往每个洞穴中都扔一部分遗体？）

一想到这里，言耶更是迷茫不已，完全不明白犯人为何要做到这种地步。

（不，不对！犯人也许不知道小库房边上有推车！而且也没力气搬着一个大男人走山路，所以才切开遗体，分别搬运，并抱着恶作剧的心态，往每个洞穴里都扔了一块碎尸……这么一想倒是说得通。）

但上述推理有一个大前提，即——犯人对那栋房子非常陌生。可言耶怎么想都觉得不对劲，更何况犯人就是在那里杀死立治的，不可能对它一无所知……总之，笼罩在这桩案子上的迷雾越发浓厚了。

再有，犯人又是如何把被害人叫到那栋房子里去的?

只要以乎山的金矿为诱饵，约出立治应该不是难事；对待广治的话，但凡知道他在供奉“黑地藏”的祠堂和月子私会，便可以加以利用；然而，到底怎样才可以把力枚叫出去呢？而且，无论力枚是被谁用何种理由叫去那栋房子，言耶认为他肯定会告诉自己，绝对不会不声不响地独自赴约。岂料他竟瞒着所有人，独自上了山，这又是为什么？

问题一个接一个地在言耶的脑中浮现出来，可他做不出任何解释。即使静静思考，也不过白费时间，于是他开始变得焦躁，没法像平时那样集中注意力。

（不能这样，要冷静，我必须冷静下来……）

言耶再次告诫自己。

等鬼无濑警部赶到后，言耶把自己最开始看到的遗体状况和现场情况都告诉了他，随即下了乎山。大白天的，他一介百姓，确实不好当着其他警察的面，堂而皇之地参与搜查工作。反正之后找鬼无濑打听搜查结果就行。

他路过供奉着“黑地藏”的祠堂，来到了揖取家门前。整座宅邸周围的空气都散发着紧张感，隔着围墙也知道这个家正乱作一团。这种时候，他明知应该向成子和花子表示哀悼、安慰月子，并鼓励将夫主持好局面，只不过，他更清楚自己肩上的使命——那就是阻止犯人继续行凶，以及破案。

他对着揖取家深深鞠了一躬，随后直接出发前往御笼堂。当他踏上田埂时，便闻到了线香的味道，想来胆武正在修行，但他仍“厚着脸皮”，出声打扰道：“胆武师父，不好意思，我有事想请教您——”

御笼堂内隐约传出的诵经声停止了，片刻过后，拉门打开了，胆武走了出来，满脸不悦。

“是您啊……”

虽然他的语调很平常，言耶却明白自己打断了他。

“非常抱歉，我总是叨扰……”

“没事……贫僧觉得，和各位施主交谈属于修行的一部分。那么，您也是来了解那桩命案的吗？就是发生在供奉着‘黑地藏’大人的祠堂里的……”

听他的说法，很明显警方已经来问过话了，可他似乎还不知道力枚已经遭到了毒手。

言耶决定先从普通的小问题切入。

“这里可以同时看见供奉‘白地藏’和‘黑地藏’的两座祠堂呢。”

“是的，因为那两边的山脚下都没长树木。‘黑地藏’大人的祠堂在揖取家附近，想看的话，去他们家围墙边的路上看就行。不过，‘白地藏’大人的祠堂就不一样了，整个村里恐怕也只有这里可以远眺那座祠堂，其他地方都望不着。”

胆武所言非虚，也正因如此，所有人都很希望他能提供目击情报。虽然大家明白，他并不是为了当“目击者”才特地来奥户村巡礼的，却依然抱着侥幸心理，心想着他或许看到了什么。

“胆武师父，您这几天见到过年轻男女出入‘黑地藏’的祠堂吗？”

“有，前几天傍晚，有位男施主在祠堂边上忙活了一会儿，看着像是山间的游民。”

“对方很年轻吗？”

“太远了，看不清……似乎是个年轻人……”

“您为了修行，走遍了全国吧？途中遇到过在山间生活的游民吗？”

“嗯，多多少少遇到过。”

“跟那些游民相比，您觉得那名男子怎么样？”

“他给人的感觉和那些游民很像。”

闻言，言耶心想，“黑地藏”祠堂里的被害人估计就是平人了。接着，他问到了最关键的部分，也就是昨晚清晨时分的情况。胆武答道：“这个嘛……贫僧什么都没看到。可这不代表祠堂附近真的没人，也许只是贫僧没有注意到……”

如此模棱两可的回答令言耶感到遗憾，却也无可奈何。归根到底，他只是寄希望于胆武碰巧目击到了什么，并没有过多的期待。

可这么一来，照样无法排除广治得知平人和月子的约会后，跑去祠堂的可能性。除非警方完成了对黑痣和指纹的鉴定工作，不然被害人的身份依旧得不到确认。

“对了，从前天傍晚一直到今早，有人走过御笼堂后面的台阶吗？”

“您这么一说，好像还真有些不对劲……”

“当时几点？”

“贫僧没有时钟或手表……但差不多是在日落后没多久吧……”

“那么，‘不对劲’又怎么说？跟三天前的感觉不一样吗？”

“对不起，具体的贫僧也说不上来……只是感觉上确实有点不一样……话说，难道出什么事了？”

听胆武这么问，言耶先嘱咐他不要告诉别人，再把力枚被杀的事说了出来。

“啊……要是贫僧当时去看看石阶就好了……”

“您千万别这么想，这不是您的责任。”

“贫僧明知出了两桩命案了……”

“不，您确实没有义务。”

“话是这么说……可是揖取家的月子施主很照顾贫僧，不仅会送吃食过来，连日用品和衣裤也……”

“原来如此……有些话我本不想提，但实际上，要是一个不巧，您指不定也会遭到犯人的毒手。”

胆武可能从没有想过这个问题，眼下被言耶的话点醒了，整个人大为震惊，喃喃道：“看来，贫僧是时候前往下一处巡礼了……”

看来，他确实怕了。

（唉，这短短几天内就死了三个人，又听说跟案子扯上关系的话，难保不会遇害，胆武师父有这种反应实属正常。）

言耶如是想着。况且犯人连续杀人的动机还是个谜。即使是胆武这样的外人，也没法认定自身就是安全的。

“贫僧既不懂得如何为各位祈祷加持，也没有特殊的法力，只是一名云游四方的巡礼僧，什么都做不了……”

接着，胆武果然说出了这番借口般的话语，言耶赶忙向他道了谢，便离开了御笼堂，往锻炭家走去。

“哎呀，这不是作家老师嘛！”

在锻炭家的大门口迎接言耶的，是奥户村的驻村警熊谷。

“熊谷警官，您工作辛苦了。对了，这里就您一位？”

“是啊，大庭警官去揖取家了。”

“锻炭家现在怎么样？”

“今天傍晚，户主的遗体就会被送回来，所以邻居们都来帮忙做通宵守灵的准备呢。”

如熊谷所言，左邻右里们的确不停地在锻炭家的宅邸出入。老年痴呆的团伍郎自不必说，志摩子也不像有力气熬上一宿的。春菊倒是年轻又健康，可言耶想象不出她努力干活的样子，这下只好靠邻居们了。不过乡下操办红白喜事时，本就是互帮互助的，因此眼前这番光景也算是再寻常不过了。

“对了，我现在能找锻炭家的人聊聊吗？会不会给您添麻烦？”

言耶小心地打探着，熊谷却露出了意外的表情，答道：“不会，您随意。”

“欸？真的没关系吗？”

“嗯，鬼无濑警部特地强调过，要多多给您行方便。”熊谷老老实实地说道。

言耶从未想到过这种情况，不禁愣了，而眼见熊谷又一次露出了莫名的神色，他赶忙轻轻鞠了一躬，跑向了锻炭家的后门。

（早知道这样，我之前就该来锻炭家看看了！）

他产生了一股颇为“马后炮”的想法，但考虑到鬼无濑一开始也没这么关照他，便转换了心态，认为等到现在其实是对的。

言耶来到后门，正准备问有没有人能帮忙开门，就看见后院里有个小男孩。“你是立春君吧？你好啊！”他一边说着，一边走近，小男孩似乎被他吓了一跳，回过头来，却突然换上了一副好奇的表情。

言耶自我介绍道：“初次见面，我叫刀城言耶。其实，我写了很多故事，还把它们凑成了书，所以平时会去各个地方，亲耳听听当地的传说，作为参考素材……”

“您是侦探吧？”

“欸……”

“您表面上装成小说家，实际上是大侦探！”

“不不不。虽说我的小说里有侦探登场，但我本人真的不是侦探。”

“哦，这样啊？”

立春似乎不太相信。

这孩子剃着光头，乍看之下也是个小小的“男子汉”，可他肤色白皙，相貌可爱，所以仍给人一种白白净净的感觉，身上没有丁点乡下男孩的粗野和“土气”。

“谁跟你说我是侦探呀？”

“大家都说，有个大侦探从东京过来了，就住在揖取家。”

言耶本打算低调行事，悄悄调查，但好像还是事与愿违。然而，越是否定就越是遭人怀疑，他索性跳过这个话题，换了一个问题：“你在这里干什么？是在玩吗？”

“没干什么，只是待在屋里会碍手碍脚的……”

“唉，也是，大人们肯定都忙成一锅粥了。”

在对话的同时，言耶也迅速判断出了立春对立治和广治的感情——对这孩子而言，立治当然是父亲，而广治是岁数相差很大的异母哥哥，这些都是理所当然的。可是在这个家，真相却似乎更为复杂……

（我该怎么跟他说，他的父亲和哥哥都死了呢……）

言耶正在后悔，怎么没提前考虑过这个问题，就听到立春在小声嘀咕："是作祟呀……"

"你是在说……父亲和哥哥的死吗？"

立春点了点头，算是回答。

"你为什么会这么想？"

"因为那座山……他们冒犯了那座山……"立春一边说着，一边指向了乎山。

"你以前……或者说，你在去年的夏天或秋天那会儿，是不是在那座山上看到过一些岩石块？上面带着白条纹，条纹里混着黑乎乎的部分，说不定还带着点金色。"言耶问道，而立春的反应也煞是精彩，先露出了惊讶万分的表情，接着陷入了强烈的恐惧，最后则用饱含着敬意的眼神望向言耶，一连串的变化看得言耶目不暇接。"你果然看到了，对吧？"

"嗯……"

"是什么时候？"

"去年夏天……盂兰盆节之前……"

看来，是比立一一家住进乎山更早一些的时候。

"你给父亲和哥哥看了那些岩石吗？"

立春仿佛一时间不知该如何回答，而下一刻，他的小脸蛋上只剩下恐惧，颤声说着：“所、所以他们才、才中了诅咒……”

“莫非，你的父亲和哥哥上了那座山？”

立春沉默不语。

“他们是想把山里的金子挖出来吗？”

立春别开视线，不再看向言耶，且依然紧闭着嘴巴。

“他们和立一先生见过面吗？”

这次，立春总算摇了摇头。

“他们是瞒着立一先生上山的？”

立春又没了反应。

“有个人跟你哥哥长得很像，你见过他来你们家吗？”

立春的身子忽然一震，猛地抬头看向言耶，接着又低下了头，什么都没说。

“那么……”言耶刚想追问春菊和广治、平人的关系，还好及时意识到不该问孩子这种问题，遂改口道，“那么……你经常上那座山吗？”见立春拼命摇着头，言耶又问，“也就是说，你只上过一次山？就是发现那些岩石块的时候？是在哪儿发现它们的呢？”

立春先点了点头，随后小声答道：“在‘六墓之穴’里……”

这么说来，立春找到的十有八九是当年立造和吉良内挖剩下的矿石。

“你一个人上那座山，不害怕吗？”

“那时候还不怕……”

“可后来却害怕了？是从什么时候开始的？”立春已经不知道

沉默了多少次了，言耶只得问得更细致些，“是从你父亲去世开始的吗？”立春点了点头，而后静静地抽泣了起来，“抱、抱歉，让你想起了伤心事……我最后还有一个问题，请你务必告诉我——山魔到底是什么？”

立春登时抬起了头，像闹脾气的孩子一样，开始摇头大哭，还带着惊恐的表情向后退去。

“立、立春君……”

言耶想要拉住他，可刚伸出手，他就转身向家中奔去了。

（那孩子到底知道些什么？难道是在发现金矿石的同时还看到了别的？）

如果立春没有撒谎，确实只去过一次乎山，那么，言耶所想的即是唯一的可能性。然而，这孩子上乎山的时间，恰好就在立一一家误入之前，这其中又隐藏着什么线索呢？再说了，他真的句句都是实话吗？

言耶再一次绕到了后门，脑中思绪万千。

随后，他分别和团伍郎、志摩子、春菊都交谈了一番。不过团伍郎打一开始便是无法沟通的状态；志摩子几乎只会回答“是”或“不是”；至于春菊，她一开口就是“帅哥”长、“帅哥”短的，不停地挑逗着言耶，言耶根本奈何不了她，最终一无所获。

（我还差得远呢……）

言耶带着一种微妙的挫败感，准备离开锻炭家。这时，他听到背后传来人声：“请留步……”

那声音细若蚊呐，他回过头去，只见一名年轻女性正从走廊的一角看向他。

“您是在叫我吗？”

言耶向她确认道，可还没等对方回答，屋里就响起了春菊那气急败坏的喊声：“阿吉！阿吉！”

言耶立刻明白了，这姑娘就是锻炭家的女佣。

“那丫头，死哪儿去了——”

春菊的声音更近了，阿吉赶紧循声而去，同时回头望着言耶，嘴巴无声地一张一合，像是在拼命地传达着什么信息，随后，她便一边出声答应着春菊，一边跑进了屋里。

“您、您稍等——”

言耶还想挽留阿吉，然而，春菊的怒骂声下一秒就传入了耳中。他知道，现在是没法跟她对话了。

（从她的口型来看，说的应该是“六墓之穴”吧……可她干吗要提这个？她想告诉我什么？）

虽然没能从团伍郎、志摩子和春菊这三名重要的相关人员口中问到具有参考价值的话，但立春和阿吉的手里还有其他线索。言耶认为自己有必要再拜访一次锻炭家，说不定会从意想不到的地方得到重要的证词。

言耶回到揖取家时，已经过了中午了。将夫为了等他，都没能按时吃饭。言耶很不好意思，带着歉意和将夫共进午餐。

席间，他关心道：“将夫先生，家里现在怎么样？”

“月子还睡着，我岳母和花子正守着她……”

“您岳母和太太也太辛苦了，撑得住吗？”

“唉，照顾月子反而能分散一下她们的悲痛吧……”

“原来如此……对了，现在问这个虽然不太合适，但力枚先生的遗体是哪位去确认的？”

“是我。因为鬼无濑警部和刑警们都认识我岳父，所以给行了个方便，只要我一个人去确认就行，免得吓着家里的女人们……”

和之前两位被害人不同，由于大家一开始便认出了死者是力枚，因此家人认尸也仅仅是走个形式。

“鬼无濑警部说，请您下午去一趟搜查本部。就设在村子的活动中心。”

吃完午餐，他们喝起了饭后茶，将夫也将鬼无濑的留言告知了言耶。尽管言耶没有得到警方公开承认的“顾问”名号，可好歹能够加入搜查队伍之中了。若是力枚知道了，肯定会很高兴吧……一想到这里，言耶瞬间觉得如坐针毡，不过这份惆怅很快又被将夫的一句话给彻底吹散了：“啊，我差点忘了！在您回来前不久，怪想社的祖父江小姐又打了电话过来。”

闻言，言耶一边向他道谢，一边说要借用电话，三步并作两步地跑到了电话旁。

“喂，祖父江小姐？抱歉，我都没顾上给您打电话。”

“没事，其实我前天按您的意思去拜访了乡木靖美先生，可他偏偏不在家，高志先生也不在。”

“他们应该在学校教课吧。”

“晚上我又打了电话过去，倒是有人接了。我一时没分清声音，以为是靖美先生，便问他来我们出版社时说的话是什么意思，可电话那头的其实是高志先生，还反过来问我在说什么……”

“您告诉他了？”

“嗯……高志先生很惊讶，他本以为靖美先生已经振作起来了，特别放心呢。”

“也就是说，靖美先生表现得很好，让堂哥都以为他恢复了？”

“应该吧。靖美先生还让高志先生转告我，说以后不会去我们家出版社了，但我拜托高志先生跟他说，我这里有些话，怎么都想问问他，他这才答应再来一趟。”

“他来了吗？”

“嗯……昨天中午，我正在把江户川乱步[1]老师和大下宇陀儿[2]老师的对谈整理成原稿，田卷总编前阵子明明说要买录音机的，省得花功夫速记……哎呀，您知道吗？战后那会儿，法院为了应对速记员不够的问题，购入了大量的录音机，听说还是产品滞销的录音机公司主动找法院推销的呢！那么，那些公司接下来会瞄准哪里呢？如果是我哦，绝对会努力把录音机卖给出版社！”

“可是，贵社和法院的工作性质根本就不一样啊……不对，我们是在聊录音机的话题吗？”

“哦，所以我当时叫了午餐外送，是乐洋轩的咖喱饭。”

1　江户川乱步（Edogawa Ranpo），生于1894年10月21日，逝于1965年7月28日，被誉为日本“侦探推理小说之父”，其笔名来源于推理小说的鼻祖、美国作家埃德加·爱伦·坡（Edgar Allan Poe），取其谐音而成。——译者注

2　大下宇陀儿（Oshita Udaru），生于1896年11月15日，逝于1966年8月11日，日本推理小说家，别名“XYZ”，对科幻小说创作也有涉猎。——译者注

“我说，祖父江小姐，重点应该不是您午餐叫了什么吧——”

“靖美先生正好也到了，人家假装客气一下，问他要不要吃饭，他居然说要吃，接着就把人家的咖喱饭吃得干干净净……那可是人家的午餐啊……是人家特地点的乐洋轩的咖喱饭啊……人家很期待的……”

“知道了知道了，下次我请您吃！”

“啊哈，好养亭的炒饭也很不错……”

“哪家都行，挑您喜欢的点吧。然后呢？”

“然后啊，不管人家怎么问他，他都在说些让人听不懂的话，搞得人家有点心烦，一下子没忍住……”

“您、您说什么了？”

“说‘奥户村正在发生连环杀人案’……”

“您告诉他了？”

“这不怪人家啊——”

“被害人是立治父子的事呢？也跟他说了？”

“……说了。”

“您应该只说了他俩是被人杀死的吧？没说具体细节吧？”

“这个……其实人家说得很详细……”

“您可真是……行吧，他什么反应？”

“脸上血色都没了，煞白煞白的，还抖个不停。人家问他怎么了，他说‘原来这就是山魔一定要在奥户村做的事’。”

“接下来呢？”

“他害怕得不行，嘀咕了一句——‘山魔、难道山魔就是……’”

“欸？他真是这么说的？”

“是的，虽然声音很小，但人家肯定没听错！说完他就坚持要回去，人家拼命挽留他，问他是不是知道山魔的真面目，不过他死都不肯再开口了……”

“嗯……”

“晚上人家给他打电话，是高志先生接的，说靖美先生还没回来。等再晚些，人家又打了过去，结果还是一样。”

“靖美先生没回家，是吗？”

“嗯。今早，人家趁着高志先生上班之前再打了个电话，原来靖美先生一晚上都没回去……怎么办啊，是不是因为人家说了不该说的……”

“不，就算是乡下地方，要是接二连三发生命案，也是会登在报纸上的。他迟早会知道。”

“话是这么说……”

“等等……他……莫非他打算来奥户村？”

“不会吧……”

“他现在过来也没用啊……反而对他没任何好处。”

“他真去奥户村的话，您就只能当着他的面把谜题给破解了。”

“您是说立一先生一家的神秘失踪？”

“还有这次的连续杀人案。这样一来，靖美先生就肯定能安心了……”

“可是，又有人遇害了，而且是揖取家的力枚先生……”

“什么？这……这是怎么一回事？犯人不是冲着锻炭家去

的吗？”

“所以说，就算靖美先生亲自过来也帮不上忙……不，不仅帮不上忙，他说不定还和这桩案子沾点关系，一不小心就有可能丢了性命。”

“老师……这可怎么办才好啊……”

“我先去跟警方说一下，您放心。而且像这种小村子，一旦有外人进来，所有人都会立刻知道。”

“也是呢……太好了……对了，今年正月的时候，那个从八幡学园逃跑的山下清[1]不是被找到了吗？人还好端端的，因此靖美先生肯定也——”

“祖父江小姐，山下清先生都失踪三年了，这才被人找到啊……”

“话说，老师您没事吧？”

“我？”

“力枚先生去年也很照顾您……人家很担心您会自责，觉得自己明明在力枚先生身边，却没能保护他……”

“唉……我还好，月子小姐更可怜……”

“月子小姐？哪位？”

“是力枚先生最小的女儿。”

1　山下清（Yamashita Kiyoshi），生于1922年3月10日，逝于1971年7月12日，日本著名画家，被誉为“日本的凡·高”。他在3岁时因为高烧差点丧命，此后留下了轻度语言障碍与智能障碍。上学时因无法融入集体生活而被送入弱智儿童福利院八幡学园，他在那里展露出了惊人的艺术天赋，逐渐发展出了名声，却在即将年满18岁时从学园出逃，流浪了三年后，才被人找回。——译者注

“哇，肯定是个漂亮姑娘吧？”

“嗯，确实楚楚动人的。”

言耶话音刚落，偲就突然换上了一副公事公办的口气，迅速结束了通话。他只觉得莫名其妙，完全不明白她这是怎么了。

他带着困惑，往奥户村的活动中心走去。前天他还和力枚一起经过这里，前往供奉着“红地藏”的祠堂，检查地藏菩萨像的围兜，可现在，他俩已经天人永隔，前天的事也仿佛变得很远很远，他不禁悲从中来。

“打扰一下。”

活动中心的玻璃大门已相当破旧，言耶打开门，才刚跨进去，在里屋的谷藤便看到了他，招手示意他过去，而离他更近的大庭警官好像突然想到了什么，赶忙对他敬了一个礼。言耶便一边回礼，一边朝里走。

“您来啦？”

鬼无濑冷淡地打了个招呼，言耶也在矮桌前盘腿坐下，同席的还有柴崎、谷藤以及熊谷。其中，熊谷应该是被叫来回答奥户村的相关问题的。

“鬼无濑警部，其实我有件事想拜托您。”

趁对方还没开口，言耶抢先汇报了靖美可能正在赶往奥户村，并请求警方届时保护他。

“哈哈，乡木靖美就是那个喜欢妄想的家伙吧？他相当于是您的委托人啊。等他来了，您不如直接让他认清乎山上的经历都是妄想呗？要想解决他的问题，这不就是最快的法子吗？”

“您说得是……不过，我们眼下还没摸清犯人的动机，我担心他在村里遇到危险。”

“您的意思是，他说不定会成为第四名被害人？”

“是啊……当然，我没有任何依据，只是在这种紧要关头，最好尽量排除所有隐患。”

“这个嘛……”

“再有，虽然您也许觉得是妄想，可他说不准真的对山魔有所了解。”

“这所谓的‘山魔’，基本上就是指‘犯人’吧？”

“我也不清楚，但我或多或少看得出，山魔和本案的核心有关。”

“想来奥户村的话，一般都得先经过初户村？”

“从东京过来的话，确实如您所说。”

“好。我让大庭回到初户村的驻村派出所去，只要那个乡木靖美出现了，就立刻把他控制起来，一边保护，一边问话。”

“到时候，还请您务必——”

“知道知道，我会让您参加问话的。”

“实在是太感谢您了！”

言耶道了谢，鬼无濑也悠然地点了点头，随即进入了下一个话题：“本次的被害人是揖取力枚，五十七岁。出于谨慎，我们找了他的女婿将夫来认尸，将夫认为死者正是他的岳父。经过初步检查，发现力枚的后脑勺有殴打伤，脖子上还有勒痕，因此暂时无法确定他真正的死因，也很难判断他到底是被什么东西勒的。总之，犯人极有可能先把他打伤，令他失去行动能力，再将他勒毙。”

“那么……分尸又怎么说？”

“估计是在被害人死后进行的。”

听到这话，言耶心头的重担稍稍减轻了一些。至少力枚不是被活活肢解的。

鬼无濑继续解说道：“行凶现场是那栋房子的‘浴室’——应该算是浴室吧？就是屏风后边的那块地方。犯人冲洗过澡桶和垫在筒子下面的竹帘，不过没能把血液完全冲干净。竹帘上还有不少劈砍的痕迹，大概是斧痕。”

“即是说，力枚先生在房中某处，比如在地炉旁，被击中了后脑勺，而后遭到绞杀。接着，犯人把他的遗体运到‘浴室’，进行了肢解？”

“我们是这么看的。应该不会有太大出入。”

“可是，犯人为什么要勒死力枚先生呢？”

“您的意思是——立治父子俩明明都是被砸死的，所以这次采用绞杀有些不同寻常？”

“为了限制力枚先生的行动，因此先重击他的后脑勺，这一点我可以理解。因为犯人也是那样对待立治父子的。”

“嗯，尽管他们分别被火烧脸、被开膛破肚的，但直接死因还是后脑勺的殴打伤。”

“是啊……力枚先生大概是什么时候去世的？”

“遗体被破坏成那个样子，没法立刻得出结论。按鉴识人员的初步判断，只知道应该是前天傍晚起算的几小时内，反正肯定不是半夜到天亮的那段时间。”

“他是傍晚开始不见的，这么看来，他离开揖取家不久后就被杀害了——犯人把他叫到那栋房子里，接着立刻下了手——”

“您觉得犯人是用什么理由叫他出来的？”

“我想了很多种可能性，其中能让他一声不吭就赴约的，估计也只有月子小姐的事了吧。”

“原来如此……只需抬出‘平人’这个名字，随便怎么编理由都行。”

“会不会是有人偷偷送了信？”

谷藤在一旁插嘴，仿佛提出了什么重大猜测。鬼无濑则淡然地答道：“揖取家那么大，平时进进出出的人也多，只要算好时间，从后门溜进去也不难。”

“对了，暂住在御笼堂的胆武师父说，那天太阳落山后，确实觉得后面那条石阶上有点不对劲。”听言耶这么说，鬼无濑也颔首以示知情，看来警方已经找他问过话了。于是言耶接着道：“当时使用了石阶的人，不是被害人力枚先生就是犯人，但力枚先生要去乎山的话，想必会走东侧的山路。”

“理论上确实如此，不过那和尚仅仅是‘感到不对劲’，这根本无法成为证据。唉，假如他当时警惕些，绕到御笼堂后边看个究竟，哪怕只目击到犯人的背影也好啊……”

“石阶上有留下痕迹吗？”

“杂草又被人踩过了，痕迹还很新，不是立治遇害那会儿留下的旧痕，可见绝对有人走过那条石阶。话又说回来，即使有了这些线索……等等！”鬼无濑说到一半，突然摆出一副气势汹汹的姿态，问道，“您不会又要说，犯人把被害人切得七零八落的，扔在那个什么穴里，是为了模仿那首童谣吧？”

“——是‘六墓之穴’。”谷藤看着笔记簿说道，鬼无濑还是老样子，不耐烦地冲他挥挥手。

言耶回答道：“我还真是这么想的。童谣的歌词是——‘红地藏，躲进来’，而矿工爬进探矿洞时，就好像是‘躲’进了洞里。”

“那么，犯人是为了让被害人‘躲’进那六个洞里，才把尸体切成了六块？”

“对，问题就出在这里！”

言耶猛地兴奋了起来。鬼无濑吓了一跳，不过很快便恢复了平时那镇定的模样，问道：“怎么了？有什么奇怪的吗？”

“如果只是想表现出‘躲进来’的歌词，那么随便把遗体扔到某个洞穴里就行了。”

“是啊，哪儿用得着分尸。可既然那犯人因为某些原因，像是中邪似的照着那首童谣作案，那难免会想要好好贯彻每一句歌词吧？”

“若只看力枚先生遇害的现场，的确有这个可能。”

“难道再加上立治父子俩，情况就不一样了？”

“立治先生就是在上了乎山后遇害的，可以说是已经完成了‘白地藏，爬上来’的歌词，犯人却还故意将他的遗体拗成了爬山的样子。”

“犯人这么死抠歌词，所以力枚的死状果然也——”

“不，要是真想逐字逐句地忠于歌词，犯人就该把立治先生的遗体摆出爬山的姿势，扔在山路上。”

“嗯……这么做太麻烦了，犯人才简化了一下？”

“分尸后将尸块分别扔到六个洞穴里可更麻烦呢。”

“……”

鬼无濑答不出来，谷藤在一旁接过了话，道：“犯人都把立治的遗体弄成‘爬上来’的模样了，会不会在杀死力枚的时候想要做得更彻底一些？”

“我认为犯人的行为是具有一贯性的。”

“哦？就是说，犯人并不是因为杀的人越来越多，手段才越来越残忍的？”鬼无濑发问了。

“犯人对被害人遗体的所作所为无疑是越发残忍了，然而，那应该是因为那首童谣。犯人对它非常执着。”

“那么，立治的案子怎么说？”

“光靠一具普通的遗体，大概没法让人意识到被害人‘爬上了乎山’，于是才这么摆弄遗体，做出‘爬上来’的样子。这下子可就一目了然了。所有人都看得明白。”

“按您的思路，犯人砸开广治的头，剖开他的肚子，也是希望别人能察觉到这是在模拟‘找出来’？”

“前两次都是仅通过遗体来表现歌词的，到了这次，按说把力枚先生的遗体整个扔进洞里，即足以表达‘躲进来’了。就算是运输整具遗体不方便，小库房边上也有一辆推车可以使用，不至于肢解——”

“说到推车，有人用过那辆推车。”

“欸？”

言耶一下子蒙了，鬼无濑也满脸困惑，道："在通往那些洞穴的山路上，清清楚楚地留下了推车往返的车轮印。"

"换言之，犯人是用推车把被害人的尸块运到'六墓之穴'的？"

"十有八九。而且那些洞穴里还有毯子和斧子。毯子应该是犯人拿来包裹尸块的，斧子则是用于肢解的。"

"那斧子恐怕原本就是小库房里的东西。怪不得我上次没找到……"

"说回正题，犯人分尸到底有什么目的？"

"我个人觉得，把遗体分成六块并分别扔进六个洞穴并没有特殊意义，说不定是犯人临时起意，想要搞点恶作剧。即是说，犯人的目的仅仅是将被害人的遗体扔到洞里去。至于分尸这一行为本身，我暂时还不明白有什么必要……"

言耶说着，便陷入了沉思。鬼无濑没吭声，只是凝视着他，接着咳嗽了一声，像是要引起他的注意似的："其实，那些洞里只有被害人的一部分遗体，没有其他的白骨和尸体。立一一家被毒杀后弃尸洞穴的假设看来是无法成立了。"

"也难说。'六墓之穴'可能是临时的藏尸地点，之后犯人有充分的时间去处理尸体。"

"是吗？那六个洞穴还真成了专门扔尸体的地方啊。"

鬼无濑语带嘲讽，言耶只得苦笑。这时，他突然想起了另一件事，便问道："对了，您确认过广治先生背后的黑痣了吗？"

"哎呀，差点忘了。那个'黑地藏'祠堂里的被害人确实是锻炭广治。除了将夫说过的黑痣，指纹也是一致的。"

“被害人是广治先生……那就是说，他的遗体被发现的前一天傍晚，胆武师父在御笼堂目击到的‘游民’估计正是他本人。”

“您问过那个和尚了？”

“警部，人家不是和尚，是巡礼僧。”谷藤立马纠正道，鬼无濑也照例无视了。

“按那和尚的证词，您认为广治打扮成平人的样子去见了月子？”

“或许吧。因此，在犯人为何要带走他的衣服这一点上，我第一个想到的理由就是——犯人不希望别人认为被害人是平人先生……”

“如果别人不认为被害人是广治，会给犯人造成麻烦？”

“可查清被害人的身份最多也只要两三天，所以犯人肯定有自己的理由，哪怕拖延这么短短几天也好。”

“您有头绪了吧？”

“不……假设犯人故意留着那身衣服，我倒是能理解。比如说，犯人就是平人先生，他见广治先生假扮成他，便将错就错，在下手之后扔着不管，让人误以为死的是他，而非广治先生，从而打个‘时间差’，趁着警方查出被害人真正的身份之前继续作案。”

“原来如此，可是吧，我们既不知道平人在哪儿，更不知道他是死是活，他大可不必假装自己已经死了啊？”

“您说得很对……所以我还是不理解，犯人为什么要带走广治先生的衣物……”

“算了，继续纠结也没意义。不过说到这个，我还想起来一件没什么意义的事——根据最新的鉴识报告，立治的面部被烧时，犯人使用的油脂应该是蛤蟆油。”

“那栋房子里确实有蛤蟆油。它是可燃物？”

“听鉴识人员说，那种油是可燃的，但事实上并不适合做燃料。”

“这不就说明……”

“嗯，说明犯人自备燃料，打算烧毁被害人面部的假说不成立。”

“又回到原点了。看样子，犯人是在杀人后才动了念头，就地取材，使用了房子里的蛤蟆油。”

“烧立治的脸，带走广治的衣服，切开力枚的遗体……这犯人怎么净做些没用的事。”

“是啊，这些行为跟那首童谣没什么关系，可又看不出其他用意，那就是说……”

“怎么？”

“就是说……”

言耶只是在重复这句话，却迟迟得不出结论，这令他本人也深感焦虑。

然而，言耶和鬼无濑都没想到，接下来的事态会令他们恼上加恼——有人声称自己目击到了犯人，且证词内容相当之骇人。

第十一章

判断比拟杀人类型

当天傍晚，警方将锻炭家户主——锻炭立治的遗体送回了家。由于守灵的准备工作已经完成，村民们纷纷上门吊唁。

可那一夜，来者们有一个明显的共同点，那就是无人愿意久留。

守灵本是家属的责任，可不知不觉间，已经变成了一种仪式，由死者生前亲近、交好的人们聚在一起，彻夜畅谈故人的生平，以此为逝者祈福。不过此刻却没有一个外人准备坐下聊聊，都只是上一炷香，对志摩子安慰几句，便匆匆告辞了。

言耶早就决定了要参与守灵。他挑了一个不起眼的角落坐下，开始观察吊唁者们，并得出了一项结论——眼下，外人害怕跟锻炭家产生任何牵扯。

之所以会变成这样，恐怕不仅是因为锻炭家连死两人；更主要的是，与锻炭家不合的揖取家户主也遇害了。万一揖取家的悲剧是受了锻炭家的影响，那么谁都不知道自己会不会成为下一个被害人。这种恐惧感如今正在村子里蔓延……

只不过，锻炭家的人对这种状况似乎并不在意——不，岂止是不在意，根本就是毫无意识。

志摩子只管求神拜佛。不论吊唁者是安慰她，还是向她搭话，她都不予回应。这副一心向佛的样子，与其说是悼念亡夫，倒更像是在恳求神佛保佑自己平安。春菊则完全把“对守灵没兴趣”几个字写在了脸上，要是吊唁者是年轻男子，她甚至还会恬不知耻地对人家抛媚眼。想来，将夫也遭到了这番“艳福”，却难以消受，因此仅在此逗留了片刻。

团伍郎最开始只是在上香，但很快便被阿吉带回了宅子深处，之后没再露过脸，肯定是留在隐居的房间内，由阿吉看管着，不许出来。尽管言耶多次试图进入宅子深处，再找阿吉谈谈，却都被春菊拦住了。那女人总是用各种理由打岔，驳回了言耶的要求。

（我实在不擅长应付春菊女士啊……）

言耶的社交能力其实可圈可点，即使遇到顽固的乡下老头，也能和人家打成一片。不过他的“本事”对春菊就行不通了，或者说，一旦他真跟春菊套近乎，说不定反而会被对方牵着鼻子走。

（话说回来，她到底在提防什么？居然如此警惕……）

言耶琢磨着春菊是否知道立治父子被杀的理由，还怀疑她有可能参与了毒杀立一全家一事。但他旋即又产生了新的疑惑——如果她和立治父子合谋，杀害了立一他们，那么她应该更恐惧，担心接下来就轮到自己没命了。然而，看她那副样子，只会觉得她对自己的安全胸有成竹，仿佛认定了连环杀人案已经结束，犯人不可能对自己下手。

还有阿吉，她看似知道一些秘密，却不像是和立治、广治以及春菊的罪行有关。首先，他们三个不可能让阿吉得知如此重大的事件；其次，阿吉只是个女佣，虽说原则上不会泄露主人犯下的事，然而这毕竟是凶杀案，她不至于包庇他们到这地步。可若是认为她也参与了犯罪，则又有些牵强。

于是，言耶改变了主意，考虑先跟立春聊聊。他从方才起便在打量立春，只见他寸步不离地跟着母亲春菊，看起来既像是春菊一直牵着他的手不放，又像是他自己缠着母亲。每当言耶试图吸引立春的注意，立春就会躲到春菊背后，春菊也会不失时机地送上一个妖艳的微笑。

“老师，您发现什么奇怪的动静了吗？”吊唁者比先前少了许多，在锻炭家门外盯着出入人员的谷藤趁机凑了过来，在言耶耳边小声问道。尽管负责监视灵堂的是柴崎，但谷藤年纪尚轻，或许是对“大侦探刀城言耶”抱着巨大的怀想，便先来找言耶说话，而不是找自己的前辈柴崎。只听他继续道：“这些吊唁者就跟事前约好了一样，差不多一来就走。要是有人离开得特别早，或者一直赖在这里倒还好说。可大家都一样的话，反而找不出可疑分子了。”

“说的是啊……我也没看到特别引人注目的人……”

“您觉得今晚应该重点监视揖取家还是锻炭家？”

“按说是锻炭家……得把主力人员留在这里，加入守灵的队伍，但是……”言耶说着，朝周围看了看，没想到居然有几位邻居留下了，其中还包括嫁入了灶石家的日下部园子。他接着道：“现在看来，来帮忙守灵的人还不少呢。”

“欸，真的！”

“这下，锻炭家今晚不缺人手了，警方大概也不必把‘大部队’都耗在这里。当然，具体还是看鬼无濑警部的决策。”

“可这里整宿都得有人看守，来支援工作的大庭警官也回初户村去了，所以人手不太足……”

“可以的话，我很愿意帮忙。”

“不不不，怎么能劳您——”

谷藤推辞了起来。而言耶的目标自然是阿吉和立春。他打算留在这里守灵，心想着一整夜很漫长，总能找机会跟他们说上话。

其实他也想过拜托鬼无濑警部，以警方的名义找他们问话，可只怕他们在警部等人面前彻底闭口，效果适得其反。还不如言耶私下行动，装作若无其事地套出他们的话。

然而，等僧侣诵完经，吊唁者也不再上门时，春菊委婉地提出，接下来只需要家人和熟人们留着守灵即可。

“有劳各位警官继续镇守、巡逻，但守灵的话，就请留给我们这些亲朋好友自己来吧……”

她都把话说到这份上了，言耶身为外人，便没法“赖着不走”了，警方当然也不能强留一介普通百姓。最终，他只得同意由柴崎“接班”，替他看着这里。

他向一直守在外面的熊谷打了招呼，离开了锻炭家，同行的还有谷藤以及一名安宁寺的僧人，法号“大信”。途中，他听到了一些令人不寒而栗的消息。

“志摩子太太没事吧……”在走出一段路之后，目测和力枚差不多年纪的大信皱着眉头对谷藤说道。

“她看起来受了很大的打击啊。”

“其实……她如果单纯是因为丈夫和儿子的死才变成这副模样，倒也罢了……”

“这……怎么说？”

“在贫僧诵经前后，她都来拜托贫僧帮她驱邪……”大信答道。

言耶一听，不禁脱口而出：“请问，她是请您给她一个人驱邪，还是给全家驱邪？”

“锻炭家全家。而且说得很具体，要把乎山的邪祟、山魔、‘山女郎’什么的都给祓除掉……真是为难贫僧了。”

“志摩子太太是真心觉得，这一连串命案都是邪物作祟？”

“是啊，贫僧真不晓得该如何形容……对了，太太就像是由于过度恐惧而‘走火入魔’了，您能理解吗？”

“也就是说，大师您觉得，志摩子太太真正害怕的并非丈夫和儿子遇害，而是其他的什么？”

“对对，就是这种感觉。”这下，大信开始对言耶起了兴趣，频频望向他。

“老师，这到底是什么意思？”

谷藤兴冲冲地问道，言耶则似乎不知该怎样给出准确的解释，姑且答道：“我也说不清，总之就是突然想到——比起丈夫和儿子被杀的事实，志摩子太太真正畏惧的是他们被杀的原因。”

“原来如此。”谷藤附和了一句便不再多说。直到和大信分开之后，他才继续问道：“您说的‘原因’，莫非是他们毒杀了立一一家？”

“目前只能这么认为了……但奇怪的是，春菊女士并不像志摩子太太那样被吓破了胆，这又是为什么？难道春菊女士不知道毒杀的事？这不太可能啊。”

“可不是嘛。要是反过来，倒还合理一些。”

“的确，比如稳重的志摩子太太毫不知情，而不管春菊女士是否参与了毒杀，以她这凡事都要插手的脾气，至少也该猜到真相了。”

“那有没有这样的可能性——志摩子和春菊什么都清楚，只是她俩性格不一样，所以表现也不同。当然，我也不确定春菊是不是真的那么没心没肺，连人命都不当回事……”

“嗯，她丝毫不为所动，这确实有些不自然。”

“志摩子太太又到底在怕什么？竟能怕成这样。”

“乎山……‘山女郎’……山魔……”

言耶轻轻的自语声消失在夜色之中，随后，他和谷藤都沉默了下来。

回到揖取家后，言耶听鬼无濑解说了今晚的警力部署——熊谷和一名终下市的警官负责监视锻炭家的外部情况，柴崎负责锻炭家内部；揖取家外部由两名终下市的警官盯着，谷藤负责揖取家内部。此外，终下市的警力将分别以村里的六座祠堂为中心，在全村巡逻。虽然下一个被害人和下一个犯罪现场均难以预测，但警方还是先以受害的两家以及和案件或许存在关联的“六尊地藏”为基准，制订了计划。

言耶自告奋勇地希望参加巡逻工作，结果被鬼无濑干脆地驳回了。理由是警方绝不能让百姓参与那么危险的工作。

不得已之下，言耶只得返回西楼，准备再次度过一个无眠之夜。

（立治先生和广治先生都遭到了毒手，接着又是力枚先生，那么，犯人下一次就会按“蓝地藏”的歌词来杀人吗？被害人会是揖取家的人，还是锻炭家的人，又或者是和这两家都无关的人？）

他一边思考着，一边想起了“蓝地藏，分开来”的歌词，只觉一阵不适，毕竟“分开来”会让人联想到分尸。犯人若是继续模仿歌词，则第四名被害人说不定又会被切得七零八落。

（头两次行凶均是在黎明时分，第三次是在傍晚到半夜之间，从立治被杀那天起算，至今总共四天。现在是晚上十点四十二分，按规律看，犯人的下一次行动估计就是在明天天亮之前。话又说回来，不管犯人锁定的“蓝地藏”是谁，事态已经这么严峻了，应该不会有人胆敢赴约。莫非犯人还藏着绝招和适合动手的地点？）

他琢磨完犯人作案的时间段，又开始拼命地思索犯人引诱下一个目标“上钩”的借口，以及可能的作案地点。

然而，在将近十一点时，主楼那边突然一片嘈杂。言耶本就和衣而卧，以便随时行动，眼下一听到动静，他立刻赶去查看，却发现那股躁乱正在往东蔓延，紧接着，就轮到东楼乱成一团了。

他沿着走廊前行，同时心想着到底发生了什么，正好遇到了迎面跑来的谷藤。

“谷藤刑警，出什么事了？”

“老师，小剧场失火了！”

“失火？”言耶的大脑瞬间变得空白，而下一秒，他又反问道，“难不成是在模仿‘黄地藏，烧起来’？”

“不知道啊，现在柴崎前辈正在锻炭家确认人员是否安全，我也得确认揖取家的情况。”

“我跟您一起去吧！”

这一晚，外嫁的二女儿鹰子和三女儿风子正好回娘家来了，经确认，她俩以及成子、月子、将夫等人都平安无事。

听完谷藤的汇报，鬼无濑说：“我要去小剧场看看情况，这里就交给你了，你跟柴崎也说一声。”

谷藤点点头，言耶赶紧在旁追问道："我能和您同行吗？"

"我可以在路上听听您的看法。"

鬼无濑板着脸答道，随后立刻往玄关走去。

"如果起火的小剧场就是第四个凶杀现场，那么犯人似乎并不执着于歌词的顺序啊。"言耶推测道。

"嗯，'红地藏，躲进来'的下一句是'蓝地藏，分开来'，对吧？"

"是的，犯人却跳过了它，直接模拟了'黄地藏，烧起来'……要不就是……"

"什么？"

"就是，'蓝地藏，分开来'已经完成了……"

"您、您是说，犯人已经杀了第四、第五个人？"

"只是有这个可能性而已。"

他们说着，走出了揖取家的大门，即刻发现西北方向异常明亮。鬼无濑感慨道："废弃的小剧场，完全就是再适合不过的犯罪现场啊！"

"假如犯人想模仿'黄地藏，烧起来'，那里确实适合。既没有延烧的风险，也不必担心波及同一栋建筑物里的其他人。"

"前提是，犯人真有那么细心的话……"

他们两人加快了脚步，越来越多的村民走出了家门，身上还穿着睡衣，远远地看向火灾现场。

"我不敢肯定犯人是否心存善念，真心不愿把无辜的人也卷进来，但按理说，犯人只想杀死自己的目标。"

"您为何这么认为？"

“因为犯人特别执着于那首童谣，一旦害死了无关的人，‘比拟杀人’的计划就无法成立了。”

“模仿童谣到底有什么意义？”

“‘比拟杀人’又被称为‘童谣杀人’，而这类犯人大致有三种动机——第一，犯人对某首童谣异常执着，就像是被‘附身’了似的。这种情况基本上无法用常理来解释，总之犯人会如同强迫症患者一般，非要按照歌词内容去杀人并摆弄遗体；第二，某首童谣中包含着犯人的想法，犯人想要将它的来历、意味、被咏唱时的状况等信息传达给世人，即是说，把它当成一种语言来使用；第三，是为了用童谣分散警方的注意力，误导警方的搜查方向，这种实例屡见不鲜，虽然在不同的例子中，犯人的用意也会有微妙的差别——”

“那么，我们就逐类来分析。首先是‘强迫症’那类的。其实是犯人的脑子有问题吧？”

“坦白说，正是如此。可犯人本人却认为模拟童谣是自己的使命。举个例子，犯人在极度的恐惧或愤怒之下，听到了某首童谣，并深深地记在了脑海中，这下子，即使犯人原本很健康，说不定也会变得不正常。”

“这种犯人更倾向于随机杀人吧？”

“没错，要不就是犯人单方面认为被害人之间存在某种共同点，抑或是被害人们会让犯人感到愤怒、恐惧等。”

“但愿我们要找的不是这种犯人……”

鬼无濑怒气冲冲地说道，言耶也表示了同感：“如果犯人的目标范围是有限的，则更接近于第二类情况。”

“具体怎么说？”

“嗯……试想，犯人和家人一起旅行，乘坐了长途巴士。途中，乘务员唱起了当地的童谣，乘客们一时兴起，在车里闹腾了起来。司机为了安全而制止他们，一时分心，没看好前面的路，导致巴士坠崖，结果只有犯人的家人死了，其他人全都活了下来。犯人出于复仇心理，便根据那首童谣，将司机、乘务员以及当时起哄的乘客一一杀死……”

“原来如此。您真不愧是作家。”

鬼无濑难得当面夸奖言耶，言耶则露出了害羞的表情，道：“您过奖了。我想说的是，犯人会通过模仿歌词，来表示自己并非胡乱杀人，而是有用意的。”

“‘复仇’是吧……您假设过，立治和广治毒杀了立一一家，要是有人来给他们一家报仇雪恨，您的猜想倒是说得通。”

“嗯。最后我们来说说第三类情况吧。那就是，犯人故意利用那首童谣，好让警方认为杀人动机是复仇。”

“是想隐藏真实的动机？”

“我就继续用方才那个例子来说明吧——真正的犯人其实是巴士上的另一人，目的是为了杀死和自己一起旅行的同伴。只不过，同伴接连死亡的话，警方迟早会怀疑到自己头上，于是便利用了那场车祸，通过比拟杀人，栽赃给其他可能拥有犯罪动机的人。”

“我明白了。”

“此外，还有其他案例符合第三类情况。比方说，警方认定了犯人会按照歌词顺序来杀人，犯人便趁机更改了下手的顺序，给自己制造不在场证明。又或者，犯人对被害人的遗体动了手脚，伪装成模仿歌词的样子，实际上却是在掩盖某些不利于自己的事实。此时，比拟杀人的手段即是犯人的‘保护伞’，从物理或心理层面上保护着犯人。”

“所以，您怎么看待奥户村这桩连环杀人案？”

“我觉得应该不是第三类，毕竟犯人动了太多手脚。”

“为什么？”

“犯人烧毁了立治先生的面部，带走了广治先生的衣服，又肢解了力枚先生，这些都超出了‘模仿歌词’的范畴，反而显得可疑。我更好奇这些行为背后的含义……”

“倘若犯人没动那些手脚呢？”

“那么，肯定是盘算着把搜查方向彻底带偏。”

“嗯？”

“犯人想必是希望警方认为，这桩连续杀人案是为了争夺乎山的金矿。您觉得呢？”

“这……从歌词上来看，的确没错。但这样一来，犯人的身份和真正的动机就更难揣摩了……”

“是的，简直毫无头绪。这桩案子从一开始便围绕着乎山。要说和金矿没有关系，还真有些牵强。”

接着，言耶告诉鬼无濑，立春曾于去年夏天溜上乎山，并在那里发现了金矿石。

“照这么看，杀人动机说不定就是兄弟俩争金矿啊……”

“嗯。归根结底，立一先生一家失踪以及这次的连环杀人案也许都和金矿有关。”

两人说着说着，便走到了小剧场下方的石墙附近。

从近处看，那里火光冲天，火势猛烈，甚至越烧越旺，令人心生恐惧。起火点似乎是舞台左侧的道具屋，而烈火如今已吞噬了整个舞台，朝着右侧的小屋以及露天的观众席蔓延。消防团只得爬到石墙上开展救火行动，也自然没法迅速灭火。

“都烧成这样了，要是第四名被害人就在火灾现场，还怎么确认身份啊！”

鬼无濑语带无奈，这时，一名警察大叫着跑了过来，对鬼无濑敬了一个礼，汇报道：“鬼无濑警部！我们已经确认过锻炭家的情况了，没有任何异常。”

“团伍郎、志摩子、春菊，还有立春，他们四个人都没事？”

“是的。”

“抱歉，我插个嘴——那位女佣怎么样了？我记得她叫‘阿吉’。”

言耶在一旁询问道。年轻的警官有些不解，频频瞥向言耶，心想这又是什么人。

“没事，你说吧。”

鬼无濑似乎看出了他的疑惑，便下了命令。

“是，女佣阿吉也没事。”

“那些来帮忙守灵的邻居呢？”

“他们前半夜就回去了，一个都没留下。”

言耶听了，心想那群人可能一开始便只打算守半个晚上，当然，这估计也符合春菊的心思。不过，往后执掌锻炭家大权的到底会是谁呢？这还真不好说了。

“明白了，辛苦你了。接下来，你就加入巡逻班，和弟兄们一起去确认有没有村民不见了。”

鬼无濑对那名年轻的警官下达了新的命令，对方再次敬了一个礼，便离开了。

等他走后，鬼无濑总算是露出了一丝窘迫，问道：“揖取家和锻炭家的人都没事……火灾现场到底有人吗？要是有的话，又会是谁呢？”

“我感觉这场火灾不是巧合。说不定犯人计划放火分散我们的注意力，声东击西，趁机下手——”

“就算犯人有这打算吧，起了那么大的火，不是反而会让那两家人更警惕吗？”

“说得也是……”

“而且不仅那两家，整个村子的人都会提高戒备。”

“确实……大家都……哎呀！糟、糟糕了！”

言耶突然叫了起来，同时还像只受惊的兔子般直接蹿了出去。

“喂！怎么了！跑什么啊?！”

鬼无濑也慌忙追了上去。

“胆武师父……胆武师父可能出事了！”

“谁？”

“就是住在御笼堂的那位巡礼僧！”

“哦，那个从四国过来的和尚啊！等等，您的意思是……”

“警方不是找他问了好几次话吗？您也很清楚那座御笼堂是绝佳

的目击地点吧？换言之，那里就是犯人的眼中钉啊！”

“难道那和尚看到过犯人？”

“不，要是他目击到了什么，肯定早就说了。只是从犯人的角度看，肯定觉得他是个大麻烦！”

“这倒是……”

“既然揖取家和锻炭家都没事，我只能怀疑——”

他们一前一后地边说边跑，眼看着田埂就在前方，言耶率先跑了上去，鬼无濑紧随其后。

跑到半路，言耶开口道：“欸……御笼堂亮着呢……”

“还有线香的味道。”

他们又往前跑了几步，发现御笼堂的格子门透出了摇曳的烛光，同时还伴有轻轻的吟诵声。

“哎呀，看来是我想多了。”

言耶小声说道，像是怕打扰了胆武的修行，还催促鬼无濑赶紧回去。

“对了，您刚才问起了锻炭家的女佣吧？为什么对她那么关心？”

“那位女佣叫作阿吉，她好像知道些内幕。说真的，立治先生和广治先生分别是第一、第二名被害人，我们都以为犯人就是瞄准了锻炭家，不承想第三名被害人是力枚先生。这下，我可搞不懂犯人的动机了，心想着这是不是为了杀人灭口。这样一来，胆武师父和阿吉小姐恐怕也有危险。”

接着，他向鬼无濑吐露了自己的想法，表示还想再找阿吉和立春打听打听消息。

“也是。比起警方问话，由您出面找他们会显得更自然些，说不定还能问出些什么。”

“我就是这么想的。但案情越发严重，可能不适合慢条斯理地试探了。”

“我明天会叫春菊来搜查本部。”

“欸？”

“您就趁她不在，去锻炭家找那女佣和孩子聊聊。”

“好，我知道了。凡事拜托您了！”

他们重新回到石墙边，火势已经大为减弱，消防团也得以踏入露天的观众席，继续灭火。很快，消防工作便结束了，消防团长上前道：

“警部，火已经扑灭，警方可以开展搜查工作了。”

于是，鬼无濑带着鉴识小组（他们从连环杀人案伊始便驻扎在村里待命）一同前往小剧场的残骸。

言耶正想若无其事地混入调查队伍，却被制止了：“火灾烧剩下的建筑很危险，您请留步。要是我们查到什么，会立刻告诉您的。”

言耶无奈，只好留在石墙边。

他等得心急如焚，可没想到鬼无濑很快就回来了，只是表情中充满了迷惑与不解。

“那里有遗体吗？”

“不……怎么找都找不到。”

“没有？”

“嗯。起火的原因也不明。我们问了锻炭家的人和附近的居民，他们都说小剧场里并未存放易燃物，所以鉴识人员怀疑有人纵火。”

“纵火的人或许不是我们要找的犯人，而是另有其人？”

“不好说……的确有这种可能性，但概率不会太大。”

“也是。不过，眼下没有出现被害人，那么这场火就不是在模仿‘黄地藏，烧起来’……”

“我们得继续调查现场，您先去休息吧。”

言耶仍有些迟疑，可鬼无濑提醒他明天还有与阿吉、立春对话的重要任务，他便乖乖回去了。

言耶回到揖取家时，出来应门的是将夫。他说道：“我岳母、妻子，还有三位妹妹都睡在大厅，谷藤刑警守在那里，应该很安全。我在家里巡逻，把角角落落全看了一遍，没什么异状。小剧场的火灾怎么样了？”

“幸好没有发现遗体，可小剧场基本上被烧毁了……”

“今晚有强风从南边吹来，所以火很快就从舞台左边烧到了右边吧？真可疑……”

“嗯，警方也在怀疑是不是人为纵火……”

两人围绕着火灾聊了一会儿，之后彼此都考虑到了对方的疲劳，便互道晚安，各自回房休息。

（话说回来，犯人到底为什么要放火烧了废弃的小剧场呢……）

言耶躺在被窝里，无法入眠。他认为那是佯攻，只是不明白犯人的目的，因此总觉得有一种恐怖感萦绕在心头，即使睡下了也没换下外出时的衣服，以便应付突发情况。

结果，他那不祥的预感还是应验了。

凌晨五点三十四分时，谷藤冲了进来，大叫道：“老师！出大事了！锻炭家……锻炭家死了三个人！”

第十二章 大型惨剧

由于熊谷接连给搜查本部和揖取家打电话汇报了锻炭家的惨剧，言耶火速赶往了锻炭家。而鬼无濑之前虽暂时回了搜查本部，但接到电话后，也急匆匆地赶到了。他和言耶都没有说话，相互点了点头，便一同进入了锻炭家的大门。

柴崎正枕着坐垫，倒在守灵的祭坛前。言耶见状，吓了一大跳，以为他即是遇害的三人之一，慌忙问道："他、他没事吧？"

鬼无濑没回答，只是露出了苦涩和安心交织的复杂表情，言耶明白自己误会了。

熊谷站得笔直，答道："柴崎刑警好像被人灌了安眠药，并没有生命危险。"

鬼无濑看都没看熊谷一眼，盯着掉在柴崎边上的空碗，道："葛粉汤[1]吗？是谁给他喝的？"

得知柴崎只是睡着了，言耶松了一口气。可这一事实也说明，这桩三人遇害的惨剧绝非寻常，他不由得颤抖了起来。

鬼无濑再次提出了问题："那个女佣真的逃跑了？"

"是的。有人在天亮不久前偷偷往外溜，我问对方是谁，对方却立刻逃开了。从背影来看，肯定就是那个女佣。"

"谷藤，安排两个人去追她，她是重要的参考证人！"鬼无濑下

1　葛粉汤是一种日本点心，冲泡葛粉后加糖饮用，类似于我国的藕粉汤。——译者注

令后，不停瞥向熊谷，问道，“见有人逃跑后，你进了屋，就看到柴崎倒在这里。于是你意识到事态不对，四处检查了一圈，发现有三个人被杀害了，是吗？”

“是、是的……”

“也就是说，犯人进屋杀了三个人，你却完全没有察觉到？”

“非、非常抱歉！但是……灵堂太靠里了，和大门离得很远——”

“还狡辩？”

“不、不敢……”

熊谷依然站得笔挺，手脚都放得规规矩矩的，唯独脑袋低垂着，看起来非常可怜。

“犯人去哪儿了？没有留下任何痕迹吗？”

“嗯……犯人说不定是在女佣吸引我们注意力的时候，趁机逃跑了……”

“也是。毕竟犯人得先潜入这个家。你既然没发现犯人进屋，那么之后当然也不会意识到让人逃了！”

“鬼无濑警部，抱歉，我想插一句——”

言耶怯生生地开口了，鬼无濑狠狠地瞪了他一眼，接着又轻轻点头，示意他有话快说。

“看样子，小剧场的火灾果然是犯人声东击西的手段。根据童谣的歌词，警方无疑会认为下一个被害者就在失火的小剧场里，同时也会判断犯人想趁乱展开下一次行动。犯人不仅看透了这一点，甚至故意没有做这两件事，令警方放松戒备，自己却做好了打算，拿准了这一丝松懈，在锻炭家连杀三人——总之，我是这么推测的。”

“嗯，尽管风险很高，但偏偏就成功了……真是个棘手的家伙！”

即使训斥了熊谷，鬼无濑也对身为指挥官的自己感到愤怒。言耶能从他的话语之中听出这股怒火。

“对了，你一发现那三具遗体，就联络搜查本部了吧？”

“是、是的，但就在我准备打电话的时候，祭坛那里传来了奇怪的声音……我仔细一看，祭坛居然在抖动，吓得我……”

“怎么回事？”

“我先看了看周围，没什么发现，然后壮着胆子往祭坛下面一瞧，原来里头躲了个孩子！”

“孩子？立春吗？”

“对，可不管我怎么哄他，他都不肯出来。”

“啊？他现在还在那里？”

言耶也大吃一惊，立马弯下腰，掀开桌布往里看，只见立春就钻在祭坛下方的空间里，双手抱膝，蜷成一团；而祭坛上方则安置着装有他父亲遗体的棺木。

于是，言耶和熊谷轮番上阵，好说歹说，立春总算是爬出来了。他们立刻将他保护了起来，只是这孩子似乎没法对话，也不往言耶他们身上瞥一眼，仿佛目不转睛地盯着某些看不见的东西，同时翻来覆去地嘀咕着同一句话：“山魔来了……”

立春从祭坛下出来之前，鬼无濑已经和闻讯赶来的鉴识人员去了案发现场。言耶虽然对抛下孩子感到愧疚，却还是把立春托付给熊谷照顾，自己则跑去了鬼无濑那边。

结果，言耶最先看到的是志摩子的遗体。她的手脚都被切了下来，而且切口凌乱、粗暴且随意，不像力枚的尸块那样切得干净利落。也正因此，现场惨烈不堪，简直无法用语言来形容。而且她的脖子上系着蓝色的围兜，这无疑是在模仿“蓝地藏，分开来”的歌词。

见言耶突然出现在现场，鬼无濑非但没有责备他，反而主动开口了：“犯人看来没什么时间，所以才这么乱砍一通啊。”

“嗯。即使如此，犯人依然坚持按照那首童谣来杀人……”

言耶站在其他警察身后答道，似乎是认为自己不宜公然抛头露面。即使鬼无濑允许，他也不愿站在最前列。

志摩子的直接死因与立治、广治相同，都是后脑勺遭到了重击。尽管遗体损坏情况严重，她至少是在死后才被大卸八块的，就和力枚的情况一样，言耶也为此稍微安心了一些。

随后，他们前往锻炭家的北楼，可等在那里的又是让人不知该如何表述的离奇场面——团伍郎双目圆睁，眼球几乎从眼眶中迸出，整张脸都因为痛苦而扭曲，颈部缠着一根细麻绳，可见是被人活活勒毙的。当然，他的脖子上还绑着一条黄色的围兜，尸体周围胡乱围着六根点燃的蜡烛，照亮了他那临终时的惨样，呈现出一种兼具幻想感与猎奇感的氛围。

“这……就是指那句歌词吧？”鬼无濑回头看向言耶，问道。

“嗯，应该是‘黄地藏，烧起来’。”

“我们该谢谢犯人没让蜡烛烧着被害人的衣服吗？”鬼无濑讽刺地说道，但话语中蕴含着怒意，包括言耶在内的所有人都不敢回话。不过他本人似乎毫不介意，继续道：“如果我说，犯人用小剧场那场火替代杀人现场的火，您会觉得太牵强了吗？”

“不会。犯人或许就是这么想的。因为放火烧了这栋房子的话，辛苦布置好的场面也就付之一炬了。”

言耶说完，谷藤便伸手指向团伍郎的颈部，道：“这名老人和揖取力枚一样，都是被勒死的。”

“犯人大概是怕他叫出声，惊动春菊女士。而且之前几位被害人都是在站着或坐着时被犯人从背后击打后脑勺的，可团伍郎老先生当时正睡着，那个睡姿估计不好下手。”

“嗯，也可能是觉得他上了年纪，一根细麻绳就足够置他于死地了。”

鬼无濑说道，言耶一边颔首，一边和他一起走向南楼。南楼后院的角落里有口井，那即是第三个凶杀现场。

死者是春菊，她被砸得头顶开花，脸上淌满了鲜血，还带着惊恐的表情，脖子上则系着金色的围兜。她的额头上抹了金粉，涂抹的位置仿佛是刻意错开了血痕。艳毒的红色与璀璨的金色交相辉映，在言耶眼中化作了不属于这个世界的奇异色彩。

鬼无濑站在春菊边上，而言耶则在南楼的后厦[1]上观察着现场。两人你一言、我一语地交谈着。

“春菊被袭击之前，好像察觉到了犯人的存在。三个现场之中，只有她这边留下了抵抗过的痕迹。”

“志摩子太太恐怕是第一个遇害的，接着是团伍郎老先生，最后

1　后厦即屋后的廊子。——译者注

才轮到春菊女士。当时的情况八成是——犯人重击了志摩子太太的后脑勺，确保她无法行动且叫不出声，但接下来还得再杀两个人，于是多少弄出了动静，就这样被春菊女士发现了。”

“鉴识人员认为，三人都是在三至五个小时前遇害身亡的。”

“也就是午夜一点到三点之间吧？”

“嗯，那时候大家都在小剧场，忙着灭火和勘查。”

“真可谓绝佳的作案时间啊。”

等言耶说完，鬼无濑重新查看了这三个行凶现场，又对下属们布置了一些任务，而后便悄悄地把言耶叫进了一间空屋，开口道：“我有件事要拜托您。”

“您尽管说。”

“我已经交代下去了，只要找到逃跑的女佣，就把她带到搜查本部。希望您到时候能找她谈谈，熊谷会去揖取家通知您的。”

“由、由我出面？”

“首先，她应该不是犯人。想必是意识到了犯人行凶，这才逃跑的。”

“行凶的时间段是半夜一点到三点之间，她却是在天亮前逃离的。那么，她肯定是找了地方躲起来，一直躲到天快亮。”

“我也觉得大致就是这么回事。说不定她还目击到犯人或犯人行凶的过程了，是非常重要的证人。”

“可我只是个普通百姓，怎么配承担如此重大的任务……”

“不，正因为您是个普通百姓，我才委托您的。她绝对吓破了胆，要是直接受到警方询问，大概会害怕得一句话都吐不出来。再加上这段时间以来，我听了您从各路人员那里打听到的情报，可以确定您真的有让人开口的本事，而不是单纯为了兴趣才狂热地收集怪谈故事。”

“您、您知道这些？”

“谷藤是刀城老师您的忠实读者……不对，应该说，他是‘东城雅哉’老师的忠实读者，所以我想不知道都难哪。”

于是，言耶接受了鬼无濑的委托，并建议将立春带到揖取家，暂时由揖取家的人代为照顾。这虽称不上“交换条件”，鬼无濑还是同意了。毕竟春菊的家人都在终下市，还得花些时间才能赶到奥户村。要是把那么小的孩子留在搜查本部，那种“杀气腾腾”的氛围无疑会给他造成压力，届时他就算想说话，只怕也不敢说了。

在得到了成子和将夫的许可之后，言耶即刻动身，与熊谷一起带着立春前往揖取家。恰好驹泻医生也在查看月子的情况，就顺便为立春做了检查，结果确定这孩子受了极大的刺激，而原因则是极度的恐惧……

把立春交给花子她们之后，言耶就在将夫的催促之下进了客厅。

待两人坐下，将夫问道：“我听说……锻炭家有个女佣从命案现场逃了出来……”

以揖取家的身份地位，即使不主动打听，也会得到各种情报。看来阿吉的事已经传到他们耳朵里了。

“是的，警方正在找她，希望能尽快把她保护起来……对了，凭锻炭家的身家，怎么只有一个女佣？好像也太少了？”

“其实，以前是有不少女佣的，但团五郎老爷子爱戏成痴，立造先生挖金矿时又出了那么大的乱子，我猜想，他们如今也只雇得起一个女佣了。”

“居然已经窘迫到这分上了。”

“唉，这是别人家的家事，真相如何我也不太清楚。”

他嘴上这么说，表情里却满是自信，看来对锻炭家的经济状况了如指掌。

“您认为阿吉小姐会去哪儿？”

“不知道。不过，她要是真害怕了，或许已经翻过臼山，逃到初户村去了。”

“原来如此！也可能已经回老家去了。”

“那说不定是桩好事。”

听将夫话里有话，言耶不禁问他何出此言，将夫答道：“您想啊，锻炭家除了立春君，其他人都被杀了，也就是说，犯人就是盯着锻炭家呢。这样一来，我岳父很可能是受了牵连，如果女佣小姐不逃跑，难保不被拖下水。”

“嗯，我现在非常担心立春君和阿吉小姐。他们俩似乎知道什么……倒不是说他们弄清了犯人的真实身份，而是掌握着一些重大的秘密，只不过他们本人还没有意识到而已……”

“把这么重要的证人放在我们家，真的妥当吗？”

“立春君只是个小孩子，我觉得由揖取家来照顾的话，会恢复得快一些。”

“锻炭家的命案现场非常凄惨吗？”

“唉……非常凄惨。光是一夜之间死了三个人就够恐怖了，他们的遗体还被弄成了那首童谣里唱到的样子。”

“村里的人都怕接下来是不是要去搜山了。”

“您是指乎山吗？”

“是的。当然，大家再迷信，也不至于真以为犯人是‘山女郎’或者山魔，但不少人都相信犯人就潜伏在乎山里。”

“确实。我和鬼无濑警部迟早会提出搜山的要求。”

“警察对犯人已经心里有数了吗？”

“怎么说呢……他们一直没把搜山提上议程，想来也许还在怀疑有‘内贼’吧。”

“‘内贼’……锻炭家的？”

“比如春菊女士……”

“欸？她吗？”

“她看起来很风流，好像四处都有恋人，再加上乎山的金矿疑云，就凑齐了情杀和仇杀的要素。而这两点恰恰是最常见的杀人动机。”

“原来是这么回事。”

将夫有些坐立难安，或许是回想起了前去吊唁时，春菊曾盯着他看。

“我想请问一下，既然大家认定了犯人就躲在乎山上，那为什么还会怕搜山？”

“当然是因为，那是座‘凶山’啊。大家坚信，锻炭家衰落、立造去向不明、团伍郎老年痴呆、立一一家消失、小剧场失火，还有立治他们惨死，全跟乎山有关。”

“换言之，大家虽然觉得那个连杀数人的犯人也是普通人类，而非妖魔鬼怪，但乎山才是一切惨剧的源头，是吗？”

“对，尽管不太好理解，可这是大家的真实想法。”

“将夫先生，您不是奥户村本地人，那您是怎么看待乎山、‘山女郎’、山魔这些的？请实话告诉我。”

言耶的语气很是认真，将夫一时间答不上来，面露难色，然后才吞吞吐吐地说道：“我是十二年前来到这里的……刚和花子结婚时，我也觉得这只是乡下地方常见的迷信，但是后来发生了很多小事，一件一件累积起来，让我也体验到了那座山的诡异之处。渐渐地，我终于明白了，‘凶山’这个称呼并不是全无道理，最好还是别靠近。可后来我又意识到，也许是因为我生活在奥户村，才有了这种想法。我很惊讶，原来我已经不知不觉被这个村子同化了。因此，一味恐惧是行不通的。不去‘招惹’所谓的‘鬼神’，就做不成任何事。于是，大约在五年前吧，我开始行动了。”

“甚至不惜和力枚先生对立？”

“对……我岳父主张不要和乎山扯上关系。从阳子失踪起，我们之间的争执越来越多。可是……我岳父若是坚持到底，就算我们永远达不成统一，在某种意义上说不定也是件好事。然而，立一先生那家子突然出现时，他却爽快地答应他们住进那栋房子里。我没法忍下去了，强调说，既然可以通融，还不如彻底放开手，好好开发那座山……”

“这很难实现吧？对力枚先生而言，立一先生属于例外中的例外，可在您看来，反正已经对乎山‘出手’了，那做什么都一样……”

“就是这样。只是事到如今，我心里其实是松了口气的……暗暗庆幸岳父始终反对开发乎山……”

“此话怎讲？”

闻言，将夫眯起了眼睛，似乎在回忆往事：“有一次，乡亲们聚在一起喝酒……那天好像是什么纪念日吧，具体我记不清了，总之，立治先生就在我身边。那时他醉得厉害，正在跟人说着醉话，讲着讲着就聊到了他的弟弟立造。我知道立造先生当年因为金矿而引发了骚乱，不过没直接从相关人士嘴里听说过那段故事，所以特别感兴趣，竖起了耳朵听他们的对话。立治先生说，立造被一个姓吉良内的找矿人骗了。之后他突然住了口，换上了一副外人的口气，继续说矿工们一个接一个地消失了，他本人也很快进了乎山找弟弟……随后，他说他有一个秘密，从没对人提起过，还叮嘱对方千万别说出去——其实，他听到了山魔的嗤笑声……当时我听得背脊发凉，不寒而栗，感觉一盆冷水浇在头上……”将夫说着，打了个寒战，仿佛记忆中的感觉又苏醒了过来，“该怎么说呢……假如我是听别人转述的，肯定会觉得什么‘山魔的笑声’，都是幻听，还会笑话立治先生脑子出问题了。然而，这话是立治先生本人说的，而且他真的是一副打心眼里害怕的样子，这下我也信了，那是他的亲身经历。当然了，我不是在说山魔确实存在，可我有一种强烈的感觉，那就是——世上果然有人类不该踏足的地方……”

“但您还是继续站在了岳父的对立面啊？”

听言耶这么问，将夫苦笑道：“因为这件事反过来让我坚信，既然有那么恐怖的‘东西’，就更该把它除掉……而另一方面，我其实很恐惧……因此，岳父的反对只会让我感到安心……我真是太没出息了……”

“不不，我很理解您的感受。”

“我把立治先生的经历当成一个迷信故事，告诉了岳父。实际上我想表达的是，不管发生了什么怪事，村里人都只会推到‘凶山’头上。结果岳父好像很吃惊，却没有肯定或否定，只说了这么一句话：‘万恶之源并不是乎山，而是人心。但是，乎山会激发并放大人的邪念，所以我们不能上那座山’。”

“‘激发并放大人的邪念’啊……”

“虽然我嘴上绝对不会承认，不过我心里认为，岳父的话是对的。然而，阳子失踪了，我也不管不顾了。我发誓，既然乎山夺走了我的女儿，那么我就要毁了乎山！”

得知将夫对乎山的复杂感情之后，言耶正想着该如何回答，月子却跑来了：“不好意思，打断二位——”

“您怎么起来了？身体还好吗？”

言耶关切地问道，月子憔悴的脸上露出了一抹浅笑，答道：“托您的福，没有大碍……但立春君……”

“他、他出什么事了？”

“他从刚才起就反复说着一些可怕的话，停都停不下来……”

“我们快去看看。”

于是，言耶和将夫跟着月子来到了立春休息的房间。

在将夫、成子、花子、月子四人的注视之下，言耶尝试着和立春对话，可效果只能说是成败参半——立春并没有回答言耶的问题，只是自顾自地说个不停，好在从他的话中，能够听出锻炭家昨天半夜那出惨剧的详情。

言耶总结了一下，大致还原了整个过程：

立春的卧室在锻炭家的南楼，自从他记事起，每晚都是自己一个人睡的。母亲春菊睡在隔壁，不时会有人摸到她的房间里去，搞得立春整晚都睡不好。不过在立治和广治去世后，他总算能安静地过夜了。

昨晚是守灵夜，立春有些兴奋，久久无法入眠。由于晚饭时家里来了很多人，让他分了心，没能好好吃饱，结果到了深夜就开始饿了。他本打算忍到天亮后吃早饭，哪知道肚子越来越饿，正琢磨着去厨房看看有什么能吃的，却突然想起来灵堂里有供品，其中包括甜甜的夹心馒头，即使偷偷吃掉一点也不会有人发现。

打定主意之后，他爬出被窝，观察了一下四周，感觉隔壁的母亲好像没醒，接着便悄悄拉开纸拉门，往主楼走去。当他走在走廊上时，突然想小解，不过还是决定憋一下，等吃饱再说。

厚实的云层铺满了夜空，厚得甚至产生了一种重量感，仿佛就要从天上压下来似的。妖异的月光透过云间的细缝，照亮了前方的主楼。

那一瞬间，锻炭家的主楼在立春看来是那样陌生，就像是自己从没见过的建筑。他莫名地觉得自己不能过去，也不该过去，但直接转身回南楼又很可怕，因为背后只有一片漆黑的后院。犹豫片刻后，他最终选择了继续往前走。

过了一会儿，他闻到一阵线香的味道，想到了祭坛和棺材。他不禁后悔，为何不好好待在被窝里。可下一瞬间，他的肚子便咕咕地叫了起来。尽管恐惧并未减少，可一旦意识到自己正饿着，饥饿感就越发强烈了起来。

进入主楼后，立春一边往灵堂走，一边突然担心，思考着要是志摩子还在灵堂里可怎么办。她应该会守上一整晚，确保香火不断……但转念一想，她在也无所谓。反正她平时就对他冷淡至极。比起无视，更该说是当他压根不存在。不过志摩子偶尔也会温柔地待他。那是连亲生母亲春菊都不曾给过他的温柔和温暖。因此，只要说自己饿了，她肯定会帮忙弄些吃的过来。

就在他走到灵堂旁的房间时，听到纸拉门的背后传来了奇怪的动静——咔……咚……咔……每一下都使上了劲，很像是用大菜刀剁开排骨的声音，让人觉得心惊胆战。他明知不可以往门里看，可回过神后，却发现自己的手指已经在两扇纸拉门中拨开了一条缝，还把一只眼睛凑了上去……

跃入眼帘的是闪着寒光的刀刃、划过空中的暗红色弧线，以及上下挥动的胳膊……

立春下意识地倒吸一口凉气，才刚把脑袋缩回去，房间里的动静就停止了。他仿佛能看到那条胳膊停在空中，一动不动。为了确认自己的想象，他再次偷偷往房内看去，可纸拉门却关得严严实实……不，不对，门并未被关上，至少门的上半部分还留着缝隙，证据就是有一条又长又窄的光线透了出来。只是下方……没错！缝隙的下半部分被堵上了……即是说，有东西堵在纸拉门后……

下一刹那，他感觉到有一道凶狠的视线直射了过来，目不转睛地紧盯着他！而且，那视线明显来自于眼前这半截被堵住的缝隙！他浑身的鸡皮疙瘩都立了起来。他知道自己一定在黑暗中不停地颤抖着。

不知何时，一度被堵住的门缝中又透出了光亮，门后也响起了新的动静，不过很快就停下了，接着传来了房间另一侧拉门的开合声，那股让人遍体生寒的感觉终于渐行渐远。

可是，他才刚缓过一口气，就沿着走廊，追在了那个东西后边，而没有进入灵堂。他并不明白为什么要这么做，只晓得自己绝对不想打开面前的纸拉门，但又必须弄清那个东西去了哪里。只有这样，方能逃开……

他一径朝着主楼的西边前进，和那个东西保持平行。他们时而隔着一间房间，时而只隔着一道纸拉门，不久后，他听到了轻微的脚步声，想来那个东西是走在了通往北楼的走廊上。他要是也沿着同样的路线跟过去，必然会发出同样的声响。于是，他只得进入庭院，钻到缘廊底下，爬到北楼东侧，接着绕过北楼，回到北边的后厦。由于团伍郎的卧室也在那条后厦上，挡雨的护窗板原本是关着的；然而每到春天，护窗板便会被取下，只剩下拉门。那些拉门的下半部分是毛玻璃，当时并未透出一丝光亮，可见房内一片漆黑。

可忽然，几声“唔唔”的呻吟隔着拉门传了出来，然后又是一阵充满了窒息感的“咳嘎”声，最终一切都归于平静。

在立春耳中，那一连串的声响，就像是祖父团伍郎深吸了一口气，之后一直强忍着不再呼吸，直到忘记一切，沉沉入眠……随即，房中出现了一个忽明忽暗的光点，接着是第二个、第三个……等光点增加到六个，那个东西便离开了团伍郎的房间，往春菊所在的南楼走去。

立春急急忙忙跳入院子，奔向南楼，一心只想着尽快通知母亲，让她立刻逃走，越快越好。他不确定团伍郎和志摩子到底怎么了，但他们身上肯定发生了某些可怕而惨痛的事，甚至已经被那个东西带到了另一个世界，无法再次醒来，无法再次起身……

爬上南楼的后厦，春菊的卧室近在眼前。它和团伍郎的卧室一样，也装着下半部分镶有毛玻璃的拉门，立春迅速打开门，坐到春菊身旁。他不敢大声叫唤，只好隔着被子，拼命晃着被窝里的母亲，可怎么都叫不醒她。她的肩膀露在被子外边，立春正准备直接推上去，却闻到一股酒味，这才想起她在守灵时不停喝酒，此刻估计很难苏醒。

绝望感碾向了他，不过他没有放弃，依然拼尽全力地推着、摇着，并轻声呼唤着，结果还是不起作用。他叫得越来越大声，动作越来越粗鲁，只可惜母亲沉眠照旧……

“嗒、嗒、嗒……”

某种声音越来越近了。是那个东西！那个东西从走廊上过来了！细听之下，那嗒嗒声其实并非脚步声，然而，一股强大的压迫感袭向了立春。他的每一寸皮肤都仿如被空气所刺痛。他豁出去了，不仅疯狂地摇晃着母亲，还开始捶打她的肩膀，总算听到她发出了闷哼声。可与此同时，他也察觉到那个东西已经过来了，于是慌忙跑进了隔壁房间（即他自己的卧室）。当然，他非常小心，没有发出任何声音。而下一秒，那个东西就进了春菊的卧室。

纸拉门关着，立春无法得知门背后发生了什么。唯有榻榻米上传来了嘶、嘶的拖行声。声音很轻，他却听得真切——那个东西正在缓缓地接近春菊。

“嗯……”

春菊再次出声了，拖行声也随之停止了。

“嗯……谁啊？”

春菊还迷迷糊糊的，说起话来也有气无力。

“你……你是谁呀？”

她的语调仍是又甜又腻，可当时那阴寒惊悚的氛围根本不适合展示媚态。强烈的反差激得立春浑身僵硬，后背发凉。接着，春菊似乎清醒了一些，突然叫了起来：

“你、你到底是谁？”

气氛骤然一变，下一刻，她又因为恐惧而发出了轻轻的悲鸣声：

“不……不要……”

之后几秒内，立春感受到隔壁有人做出了大幅度的动作，随之而来的，便是母亲那嘤嘤的啜泣声。而就在抽泣声即将变成惨叫的瞬间，他听到了咚的一声，那声音既重且闷，紧跟着就是啪嗒的倒地声。很快，他又听出了有人在榻榻米上爬行的声音，脑海中不禁浮现出母亲受到重击，挣扎着爬向后院逃生的画面。

紧挨着后厦的拉门内侧似乎发生了激烈的争执，然后，所有的嘈杂声都在顷刻间消失了。春菊卧室内的时间似乎不再流动。

忽然，春菊再一次发出了惊愕的尖叫声，打破了这短暂的寂静：

“怎、怎么是你……”

嚓——

恐怖的声响过后，只剩下拉门在咔咔地响动。立春明白，隔壁的一切都已经结束了。拉门唰地被拉开，某个重物从后厦摔到了后院，而后便响起了重物被拖动时，与地面摩擦所发出的嚓嚓声。

拖动声消失后，四周恢复了宁静。

可这种状态并没有持续多久。过了一会儿，便有一个声音如耳语般轻唱道：“神户的，奥户的，六地藏……”

那声音透着淡淡的诡异，即使隔了老远，也让人隐隐地感到阴冷。

立春意识到，歌声离自己越来越近了。

“白地藏，爬上来……”

就像是为了与歌词达成一致似的，那个东西边唱着童谣，边爬到了后厦上。立春急了，刚逃入内客厅，他的卧室和春菊卧室之间的纸拉门就被拉开了。

“黑地藏，找出来……”

那个东西开始在房间中四处翻找，果然是在按照歌词而行动——而且立春能感受到，对方在找的正是他！于是，他慌慌张张地再次逃向北边的房间。

“红地藏，躲进来……”

那个东西进入了立春的卧室。要是立春没有及时离开，而是跟童谣歌词一样躲在自己的卧室里，那么很快便会被找到。

“蓝地藏，分开来……”

“噗”“咻”“咻”“噗”……一些挥动武器的声音传了过来，而那个东西的下一个目标无疑就是立春此刻藏身的房间，所以立春当即采取行动，又逃到了北边的后厦上。

“黄地藏，烧起来……”

透过纸拉门的毛玻璃，立春看到了燃起的火苗。一个、两个，散发着妖冶的光芒。

“金地藏，亮起来……”

伴着歌声，一道属于现代照明设备的光线突然从毛玻璃中射出，照向了后厦，与诡谲的烛光截然不同。

到了这地步，立春已经顾不上一切，只知道重新逃跑，也不管会不会发出动静，就这样一路跑到了走廊的入口，甚至因为冲得太猛而摔了一跤。可他马上爬起来，继续朝着主楼狂奔，却在抵达主楼前又一次摔倒。他哭着拼命爬向主楼，再拼命站起身来，但浑身僵硬，动弹不得，只觉得背后有一股强烈的邪气正在逼近。

他战战兢兢地回过头……

只见那个东西右手拿着铁锤，左手打着手电筒，身穿军装，头上绑着两根点燃的蜡烛，宛如恶鬼的双角，唯有面部是漆黑的，正沿着走廊，一步步地朝他走去。

“之后呀，六地藏……”

歌声还在继续，立春已经完全想不到要往外逃，一门心思躲在锻炭家，躲在一个绝对不会被那个东西找到的地方，直到对方不再找他，直到对方离开……

主意已定，他飞奔进了大客厅，看到了被切得七零八落的志摩子，吓得他差点尖叫起来。

“一尊尊，消失啦……”

歌声近在咫尺，立春明白，那个东西已经走到这里来了，如果再不躲起来，就会被抓住。

他火速奔入边上的灵堂，掀起盖在祭坛上的桌布，在确定祭坛下的空间足够容纳一个孩子后，想都不想就钻了进去。而几乎是在同一时间，那个东西也进了灵堂。

“最后剩，哪尊呢……”

那个东西对着祭坛发问道，后来再也没有任何响动。周围万籁俱寂，就仿佛是在等待立治从棺材中坐起来，回答这个问题……

就仿佛不管多久，都会默默地等下去……

也正是因此，在那个东西毫无征兆地掀开桌布，将自己那张漆黑的脸凑到立春眼前时，立春感受到了极致的恐惧，连心脏都几乎要停止跳动。

可是，那个东西只是对着立春说了一个词——

“山魔……”

说完，那个东西便发出了一阵疯狂而邪恶的嗤笑声，回荡在昏暗的灵堂中。立春听着那恐怖的笑声，慢慢昏了过去……

13

第十三章

既是谜，也是唯一的曙光

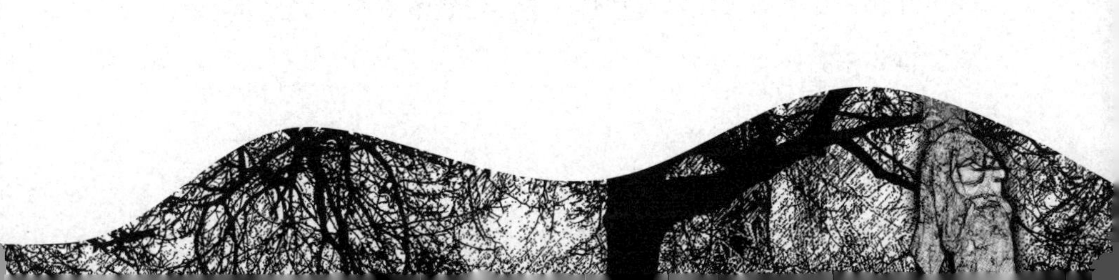

言耶说完立春的经历，才惊讶地发现，整个搜查本部不知何时已鸦雀无声。不仅是坐在桌边的几人，凡是在场的人员都屏息凝神地倾听着他的每一句话。

“也就是说，春菊认识犯人？”

第一个开口的是鬼无濑，谷藤也接着道：“而且，对方还是个能令春菊感到意外的人，对吗？”

“慢着，一个被吓得六神无主的小孩说了一堆奇怪的话，再由怪奇小说家复述，话里不管提到什么都作不得准吧？”

鬼无濑相当谨慎。

“春菊不是说了，‘怎么是你？’我是根据这句话判断的……”

谷藤急忙反驳道，或许是顾虑到言耶的面子，怕他觉得自己被警方怀疑了。

“算了，就算我们知道她认识犯人又怎么样呢？这一带有几个人是她不认识的？假如她当时说的是‘你是谁’，我们还能从她不认识的人开始调查，反而更容易锁定目标。”鬼无濑答道。

“警部您说得是。对了，立春对犯人有没有更具体的形容？比如个子高不高、身材胖不胖……”

“我也问了他很多问题，可是犯人头上绑着两根蜡烛，满脸漆黑，用锤子做凶器，还穿着军装等特点给他留下的印象过于强烈，估计是问不出其他的了。”

“犯人是退伍军人吗……”

谷藤喃喃自语着，柴崎倒是一脸疑惑地说道：“被西伯利亚扣留的军人去年就开始陆续回国了，而且即使没有战争，也有办法弄到军装啊，这不能证明犯人的身份吧……”

“柴崎说得没错，再加上犯人用黑面具遮住了脸，所以穿军服应该也是为了隐瞒身份。”

鬼无濑如此判断，言耶却有些支吾地说：“其实，我之前听说过，锻炭家的小儿子立造先生当年在乎山上挖金矿时，穿的就是军装……”

“什么？您觉得失踪了二十年的立造回来了？”

“我倒不是这个意思，而是怀疑犯人利用了这件往事。”

“嗯？”

“犯人潜入锻炭家，一晚上杀了三个人，为什么唯独放过了立春君？啊，当然，还有阿吉小姐。我想，犯人可能是用立治先生、广治先生、力枚先生、志摩子太太、团伍郎老爷子、春菊女士凑齐了‘六尊地藏’，这才让立春君活了下来，表示自己不会继续作案。可这样一来，又为什么要特地让立春君看到自己的模样？这孩子说不定会出来作证哦。”

“难道犯人就是希望立春提供证词，好让警方联想到立造？”

“团伍郎老爷子生了三个儿子，长子立一先生年轻时离家出走，去年突然回来，接着却全家一起失了踪。小儿子立造先生想着在乎山上挖金矿，但找矿人骗了他，村里盛传他一怒之下杀了那个找矿人和四个矿工，然后消失不见了。次子立治先生继承了家业，结果整个家族都被卷入了连环杀人案，几乎全死光了。如今，偌大一个锻炭家，只剩了立春君一个人。”

“如果立一一家都死了，那么的确就他一个了。”

“说到立一先生一家，把遭人绑架的可能性也考虑进去的话，大致分为两种情况：一是他们在自身知情的情况下去了某处，二是他们一起遇害了。无论哪一种，都很难和穿军装的人联系起来。可一旦加上立造先生杀人的传言，一切就说得通了。靠着一身军装，犯人可以顺利地把嫌疑推到立造先生身上，不是吗？”

“嗯……”

鬼无濑正在琢磨，而谷藤则相反，仿佛忽然间得到了某种灵感，分析道：“犯人会不会就是立造呢？他肯定认为乎山和山上的金子都是自己的东西，见立一一家想横插一脚，便先杀了他们。接着，他发现立治一家也在打金矿的主意，于是一个接一个解决了他们，力枚则是受了牵连。”

“逻辑大体上是通顺的，至于立造为什么突然回来、之前都去哪儿做了什么，多少也能找到解释。然而，他何必烧毁立治先生的面部？何必带走广治先生的衣服？何必肢解力枚先生？如果他真是犯人，这些细节就没法说明了。”

“这个嘛……”

“而且春菊女士应该不认识立造先生。就算她看过照片，那也是立造先生二十年前的样子。案发时，卧室里一片昏暗，犯人还戴着面具，不可能立刻就认出来。”

“您说得有道理。”

谷藤相当失望，鬼无濑看都没看他一眼，满脸凝重地问道：“立春现在怎么样？”

“正由揖取家的人代为照顾。事实上，在我来这里之前，才刚听他说了自己昨晚的经历。可他一讲完，就有些不对劲。揖取家的人把驹泻医生叫了过来，看看那孩子怎么样了，结果我被医生臭骂了一顿……”

“您勉强他回答问题了？”

“唉……他一直自顾自地说个不停，我只是稍微引导了一下，没让他静养着，医生便生了那么大的气。看来，即使是警方为了破案，恐怕一时半会儿也没法找他问话了。”

“知道了，谢谢您帮我们问出了这么多情报。”鬼无濑轻轻点了点头，这一屋子的刑警和警察却比言耶本人更为吃惊，没想到他居然会对言耶表示认可和感谢。随后，鬼无濑继续道：“接下来，我准备把至今查明的事项都告诉您。当然，这也算不上是还您的人情。”

“真是太感谢了，您请说。”

此刻，言耶和鬼无濑或许是在整个搜查本部中最镇定的。

鬼无濑带着一丝苦涩，开始汇总搜查进展：“先说柴崎吧。小剧场着火了，他去锻炭家确认情况，发现所有人都没事，才刚喘口气，志摩子就给他端来了葛粉汤。”

“是志摩子太太亲手煮的吗？”

言耶的视线轮流落在鬼无濑和柴崎身上，柴崎则挠了挠头，回答说：“大概吧。但我不清楚安眠药是不是她放进去的。毕竟当时房子里的所有人皆有机会下药。而且团伍郎平时需要吃安眠药，锻炭家就一直备着，谁都能拿到手。”

“您的意思是，锻炭家有犯人的内应？”

言耶感到难以置信，然而，那碗掺了安眠药的葛粉汤却是铁证。

鬼无濑掰着手指，细数道：“我们认为，这件事有三种可能性——第一，锻炭家有人被犯人骗了，这才会给柴崎下药；第二，犯人在锻炭家有共犯；第三，犯人就是锻炭家的人。”

“嗯，每一种可能性都是成立的，只不过……”

言耶陷入了沉思，鬼无濑默默地注视着他。面对这种场面，其他人自然不敢开口。

终于，言耶开始缓缓地扫视每一个人，同时说道：“只不过，村子里才刚发生了连环杀人案，其中两名被害人都是锻炭家的。在这种情况下，还想骗锻炭家的人给柴崎刑警下安眠药，难度相当之大。”

“我同意。不论犯人用了什么理由、骗了谁，都不是轻易就能办到的。”

“再假设‘犯人就是锻炭家的人’，那么按目前的局面来看，犯人只可能是活下来的立春君或者阿吉小姐。可立春君还是个小孩子，阿吉小姐则没有任何动机，所以这项假设也可以排除了。”

“现在只剩下一种可能性——‘犯人在锻炭家有共犯’。”

“没错，而且犯人出于自保，或许已经把共犯杀了。”

“在杀害立治、广治和力枚时，共犯也帮忙了吗？”

“这……我还没想明白……”

“您觉得谁是共犯？”

谷藤插了一句，言耶迷茫地答道：“团伍郎老爷子算半个病人，估计无法给犯人提供协助，但要是让他出出主意，倒是挺适合的。志摩子太太看起来特别老实，感觉不适合当共犯，但她好像在害怕着什么，这一点令人觉得她隐藏着某些秘密。从春菊女士的言行举止来说，她虽然有犯罪的能耐，但我觉得她不会轻易上犯人的当。”

“也就是说，他们三人都有嫌疑，但您同样能推翻他们的嫌疑？”

“可是……”言耶起了个头，就不再往下说，被鬼无濑用眼神催促之后，才继续道，“我虽然觉得‘锻炭家有共犯’的推测很合理，不过眼见他们家死了那么多人，我就理解不了共犯的动机了。”

“嗯，他们全家差不多都被杀光了。”

“所以共犯或许也没料到，犯人会赶尽杀绝……”

“那么，共犯原本就知道犯人会杀死立治和广治？”

“我怀疑犯人的目的是杀死锻炭家全家，而共犯想杀的是立治先生和广治先生，最多再加上力枚先生。”

“原来如此，可您看起来并不接受这种解释。”

“因为我在琢磨，这么称心如意的共犯关系是怎么建立起来的……”

眼看着言耶又要沉浸到自己的世界中去，鬼无濑急着追问道：“春菊比团伍郎、志摩子更像共犯吧？然而，在确认第二个被害人的身份时，她帮忙找了些广治亲手碰过的东西，志摩子几乎什么都没干。我没记错吧，谷藤？”

“是的，志摩子接连失去了丈夫和儿子，也许是打击太大，无论我们问她什么，她都愣愣的，春菊倒是机灵多了。”

“果然，是春菊协助了警方的工作……”

鬼无濑一边说，一边盯着言耶。这时，谷藤好像突然想起了一些细节，脱口道："老师，您要是去看看广治的书架，肯定会大吃一惊的！"

"哦？他有哪些书？"

"都是民俗学的书籍，而且是跟各地的山林有关的……"

"有金山的资料吗？"

"有，还藏得特别好。我们问了志摩子，她一问三不知；再问春菊，她说锻炭家是烧炭户的领头人家，因此广治看些山林方面的书很正常。我说撇开山林的书不谈，金山的书又是怎么回事？她说那不是她的书，她不清楚。"

"看来，立治和广治也打着乎山金矿的主意呢。"鬼无濑颔首道。

言耶则慎重地表示："立一先生一家大概同样盯着金矿。乎山上的金子说不定真是一切的元凶。"

"接着是广治和力枚的解剖结果——"根据鬼无濑的解说，警方无法通过他们的死亡推定时间、犯人的杀人手法、现场的遗留物品等推测出犯人的身份。"还有小剧场的那场火灾。现在尚未得出详细的结论，但鉴识人员在现场发现了某些烧毁的设备，疑似是简单的点火装置，因此初步判断是有人故意放火。"

"是定时装置吧？"

"很有可能，不过它非常粗糙、简陋，小女孩都能做出来，无法反溯到犯人头上。"

"这样啊……"

“此外，我们没找到锻炭家那个女佣。初户村有人看到过差不多的女人，因此她可能已经逃离神户了。您之前还提过一个有妄想症的男人是吧，他未在初户村出现。为了找那女佣，我们在车站也安排了人手，不过始终没收到报告说有那么一个男人。”

“麻烦您了。知道靖美先生没来这里，我也放心了。”

“总之，揖取力枚为什么被杀还是个谜，除他以外，犯人瞄准的就是锻炭一家，没错吧？”

“我也是这么想的。”

“从立治遇害起，我们便陆续把村民们问了个遍。就他们的证词来看，完全想不出有谁会恨锻炭家恨到杀光人家全家。”

“我了解了。”

“至于立一一家人的离奇消失……大概真的和锻炭家的灭门案有关吧……”

听鬼无濑这么说，言耶心想，要是警方肯早些予以重视该有多好。当然，他并未把这想法说出口。

“我们对立一一家人的下落一无所知。他们是死是活？是自愿离开的，还是被绑架的？是全都遇害了，还是有幸存者？如果被杀了，他们的尸体在哪儿？如果还活着，他们又躲在哪儿？问题实在太多了，我决定明天就搜山。”

“……搜乎山吗？”

言耶问道，鬼无濑点了点头，仿佛答案是明摆着的。

“我们劝了好久，村里的消防团才答应帮忙。毕竟那对他们而言是一块禁地，就算村里以前也搜过几次山，等轮到自己上阵时，他们还是很害怕。可说真的，要是进了乎山就会受到诅咒，这次的犯人岂不是早该被什么妖魔鬼怪给弄死了？”

“犯人是人类的话，确实如此……但万一是山魔……”

言耶还在自言自语，鬼无濑却用力瞪着他，问道：“您怎么打算？只要您保证不擅自离队，我可以特许您参与搜山行动。”

“我准备回一次东京。”

“您不会是想撒手不管了吧？”

“不，我要去图书馆查一些资料，还要跟专家请教几个问题。再加上我很担心靖美先生的情况。”

“也是，您之所以会来这里，本来就是因为那家伙。”

“就算我找不到他，也可以去跟他的堂哥聊聊，保不准能问出些什么。”

“嗯，也许能当成参考。虽然我觉得希望不大就是了。行吧，您就先去追那条线，但是……”鬼无濑停顿了一下，接着道，“一定要回来啊。”

“好，我跟您保证。”

次日一早，言耶在揖取家的送别之下，暂时离开了奥户村。其实他很想参加力枚的守灵仪式和葬礼，然而眼下有非做不可的事，即使愧对故人也无可奈何。他相信若力枚在天有灵，肯定会支持他的决定。因此，他不再迷茫。

言耶将这桩连环杀人案的情报都写到了取材用的笔记簿中。在前往东京的列车上，他翻开了笔记簿，默默地看着案件相关内容，翻来覆去地思考着，随后总结出了以下疑点：

《乎山》

乎山上到底有没有金矿？

《乡木靖美在乎山上遭遇的一系列怪事》

诡异的婴儿啼哭声、在空中交错出现的尖叫声、始终被盯着的感觉、像“山女郎”似的“东西”、飞来的“火球”、山魔恐怖的呼唤、出现在那栋房子里的“山女郎”、跑到房子附近的山魔、来自“六墓之穴”的惨叫声、瘆人的泥巴手、山魔奇异的外形和疯狂的嗤笑声……这些能否得到合理的解释？

《锻炭立一一家》

一、他们为什么住在乎山上的房子里？

二、他们为什么突然消失了？

三、当时房子呈密室状态，那么他们到底是如何脱身的？

四、他们消失后，用到一半的早餐也不见了，仿佛根本没人做过饭、吃过饭，这又是怎么回事？

五、他们还活着吗？假如活着，他们现在在哪里？假如死了，他们的遗体又在哪里？

《奥户村的连环杀人案》

一、为什么犯人要模仿“六地藏”的童谣？

二、为什么犯人没有一次性把六尊地藏菩萨像的围兜都偷走？

三、关于锻炭立治遇害

①他为什么会被杀？

②他为什么死在乎山上的房子里？

③犯人为什么要把现场布置成密室？

④犯人为什么要烧毁他的面部？

四、关于锻炭广治遇害

①他为什么会被杀？

②他为什么死在供奉“黑地藏”的祠堂里？

③犯人为什么把他的衣服带走了？

五、关于揖取力枚遇害

①之前死的都是锻炭家的人，所以他为什么会被杀？

②为什么被害现场在乎山的房子里？

③犯人是用什么理由把他约出去的？

④他为什么是被勒死的，而不像前两人一样死于头部重击？

⑤犯人为什么把他分尸？

⑥犯人为什么把他的尸块分别扔到六个矿坑里？

六、关于锻炭家守灵夜的三条人命

①是谁往柴崎刑警的葛粉汤里下了安眠药？

②就算犯人想办法让柴崎刑警睡着了，但怎么才能潜入锻炭家呢？

③为什么团任郎、志摩子、春菊被杀害了？并且他们在同一晚遇害的理由是什么？

④死去的三个人里，有犯人的帮手吗？

⑤春菊和犯人是认识的，这条线索包含着怎样的意义？

⑥为什么立春和阿吉活了下来？

⑦犯人为什么要让立春目击到自己的模样？

⑧犯人对立春唱了那首童谣，到底是出于何种用意？

《其他》

一、阿吉为什么要用口型对我说“六墓之穴”？

二、立春所知道的山魔的真面目到底是什么？

三、志摩子为什么被吓成那样？

四、春菊为什么那么淡定？

五、靖美察觉到的山魔又是怎么回事？

列出这些后，言耶脑中一片混沌，仿佛有一个个黑色的旋涡，时而相交，时而分散，而彼此的交汇处又会生出新的旋涡，乱作一团……可是，其中也有些许缝隙正透着微光，因此，前路并非一片漆黑，一定存在光明之处，正在等待言耶到访。然而，每当他奔向一个光点，那微弱的光芒便会突然被黑色所吞噬……如此重复多次之后，他甚至怀疑自己究竟能否突破那些黑黢黢的旋涡，不再徘徊在越发浓郁的黑暗之中……

哪怕只有一道光亮也好，只要能够照亮这一系列谜团的核心，即可吹散所有的疑云……

当晚，言耶便抵达了东京。他直接去拜访了乡木高志。对方没想到他会上门，非常惊讶，可接着又流露出了惧意，最后则陷入了不解。见此状况，言耶以散步为名，连哄带骗地让高志陪自己出去走走。

途中，言耶问道：“您吃过晚饭了吗？”

“还没……最近没什么胃口……”

“我理解您的心情。靖美先生联系过您吗？”

闻言，高志无力地摇了摇头，言耶又把他带到了神保町的乐洋轩。

“来份咖喱饭吧，挺开胃的。”

言耶的想法是正确的。高志原本还无精打采的，可一闻到店里弥漫的烟火气和眼前这份咖喱饭的辛香味，就被激发出了食欲，把咖喱饭吃得粒米不剩。

“人果然还是得好好吃饭才行。多亏您的建议，我现在精神了不少，非常感谢！”

“但我接下来要说的话，可能又要让您不愉快了，然而，我不得不找您谈谈……”

“好的……您请说……”

高志低着头答道。看来，他也知道自己必须面对这场对话，只是心中难免抗拒。

“我想问的是，靖美先生的言行出现了什么变化。您可能觉得这问题很奇怪，可实际上，他出现激烈反应的时间点和奥户村的连环杀人案正好对得上，巧合得简直有些可怕……哦，您知道那桩连环杀人案吗？”

“嗯，祖父江小姐跟我说了个大概……我也立刻去看了新闻。”

于是，言耶把详情告诉了高志，对方听得面无血色，道：“确实……这……太巧合了……太恐怖了……”

“您能按着顺序，把他从乎山回来之后的变化说给我听吗？”

“他刚回来那阵子，整个人都很消沉。一方面，没人信他在乎山经历了那么吓人的事；另一方面，他没能完成‘成人礼’，这两件事叠加在一起，给他造成了很大的打击。”

“他对父亲和哥哥们的感情很复杂吧？”

“是啊……但他跟家里的关系一向如此。如果只是父子、兄弟间的矛盾，那么我也有法子解决。问题是在乎山上的那些怪事……他好像渐渐陷进去了，怎么都走不出来……”

“就像是‘着了魔’似的？”

“正是。后来，这甚至影响他的工作状态了。我觉得这样下去不行，便建议他找您商量一下。当时他跟我说，他准备先把自己的亲身体验都写下来。我心想，文章比口述更具有客观性，而他也可以通过写作，将自己从诡异的经历中剥离出来，于是鼓励了他。现在看来，这倒是起了反效果……”

“写作期间，他是闭门不出的吗？”

“不，他会去学校上班，虽然我不敢保证他有没有认真教书。对了，他还时不时地跟奥户村的人通信呢。”

“和谁？”

“我想想……应该是揖取力枚先生、嫁到奥户村的日下部园子小姐，还有揖取将夫先生。”

“信里都写了些什么？”

“这我就不清楚了……反正八成和乎山有关。”

“他可能是一边写着原稿，一边想着用自己的方式来解开谜团吧。”

“我也这么认为。但是在他写完的时候……不对，在那之前，他就已经不对劲了……”

“具体是怎么个不对劲？”

“他老是畏畏缩缩的……连我都看得出，他担心自己会再遇到同样的事。”

“他也是在那期间开始跟祖母通信的？”

“差不多吧。他真的像是着了魔一样，通过各种途径收集和乎山有关的信息……那时他已经停薪留职了，不过，要是他的精神状态能稳定下来，那也算值得了……”

“您为什么会这么想？”

“一心扑在乎山的传说上，不就能暂时忘掉那些可怕的经历了吗？”

“原来如此。”

“可是……他越来越沉默，经常陷入沉思，不知道在想些什么。而那阵子，您又正好来探望了他……”

“啊，我记得他从头到脚都缩在被子里是吧？”

“是的，真不好意思……多亏您的开导，他重新振作了起来，但……”

“我听说，他后来去怪想社找过祖父江小姐，还说了些奇怪的话。难道在我离开之后，又出事了吗？”

言耶问道，高志则满脸懊悔，说：“我……我不是推卸责任……我真的以为他已经恢复了，总算松了一口气，就大意了……后来才明白，原来那是情况恶化的前兆……”

“他是在找过祖父江小姐之后才变本加厉的？”

“不知道……我什么也不知道……”

吃着热辣的咖喱饭时，高志都没流一滴汗，此刻却汗如雨下。他也顾不上擦拭，只是耷拉着脑袋。

“再后来，您接到了祖父江小姐的电话，听她说了靖美先生的情况？”

“嗯，她之前就来过电话，说想和靖美面谈，我问她到底要不要紧，她只是反复叫我放心，绝对不会让他为难的，所以我最后还是决定劝他去一趟……”

“那么，您也知道靖美先生和她聊了什么吗？”

“您是不是怀疑我堂弟是……是那桩连环杀人案的共犯……”

“您别担心，这是不可能的。虽然他没有确凿的不在场证明，但同样没有作案的动机。只不过，立一先生一家的消失和那一系列命案之间或许有所关联，而靖美先生发现了某些重要的线索。”

高志一下子抬起了头，双眼盯着言耶，表情中满是惊愕，过了一会儿，才轻轻点点头，道：“我也认为……他知道犯人是谁……”

遗憾的是，高志压根儿不晓得靖美的确切想法，没法提供任何参考意见。言耶问他知不知道靖美可能躲在哪里，之后便向他道谢、话别，又把正在加班的偲叫了过来。在她用餐期间，言耶从头说了一遍案件详情，并将方才和高志的对话内容告诉了她。

“我能再点一份蜜豆甜点吗？”偲将一份咖喱饭吃得精光，意犹未尽地舔着嘴唇问道。

“小心发胖。而且这里是西式餐厅啊，哪来的日式点心。”

“人家才不会发胖！人家工作那么辛苦，根本胖不起来！老师您不知道吧，乐洋轩的蜜豆甜点可是很出名的！”

“知道了知道了，您喜欢吃就点吧——”

“对了，靖美先生怎么会知道犯人是谁的？”

偲开开心心地吃着服务员送上来的蜜豆甜点，摇头晃脑地问道。闻言，言耶的眼神突然亮了起来，紧盯着她说道：“对、对啊！这就是解开所有谜团的关键！”

“老师，您在说什么哇？”

“您想啊，靖美先生只听您说了立治先生和广治先生遇害的详细情况，并没有去过命案现场，却知道犯人是谁。这不正是‘安乐椅侦探[1]’的模式吗？就这桩连环杀人案而言，肯定是身在奥户村的我掌握了更多情报，而他远在东京，手里能有什么‘独家线索’？但这恰恰说明——仅凭他得知的那点信息，就足够找出犯人了！”

“确实哦……”

偲听得入了神，都没意识到自己停下了舀甜点的手，而言耶直接从包中拿出了笔记簿。

“最后的一个问题，既是个谜，也是唯一的曙光。”

他一边说着，一边在《其他》一栏里列出的五条问题下方，添上了一行字——

六、靖美为什么知道奥户村连环杀人案的犯人是谁？

1　安乐椅侦探是指不直接造访案发现场，只凭情报来构筑自己的推理，看透案件真相的侦探，也是推理小说中的一种经典侦探类型。——译者注

14

第十四章 山魔现形

重返初户村时，天色已晚，没有马车可坐。言耶只好徒步翻越臼山，在深夜时分才抵达揖取家。

第二天一早，他就前往了设在村民活动中心的搜查本部。

坐在桌边的只有言耶、鬼无濑、柴崎和谷藤四人，可在场的其余人员也都打起了全副精神，专心致志地听着这位流浪的怪奇小说家（实则为业余侦探）说话，生怕漏掉了一言半语。

“您说吧，我们听着。”

鬼无濑开了口，语气有些生硬，但其中亦夹杂着不安与期待。

“我仔细思考了至今为止的一系列命案，罗列出了一些问题。因此，我想先和大家确认一下这些问题，如果哪位还有补充，请尽管提出。”

说罢，言耶便翻开笔记簿，念出了自己整理的三十六个疑点。谷藤听后，仿佛直接投降了，感叹道：“要是单独列出乡木靖美经历的怪事，又能再增加十个疑点了……”

鬼无濑则非常不快，斥道：“不用数那些！”

“说真的，虽然没必要把他的经历一一写出来，不过我还是想试着将它们一次性解释清楚。”

“明白，您本来就是因为他的事才会跟这桩案子扯上关系的……就按您的意思来吧，但务必精简些，挑重点说。”

由于言耶回东京之前，把靖美的原稿寄存在了鬼无濑手里，所以警方的人员都看过了靖美那离奇而诡异的经历。眼下，鬼无濑勉勉强强地让步了，谷藤却还是不太放心，问道："老师，他的经历就跟鬼故事似的，真的能用科学和理论来解释吗？"

"我不能保证自己的意见百分之百正确，但我尽力了，也为此去图书馆查了很多资料，还拜访了专家，终于得出了能让自己信服的结论。"

"好，我们洗耳恭听。"

"抱歉，我提前声明一下——我说话时有个习惯，就是会顺着自己的思考过程来说……所以可能有些弯弯绕绕的……"

言耶刚说完，鬼无濑直接大手一摆，催促他赶紧进入正题。

"咳，那我就开始了。"为了缓解紧张，言耶清了清嗓子，这才正式开了腔，"在解释怪异的现象时，最要紧的便是高度重视当事人的状态以及所处的环境。按靖美先生的说法，他虽然生在初户村、长在初户村，但对大山一无所知。再加上他与父兄向来不和，对祖母与母亲又抱着特殊的感情，于是在进山参加'成人礼'时，想必非常紧张和不安，甚至因迷路而误入乎山——也就是说，他当时的心态肯定很不正常。"

"而他在那种情况下，又听到了令人毛骨悚然的婴儿哭声。"

谷藤看着自己的笔记簿说道。看样子，在言耶刚才朗读那些问题时，他已经认认真真地做了笔记。

"我觉得，那可能是野狐或者绿鸠在叫唤。野狐的叫声就跟婴儿疼痛时发出的哭声差不多，而绿鸠叫起来活像是在喊人，据说有人真的会循着绿鸠的叫声去找人。"

“结果，所谓‘幽灵’只是他自己吓自己？”

“嗯，我是这么想的。不过，他前脚才刚摆脱奇怪的‘哭声’，后脚又偏巧跑到了类似于‘赛之河滩’的地方，也难怪会认定方才听到的是‘婴儿的哭声’。只要考虑到他那时的心理状态，就能理解他为何会产生这种误会了。”

“山里怎么还会有‘赛之河滩’似的地方？”

鬼无濑有些不屑，谷藤倒是歪着头陷入了思考。言耶见状，解释道：“那里应该是在三山和乎山的交界处。”

“交界处？”

“相传，‘赛之河滩’本就是阴阳两界之间的关卡，以阻挡灵魂来回穿梭。因此也有人认为‘赛之河滩’的‘赛’是错字，应该写作‘要塞’的‘塞’。”

听到言耶的解说，谷藤笔不停歇地做着记录，问道：“但乡木靖美并不知道自己越过了三山和乎山的交界处，是吗？接着他又遇到了一个浑身是毛的东西，在空中跳来跳去的，还会发出怪叫声？”

“我怀疑那是某种鸟类，可是他在原稿里写到过，叫声是从地上传来的。我怎么查都查不到这种鸟，还为此苦恼不已，却突然想到——并没有任何证据表明，他当时听到的是同一种叫声啊。这下子就好解释了。”

“嗯？”

“比如说，发情期的野狐在草丛里轮流叫喊着，又或者他的左右两侧恰好各有一头野兽，一边发出嘶吼声来威吓对方，一边碰巧和他同向而行。于是在他听来，叫声就是忽左忽右的，进而产生一种错觉，误以为有东西在空中来回横跳，还又跳又叫。”

“原来如此。那么，始终被盯着的感觉又是怎么回事？”

“不管对山多么熟悉，人一旦走到山中的暗处，便会突然觉得心里发毛吧？这种时候，若是打开手电筒，照一照周围，肯定会看到黑暗中有两只眼睛正在发光。那通常是狐狸、貂等野生动物，在默默等待人类离开。要是不了解山里的情况，就不知道那些视线其实来自于动物，难免会感到害怕。可实际上，反而是动物更怕人类，所以才会对人类保持警惕。只不过靖美先生遇到的，不单单是动物……”

“是‘山女郎’吗？”

“嗯……‘山女郎’大概早就盯上他了。”

“哦？您这是信了他的妄想，认为‘山女郎’确实存在？那‘山女郎’到底是什么？难不成就是这桩连环杀人案的犯人吗？”

鬼无濑警部意外地表现出了兴趣，言耶急忙澄清道：“不，我不是这个意思。‘山女郎’的真实身份是……”

这时，言耶又忽然住了口，鬼无濑追问道：“怎么了？您也不知道？当然了，要是‘山女郎’的真实身份和本案无关，您说不说都无所谓。”

“不，我心里大致有数，只是无法跟您保证……”

“没事，尽管说。”

鬼无濑直视着言耶，目光炯炯，言耶只得把心一横，答道：“靖美先生在原稿里写道，他遇到了从草丛里冒出来的‘东西’，疑似是‘山女郎’。但我觉得，那的确是一位老婆婆，而且草丛里有路，她正是沿着那条路走来的。”

“那种野兽走的小路吗？”

“不……”言耶轻轻摇着头，继续说道，“山里有一条非常狭窄、隐秘的小路，连接着树木茂盛的大山、幽深的峡谷，险峻的悬崖和没有桥梁的河滩。别说外人了，恐怕连当地人都不知道。”

“还有这种路？”

“有，是生活在山间的游民们才会走的路。”

“立一一家人也是游民吧？”

“是啊。估计是游民们在涡原建起了村子，那个老婆婆就是去投奔的。”

“他们不是游民吗？还建村子？”

“只是临时的村子，他们会暂住一阵子，然后再迁移到其他地方。”

“那也没必要特地挑这种路走啊？”

鬼无濑十分讶异，言耶又一次无力地摇头，叹道：“总有人因为各种各样的理由，在无形中受到世人的歧视。那些居无定所的游民便是如此。”

“所以他们才不走普通、好走的山路，免得惹人嫌弃，是吧？”

“是啊。而我们也必须牢牢记住，世上有着这样一群遭人排挤的人，无奈地走着不为人知的山路。这背后，其实有着我们每一个人的责任……”

“您这帽子也扣得太大了，又不是每个人都这样对待他们！”

鬼无濑为自己叫屈，言耶无视了他的抗议，接着往下说：“反正乎山本来就被当地人视作‘凶山’，离它远远的，那么游民自然会从这座山上借道，那个老婆婆的背影也自然是既凄凉、又酸楚……”

随着他们的对话，搜查本部的气氛亦变得沉重而压抑。谷藤似乎是想驱散这种感觉，故意大声说道：“这对乡木靖美来说，也是一段珍贵的体验吧，但换个角度想想，第一次上乎山，就接连遇到那么多怪事，真是挺不容易的……”

“嗯，不管他当时的情况有多么特殊，这种经历也实属罕见……”

“他不是还在树上看到了又黑又圆的东西，发着红光，像个火球似的朝他冲过去吗？那又是什么？”

“八成是晚鸟。”

“啊？”

“就是鼯鼠。因为它们会在晚上出现，像鸟一样吱吱叫，所以俗称‘晚鸟’。靖美先生当时听到奇怪的叫声，吓了一跳，直接用手电照过去，只见树上有个圆滚滚的黑影。而那个黑影正是鼯鼠。它的毛皮偏红，在灯照下泛出了红光，还向光源扑去。这一情景在不具备相关知识的人眼里，可不就像是一团会飞的火球吗？那当然会吓得直不起腰来。”

“这么看来，除了那个老婆婆，其他现象几乎都是山里的野兽造成的。可是，山魔的呼唤声又是怎么回事？没有哪种野兽会‘喂’‘喂’地叫啊。”

“确实没有，而且也不是刚才的老婆婆。”

“那么……”

“那是真的。”

“啊？山魔真的出现了？”

“不，我是说，那叫声是真的。靖美先生的祖母让他的三个哥哥上山找他，那些呼唤声就是哥哥们在喊他。”

“原来是这样……”

“他们没进乎山，只是在三山里找了一圈，但山里的夜晚很安静，叫喊声传到邻山也不奇怪。至于哥哥们为什么没有按照山上的惯例喊‘呀呵——’，而是学了山魔的叫声，那只能说是他们完全没有意识到事态的严重性，在对他恶作剧吧。”

“嗯嗯。”

谷藤附和着，语气中带着钦佩之意，随后再次看向笔记簿，问道：“老师，之后出现在那栋房子里的‘山女郎’和房子附近的山魔该怎么解释？它们明显对乡木靖美抱有恶意啊。”

“您说得对。也正是因此，反而证明了那是人为的把戏。不过您觉得到底是谁干的？有什么目的？”

这时，鬼无濑难得开口分析道：“我看，是立一那一家子想威胁乡木靖美，警告他别再进乎山了。目的嘛，肯定是为了独吞金矿。”

“我同意您的观点。说真的，如果靖美先生仅仅遇到一两件装神弄鬼的事，我相信他绝对能识破骗局。而立一先生应该也只准备稍微吓吓他。说巧不巧，他之前已经经历了各种骇人的怪事，整个人都惊魂未定，又把自己的遭遇老实交代了出来。这下倒好，一方本就打算吓唬人，一方又恰巧被吓坏了，再加上乡木家和锻炭家历来在地界问题上存在争执，种种巧合之下，立一先生他们很可能临时起意，决定狠狠报复一下靖美先生。”

“可是，乡木靖美追着‘山女郎’来到一楼时，立一和平人都坐在地炉旁呢，他们俩没法乔装成‘山女郎’吧？当时一楼没有可疑人物，前后门又从里面上着闩。就算‘山女郎’是别人扮的，还逃去了屋外，立一和平人也绝对来不及抢在靖美下楼前上闩……这到底……”

“我猜，‘山女郎’是百合假扮的。”

“小孩子的确可以找个狭窄的地方躲起来，问题是，当时没地方可以藏啊。”

“靖美先生第二天早上发现楼梯下的被子变少了，但实际上并非如此，而是他当晚瞥见被子时，百合正躲在里面，增加了被子的体积，才给他造成这种错觉。此外，他第一次上二楼的途中不是感受到了一股视线吗？那恐怕也是百合透过台阶的缝隙在偷看他，接着又立刻躲进被子。立一先生和平人先生目睹了百合的恶作剧，便想到了让‘山女郎’消失的法子。靖美先生胆小，按说不敢追到一楼来，不过出于谨慎，他们应该还是要求百合假扮的‘山女郎’一下楼就躲到那堆被子里去。”

“那站在房子外边的山魔呢？”

“是平人先生吧？只要打扮得奇怪些，再站到阴暗的草丛里，任谁看了都会产生惧意，怀疑那是个怪物。”

“等等，难道您想说——立一那一家子盘算着吓唬乡木靖美，于是故意消失？”

鬼无濑露出了惊慌的神色。

“这倒不至于，但他们确实利用外出一事，加深了他的畏惧。”

“利用？怎么说？”

“其实，他们只管离开那栋房子就行了，却非要把它布置成密室。”

“他们的手法呢？”

“十有八九是其他人先走了，就留百合一个人给前后门上闩，接着藏在被子里或者屏风后面。靖美先生起床下楼后，发现房子里没人，一定很纳闷，百合就趁他发愣时上二楼，躲到他昨晚睡觉的房间里。”

“乡木靖美看到两扇门都上着闩，势必会去二楼调查另外三间房间，但他才刚从最后一间房里出来，知道里面没人，自然不会去检查，是吗？”

“对，而百合应该也躲在了壁橱中的被子里，以防万一。”

“之后，他在那个有一排洞的山脊上听到了惨叫声吧？那是怎么回事？”

“警部，那里叫‘六墓之穴’。”

谷藤提醒道，鬼无濑嫌烦似的挥挥手，又问道：“那些洞里不是没人吗？难道又是那孩子钻进去了？”

“不，那太危险了。估计是风吹到洞穴中发出的声音，属于自然现象。我记得原稿里写了，当时风很大。”

“还有一个洞穴，叫啥来着——”

“叫……”

谷藤又打算开口，却被鬼无濑瞪了一眼，赶紧乖乖闭嘴。

“反正就是另一个洞穴。那孩子躲在里头吧？”

“是的。等靖美先生离开那栋房子，百合便从二楼的壁橱里找出旧头巾等物品，穿戴在身上，再往手上抹上泥巴，在身上缠上草木，伪装成山魔。这并非全是百合的主意，立一先生绝对也出谋划策了。只是实际乔装的时候，那孩子还是添了不少‘创意’，最终效果才那么恐怖。而就在靖美先生把风声误当成叫声，分散了注意力的当口，百合钻进了‘六壶之穴’。可是啊，哪怕他当时直接走过‘六壶之穴’，没往里看，之后他们照样有法子换着花样吓唬他。”

“说起来，他好像在那个洞里发现了什么东西？”

“嗯，就是这个。”言耶说着，从口袋中取出了一颗念珠，递给了鬼无濑，“如您所见，这是一颗念珠。在我明白它的含义时，就知道了山魔其实是百合扮的。”

“念珠能有什么含义？还跟那个孩子有关？”

“原稿里写过，百合在玩沙包。一般情况下，沙包里塞的都是干燥的豆子，不过也有人会把用不着的念珠给缝进去。那孩子的沙包破破烂烂的，没注意到有念珠从破洞里掉出来了。”

“啊……那么，乡木靖美逃离乎山的时候，追着他、一路嗤笑他的，还是那孩子？”

“嗯，作为对他的最后一击。”

“真是个可怕的小鬼……”

“站在局外人的角度来看待整件事，确实如此。可百合当时只觉得那是个有趣的恶作剧吧。”

“真是，不知该怎么评价……”

鬼无濑的表情相当复杂，而谷藤虽怕挨上司训斥，却仍难掩好奇之心，问道：“立一一家为什么急匆匆地离开？”

“靖美先生借宿的那个晚上，百合想碰他的手电筒是吧？”

“嗯？哦，确实有那么回事。”

“他把布挎包和手电筒都忘在了地炉旁，就上二楼去睡觉了。可第二天早上，他在西边的小库房调查时，是从布挎包里拿出手电的。好了，到底是谁将手电放进包里的？又为什么要这么做？”

“他上楼之后，百合拿着他的手电筒玩了一会儿，然后随手放回了他的包里？”

“您基本上说对了。只不过，手电筒是百合在第二天早上玩的。昨晚那孩子又是装神弄鬼，又是躲来躲去的，忙活完之后，估计就被大人直接轰去睡觉了。”

“哦……但这重要吗？只差了一个晚上而已。”

“因为这件事从根本上造成了他们一家的离奇消失，而且仓促得连早饭都顾不上吃完。”

“要是百合当晚就玩了手电筒，他们家就会连夜离开吗？可这又是为什么？”鬼无濑忍不住插嘴提问。

“因为百合从靖美的包里翻出了日下部园子小姐的信，而立一先生或平人先生看到了信里的内容。”

“信？”

“就是写有园子小姐出嫁的时间、日期的那封信。靖美先生本打算在参拜奥宫之后，把它撕碎了扔在山里的。”

“我想起来了，乡木靖美的原稿里确实提过日下部园子写的信。不过那和立一他们有关吗？”

“当然有关。负责在婚礼上跳舞助兴的戏班子——‘太平一座’，实际上就是立一先生一家子。”

“什么？”

鬼无濑警部、柴崎、谷藤全都震惊了，不禁向前探出了身子。

“立一先生一家是在去年盂兰盆节前住到乎山上的，而‘太平一座’则是在去年梅雨季结束后，住进了乡木虎之助老爷子兴建的小剧场。双方出现的时间对得上。再看人员——靖美先生一开始以为立一先生和阿幸太太是夫妇、平人先生和阿芹太太是夫妇，‘太平一座’也是一老一少两对夫妻加一个孩子。这些难道只是巧合吗？”

“可他们为什么要这么做……”

“或许那个戏班子，才是立一一家的真实身份。他们靠演戏赚取生活费，而决定上乎山找金矿之后，就先以戏班子的名义回到了神户，并刻意避开了奥户村，选择了初户村。反正这两个村子之间少有往来，这对他们来说真是再理想不过了。他先观察了一阵奥户村的情况，再恢复‘锻炭立一’的身份，假装误入乎山。”

“那他们又为何保留着戏班子的身份？同时经营两个身份岂不是很麻烦？”

“多一个身份，多一条后路。即使他们的目的暴露，被逐出乎山，也还能用戏班子的身份打掩护，继续留在这一带，等候着挖金矿的时机。”

“想得真周到……”

“这也能解释立一先生误入乎山之谜。他明明是在奥户村长大的，对山路非常熟悉，按说不可能迷路。”

“确实。”

“力枚先生去乎山探望立一先生时，扑过几次空。那不仅是因为他们出去找金矿了，还因为他们必须以戏班子的身份在初户村露脸。”

“嗯……即是说，村子里有人委托戏班子在日下部园子的婚礼上跳舞，而拒绝会显得很不自然，立一只好答应？”

“您说得完全正确。只不过，神户一带有个独特的风俗，那就是新娘在离开娘家时需要叩拜夕阳，在婚礼当天又得先叩拜朝阳，再举行仪式。而翻过臼山需要花上整整一晚，所以但凡两个村子通婚，从新娘离开娘家起，至办完婚礼、嫁入夫家为止，至少也要一天半。可如今臼山山脚下开通了新路，大幅度节省了赶路的时间，园子小姐的婚礼便提前了一天。立一先生他们没看到修改婚期的传阅板报，自然不知道这件事。直到发现园子小姐写给靖美先生的信时，才晓得婚礼就在今天早上，想必阵脚大乱。”

“于是他们立即放下吃了一半的早饭，急匆匆地下山去了？”

“嗯，而且还利用这次危机好好吓唬了靖美先生一把，头脑可真灵活。”

“乡木靖美找的是立一一家，也难怪没能识破他们的把戏。”

“是啊，这完全是个盲点。谁会想到，给婚礼跳舞助兴的戏班子实际上是立一先生一家呢？就算看到了也不会往那方面联想的。”

“可是老师，通往锻炭家的山路上不是有一处悬崖吗？”

“他们用了圆木梯子。就是之前我下到‘六墓之穴’的洞穴里去的时候，谷藤刑警您帮我压过的那种梯子。用过之后，把有‘L’形凹槽的那一面朝下，和附近那些倒下的树木扔在一起即可，没人会发现的。”

“原来是这么下悬崖的……对了，消失的早餐又怎么解释？他们急急忙忙下山去了，靠百合一个小孩子怎么能收拾得那么干净，居然连做过早餐的痕迹都没留下。”

“我想，应该是他们中的某人事后带着干净的锅碗瓢盆回来，和使用过的调换了一下。反正那些东西都是他们自己置办的，小剧场的屋子里估计也有同样的炊具和餐具。而之所以这么做，十有八九是防着靖美先生带人找上门吧。要是房子里不见任何痕迹，别人首先就会怀疑靖美先生的精神状态，而他本人亦会在恐惧中越陷越深。”

“我理解了。”谷藤一边点头，一边提出了新的问题，“现在，立一一家消失的理由和方法总算水落石出了，但他们又为何不再回来呢？”

“他们应该是想回去的。只是在靖美先生下山后，他的父亲乡木虎男先生先跑到揖取家去大骂了一通，把小儿子‘成人礼’失败的责任都推在揖取家头上，责怪他们对乎山放任不管，随后又去了锻炭家，质问怎么能由着立一一家住在那种禁地，得罪了各路神仙鬼怪，搞砸了神圣的成人仪式。如此一来，他们还怎么回去？”

“的确，事情闹得那么大，要是他们若无其事地回到乎山，可真是要引发不得了的纠纷了……”

“是啊。”

言耶说完，谷藤是听得心悦诚服，鬼无濑却惊讶不已，问道：“慢着！住在那个什么堂的什么和尚不是跟乡木靖美说过，立一的女儿百合已经死了吗？”

“是去年暂住在御笼堂的惠庆师父——”

“啰唆！我当然知道！”

鬼无濑看都没看谷藤一眼，直接吼了一声，接着便盯紧了言耶，眼睛都不眨一下。

“这个问题嘛，搞不好就是‘太平一座’继续存在的主要理由……”

“什么意思？”

“为了隐藏身份，阿幸太太和阿芹太太故意穿着破旧的脏衣服，然而从靖美先生的原稿来看，她俩照样带着一股优雅、清爽的气质，唯独百合的头发乱蓬蓬、脏兮兮的。”

“但通常说来，即使大人自己不修边幅，也会尽量把孩子拾掇得干净些吧？”

“距今两年半前，惠庆师父在隔壁县——也就是山梨县的已冲村遇到了立一先生一家，后来，他听说百合去世了。而另一方面，力枚先生的外孙女——阳子也是在两年半前失踪的。她当时才六岁，那现在就该八岁了——”

“您的意思是，百合就是阳子？”

“我只是提出了一种假设，不过，这样就能解释阿幸太太和阿芹太太为什么一直待在幽暗的里屋，而且绝不让百合离开她们身边。毕竟她们不能让百合接近力枚先生。包括对不会再见面的靖美先生也是一样，总之就是尽可能避免让外人看清这孩子。”

“嗯，孩子的问题，我们之后会另行确认。”鬼无濑的言下之意很清楚——先解决眼前的连环杀人案，儿童诱拐案稍稍押后。他接着道：“照这么看，立治他们其实并没有毒杀立一一家吧？”

“我觉得，他们兄弟两家确实在暗中争抢金矿。只是立一先生一家恢复了本来面目，也就是戏班子‘太平一座’，因此，那一家子虽然‘消失’了，却还都活在世上。”

“那么，所谓的‘幸存者杀死锻炭家全家’的说法就不成立了吧？”

鬼无濑正在和言耶交谈，谷藤又一次忍不住插话道：“这也难说啊，也许立治他们确实对立一一家下了毒，但最后只有抵抗力差的小孩子死了……”

“谷藤，你觉得是复仇？可犯人真的会为此杀光锻炭家的人吗？”

鬼无濑听着部下的意见，同时瞥向言耶，等着他提出见解。言耶答道：“有这个可能性。不过，不论犯人是立一先生、平人先生、阿幸太太，还是阿芹太太，为什么没有目击者？连续杀了那么多人，即使行动再隐秘，也很难躲过所有人的耳目。”

“有道理。就算他们以戏班子的身份行动的，也该有目击情报才是。演员的外形可是非常醒目的。”

“嗯，我的思路也在这里卡壳了。于是我从头开始回顾自己的推理，结果发现了一个很严重的问题。”

“什、什么？难道您说了那么多，全是错的？”

鬼无濑震惊不已，言耶却风轻云淡地说道：“不，直到立一先生一家下乎山为止，我的想法都是正确的。可那天早上，立春君因为淘气受罚，只能躲在后院，隔着围墙偷看园子小姐的婚礼。他作证说，自己没看到任何人从乎山下来。”

“小孩子说的话，可信度不高吧？”

“当时住在御笼堂的惠庆师父也说没人下山。”

“那么，立一他们不是从西侧的山路下来的？”

“不，他们确实走了西侧的山路。”

“那他们没变回‘太平一座’？”

“没有。所以他们的行动和目击证词出现了矛盾，我怎么想都想不通。”

“他们到底是怎么隐藏行踪的？”

“只有一种法子——或者说，只有一种解释。”

“什么法子？”

“立一先生全家从一开始，就是由立治先生全家假扮的。立治先生扮成立一先生，广治先生扮成平人先生，志摩子太太扮成阿幸太太，春菊女士扮成阿芹太太，立春君扮成百合。而所谓的‘立一先生一家’下乎山之后，只要恢复成原本的身份，便不会引起任何人的怀疑。”

“……”

鬼无濑、柴崎、谷藤都不禁倒吸了一口凉气，说不出话，只有言耶波澜不惊，继续淡定自若地诉说着自己的推理：“惠庆师父天亮前就起床了，先做了早课，然后清扫御笼堂四周。当时，附近已经陆陆续续有人出现了，他当然也看到了立治先生他们出门。有了这套证词，我们会下意识地认为，立一一家人不可能从西侧的山路下山，不然绝对会被人目击到。但是，西侧的山路始于‘白地藏’的祠堂门前，整个村里只有从锻炭家和御笼堂能看到那条山路。换言之，所谓的‘立一先生一家’完全可以趁着天亮前下山，回到锻炭家，恢复自己的本来面貌，再从锻炭家出来，洗脱所有的嫌疑。”

“……”

“事实上，他们根本没意识到惠庆师父的存在，只是单纯想着趁早下山，以锻炭一族的身份去参加婚礼。要是他们迟迟不露面，左邻右舍难免会觉得奇怪，跑到他们家看看情况，进而发现家里只剩下团伍郎老爷子和阿吉小姐，那他们就横竖都无法辩解了。换作平时，还能嘱咐阿吉跟外人说他们出门了。然而那天早上情况特殊，村里的板报肯定在前一天晚上便传到了锻炭家，而且阿吉小姐忙着照顾团伍郎老爷子，暂时还不知晓此事，因此立治先生和广治先生绝对急坏了。”

“……”

“他们在惠庆师父出门打扫前就回到了锻炭家，实在是侥幸。”

“原来如此……”鬼无濑总算开口嘀咕了一句。

“将夫先生按岳父力枚先生的吩咐，当天就去找广治先生打听，问立一先生一家是否一早沿着西侧的山路下了山。这个问题其实挺奇怪的，一般人听了肯定觉得摸不着头脑，而广治先生并没有反问他干吗要关心这个。请问，广治先生为什么一点都不在意呢？”

“因为他早就知道答案了……”

“是的。那天早上，百合——也就是立春君在乎山上吓唬靖美先生，赶不上接亲仪式，所以家人们为他编造了一个谎言，让他说自己是淘气受罚，被关在了家里。而在靖美先生拜访锻炭家时，立春君又一次忍不住想要恶作剧，满不在乎地撒了谎，说西侧的山路上没人下来过。当然，这其中应该也有他自己的考量——只要给出这样的证词，就能在保守家族秘密的同时，再捉弄一下靖美先生。真是个聪明的孩子。不过，他还是露出了破绽。他说婚礼一点也不好玩，可事实上，任何孩子都喜欢看戏班子跳舞。”

“换言之，他并没有看婚礼，不知道有助兴的舞蹈……难怪会这么说……”鬼无濑附和着，而下一秒又忽然想起了什么似的，问道，“立一一家是‘太平一座’的说法还成立吗？”

“不，那个戏班子和本案没有任何关系。”

“……”

“就连园子小姐也不知道到底是谁把戏班子请来的，看样子，八成是他们自己找上门来的，想拿点谢礼钱。”

“有道理。”

“靖美先生看到百合时，觉得那孩子有种说不出的奇怪，也是因为‘她’并非真正的女孩子，而是男孩假扮的。那个乱蓬蓬的童花头，应该是小剧场里的假发吧。《蜘蛛丝梓弦》里就有‘童子’的角色，需要戴着假发表演。而立春君剃着光头，皮肤白皙，长相又可爱，男扮女装倒也不难。可惜那些道具已经被烧毁了，无法作为证据。”

“立一、立治和立造三兄弟本来就长得很像吧？那么，立治打一开始就设想好了。即使‘平人’和广治长得一样，只要推说堂兄弟相貌相似，即可轻轻松松地搪塞过去。”

“是啊，连团伍郎老爷子也被骗了。”

“您是说广治穿着假扮‘平人’时的破衣服，直接回了锻炭家的那次吧？”

“所以他自称广治，反倒是说了实话。”

“团伍郎知道他们的计划吗……”

“肯定不知道。他老人家已经有些老年痴呆了，他们没法和他商量那些。而老爷子又时不时地大发雷霆，觉得连唯一剩下的儿子都对自己不管不顾，绝对是想把自己扔到山里去自生自灭——这一点就证明了他经常见不到家人，独自被留在家里。”

“毕竟家人都去乎山上了，对吧？”

“嗯。也正是因此，力枚先生去探望‘立一先生’时会接连扑空。那一家子不仅要进山找金矿，还要回锻炭家生活呢。”

“要是力枚和团伍郎有来往，立治他们假冒立一一家的事说不定早就暴露了。”

“力枚先生说过，他从‘立一先生’和‘平人先生’那里听说了山间游民的生活，觉得很有意思，但考虑到广治先生的房间里有很多山林题材的民俗学书籍，那些‘游民生活经历’也不过是他们临时学来的。”

说到这里，言耶似乎想起了逝去的力枚，露出了难以形容的表情。鬼无濑却只当没看见，接着问道：“您说‘立一’就是立治、‘平人’就是广治、‘百合’就是立春，我认为这些推理是站得住脚的。但志摩子和春菊真的能扮成‘阿幸’和‘阿芹’？”

“志摩子太太才四十七岁，看起来却有五十七，而春菊三十三了，模样却像是二十三的，由此可见，他们分别扮成六十来岁的‘阿幸’和二三十岁的‘阿芹’完全可行。”

“她们一直待在靠里的木板房吧？那间屋子很暗，倒是能蒙混过关……”

“靖美先生的原稿里写过，她俩全程都在缝缝补补。这就很奇怪了，为什么要特地窝在昏暗的地方做细致的针线活呢？答案很明显，她们只是装装样子而已。”

“那么，春菊和平人、广治的绯闻呢？”

“我不清楚春菊女士和广治先生究竟是什么关系，可是，村民们参拜‘白地藏’时，若看到她单独出现在西侧的山路上，自然会觉得很可疑。她既不是户主，也不是家业的继承人，为什么要一个人上乎山？加上志摩子太太为人虔诚，立春君又是个孩子，全都不比她那么引人注目。如此一来二去，就传出了风言风语，但她并没有积极地否认、辟谣。一方面，她或许本就不怎么检点，而另一方面，她甚至反过来利用了谣言，摆出一副默认的姿态，来坐实了‘平人’的存在。”

“说起来，揖取家和锻炭家那么疏远，即使立治跑到力枚面前自称‘立一’，力枚也不会识破吧？”

“话是这么说，可这个计划确实大胆。我猜，立一先生离家出走之后，就没再回过神户。离老家最近的时候恐怕就是在山梨县乙冲村的那阵子。不管立治先生是否知道大哥在乙冲村待过，反正他应该很确信大哥绝对不会回来。接着，他再参考立一先生写给力枚先生的信，制订了计划，由自己全家假扮成立一先生全家。幸运的是，立一先生和力枚先生是总角之交，关系很好，所以立治把握十足，只要以大哥的身份说自己迷路了，力枚先生就会把乎山上的房子借给他们暂住。然而，他不知道百合死了，于是露出了马脚。”

“原来这也是一条线索啊……”

“其实，那些书信里还藏着其他线索。”

“怎么说？”

“立治先生假扮成立一先生时，对靖美先生说起过，二弟立治二十年前上乎山找三弟立造，结果听到了山魔的嗤笑声，吓得魂飞魄散。事实上，这是立治先生的亲身经历，他本人当然知道，可立一先生早已出走，和家里断了音信，上哪儿去了解这些事？”

“说不定是力枚给立一回信时写了。”

“不，力枚先生说，他只在立造先生刚出事不久后给立一先生写过一封信，这件事都过去二十年了。而立治先生是在某场聚会上，才第一次对别人说起遇到山魔的往事。将夫先生当时也在场，可以作证。要知道，将夫先生来奥户村仅仅十二年。这就说明，力枚先生不可能把立治先生遭遇山魔的经历告诉立一先生。”

“确实……也真亏您能注意到这种细节！立治是为了金矿才假扮立一的吗？”

“去年盂兰盆节前，立春君上了乎山，发现了金矿石。立治先生和广治先生知道了这件事，但乎山如今归揖取家所有，而且将夫先生想正式开发乎山。这或许让立治先生感到焦虑，生怕照此下去，锻炭家不仅无法进山勘探，还得把金矿拱手让给揖取家。”

“立治他们居然知道将夫的心思？”

“将夫先生和广治先生都是青年志愿团体的成员，多少有点交集。再加上……”

言耶突然住了口，鬼无濑等了一会儿，才缓缓开口道：“您都参与得这么深入了，还有什么不能说的？”

“这……这只是我的胡思乱想，没有任何依据啊……我怀疑，将夫先生和春菊女士之间，也许有点什么……所以……”

“还真有这个可能。总而言之，立治他们无论如何都想独占金矿，却知道了将夫的想法，便想出了这个计划，假装成大哥一家，住进乎山，好抢在别人之前行动。不晓得该说他们胆大包天还是胡来……”鬼无濑警部感慨着，暂停了片刻，似乎是在整理思绪，接着说道，“好嘞，您说的我都听明白了。但立治他们为什么会一个接一个地遇害呢？究竟是谁下的手？”

面对鬼无濑锐利的目光，言耶不卑不亢，伸手指向了笔记簿上的最后一条，道：“当我们弄懂靖美先生为什么知道这桩连环杀人案的犯人是谁时，就能见到指引我们破解迷案的曙光。他从祖父江小姐那里听说了案件的概要，然后察觉到了犯人的身份。而那些内容又都是我告诉祖父江小姐的。换句话说，线索其实就隐藏在我们已知的情报之中。于是，我从头梳理了整桩案子。”

“首先是立治的死吧？”

“嗯。我们之前讨论过犯人把现场布置成密室的原因，并且得出了结论——犯人是为了从现场脱身才这么做的。包括烧毁被害人的面部，也是制造密室的环节之一。而现在，‘立一’一家消失之谜已经解开，更清晰的动机也随之曝光了。”

“难不成，是不想让力枚看到立治的脸？不过我只是这么猜猜罢了。要说理由，我也讲不出来。”

“立治先生被杀死时，穿着自己的衣服，并未乔装成立一先生。这乍看之下很正常，可仔细想想，从去年八月下旬到十月中旬的那段时间里，平时关系疏远的力枚先生把他当成了立一先生，跟他在那栋房子里见了好几次面。”

“对，是有这么回事。”

“即是说，假如力枚先生当时看到的是一具普通的遗体，十之八九会认为那是一度消失的立一先生。”

“有道理。”

“要是力枚先生得知被害人其实是立治先生，您觉得他会怎么想？”

“搞不好会意识到立治全家都扮演了立一一家人？”

“没错。虽然他未必会立刻察觉到这一点，但这是一个非常重要的线索，甚至直接关系到真相。因此，犯人才要烧毁被害人的面部，让人无法立刻认出他来，能瞒几天是几天。可见犯人最害怕的，就是立治先生他们的把戏被戳穿。”

“‘立一’那一家子不再回乎山，也是同样的理由吧？要是暴露了，乡木虎男再去闹上一通，他们也别想偷偷找金矿了。”

鬼无濑频频点头，看向言耶，总结道：“犯人的动机果然也是金矿吧？”

“老师，弄清犯人的想法，就能知道犯人的身份了？”谷藤问道。

言耶慢慢地点了点头，回答说：“那天早上，我和力枚先生去了那栋房子，边走边聊。现在想来，当时在房子里的犯人恐怕隔着大门认出了力枚先生的声音，担心磨磨蹭蹭地留在现场会他被发现，于是立刻闩上门闩，随即又意识到了被害人身份暴露的风险。可情况紧急，来不及用钝器砸毁被害人的脸，犯人便灵光一现，觉得或许能用火。”

“之后，犯人就像您以前说过的那样，在地炉里点燃了蓑衣，烧毁被害人的面部，并躲到剩下的蓑衣堆里，完成了所谓的‘密室’？”

“对。不过犯人应该很不安，怕光靠蓑衣尚不足以把被害人烧得面目全非，所以加上了蛤蟆油，也算是聊胜于无了。”

“能用则用嘛。犯人有这种心态也很正常。”

“嗯。但是，现场非常整洁，只能检测出我从水缸里舀水，浇在被害人脸上的一系列痕迹。除此之外，架子上那堆瓶瓶罐罐都摆得好好的，不像被人翻找过。这说明，犯人本来就明白哪个壶里有蛤蟆油。”

“……”

“而知道这件事的，总共只有立治先生、广治先生、志摩子太太、春菊太太、立春君和靖美先生六人。可是，前四人都遇害了，立春君还是个小孩子，没有能力犯下这一系列命案，靖美先生既有不在场证明，更缺乏杀人动机……”

“您凭什么断言乡木靖美缺乏动机呢？任何人都难以抗拒金钱的诱惑吧？”

“他在其他地方遇上这种事的话，估计也敌不过发财的诱惑，可他毕生最大的愿望就是远离神户。我认为他不会对乎山上的金矿着迷。”

“也许他只是特别小心，没有暴露可疑之处。”鬼无濑愤愤地说道，随即又陷入了疑惑，问道，“这么看来，不是没有犯人了吗？接下来怎么办？”

“对了，揖取力枚不是也去过那栋房子吗？不过他同样是被害人……”

谷藤指出了这一点，言耶针对他的疑问，解释道：“力枚先生只是去那里吃过几顿晚餐，不至于摸清蛤蟆油的位置。”

“……您不会又想说，推理‘触礁’了，没法继续下去了吧？”

鬼无濑的声音中透着强烈的不安，言耶却竖起了右手食指，道：“只有一个人，不仅进过那栋房子，还可能知道房子里有蛤蟆油。”

“谁？”

“将夫先生。”

“欸？”

“他很早就看出了‘立一先生’一家想在乎山找金矿，为了把握证据，曾悄悄潜入那栋房子，发现了放在挂画前的金矿石。当然也很可能在房里四处搜罗了一番，看看有没有别的‘好东西’。”

“他还会把瓶瓶罐罐一个个检查过来？”

“人们总会习惯性地把贵重的东西藏在罐子里吧？”

“所以他在作案时想起了架子上有一罐蛤蟆油？”

“嗯，还立刻用上了。”

“他看穿了立治一家的计划？”

“要是他像我方才猜测的那样，和春菊女士之间有染的话……”

“那么，春菊泄露秘密也不奇怪。”

“是的。她应该不至于主动透露，不过，也许是在调情的时候说漏嘴了。”

“将夫只要以金矿为诱饵，就可以把立治引到那栋房子里。而之所以在那里下手，也是觉得没人会去那里吧？”

“但我想，他最开始并未打算模仿那六尊地藏来杀人。”

“难怪没有一口气偷走地藏菩萨像的围兜。可这又是为什么？”

“大概是……他原以为，只要在那栋房子里杀死锻炭家的户主立治先生，就能让锻炭家的其余人等受到惊吓，主动脱下乔装的假面具。”

“没想到，所有人都守口如瓶。”

“由此，他决定实施备用计划，在逐一杀死碍事的立治先生一家的同时，把罪名推给他们假冒的‘立一先生一家’，从而独占乎山的金矿。”

“立治死亡的前因后果已经清楚了，广治呢？”

“揖取家的人都有机会发现广治先生和月子小姐在供奉‘黑地藏’的祠堂私会，因此那座祠堂是再理想不过的作案现场了。”

“难怪他会选那里。”

“犯人拿走了广治先生的衣物，理由和烧毁立治先生的面部相同，即暂时混淆被害人的身份。毕竟广治先生为了偷偷见月子小姐，特地伪装成了‘平人先生’。要是那副打扮被发现了，立治先生他们假扮大哥一家的事就有可能被识破。”

“明白了……可力枚先生又怎么说？”

“即使连环杀人案闹得沸沸扬扬的，犯人身为揖取家的入赘女婿，只须说自己知道月子小姐和平人先生的重要秘密，便可以约力枚先生去那栋房子。试想一下，有什么人能把力枚先生约到凶案现场去？范围其实很有限吧？所以，这个问题本身就是破案的重要线索。”

“为何要在那栋房子里动手呢？是冲着不会被人打扰吗？”

闻言，言耶点点头。鬼无濑立刻跟上，问道：“那为什么要分尸？”

“月子小姐发现恋人的遗体时，受了很大的刺激，整个人都快疯了，在挣扎时弄伤了将夫先生的胳膊。后来，他又因为外出寻找力枚先生而伤了脚。综上，他在杀害岳父时，手脚上都有伤，即使用推车，也没法把一具完整的遗体运到‘六墓之穴’。”

“怪不得要将遗体切成一块一块的……”

“而他不想让别人看出分尸的真正缘由，这才分别抛尸于六个洞穴之中。”

“他……他为什么要做到这种地步？”

“您想问的是，为什么非要模仿‘六地藏’的童谣，是吗？将夫先生是从外地入赘的，和奥户村代代相传的童谣之间没有渊源。可是，在栽赃给‘立一先生一家’的计划中，它却是一项关键要素。真是打得一手如意算盘。”

“也就是说，他这么做，能帮助他撇清自身的嫌疑？”

“其实还不止这一层用意。”

说到这里，言耶看向四周，像是在找人，接着扬声问道：“熊谷警官在吗？”

“我在！”

熊谷立刻从桌旁的屏风后走了出来。

“之前拜托您的事办得怎么样了？”

“我已经把人带过来了。”

熊谷说完，便将在屏风后待命的人领了过来。对方正是住在御笼堂的巡礼僧胆武。

“劳驾您跑一趟。”言耶致谢道。

“哦，他就是那个和尚啊？”

“警部，人家不是什么和尚，是从四国来的巡礼僧！”

这段对话已在鬼无濑和谷藤之间重复过无数次，而胆武只是站在原地，满脸不解。

言耶赶紧安抚道：“胆武师父，我们有点小问题想问问您，很快就让您回去。您刚刚可能都听到了……”接着，言耶对他简略地说明了将夫的犯案经过，并问道：“您说过，在力枚先生遇害那天的傍晚至夜间，您曾察觉到有人使用了御笼堂后方的石阶，而且那种感觉还有些奇怪，是吗？”胆武轻轻点了点头，言耶又问道：“难道是因为，那个人的脚步声听起来有点跛？”

胆武凝神思考了片刻后，终于露出了微笑，回答说：“贫僧当时只觉得那脚步声和普通人的不太一样，但说不清是哪里不一样……经您这么一提点，贫僧总算反应过来了。没错，那人上台阶时，感觉一条腿很正常，另一条腿是拖着的。”

“谢谢您的协助。请您再等我一会儿，我稍后还有个问题要请教。”随后，言耶请熊谷安排胆武回到屏风后的椅子上小坐片刻，“将夫先生说自己在田埂上踩空了，崴了脚，这应该是实话。只不过，他当时并不是在找力枚先生，而是在前往他们约好的地点——也就是那栋房子。力枚先生已经在那里等他了。”

“他的作案动机呢？力枚先生好歹是他的岳父啊。”

鬼无濑刚刚还因为巡礼僧胆武的出现而吓了一跳，眼下又摆出了若无其事的样子，继续探讨案情。

“因为力枚先生对开发乎山持反对意见。”

“就、就因为这个？”

“最根本的动机无疑是乎山的金矿，但他确实不至于为这点事就杀死岳父。或者说，就算他存了杀心，真要付诸行动也没那么简单。不过，他脑中突然浮现了一个充满‘魅力’的计策，那就是在接连杀死锻炭家人的同时，趁乱对力枚先生下毒手。毕竟，单独杀害力枚先生的话，会有诸多不便之处，比如很难隐藏动机。可是，若将他变成连环杀人案中的被害人之一，迷惑性就强多了。”

“这……太可怕了……”

鬼无濑不禁小声嘀咕了起来，谷藤虽然也抱着同样的想法，却仍兴致勃勃地询问道：“那天晚上小剧场失火，锻炭家死了三个人，将夫真的能同时完成这两件事吗？”

“警方在小剧场找到了简易的定时装置，因此任何人都可以放火。问题主要在锻炭家。谷藤刑警，将夫先生整晚都在揖取家，是吗？”

“欸？他……他特地拜托我好好保护女眷们……所以我也没能全程盯着他……”

“他自称一直在家里巡逻，把每个角落都查看了一遍。而揖取家那么大，就算他稍微不见一会儿，也没什么不自然的。”

“难道他翻过乎山，去了锻炭家，再翻山回来？”

“不，山脚下的路虽然不好走，但确实是两家之间最短的路程。

御笼堂也在那条路上。当晚我回到揖取家后，将夫先生对我说，今晚南风正强，小剧场左边的火很快就会烧到右边。可只有去过能看到火灾现场的地方，才会得知这一项情报啊。”

“按您的推理，将夫也许是在乎山脚下的那条路上目击了火灾？”

“嗯。而且我认为，那场火灾还有一个次要目的，就是毁灭证据。”

“毁灭证据？”

“戏班子的道具都堆放在小剧场里，包括立春君戴的假发。凡是能联想到立治先生他们乔装的线索，不论有多细微、琐碎，他全都要销毁。”

“我懂了。不过，就算将夫先生真的钻空子去了锻炭家，之后呢？”

“我前面也提出过，如果他和春菊女士之间有猫腻，您觉得会怎么样？”

“原来她就是共犯！”

鬼无濑果断地答道，言耶却慢悠悠地摇了摇头，接着说：“不，压根儿就没有共犯。春菊女士搞不好在暗中怀疑将夫先生是犯人，也觉察到了他的动机。所以将夫先生才会说，‘这几天她看我的眼神是有点不对劲’……”

“嗯？她都起了疑心了，还放将夫进门？”

“在志摩子做的葛粉汤里加安眠药的，也是春菊吗？”

在鬼无濑发问后，柴崎也难得开口提问了。

“这两个问题的答案，都是肯定的。因为春菊女士认为，碍事的立治先生、广治先生以及力枚先生已经死了，将夫先生便会停手。她绝对想不到，团伍郎老爷子、志摩子太太和自己也会被杀。”

“嗯，的确说得通。”

“但凡春菊女士没有怀疑到将夫先生头上，或许就能活下来了……”

“将夫杀她是为了灭口？那么团伍郎和志摩子呢？”

“和力枚先生遇害的理由是一样的。要是只杀春菊女士，那也太醒目了。于是，将夫先生用团伍郎老爷子和志摩子太太的死，来掩盖自己真正的目标。”

“太疯狂了……他根本就是个疯子……”

鬼无濑叹道。谷藤也有同感，只是仍觉疑惑，便问道：“那春菊为什么会让他进家门，甚至给柴崎下安眠药……即便相信自己是安全的，这么做也还是太大意了。将夫到底使了什么手段，让春菊在毫无意识的情况下发挥了共犯的作用？”

“大概是作为情夫去见她的吧。”

“难、难道他们那晚准备幽会？连环杀人案还没结束……而且是在户主的守灵夜……这成何体统……”谷藤大惊失色。

“呵呵……”见年轻的下属如此激动，鬼无濑发出了哼笑声，说道，“这有什么稀奇的？别忘了，她还会对来上香的男青年们抛媚眼呢。说不定将夫一个暗示，她就乐呵呵地答应了，才不管杀人还是守灵。”

“啊……原来如此。”

谷藤还在佩服上司的老道，鬼无濑就把视线转向了言耶，问道：“犯人是将夫，所以春菊才会说‘怎么是你’，对吗？”

“嗯，她当时肯定被吓得魂不附体。”

“您对志摩子的态度怎么看？她为什么怕成那样？”

“丈夫和儿子的死固然是原因之一，可我想，她真正怕的是自己扮演了所谓‘立一先生’的家人，上了乎山。她本来就虔诚，笃信神佛，觉得自己触怒了‘凶山’，这才会遇上连环杀人案……”

“我不知道这么说合不合适……但春菊和志摩子的性格真是完全相反啊。”

“是的。话说，锻炭家的女佣阿吉小姐用口型对我说的‘六墓之穴’，有可能是指将夫先生背上的黑痣。”

“那又是怎么回事？”

言耶便将他和将夫一起洗澡时的小事告诉了鬼无濑，并说道：“将夫先生背后的黑痣很像北斗七星，不过正好少一颗。而靖美先生说过，‘六墓之穴’那六个洞穴的排列就跟星座似的。这便和将夫先生的黑痣对应上了。或许春菊女士与将夫先生在锻炭家的某处私通，阿吉小姐目击到了将夫先生赤裸的背部，于是产生了这样的联想。”

“女佣和春菊一样怀疑将夫是犯人？”

“不，也许她只是想把将夫先生和春菊女士的关系告诉我。因为当时死的已不仅是锻炭家的人了，连力枚先生都惨遭毒手。这么一来，和两家都有关联的人便十分可疑了。”

“犯人放过了立春，是可怜他年纪小？但又为什么要故意给他看自己的样子？”

“我不确定他是真的不忍心杀孩子，还是因为和地藏有关的歌词都用完了。至于您的第二个问题，按我的理解，他大概率是为了在立春幼小的心灵中埋下恐惧的种子。这样的话，等孩子长大之后，肯定对乎山避之不及，不会再惦记金矿了。他边追赶立春，边唱童谣，想来也是这个用意。”

“人类真是……一旦眼里只剩下利益，就会不择手段啊！”鬼无濑深深地感叹。而后，他看向柴崎说道：“我们没有物证，不过凭那么多状况证据[1]，也足够逼他交代了吧？”

“足够了。”

“好！柴崎，谷藤，你俩去揖取家，柴崎守在门口，防止将夫逃跑，谷藤去找将夫本人，就说是有些事想问问他的意见，让他来一趟，切记要谨慎、迅速。万一他觉得不对劲，进行抵抗，你们就——”

“可是……”

言耶只是在自言自语，鬼无濑却一下子住了口，而原本注视着上司的柴崎和谷藤也是一愣，三人齐刷刷地看向言耶。只见这位怪奇小说家兼业余侦探又一次陷入了沉思。

“可是什么？”

“将夫先生为什么没有打死力枚先生，而是勒死了他？”

“团伍郎也是被勒死的，您不是说，他怕吵醒春菊吗？”

鬼无濑刚说完，谷藤便接了下去：“力枚怎么说也是他的岳父，说不定他是不愿把岳父活活打死……”

“对准脑袋狠狠砸下去的话，一下子就够了，被害人死的时候不会有太大痛苦。勒死可残忍多了，还很花时间。”

“也是……”

1 状况证据指只能间接证明犯罪事实的证据，例如口头证据、作案动机、环境证据等。——译者注谷藤低下了头，鬼无濑则瞪大了双眼，问道："难道杀死力枚的另有其人？"

"那就是一桩独立的杀人案了，而且也找不到可疑的对象。"

"您不会又要把自己的推理都推翻吧？算我求您了，快把真正的犯人告诉我们……"

鬼无濑难得服软，言耶却一心沉浸在思考之中，口中念念有词："其实，没人能确定将夫先生和春菊女士之间到底是什么关系。以她的性格和作风而言人，她对将夫先生示好是很正常的，不代表他俩确实有染；而犯人是将夫先生这件事，也只能说是在逻辑上成立……可要是他俩并没有出轨，将夫先生又是如何知道立治先生的计划的呢？"

"假如他不了解那些计划，就不可能是犯人了吧？"

"但是老师，将夫的手脚受伤和力枚遇害的情况确实完全吻合啊。"

"嗯，然而也只是吻合罢了。也许是巧合，并不意味着真相。"

"那么，他从哪里掌握那场火灾的情况？阿吉想告诉您的'六墓之穴'和黑痣又怎么解释？"

"我回到揖取家时，发现将夫先生已经知道阿吉小姐逃跑了。这里毕竟是乡下，地方又小，人际关系又近，怪事传得特别快，光靠这一点是没法作准的。火灾也是同理。揖取家在奥户村很有地位，当然能迅速得到情报。"

"黑痣呢？"

"我也想不明白。从黑痣联想到星座，再从星座联想到'六墓之穴’，这条推理尽管有些牵强，不过起码说得通。但如果将夫先生和春菊女士没有男女关系，关于阿吉小姐目击到黑痣的推测便不成立了。”

“您的意思是，还能有完全不同的解释？”

“阿吉小姐当时用口型对我说了几个字，在我眼里是‘六墓之穴’，可实际上，她说的也许是‘六壶之穴’。”

言耶提出了另一种可能性。

“‘六壶之穴’又怎样？她想表达什么？”

“力枚先生跟我说过一个当地的传说，相传以前被抛弃在三山的老婆婆穿过‘六壶之穴’，进入乎山，就会变成‘山女郎’。而这个传说最有趣的部分便是，当‘山女郎’穿过‘六壶之穴’回到三山时，则又会变回老婆婆。没准阿吉小姐是想借由‘六壶之穴’的传说，暗示立治先生他们一人分饰两角；西侧的那条山路，即相当于锻炭家的‘六壶之穴’。”

“嗯……这套假设比黑痣更有说服力。”

鬼无濑有些佩服，谷藤也学着上司的样子，一边点头，一边说道：“阿吉肯定知道锻炭家的秘密。她之所以逃跑，不单单是害怕连环杀人案，还因为她清楚锻炭家那些冒犯鬼神的所作所为。这么想就解释得通了，只不过……”说到这里，谷藤露出了不安的神色，接着道，“只不过您刚才说，知道蛤蟆油装在哪个壶里的人就是犯人。倘若将夫是无辜的，这下岂不是又找不出可疑的人了？”

言耶非常郑重地回答说：“我再重新梳理一遍。首先，有六个人，即使知道蛤蟆油的位置也不奇怪。除了他们，有可能知情的便是力枚先生和将夫先生。其中力枚先生已经遇害了，将夫先生虽然还有嫌疑，但嫌疑正在逐步降低。”

“在这八个人以外，还有谁会进那栋房子找东西？反正我是完全想不出来……”鬼无濑插话道。

“是啊，那栋房子在有名的‘凶山’上，应该没人能像力枚先生和将夫先生那样随便进出。”

“您这是又回到原点了？犯人的身份还是个谜啊！”

“嗯，所以我们不妨顺着这个角度去思考。”

“此话怎讲？”

“没人去那栋房子里翻翻找找，但是或许还有人曾在那里生活过，熟悉房子里的一切。”

“那不就是假扮成立一一家人的立治他们吗？”

“不止他们。最早住在那里的，是找矿人吉良内、四个矿工，以及锻炭家的小儿子立造先生。”

“什……”

“广治先生假扮的平人先生把蛤蟆油拿给靖美先生时说过：‘这玩意儿之前就放在这儿了。’换言之，那罐蛤蟆油是那栋房子里原有的东西，并不是立治先生他们带过去的。”

“但您指出过……”

“我指出过‘靖美为什么知道奥户村连环杀人案的犯人是谁’，对吧？将夫先生去过那栋房子不假，可仔细想想，靖美先生对此并不知情。如此一来，他怀疑的对象，肯定不会是将夫先生，而是二十年前就住在那里的人。”

“他们不是死了吗？”

“按村里的传言，立造先生杀死了吉良内和四个矿工，再结合立治先生的说法，那五个人很可能被锻炭家埋在了‘六壶之穴’附近。即是说——剩下的只有立造先生一个人。”

“什么意思？您分明认为那是无稽之谈。”

“稍等，我记得老师说过……”谷藤一边翻着笔记簿，一边插话道，“没错，老师说过——关于立造为什么突然回来，还有他这二十年来都在哪里等问题，也是可以给出解释的。”

闻言，鬼无濑无话可说，只得嘟哝：“哼……好吧。立造指不定和立一一样，在全国各地漂泊，某天听说立一带着全家回了奥户村，住进了乎山上的那栋房子，便断定他们对‘自己的’金矿虎视眈眈。在贪婪和妄想的驱使下，他也飞快地赶了回来……我确实没法否定这个可能性。”他暂停片刻，又看向言耶，说道，“可就算他对奥户村再熟悉，会东躲西藏，但横竖犯下了这么大的案子，不可能没人目击到。那个戏班子也是因为同样的理由而被排除嫌疑的。”

“而且您说过，如果立造是犯人，就必须解释他为何要烧毁立治的面部，为何要带走广治的衣服，为何要肢解力枚的遗体等细节——”谷藤也跟在鬼无濑之后，念起了记在笔记簿上的问题。

等两人说完，言耶当场答道：“在我假设将夫先生是犯人时，已经解释过上述问题。那些解答在一定程度上适用于所有人。如果立造先生察觉到了立治先生的计划，八成会产生同样的想法，做出同样的行为。”

“原来如此。但您方才分析说，春菊不认识立造。即使看过他的照片，也无法在昏暗的环境下立即认出他现在的样子，何况他还戴着面具。”

闻言，言耶依次望向鬼无濑、柴崎、谷藤三人，道：“我回顾了案情，分类写下了自己能想到的所有谜题，以此为基础展开了推理。可实际上，我肯定还有遗漏之处，而且是非常重要的部分。”

“您……您又来吓唬我，哈哈……”

鬼无濑的语气像在说笑，但通过他的表情却可以看出，他正不知如何是好。

于是，言耶带着笑容，把话说了下去：“立治先生遇害后，我给怪想社的编辑祖父江小姐打了电话。当时，她说我‘就像个死神’。不瞒各位，在我去各地采访期间，常常遇到怪事，于是她才会对我开了这么一个玩笑，听着也挺像是在讽刺我，总之这就是她说话的风格。”

“我能理解那位编辑的心情。但仅眼前这桩案子而言，您的确是偶然被卷入的。”

鬼无濑说得很认真，言耶也微微笑了起来，低头向他致意，并说道：

“我被卷入确实是偶然，然而，犯人在这个时候接连杀人，到底是不是必然的呢？”

“……”

“犯人为什么不在所谓的‘立一先生’一家消失后就动手呢？那样不是更容易把嫌疑推到他们头上吗？”

“的确……”

“对此，我只能想到一个理由，那就是——犯人不久前才察觉到立治先生他们一饰两角的把戏。”

“原来如此。”

“撇开将夫先生不谈，假如立造先生真是犯人，那他即使杀了人，也可以隐居在乎山里，悄悄地寻找金矿吧？”

“欸？他不是犯人吗？”

“啊，抱歉，我的表达方式有歧义。我的意思是，他如果真的存了杀心，随时会下手，没有多少顾忌。”

“为什么？”

“他大概率被妄想缠身，盲信乎山的金矿是自己的所有物，按说不会放过窥视金矿的人。”

“您是说，他满脑子都是金矿，精神状态已经不正常了？”

“只要有了这两个动机，他不管什么时候开始杀人都不奇怪。”

“嗯……”

“这时，我们又要回到那个问题上——犯人为何挑这个时间接连杀人。”

“您的想法是？”

“因为犯人直到案发几天前，才出现在奥户村。”

“啊……啊？”

“而且是以巡礼僧的身份——”

“您、您在说什么？”

“鬼无濑警部，您一开始就说过，案发时，这个村子里只有两个外人。一个是偶然来到这里的我，另一个，便是胆武师父。而他来这里，其实是必然的。”

“老师，我们调查过胆武师父的来历啊——”，谷藤慌慌张张地翻着笔记簿，说道，“根据他手里的纳札，他来自于四国——”

“谷藤刑警，乡木家的梅子老太太告诉过我，近来出现了强盗，专挑神户一带的修行者和巡礼僧下手。力枚先生在也曾提起过强盗的问题。总之，我从不同人那里得到了类似的证词。可力枚先生说的是两三年前的乱象，梅子老太太说的是去年的事。”

“那么，那份纳札……”

“肯定是从和自己年龄相仿的巡礼僧手里抢来的吧。不，如果只是抢了纳札倒还好……”

“您怀疑他杀了真正的胆武？”

“为了隐藏自己的身份，他必须阻止真正的胆武师父报案。这么一想……”

“等等，立造要是还活着的话，也该有五十多了吧？那和尚虽然憔悴，看着显老，但也就二三十岁，年龄完全对不上啊！”

鬼无濑当场打断了言耶，就连谷藤也不再纠正说胆武不是和尚，是巡礼僧。唯有言耶说出了一句惊天动地的话语：“假如，他不是立造呢？”

“您、您、您到底在说什么？您才刚得出了犯人是锻炭立造的结论啊！”

鬼无濑终于开始怀疑言耶的“高见”。

“抱歉，是我说得不完整。”

“欸？”

“真正的犯人是立造先生的儿子，他从父亲口中听到了一切。”

“……”

“奥户村的驹泻医生曾前往山梨县办事，当时他看到了一名年轻男子，长得和立造先生非常相似，那就是立造先生的儿子，也是这场比拟连环杀人案的真凶。”

“居然……”

“也难怪鬼无濑警部和我一直在苦思冥想，甚至怀疑犯人根本不存在。毕竟我们的的确确不知道有这么一号人物。”

“……”

鬼无濑、柴崎、谷藤三人齐刷刷地看向屏风，仿佛在看什么不祥之物；熊谷就坐在屏风前，此刻也一脸惊诧地扭头凝视着背后，唯有言耶把话继续说了下去：“关于力枚先生为何死于绞杀，我想是因为犯人一击之下没能置他于死地，怕他大声呼救，才急忙勒住了他的脖子吧。”

“您是说……”

“是的，作案现场并不是乎山上的那栋房子，而是御笼堂。”

“他是如何把力枚叫出去的？”

“不，是力枚先生亲自过去的。”

“什么？”

“力枚先生在晚饭前出门了，临走时对妻子说出去调整一下心情。实际上，他打算邀请住在御笼堂的巡礼僧来共进晚餐，希望由此改善一下家中的氛围。月子小姐告诉过我，揖取家每天都给住在御笼堂修行的人送饭，有时候还会把他们接到家里用晚餐。”

“难道力枚发现了那个和尚的真面目？”

“不可能，他和立造先生也不算特别要好，而犯人的外貌在这两年似乎也有了很大变化，已经不那么像父亲了。”

“那就是力枚看到了对犯人不利的东西？”

“这应该是唯一的动机了。犯人原本并不打算杀死力枚先生，不过即使动手，也能把他的死混进自己的连环杀人案中。讽刺的是，这次的‘模仿’偏偏出了问题。”

“此话怎讲？”

“童谣的歌词是，‘红地藏，躲进来’。当然，‘躲进来’未必要‘躲’在洞穴中，亦可以‘躲’在祠堂里。但如此一来，犯人就必须把力枚先生的遗体扔进供奉‘红地藏’的祠堂。可那座祠堂偏偏在警方临时设置的搜查本部边上。”

“啊……”

“因此对犯人来说，还是尽量换个地方比较好。再考虑到‘躲进来’这一要素，他只得去‘六墓之穴’抛尸。问题是，力枚先生体格很好，犯人没法驮着他爬上那条石阶，而切开便好办多了。”

“那栋房子里有血迹和斧痕啊，难道那些都是犯人布下的干扰项？从而将那里伪装成案发现场？”

“嗯。一旦警方查出力枚先生死在御笼堂，犯人就彻底暴露了。”

“我们确实没进御笼堂调查。”

“确认力枚先生死亡的那天，我想去御笼堂找胆武师父，结果老远就闻到了线香的味道。”

“为了掩盖血腥味，他才点了大量的线香吧！”

“当我发现力枚先生的遗体后，也去乎山的那栋房子里检查了一番，看到堆在二楼壁橱里的被褥倒下来了，看来是犯人抽走毛毯时弄倒的。”

“他把毛毯铺在御笼堂的地上，再用它包裹着尸块，背到乎山上，用推车运到了那六个洞穴旁？”

“犯人说，他在力枚先生遇害前后听到石阶上传来了奇怪的声音。那当然是撒谎，以防警方查到他头上。至于为什么要说那声音‘很奇怪’，其实也是个精心设计的小手段，把我们都骗了。”

“是啊，虽然我们一开始对外地人有所戒备，可查明他的身份之后，就完全将他排除在调查对象之外了。”鬼无濑咬牙切齿地说道。

“其实，在我第一次见到警部您的时候，就有一种奇特的‘既知感’。”

“难怪您当时都没认真听我说话。”

“在我应您的要求进入揖取家的内客厅后，就产生了一种很熟悉的感觉。那并不是因为我‘看见’了什么，而是因为我‘感受’到了什么。我一直不明白自己当时怎么会有那种反应。它并非‘既视感’，准确说来是‘既知感’，就好像我曾遇到过类似的情况。”

“您到底在说什么？”

这时，言耶有些害羞地笑了，答道：“谷藤刑警叫我过去，说是您想听听我的意见——”

“哦，是、是有这么回事……”

“我只是个业余侦探，而您身为警察，自然也有自己的骄傲，想必很不乐意让我这种人参与调查。”

“这倒还不至于……”

“可是，谷藤刑警对您提到了冬城牙城和我的关系，您便认为，听我说说也无妨。这些从您当时的表情上就能看出来了。”

“我哪有您说得这么功利……”

“于是，我嘴上跟您谦虚了一番，说‘要是我能派上用场的话就好了’。这份心情确实不假，但实际上，我还有另一层打算——”

“……”

“我希望能最大限度地利用机会，问出搜查进展。”

“什么？您是故意装好人的？”

“所以，我现在知道那种‘既知感’到底是什么了。”

“啊……”

“我最开始找上胆武师父时，是有话想问他，可他表示警方已经和他聊过了。接着，他笑了起来，说‘要是像贫僧这样的人也能帮到别人，那真是不胜荣幸’。他这么愿意配合，我既觉得松了口气，同时又产生了一种疑惑。”

“也就是说，您第一次来见我们时，下意识地觉察到自己跟那和尚抱着同样的想法，都是假装客气，实际上想套话？”

“没错。我是先找了他，之后才和您对话的。当自己也站在相同的立场上时，我才明白为何会对胆武师父的反应感到疑惑。只是如您所说，我是下意识察觉到的，因此缺乏清晰的认知。要是我当初便能弄清那股‘既知感’的含义，或许就不会让案子发展到这地步，也不会死那么多人了……”

“老师您别这么说，换作是谁都不可能意识到的……”

谷藤正安慰着言耶，鬼无濑则在一旁公事公办地说道：“犯人是以金矿为诱饵，把立治叫到那栋房子里去的？”

“只要说自己是走遍全国的巡礼僧，曾在某处见到过和乎山相似的‘金山’，想约见立治先生应该也不是难事。”

“立治遇害时，他说御笼堂后面的石阶上有人，可实际上爬了石阶的就是他自己吧？”

“他不但提前设下了防线，说‘没怎么注意两侧的山路，不能打包票’，还作证说‘西侧的山路上没人，东侧的山路上有两名男施主’，并指出其中一人好像是我，那么另一人想当然便是力枚先生了。其实，他那时候在那栋房子里动手杀害立治先生，不可能目击到任何人，但他险些和我以及力枚先生撞个正着，因此知道我们上过乎山。只不过，他无法确定我俩是不是一起上山的，这才会含糊地说是‘两名男施主’。”

“真是太狡猾了！”

“是啊。要是他真的在御笼堂看到了我和力枚先生，那么肯定也会看到从家里追出来的月子小姐，可他完全没提到这一点。”

“原来如此。”

“而从御笼堂望出去，本来就能看到供奉‘黑地藏’的祠堂里有谁进出过，所以广治先生遇害的相关证词就好解释了。”

“力枚是自己前往御笼堂的，锻炭家那一晚的三条人命又怎么说？连环杀人案尚未破获，被害人一个接一个地出现，即使是巡礼僧要求拜访，也不会放这种外地人进门吧？”

“是志摩子太太让他进屋的。”

“为什么？”

“她是找巡礼僧帮忙驱邪去灾了吧。”

谷藤听了，突然大叫起来：“啊……大信师父也说过，他在守灵夜诵经前后，志摩子都请他祓除邪祟，搞得他不知如何应付！”

“嗯，她是个很虔诚的人，这才会认为锻炭家撞了邪。当我把力枚先生遇害的消息告诉胆武师父时，他还说自己‘既不懂得如何为各位祈祷加持，也没有特殊的法力，只是一名云游四方的巡礼僧，什么都做不了’。如今想来，这番话估计是在暗示他受到了志摩子太太的委托，希望他能出手驱邪。”

“他还敢暗示！居然这么小看警方！”

鬼无濑恼羞成怒，面目狰狞如同鬼瓦，狠狠地瞪视着屏风。

“得知力枚先生的死讯后，胆武师父说自己明天便打算离开奥户村，前往下一个目的地。然后我回了一趟东京，等我再来到这里时，却发现他还在，这就奇怪了。”

“他很在意调查的进展，所以才没走吧？”

“是啊，但这也成了他的‘致命伤’。”

言耶说完，整个搜查本部都没人出声，只是静静地凝视着屏风。

下一瞬间，屏风后猛地爆发出了一阵尖锐无比的可怕笑声，响彻了整个活动中心。

这不是哄然大笑，而是赤裸裸的嘲笑……

是充满了恶意和歹毒的嘲笑……

在言耶指出胆武——不，指出那个假冒胆武之名的人是大家苦苦寻找的真凶时，在场的所有警察便开始行动，逐步包围了那座屏风。

但是——

在那令人毛骨悚然的嗤笑声响起的同时，警方的包围圈瞬间溃不成军。

说时迟，那时快，一道猿猴般的黑影从屏风后蹿出，火速冲出了活动中心，从众人的视野中消失了。

言耶是第一个反应过来的，他不知何时已经穿上了登山靴，跑了起来，而谷藤也紧随其后。此时，鬼无濑终于一声令下，大喝道：“别让他跑了！”

言耶奔出活动中心时，和“胆武”之间已经有一段距离了。只见对方的动作相当之敏捷，敏捷得甚至让人感到一丝惊恐，想不到那副消瘦而衰弱的身体中竟蕴藏着如此充沛的体力。

（他要去哪儿？如果是想绕过臼山去初户村的话，不是这个方向啊，难道……）

两人一逃一追，追逐间几乎已经跨过了半个奥户村，“胆武”却冷不防地朝揖取家跑去。

（他想逃进乎山？）

言耶身后原本还有好几名警察，多人一起奔跑的脚步声让人觉得心里踏实，可他们都渐渐掉了队，此刻就只剩谷藤一人紧紧跟着。

“您是开动脑筋、摇笔杆子的作家，没想到跑得这么快！”谷藤说道。

“我平时总在全国各地东奔西走的，可能不知不觉间锻炼了腰腿吧。”

“就算是这样也很厉害啊！”

“其他警官们呢？”

“有人跟不上您，跑丢了，但在柴崎的指挥下，三分之一的人马去了御笼堂，还有三分之一则去了西侧的山路。”

言耶一听，便安心了不少。既然重点方位都布置了警力，那自己接下来只要全力追赶犯人即可。

然而，在经过供奉“黑地藏”的祠堂之后，就来到了那条蜿蜒起伏的山路，他和谷藤的速度也明显慢了下来。

他们跑过几个弯道，才刚进入一段长而曲折的坡道，下一秒便直接呆立当场。

这当然不是因为他们累了，而是——

“老师，您……听到了吗？”

“听到了……简直太瘆人了……”

前方传来了阵阵嗤笑声。

跑在他们前面的“胆武”一直笑个不停。

“难、难道这家伙一路都在边跑边笑吗……”

“他也许是在嗤笑我们吧……”

还好两人只愣了一瞬间，便相互点点头，重新追了上去。

不久后，九拐十八弯的路段终于结束了，被言耶形容为“蟒蛇坡”的坡道出现在了眼前。这段路异常难走，不仅如蛇行般逶迤扭曲，又像研钵般中间低、两侧高，脚下还满是碎石，大树那粗壮的根部都从地面及两侧的山壁上露了出来。

“妈的！那家伙的身手怎么这么灵敏？”

“他……也许被‘附身’了……”

“欸？”

“所以才能发挥出超乎常人的力量……”

“……”

谷藤说不出话。他的沉默中透着困惑，不知言耶哪句话是认真的，哪句话又是胡扯的。

突然，谷藤又大叫了起来：“看、看那里……”

原来，“蟒蛇坡”的尽头正站着一个黑漆漆的身影。

黑影俯视着言耶和谷藤，似乎带着轻蔑，似乎带着嘲笑——不，黑影确实发出了嗤笑声。那笑声让人闻之丧胆、寒毛直竖，传遍了这座“凶山”的每一个角落。

“你竟敢这么耍人！”

谷藤怒吼着掏出了手枪，言耶慌忙制止他，而黑影就趁着两人拉扯的工夫，倏地消失了。

“我们追！”

言耶说着，便和谷藤一口气爬到了山顶，接着一起发足狂奔，拼了命地追赶，急着把之前拉开的差距给补回来。

在跑到那栋房子附近时，他们总算勉强看到了“胆武”的背影，正飞奔在通向“六墓之穴”的南侧山路上。

“愚蠢，居然自己往死路跑！我们可以来一个‘瓮中捉鳖’了！”

谷藤看起来喜滋滋的，语气中却莫名地透着不安，而言耶也有同样的感受，总觉得事情不会如想象的那般顺利。他的脑中忽然闪过一个念头——不行，不能再继续追下去了……

要是谷藤不在，他或许真的会转身离开。可现在，他只好加快脚步，还违心地说道：“是啊，他已经走投无路了。”

很快，他们便看到“胆武”站在“六壶之穴”边上。

（欸……）

刹那间，言耶心中涌出了一股惧意，生怕对方会被“六壶之穴”给活活吸进去……而自己万一看到了那样的画面……

“你休想逃跑！”

谷藤比言耶现实多了，不会有那种不切实际的想象，一心专注于眼前的犯人。多亏了谷藤这声大喊，言耶才回过神来。

“胆武”缓缓地回头，脸上没有一丝笑意，只是一边凝视着他们，一边离开洞穴，开始后退，就这样不见了。

等言耶和谷藤赶到那条堪称“奇景”的山脊的根部时，只见“胆武”倒走在“六墓之穴”旁的岩石堆上，而且已经往下走了一半了。

“快上来！太危险了！一不小心，您就会掉到洞穴里去，或者从山脊上摔下去！”

言耶立即出言提醒，可“胆武”没有理睬他，甚至没有出声，只是咧开了嘴，仿佛是在嗤笑他。

“你下去又能怎么样？告诉你，你已经无路可逃了！”

正如谷藤所言，他和言耶往前走一步，“胆武”就往后退一步，当他们来到第三个洞穴前时，“胆武”被逼到了山脊的尽头。

“你还是放弃挣扎吧，快过来！”

可这时，一阵强风袭来，就仿佛是在回应谷藤的呼喊似的。而“六墓之穴”中也传出了哀号般的声响。最开始只有一个洞穴如此，接着便是第二个、第三个……终于，所有的洞穴都发出了轰鸣声，瞬间汇成了大合唱，恐怖的“歌声”在山脊上回荡。

“我、我的耳朵……”

“谷藤刑警……小心脚下……”

在双手捂住耳朵的情况下，很难维持身体的平衡。言耶停下了脚步，然而谷藤还是不管不顾，继续往前走，同时艰难地说道：“你……还是……死心……吧……到我这里来……”

就在他走到第四个洞穴前时，风一下子停了，由哀号声汇聚而成的合唱亦戛然而止，周围重回寂静，但仅在片刻之后，“胆武”那令人毛骨悚然的嗤笑声便又响彻了整座乎山，听得言耶打心底里感到阵阵寒意。

因为，那已经不是人类所能发出的声音了……

谷藤好像也有同感，站在了原地，不再逼近“胆武”。只是出于刑警的自尊心，他依然鼓足气势，毅然决然地说道：“暂住在奥户村御笼堂的巡礼僧胆武，请你跟我回搜查本部！”

随后，谷藤眼看着就要采取行动，言耶也正准备追上去，第六个洞穴中却猛然伸出了一只像是由泥巴制成的手，一把抓住了“胆武”的脚踝，将他拖进了洞去。

这场巨变，就发生在顷刻之间。

终章

警方没能在第六个洞穴中找到“胆武”。保险起见，他们调查了另外五个洞穴，连山脊北侧的森林和南侧的河滩也没有放过，结果到处都没有他的身影。

几乎没人相信言耶和谷藤的目击证词。其实大家并不认为他们两人是在故意撒谎，只是觉得他们做了一场白日梦，闹出了很大的误会。

御笼堂中果然搜出了不少东西——沾血的铁锤（疑为凶器），还有满是血迹的砍刀和锯子，想来是犯人在肢解力枚时使用的工具，地面上也留着清晰的血痕，物证已经相当充分。

唯独乎山的搜山工作无疾而终。

设置在奥户村活动中心的搜查本部正在准备撤离，言耶、鬼无濑、柴崎、谷藤四人抓紧分别前的机会，又一次聚在了桌前。

“他的真实身份果然还是个谜吧？”言耶问道。

“嗯……只知道纳札原本的主人是叫……叫啥来着？”

鬼无濑正准备回答，却卡壳了。

“警部，他的真名叫町上克巳。”谷藤翻着笔记簿，小声说道。

“对，就是这个名字。他无亲无故，所以我们一时半会儿找不到他在哪里，也不知道他是不是还活着。”

“即使町上先生平安无事，把纳札被抢走的过程告诉警方，也查不到真正的犯人到底是何许人也吧？”

“确实……总之，我们还是会竭尽全力的。”

四个人都安静了下来，完全不像言耶阐述推理时那样你一言我一语。

这时，还是谷藤一边看着笔记簿，一边打破了沉默：“老师，我想请问，乎山上到底有没有金矿啊？”

“我也很在意。”

鬼无濑同样表示了好奇，就连他身旁的柴崎都用力地点了点头。

“光说结论的话，我认为是——没有。”

“嗯？可是，立造当年不是挖出了金矿石吗？立春、立治、广治他们也找到了金矿石。”

“对啊，虽然那些骗子找矿人经常会用一些手段来伪造金矿，但我听说乎山上没有造假的痕迹。”

谷藤和鬼无濑一个接一个地说道。

“二位说得没错。通常情况下，骗子会提前把贴了金箔的石头藏起来，然后假装是在无意中挖到的。不过，立造先生当年是在岩石堆里挖探矿洞的过程中找到了金矿石，那种地方可没法做事前准备。”言耶先肯定了两人的发言，接着又解释道，“可是呢，吉良内的行动中，却有一点特别奇怪。”

“嗯？哪儿奇怪了？”

“那栋房子里明明储备了丰富的粮食，他却还要去山里打猎。”

“那是他的兴趣吧？”

“不，他说过找金矿既是自己的工作，又是自己的兴趣，还是自己的整个人生。那么，这样的人为什么会热衷于打猎呢？”

“为什么？”

“是为了制作假的金矿石。”

“什么？”

“有一种诈骗手段，叫作‘金子弹’，就是把打磨过的沙金塞到猎枪里，对着矿脉开枪，将沙金打到矿脉里去。光是涂金箔的话，可能会被眼光敏锐的人看穿，而‘金子弹’据说连‘老手’都能骗过。”

“居然是这样……”

“吉良内不停地制造假金矿，再挖出那些所谓的‘金矿石’，好从立造先生手里骗取资金。我不知道立造先生后来是否发现了这个骗局，又是否真的杀死了吉良内和四个矿工，但即使他知道自己被骗了，肯定也继续盲信着乎山是‘金山’的说法，并把它当作事实告诉了儿子，同时给儿子‘洗脑’，让他也认为乎山上的所谓‘金矿’是属于他们父子的。”

“换句话说，本次连环杀人案的根源、最核心的动机——金矿，从一开始就不存在？”

鬼无濑愕然了，谷藤则一边掰着手指头，一边数道：“二十年前死了五个人，这次是六个……不对，把犯人也算上就是七个……再加上那个真正的巡礼僧，起码得有八个……结果，这么多人都是白白丢了性命……”

“万一靖美先生就这样不知所终，被害人便又增加了……”

“哦，那个有妄想症的年轻人啊？说起来，您来这里的初衷是为了治好他的妄想症，可实际上，他的经历竟然是真的，不是妄想……”

“我真是一败涂地。要是别管连环杀人案，专心解开那一家人消失的谜团，弄清立治先生一家‘一饰两角’的真相，至少可以把靖美先生从痛苦中挽救出来……说不定还能打断犯人的计划，减少被害人数……”

“听您这么说，我们警方可更加下不来台了啊，尤其是担任指挥官的我。您就放我们一马吧！”

鬼无濑半开玩笑地说道，不过在场全员都明白，以他的性格而言，这已经是在尽力安慰言耶了。

言耶先向鬼无濑致意，接着又对另外两人打了招呼，再向揖取家的人一一道别，之后，他准备去一趟乡木家，和靖美的祖母梅子见上一面，最后回东京跟高志聊聊，当然，也要把这次的案件始末告诉他。这两件任务都非常沉重，言耶尤其不知该如何面对牵挂着孙儿的老人，可自己毕竟与这个离奇的故事扯上了关系，也就有义务去完成这些善后工作。

鬼无濑将他送到村活动中心的门外，表情相当复杂，问道：“您又要去旅行了吗？”

“嗯，等我处理完剩下的几件事……”

“下次去哪儿？”

“还没定呢……”

“真是个‘浪子’。”

“等盂兰盆节那阵，我可能会去兜离之浦看看……”

“到时候，您要是和当地的警方起了冲突……就找我好了。”

“欸？”

“听懂了就快走吧！我忙得很！”

鬼无濑说完，扭头便走进了活动中心，表现得非常冷淡。

“刀城老师，我们警部好像很欣赏您呢。”谷藤笑嘻嘻地说道，一旁的柴崎也忍俊不禁。

“啊，是吗……那个，承蒙诸位的关照，我也该告辞了。”

“没有的事，反而是我们该感谢您的协助。”

接着，谷藤和柴崎还准备再送送言耶，他却说：“二位请留步，送到这里就好。”

“这怎么行……”

“不必客气、不必客气。二位多保重，再见！”

“真舍不得您啊，老师您也保重——”

谷藤挥着手，柴崎鞠着躬，两人一起向言耶道别。在他们的目送之下，言耶离开了奥户村。

*

乡木靖美至今仍下落不明。

言耶在归途中顺道去了一次乡木家，承蒙梅子老太太的好意，留宿了一晚，现已回到东京，正在神保町的咖啡厅“欧石楠”里与靖美的堂哥高志见面，向他汇报整件事的前因后果。

“老师，有劳您了。”

等言耶说完后，高志对着他深深低头致谢，接着慢慢地抬起头，说道：“您为靖美做了这么多，我现在说这话真是太愧对您了……可是我总觉得，靖美他不会再回来了……”

“唉……因为他才是这桩连环杀人案的真凶，对吧？”

“……”

“我在回程的电车上意识到，假胆武师父按说是不可能在那晚去锻炭家连杀三人的。”

“为、为什么？”

“因为那三人的死亡推定时刻是在午夜一点到三点之间。那时候，大家都忙着去小剧场救火、搜查火灾现场等。而在赶往小剧场之前，我还跟鬼无濑警部一起去了御笼堂，确定了假胆武师父正在诵经。可以说，他拥有完美的不在场证明。”

“就、就凭这，怎么能确定靖美就是犯人……”

“靖美先生很清楚蛤蟆油放在哪里。”

“揖取将夫不也知道？更何况他对金矿感兴趣，有充分的动机，但靖美为什么要犯下这么恐怖的案子？”

“不，靖美先生的动机十分明显。”

“是什么？”

“复仇。”

“……”

“他生来就很不幸，双亲不肯好好接纳他，从小到大又被三个哥哥暴力对待，而且家人总要求他别给乡木家丢人。总之，身边所有人都无视他本人的身体条件、性格和意愿，对他寄予了不切实际的期望。像这样在极度压抑的环境下长大的人，比较容易将对自身的愤怒积压在心里。这股愤怒一旦因为某种契机而爆发，往往会转化为难以自控的强大力量。爆发的契机则多为当事人感到自己遭受了严重的欺凌。”

“什么欺凌？”

“当然是他在乎山的那栋房子里借宿时，锻炭家的人干的好事。又是吓唬他，又是耍弄他，实在是太过分了。后来他不是跟祖母通信，问了奥户村的各种传说吗？祖母也把‘六壶之穴’的故事告诉了他。他恐怕就是由此察觉到了那一家人神秘‘失踪’的真相。”

“就、就算他被那家人愚弄了，也不至于杀人啊……”

“换作平时，他估计不会走极端……然而，当时他正在执行‘成人礼’。要知道，他是怀着‘不成功，便成仁’的心情参加那个仪式的。而搞砸之后，他又是何等的绝望……事实上，锻炭家耍的把戏即是导致他失败的主要原因。当他知道这一点后，心中涌起了我们无法想象的愤怒。相信您远比我要了解，这股怒意是如何驱使着他做出了这一切。”

“……”

“只不过，他首次动手时，并没有打算犯下连环杀人案。”

“欸？”

“他不是一口气把地藏菩萨像的围兜都偷走的。一开始只带上了‘白地藏’的白色围兜。我想，他当时仅仅是把立治先生约到了那栋房子里，揭露了对方的伎俩，要求对方道歉。”

“啊……”

“但立治先生拒绝了，说不定还嘲笑了他。”

“……”

“于是，就在那一瞬间，他决定杀了他们全家。”

“……”

“他为什么独独放过了立春君呢？我也有了答案。您记得吗，那晚他在锻炭家的宅子里，一边唱着‘六地藏’的童谣，一边追着立春君。那首童谣的最后几句是——‘之后呀，六地藏，一尊尊，消失啦，最后剩，哪尊呢’。在唱完童谣的同时，他还说了‘山魔’这个词，意思是——他已经知道了，当初扮演山魔吓唬他的，即是最后剩下的立春君，而那一连串命案则是复仇，是对他们一家所作所为的报复。当然了，这也是为结束这桩模拟连环杀人案而做的表演。”

“怎、怎么会这样……”

“对靖美先生来说，那首童谣就是指引他复仇到底的‘指南针’。”

“可是，我堂弟有不在场证明啊……”

“那是您在一饰二角吧？”

“……”

“您和靖美先生是堂兄弟，长得挺像的，所以上大学那会儿，他才能够代您点名。”

“不，我没想到……”

“您没想到靖美先生居然会杀人吧？他遭到了锻炭家的愚弄，肯定很想报复，可一旦他的行为暴露了，比起锻炭家，他更害怕的是自己的父亲和哥哥们。他们想必会大发雷霆，骂他‘娘娘腔’。于是他向您诉说了自己的担忧，拜托您假扮他去跟怪想社的祖父江小姐见面，替他做个‘不在场证明’，对吗？”

“……”

“靖美先生的原稿里写过，即使您当上了高中老师，却还是像大学时代那样爱玩、爱搞恶作剧，总干些傻事，平日里还经常开玩笑。因此，他很清楚到底该怎么对您开口，也预料得到您会怎么回答。”

“我只是——”

言耶一言不发地等着高志的解释，他却再也说不出话了。终于，言耶重新开口道：“鉴于祖父江小姐之前只跟您通过电话，没和您见过面，您假扮靖美先生自然不会有任何困难。她去您家时，家里没人也很正常。毕竟靖美先生去了奥户村，而您在上班。当她再一次往您家打电话时，虽然是您接的电话，可她误以为那是靖美先生。等您报上自己的姓名之后，她也毫不怀疑地信了，反正父子或兄弟的声音相像也很正常。”

“……”

“她还跟我说，她觉得靖美先生气色很好、很精神，真看不出是个有严重的心病，甚至下不了床的人。这就奇怪了吧？而且那位‘靖美先生’前往怪想社的时间也没什么规律，想来是由于您总挑没课的时候过去吧？怪想社在神保町，您工作的高中在猿乐町，您和堂弟的家在神田一带，两两之间的距离都很近。”

“……”

“您不知不觉间玩过头了，还说什么‘山魔来了’，装出一副害怕的样子，本意只是想捉弄一下祖父江小姐。不过她告诉您，奥户村发生了连环杀人案，您一下子被吓坏了，这才明白了靖美先生那可怕的计划，却又无法告发自己的堂弟。结果，您心中的纠结反映在了您的言行举止中，引起了祖父江小姐的注意。”

“……”

“我之前临时回到东京，您担心我怀疑您是共犯，于是拼命试探我，想知道搜查的进展，以及警方有没有查到靖美先生头上，对吧？而您最终还是忍受不了良心的苛责，对我说靖美先生知道犯人是谁。”

“您……您说我假扮成靖美，请问您有证据吗？”

“我只有状况证据。对了，您吃了祖父江小姐的咖喱饭是吧？”

“啊？”

“靖美先生只吃祖母亲手腌制的腌菜，可拜访了怪想社的那位‘靖美先生’却把一份外送的咖喱饭吃得精光，包括随餐附赠的腌萝卜干。”

“这……不，就算我堂弟真在奥户村犯下了那么残忍的案子，也肯定会被村民或警察看到的吧？按您的推理，这可是个大问题啊。”

高志依然在挣扎，强调着既然没有任何痕迹能表明靖美在奥户村，那就相当于他有不在场证明。言耶听得很明白——事已至此，高志仍抱着一线希望。

但言耶目不转睛地直视着对方的双眼，说道：“所以，靖美先生就是那位‘胆武’师父。”

“怎么可能……您、您刚刚还说胆武有不在场证明呢……”

“是的。如果他只是个普通的巡礼僧，或者真是立造先生的儿子，那的确有完美的不在场证明，可他要是靖美先生的话，事情就另当别论了。”

“为什么？”

“靖美先生自费购买过昂贵的英语教材，换言之，他可以用录音机制造不在场证明。”

“欸？”

“祖父江小姐说过，战争结束后，法院为了解决速记员人手不足的问题，采购了大量的录音机。而且这还不是法院的主意，是产品滞销的录音机公司主动上门推销的。您知道那家公司接下来去哪里开拓销路了吗？没错，他们锁定了学校。美军在战后强调了英语视听教育的重要性，文部省也同意了这项要求，于是祖父江小姐发了牢骚，盼着那家公司可以找上出版社做生意……”

“……”

“我前往奥户村时，在初户村雇了一个驾马车的老人家。他说在接待我的几天前，才刚送过‘胆武’师父。他觉得很纳闷，因为臼山脚下的路并不难走，没想到那种走遍全国的巡礼僧竟会坐马车。他还说，‘胆武’师父当时背着一个柳条包，可‘胆武’师父分明对我说过，自己的餐饭、衣物、日用品都是揖取家提供的。那么，柳条包里到底装着什么？对，正是他的录音机。以前，惠庆师父也提及过，那座御笼堂是通了电的。”

“……”

“靖美先生为何要杀死力枚先生呢？理由是他害怕被力枚先生认出来，因而拒绝了揖取家的所有邀请，不肯去那里吃晚餐。然而，力枚先生那晚亲自前往御笼堂找他。倘若留着对方性命，他的身份就会曝光。”

“……”

“从他的原稿来看，整个揖取家只有力枚先生认识他，并且照顾过他。所以他不怕和将夫先生、月子小姐他们打照面，唯独力枚先生例外。”

“……”

“‘胆武’的‘胆’是‘刚胆’和‘豪胆’的‘胆’，‘胆武’的‘武’则是‘猛武’的‘武’。即是说，这个法号里包含了他的三个哥哥——阿猛、阿刚、阿豪的名字。”

“……”

“他在决心要复仇时，为什么要取个这样的假名呢？我一想象他那时的心情和用意，心里便难受得慌。”

言耶说完，刚才还在努力为堂弟辩解的高志就垂下了头，像只泄了气的皮球。言耶正在好奇他为何突然低落，想不到下一秒，对方的声音里已然带上了哭腔：“老师，靖美……靖美他……”

言耶见状，便换了一副口气，仿佛在安慰对方似的说道：“去向警方坦白一切吧，我会陪着您的。”

*

言耶来到了怪想社的接待室，才刚坐下，偲就担心地问道：“高志先生会被问罪吗？”

“他虽然故意帮靖美先生做了不在场证明，但压根儿没想到靖美先生会趁机去杀人，所以应该没什么问题。”

“可他知道奥户村发生了连环杀人案，却一直没吭声呀。”

“是的，不过他意识到不对劲之后，便不再继续‘一饰两角’，还透露了靖美先生的行踪。”

“啊……确实。”

“说到底，他没有证据可以证明自己的堂弟就是犯人，最多只是停留在怀疑的阶段。即使并未主动向警方检举，估计也不会被问罪。”

“幸好幸好……”

见偲安心地呼出一口气，言耶笑道：“我跟您说明他‘一饰两角’的时候，您还特别生他的气呢，现在倒关心起他来了。”

“哎哟，算啦。回想起来，他在猜到靖美先生杀人前后的反应完全不一样，那就说明，他之前只是在跟我恶作剧而已。”

“哇，您现在竟如此宽宏大量。”

“怎么？人家本来就宽宏大量好吧？就算您因为旅行而拖稿，我也没怎么逼您——”

“抱歉！是我说错话了！感谢您一直以来的关照！”

言耶慌忙低头认错，偲这才满意，继续道：“话说回来，那个犯人……唉，我也不知道该叫他‘靖美先生’还是‘胆武师父’……警方现在还没找到他吗？”

“嗯，我联络了鬼无濑警部，他还怀疑我，问我是不是在奥户村逗留期间就察觉到犯人是靖美先生了……这可真是……”

“光听您的形容，我都能想象出他的样子了，应该是位个性十足的人吧？”

“是的，他是个好人，也是一位优秀的警察，只不过……有些一言难尽。”

“对了，这次的案子，您看能不能以长篇小说的形式，在《书斋的尸体》上连载——”

“啊，不好意思，我约了人。”

言耶立即打岔。后来，两人又进行了激烈的争辩，获胜方自然是祖父江偲这位能干的编辑。但这个故事最终还是没能顺利刊载。

因为几天之后，乡木高志也不知所终。

他先是接受了警方的问话，又向学校请了一段时间的假。据和他交好的同事说，他那阵子每晚都做噩梦，还反复说着一句话：“我觉得有某种东西正在渐渐往我这里走来……虽然我不知道那是什么……”而就在失踪的前一天，他似乎很高兴，笑嘻嘻地对同事说：“原来是我堂弟啊！是他在呼唤我……”

第10届本格推理大奖
获奖作品

民俗派推理大师
三津田信三

首部加冕之作

将朴素民俗置于本格迷雾中

多重反转的背后，
是长叹一声的悲悯情怀